SCHWERE SEEN
SCHWERE ZEITEN

Jugenderinnerungen an die Insel Sylt

Gesammelt und aufgeschrieben
von Jörg Gfrörer

Von den Kinderspielen und der Freiheit am Meer, von den Stürmen und der Lust auf Abenteuer, von den Dorffesten, von der ersten Liebe, vom Anschluss an das Festland, von Not und Hunger, vom Krieg, vom Unrecht, vom Neubeginn und der Hoffnung.

SCHWERE SEEN
SCHWERE ZEITEN

Jugenderinnerungen an die Insel Sylt

65 Erzählungen, Berichte, Briefe und Dokumente
gesammelt und aufgeschrieben von Jörg Gfrörer

Herausgegeben vom Fremdenverkehrsverein
Westerland/Sylt e.V.

Bibliografische Information der Deutschen Nationalbibliothek
Die Deutsche Nationalbibliothek verzeichnet diese Publikation in der Deutschen Nationalbibliografie; detaillierte bibliografische Daten sind im Internet über http://dnb.d-nb.de abrufbar.

Fremdenverkehrsverein Westerland/Sylt e.V. (Hrsg.)
Schwere Seen, schwere Zeiten
Jugenderinnerungen an die Insel Sylt

65 Erzählungen, Berichte, Briefe und Dokumente, gesammelt und aufgeschrieben von Jörg Gfrörer

Umschlagentwurf: Jörg Gfrörer
unter Verwendung eines Photos von Paul Ebe Nickelsen „Kindergruppe Boot an Land ziehend“, aufgenommen auf Glasplatte 1886.

Umschlagdesign, Herrstellung und Verlag:
BoD - Books on Demand, Norderstedt

ISBN: 978-3-7504-6275-5

Zu diesem Buch

Ich bin auf Sylt aufgewachsen. Auch wenn ich später in Würzburg, Kiel und Berlin studierte, arbeitete, eine Familie gründete, blieb Sylt doch lange geistige Heimat, Bezugspunkt, Sehnsuchts- und Rückzugsort. 2003 sah ich mich gezwungen, das elterliche Haus infolge einer Erbauseinandersetzung aufzugeben. Damit hatte auch mich das Schicksal so vieler Sylter, die die Insel verlassen mussten, erreicht. Wenige Jahre vorher, als diese Entwicklung für mich absehbar wurde, verspürte ich das Bedürfnis, etwas mehr über die Geschichte der Insel, auf der ich die wichtigste Zeit meines Lebens verbracht hatte, zu erfahren. Wie hatten die „Altvorderen" ihre Jugend auf der nur mit einem Postschiff erreichbaren Insel verbracht? Wie hatte sich das Inselleben mit dem Bau des Hindenburgdamms verändert? Wie hatte die Generation meiner Eltern und Großeltern den Nationalsozialismus, den Krieg, die englische Besatzung, den Wiederaufschwung auf Sylt erlebt? Wie hatten sich die in den Kasernen und Notunterkünften einquartierten Flüchtlinge – die immer dunkel gekleideten Gestalten, die im Morgengrauen ihre mit Strandholz und allerlei Brennmaterialien bepackten Fahrräder an unserem Haus vorbei schoben, habe ich noch deutlich vor Augen – auf der hungernden Insel durchgeschlagen? Ich stöberte in den Beständen des Sylter Archivs nach überlieferten Jugenderinnerungen und zog dann mit einem Tonbandgerät von Ort zu Ort, wurde weitergereicht von Familie zu Familie und zeichnete Gespräche mit alten Syltern, Zugezogenen und Kriegsvertriebenen auf. Einlass in dieses Buch gefunden haben siebenundfünfzig Geschichten, die ich aus den Erzählungen meiner Gesprächspartner herausgefiltert habe. Ich habe mich bemüht, den Sprachduktus und die Syntax meiner Gesprächspartner so weit wie möglich zu erhalten. Die Erzählungen springen oft zwischen den Zeiten und Ereignissen hin und her. Der Leser muss selbst herausfinden, zu welchen Geschichten er einen Zugang findet. Lebenserinnerungen unbekannter Zeitgenossen haben kaum eine Chance, einen Weg auf den Buchmarkt zu finden. So sind auch die Manuskripte zu diesem Buch lange in

Vergessenheit geraten. Ich bitte alle Erzähler um Nachsicht, die Wenigen, die noch leben und die Toten, dass ihre Geschichten erst jetzt einer interessierten Leserschaft zugänglich geworden sind.
Mein besonderer Dank gilt der Leiterin des Sylter Archivs, Frau Elisabeth Westmore, die die Arbeit an dem Buch mit Rat und Tat begleitet hat, und Herrn Hayo Feikes, der auch in einer Zeit schwerer gesundheitlicher Rückschläge nie aufgehört hat, sich für dieses Projekt einzusetzen. Nur mit seiner Unterstützung ist die Herausgabe dieses Buches nun möglich geworden.

Kummerow 2019 Jörg Gfrörer

I.
Fundstücke

II.
Schwere Seen

III.
Jugenderinnerungen
der Jahrgänge 1890 – 1938

IV.
Wie der Damm durch das Watt
gebaut wurde

V.
Dunkele Wolken
(1933 – 1939)

VI.
Schwere Zeiten
(1939 – 1945)

VII.
Endlich Frieden

VIII.
Kriegsflüchtlinge

IX.
Es geht wieder aufwärts

Inhalt

Kapitel I

Fundstücke

Elisabeth Buchholz: Schulaufsatz 1840

Wenn ich jemals in der Welt viel Geld bekäme, würde ich folgendes damit tun:

1. Wollte ich streben, dass auf unserer Insel ein Haus gebaut würde, worin die Armen immerwährend Arbeit und Schutz haben könnten
2. Wollte ich einen Deich an allen Seiten unserer Insel, wo es nötig tut, machen lassen, damit das Wasser nicht jeden Augenblick die Äcker und Wiesen länderweise überschwemmen und unfruchtbar machen könnte. Damit die Häuser, die nah beim Wasser stehen, nicht durch die Gewalt der Wellen niedergerissen würden.
3. Wollte ich wirken, dass auf unserer Insel eine Lehranstalt gemacht würde und Kinder in allen Sprachen, wovon sie nachher großen Nutzen haben könnten, unterrichtet würden.
4. Wollte ich die Wege ausbessern und mit Steinen pflastern lassen, damit die Leute leichter und geschwinder von einem Ort zum anderen kommen könnten.
5. Wollte ich einen großen Garten anlegen und mit Bäumen bepflanzen, damit wir nicht nötig hätten, alles Holz, was wir gebrauchen sollen, von anderen Orten herzuholen.
6. Wollte ich auch für das Wohl recht vieler Menschen sorgen, besonders für das Wohl meiner Verwandten. Das alles würde ich tun, weil ich ein Teil der ganz großen Menschheit bin, weil ich nicht allein für mich leben kann, sondern immer Hilfe von anderen nötig habe. Und wenn ich Hilfe von anderen bedarf, so muss ich ihnen auch wieder Hilfe leisten, soviel als in meinen Kräften steht.

Christian M. Petersen: Brief an den Onkel (1847)

Lieber Onkel,
da Sie schon so lange von ihrer Heimatinsel entfernt gewesen sind, und nicht mehr wissen wie es aussehen mag, so habe ich mir vorgenommen, einige Zeilen an Sie zu schreiben, wie es in dem Dorf, in der Schule, in der Kirche und bei dem Hafen aussieht.

Im Dorfe ist ein Mässigkeitsverein gestiftet worden, in welchem sich sehr viele Leute eingeschrieben haben und es hat die gute Folge gehabt, dass fast nie ein Trunkenbold auf den Straßen zu sehen ist, welches früher sehr oft der Fall war. Das Kartenspielen wird auf Sylt sehr übertrieben, und viele Leute, die ihr Geld mit Mühe verdient haben, gehen in die Wirtshäuser und verlieren es durch Kartenspielen.
Die Schule in Keitum ist wohl die größte auf Sylt. Man zählt über einhundert Kinder daselbst, welche von zwei Lehrern unterrichtet werden. Nicht alles in der Schule ist zu loben, denn viele Kinder zeichnen sich durch Nachlässigkeit und Trägheit aus. Und machen diese ihrem Leben vielen Verdruss. In der Schule ist eine Bibliothek, in welcher über zweihundert Bücher sind.
Die Kirche, welche außerhalb des Dorfes liegt, ist wohl die größte auf Sylt. Es wird zu den Sonntagen Gottesdienst gehalten, aber der Kirchenbesuch ist nicht so wie früher, weil nicht viele Leute zur Kirche gehen, sondern ihre gewöhnlichen Arbeiten auch an den Sonntagen verrichten.
Der Hafen bei Sylt ist nur sehr klein. Er besteht aus fünfzehn kleinen Fahrzeugen, wovon zehn zum Austernfangen benutzt werden. Fünf Fahrzeuge, welche auf Hamburg, Husum, Hoyer, Ballum fahren.
Jetzt schließe ich meinen Brief und nenne mich Ihren getreuen Neffen
9. März 1847
Christian M. Petersen

Boy A. Peters: Mein Lebensplan

Es ist sehr gut, sich einen festen Beruf zu erwählen. Darum habe mir den Beruf erwählt, ein Seemann zu werden. Und ich will mich darum bestreben, die guten Eigenschaften eines Seemannes zu gewinnen. Auch will ich mich bestreben, allen Leuten treu zu sein. Ich will meinem Kapitän gehorsam sein. Ich will ihm gefällig sein, wo ich nur kann. Ich will mich überhaupt bestreben, recht und gleich gegen meinesgleichen zu betragen. Ich wünsche von meinem Kapitän geehrt und geliebt zu werden, und dass andere mich gerne in Dienste nehmen. Und deshalb hoffe ich, dass ich mein Brot verdienen kann. In der Welt gibt es sehr viele Gefahren, deswegen habe ich mich zu fürchten, verführt zu werden und viele böse Eigenschaften kennen lernen. Die Mittel, welche ich dazu anwenden will, mich dafür zu hüten, sind meine Grundsätze und der Gedanke an die Heiligkeit und Gerechtigkeit Gottes.

Keitum, 11. März. 1847

Kapitel II

Schwere Seen
(1911 – 1923)

Aus der Familienchronik von John Reinert Nickelsen[1]

Ich erinnere mich zwar nicht genau, aber die Kirchenbücher sollen nachweisen, dass ich am 28. März 1865 in Braderup auf der Insel Sylt geboren bin. Es folgen nun drei Jahre, wovon ich auch ganz und gar nichts weiß, dann taucht aber in meiner Erinnerung eine dunkle schwärzlich rote Stube auf; in einem Bettschrank mit aufgeklappten Luken liegt ein kranker Mann. Dieser Mann ist Jürgen Reinert Hinrichs, genannt Jürn Rinken, ein Onkel meiner Mutter. Er war ein witziger Mensch, machte viele spaßige Gelegenheitsgedichte oder besser Gereimsel; Verse auf deutsch-friesisch zum Teil mit dänischen Brocken vermischt. Dieser J.R. Hinrichs war mein Pate, und ich sollte deshalb auch seinen Vornamen übernehmen, was aber nur zum Teil gelang, weil mein Vater „Jürgen" nicht leiden mochte und daraus „John" machte. Seitdem höre ich auf diesen Namen. Mein Vater erhielt bei diesem Besuch ein großes silbernes Geldstück für mich, einen preußischen Thaler.

Meine Eltern sind beiderseits Friesen (Nordfriesen). Mein Vater aus der Wiedingharde, die Mutter ist Inselfriesin. Der Zufall brachte zwei Leute zusammen, deren Geburtsname beiderseits Nickelsen war, ohne irgendwelche nachweisliche Verwandtschaft; merkwürdig auch deswegen, weil der Name nur sehr selten vorkommt. Mein Großvater war von Beruf Mützenmacher und Schlachter, ein komisches Bündnis. Ich habe den Alten noch sehr gut gekannt; ein schlanker, gerade aufgewachsener Mensch, mit dem ich oft über die Heide ging und dessen Schritt ich nur unter Einschaltung bzw. Dazwischenlegung eines Laufschritts folgen konnte. Er war nie krank gewesen und starb in einer Winternacht in einer Kammer, die wir gemeinschaftlich teilten. Die Großmutter habe ich nie gekannt.

In der Familie meiner Mutter ist wohl allerlei Seevolk gewesen, jedenfalls geht die Familienchronik zurück bis ca. 1650. Ich mache nun einen Sprung vorwärts und erwähne die Eltern meiner Mutter. Ich habe bei-

[1] In Maschinenschrift übertragen von seinem Sohn Harro S. Nickelsen 1932

de noch gekannt, d.h. die zweite Frau meines Großvaters, denn er war zweimal verheiratet. Meine Mutter, zwei Schwestern (Erkel und Merret) und ein Sohn Paul stammen aus erster Ehe. Die zwei Schwestern meiner Mutter sind den eintönigen Weg so vieler gewandert, nur mit dem Unterschied, dass Merret das monotone Leben durch zeitweiliges Irrewerden unterbrach und monatelang in einer anderen Welt lebte. Erkel dagegen konnte das natürliche Ende nicht mehr abwarten und machte eines Nachts Schluss. Meine Mutter, die eine einfache, immer tätige und starke Natur war, hielt in einsamen Nächten und einsamen Hause die Totenwache bei ihrer Schwester.

Der Bruder Paul, ein grübelnder, ernster aber trotzdem witziger Mensch mit vielseitiger Begabung hatte bis zu seinem 20. Jahre nichts Positives gelernt; er war im günstigen Fall ein Bastler. Es folgte eine Periode ernstlicher Berufe, die er sich selber erlernte, wie Tischler, Holz-, und Steinbildhauer (die meisten Grabsteine einer gewissen Periode stammen von ihm), Fotograf (der erste seines Zeichens auf Sylt). Aufnahmen nur auf künstlerischer Grundlage. Misslungene Aufnahmen, die der Kritik nicht standhalten konnten, wurden vernichtet. So entstanden Bilder, die noch heute im künstlerischen Aufbau sowie in technischer Haltbarkeit wohl kaum übertroffen sind. Höchste Auszeichnungen auf internationalen Ausstellungen wurden ihm zuteil. Die Königin Carmen Sylva von Rumänien war zur Zeit ihres Aufenthalts auf Sylt vielfach Besucherin im Atelier meines Onkels. Das Angebot, Hofphotograph zu werden, hat er nicht angenommen mit der Bemerkung, dass seine Bilder damit auch nicht besser würden. Er baute Gegenstände aller Art, hatte Patente auf Kohlefotos, die unbegrenzt haltbar sind. Auf Schulbänke und einiges mehr. Er baute Musikinstrumente, gab Musikunterricht (Klavier, Trompete, Querpfeife, Klarinette, hatte eine Schülerkapelle (die einzige auf Sylt), gab Gesangsunterricht, obwohl er nicht singen konnte, keine Stimme hatte. Auszeichnung für Rettung aus Lebensgefahr erhielt er für seine entschlossene Hilfe bei der Strandung eines Segelschiffes. Strandungen waren damals ein immer wiederkehrendes Ereignis. Mein Onkel war immer einer der ersten, wenn diese Gefahr vorlag. Er holte sich dabei einmal eine sehr starke Erkältung mit nachfolgendem Siechtum, und so ging ein wertvolles Menschenleben, dessen Erdenwallen ein Kapitel für sich ist, zu Ende.

Über meine Eltern muss ich nun noch Einiges nachholen. Mein Vater, Festlandsfriese, gelernter Mützenmacher, ein derzeit typischer Beruf für die Wiedingharde, hat an dieser sesshaften Beschäftigung scheinbar nicht viel Gefallen gefunden, denn ich sehe ihn bald auf der Landstraße als Händler mit Mützen und einem Sammelsurium anderer Waren wie: Lederkäse, Lämmer, Schafe, Ferkel, Schweine und dergleichen mehr. Er trieb diese Tiere in Herden vor sich oder transportierte sie per Wagen durch die Gegend. Schleswig-Holstein wird so durchwandert. Mein Vater wird dänischer Soldat – Kavallerie – er kommt nach Sylt, lernt meine Mutter kennen und bleibt hängen. So allmählich komme ich als viertes Kind zur Welt und lerne meinen Vater aus persönlicher Anschauung mit meinen Kinderaugen kennen. Er ist gut und lieb, für einen Scherz sehr empfänglich, kein Weiberfeind und liebt es deshalb besonders, diese zu necken. Eine Umarmung, ein Kuss, wenn die Form und das Gesicht dazu einlädt, sind keine Seltenheit. Und kommen gerade dann vor, wenn meine Mutter und wir Kinder dabei sind; wir lachen alle herzhaft. Die also Angegriffenen spucken dann den Kuss aus, er gilt nicht. Mein Vater hatte ein weiches Gemüt, las mit Vorliebe Romane und manche Träne sah ich dabei verstohlen kollern. Ich kannte sein Innerstes genau. Hart gegen Mensch oder Tier konnte er nicht sein und dabei war er im Hauptberuf Schlachtermeister und musste Tiere töten. Dieser Gegensatz ist nur möglich, wenn der Selbsterhaltungstrieb jemand zu einer Handlung zwingt, die nur widerwillig erfolgt, und weil sie weiter geschehen muss, zu einer Art Selbstbetäubung führt. Im Übrigen war mein Vater immer Handelsmann, kaufte Strandgut aller erdenklichen Art und versuchte einen möglichst hohen Preis wieder herauszuschlagen. Die Schwerarbeit war nicht gerade sein Schwarm. Es ging in seinem Leben auf und nieder. War Geld vorhanden, dann wurde nicht besonders gespart und gerechnet; es konnte somit auch nicht vermieden werden, dass der Gerichtsvollzieher unsere Bekanntschaft machte; dann war Vater zu Tode geknickt und nicht minder wir. Diese Zeiten sind besonders in meinem 8. – 12. Lebensjahre vorgekommen, und ich war dann derjenige welcher meinen Vater nicht unbeobachtet ließ, weil ich die seelische Verfassung meines Vaters kannte und mir den entsetzlichen Zustand ausmalte, wenn ich den Vater verlieren würde.

Noch einige Worte für meine Mutter. Wie es nun einmal in ganz Friesland gewesen ist, so waren die Bewohner im Grunde genommen, ob arm oder reich, alle gleich, „Niemandes Herr und Niemandes Knecht“. Die Freiheit steckt ihnen seit ihrem Auftauchen in der Geschichte im Blute. Der Ausspruch des Sylter Seefahrers und Piraten Pidder Lüng „Lewer duad üs Slaav“ ist Motto aller Friesen geworden.

Frie es de Feskfang
Frie es de Jagd
Frie es de Ströndgang
Frie es de Nacht
Frie es de See, de wilde See
an de Hörnumer Ree

Die jungen Mädchen gingen in hauswirtschaftlich-bäuerliche Dienste, um sich für ihr zukünftiges Heim die nötigen Kenntnisse zu sammeln. Da nun die meisten Männer Seefahrer waren, und das Haus, und der damit verbundene Landbetrieb von den Frauen alleine verantwortlich geleitet werden musste, waren diese vom frühen Morgen bis spät abends stark beschäftigt. So erging es ebenfalls meiner Mutter. Ein Stillestehen gab es kaum, immer an der Seite meines Vaters und besonders dann, wenn er in Geldschwierigkeiten kam und nicht ein noch aus wusste, fand sie einen Ausweg. Meine Mutter erwischte immer eine helfende Hand, sie hatte starke Nerven, Furcht und Ängstlichkeit waren ihr fremd, Krankheiten wurden, wenn nicht ernstlich, arbeitend überwunden. Sie war stärker als mein Vater; er hatte das Glück, die richtige Frau gefunden zu haben.

Waren keine Geldnöte vorhanden, dann wohnte das Glück in unserem Hause. Wie es nun im Allgemeinen der Fall ist, so ging auch das Leben meiner Mutter diesen täglichen Gleichschritt einer einfachen Frau; und gerade deshalb haben wir sie geliebt, weil sie spielend auf alle Genüsse des Lebens verzichten konnte.

So vergingen auf unserer, damals noch einsamen, Insel die Tage, Monate und Jahre im Wohlklang der Jahreszeiten. Der Frühling, das Erwachen der Natur, der Sommer meist noch schöner. Nur strohgedeckte Häuser in weiter Landschaft, keine Enge. Auf weiter Heide wiegen sich die Köpfe der Arnika; auf magerer Geest stehen die sogenannten violetten Hungerkröllen; einen deutschen Namen kenne ich dafür nicht, weil sie mir nirgends anders begegnet sind. Die Marsch saftig grün, vereinzelt von einem kleinen Priel durchschlängelt, der dem Wattenmeer zustrebt. Zur Erntezeit war die ganze Familie im Feld, auch wir Kinder sollten zwar mitarbeiten, aber es konnte doch niemand dafür, wenn man mal in den Heudiemen hineinfiel und für einige Zeit verschwunden blieb. Ein besonderer Genuss sind die Pausen, verbunden mit Frühstück oder Kaffee draußen im freien Felde. Es war derzeit alles noch etwas üppiger als heute; Honigbutterbrot, frische Suppe und Pudding, Kaffee, Milch, Zucker und wieder Butterbrot ganz dick aufgestrichen. Was Schöneres konnte es doch nicht geben. Allerdings haben wir auch Regentage gehabt, aber gewiss nicht sehr viele, denn ich habe den Sommer nur in obiger Weise in Erinnerung.
Dann kam der Herbst mit seinen Mollakkorden. Selbst als Kind fühlte ich drohende Gewalten im Anmarsch. Gewaltige Wolkenmassen ballen sich, dazwischen ein grelles Licht, zuweilen gespenstisch schwefelgelb. Am Strande türmen und überschlagen sich die Wellen mit großer Wucht, so dass die Spritzer zuweilen bis ins Dorf flogen. Draußen auf der Kimm taucht etwas auf, ein Schiff, o weh, so nahe der Küste, das kann nicht gut gehen. Es kämpft verzweifelt, aber der Sturm will sein Opfer, und es ist nur eine Frage von Stunden, wann das Schiff zerschellen wird, obgleich die Düne von hilfsbereiten Menschen gedrängt voll steht. Hilfe war unmöglich, denn die Gewalt der Natur hatte anders bestimmt. Die

Besatzung ging unter und manchmal in Wurfweite. Stockdunkle Nächte, heulender Sturm, Hagel und Regen und tosende Brandung ließen uns zuweilen nachts keine Ruhe finden. Die armen Seeleute, sagte mein Vater; wir alle dachten nur an sie und so entstand in der Phantasie eines jeden, alt oder jung, je nach Veranlagung, ein schreckhaft schauriges Bild von der Ohnmacht des Menschen gegenüber der Natur.

Nach diesen herbstlichen Gedanken lasse ich den Winter bei uns ein wenig zu Wort kommen. Der Verkehr mit dem Festland war um diese Zeit meist unterbrochen. Zu Weihnachten gab es keine üppigen Geschenke, sondern ein paar einfache Spielsachen, wo alle mit spielen durften, einige nützliche Sachen, die sowieso angeschafft werden müssen, eine warme Stube, einen kleinen Weihnachtsbaum, sehr oft auch nur ein Holzstock mit seitlich eingesteckten Zweigen, die vielfach nächtlicherweile aus einer staatlichen Schonung besorgt wurden. Kam noch richtiges Schneewetter dazu, so waren es Feiertage, wie sie nur ein Stadtkind reichster Eltern erleben kann.

Braderup ist ein einsames Heidedorf, 24 Häuser, ganz wenig Verkehr, vereinzelt mal ein Wagen, ab und zu ein Fußgänger, ein spielendes Kind oder einige. Gras wächst auf allen Wegen, man kann das Dorf als die verkörperte Ruhe ansehen. Eine kleine Unterbrechung ist die Heimkehr eines Seemannes; solch ein Ereignis wird schnell bekannt im Dorf, denn es geht wie ein Lauffeuer von Mund zu Mund – man hört mit offenem Mund seine Erzählungen, man begreift noch nicht, man staunt und denkt, dieser Mensch ist etwas mehr als die bei Muttern. Ich machte im Geist große Reisen in Gegenden, wo ich noch niemals war. Ich träumte von fernen Landen, von der See, den unendlichen Weiten, nur erst aus der Schule, dann sollte es losgehen. Mit den zwei kleinen Gemeinden Wenningstedt und Kampen hatten wir in der Mitte dieses Dreiecks, etwa 25 Minuten von jedem Dorfe entfernt, unsere kleine Schule in einsamer Heide liegend. Alle Schüler, Knaben und Mädchen von 6-15 Jahren waren in einer Klasse vereinigt. Während der Abendstunden, im Winter bis 9 und im

Sommer bis 11 Uhr, waren wir selten zu Hause. Wir spielten irgendein Spiel bei einem Schulkameraden oder draußen im Dorfe; Verhaltensmaßregeln und Ermahnungen von Seiten der Eltern waren im Allgemeinen nicht üblich. So begann die Freiheit schon reichlich früh; aber es ist mir nicht bekannt, dass jemand dadurch Schaden an Leib oder Seele genommen hat. Dass die Äpfel in Nachbars Garten mit der Zeit weniger wurden, konnte natürlich nicht ausbleiben; das ist aber eine Sache, die mit Diebstahl nichts gemein hat, denn man kann ja auch am Tage leicht Äpfel geschenkt bekommen. Aber die hatten doch nicht annähernd den gleichen Geschmack, wie die bei Nacht und Nebel und unter Kribbeln in allen Fingern gekauten Früchte. Ein solches Abenteuer war ein Genuss erster Güte. Ein Junge, der dafür kein Verständnis hat oder keinen Geschmack daran findet, muss schon ein ganz unnormaler Tugendbold sein. Man hat mir später erzählt, dass ich vielfach mit dabei war, wenn Jugendstreiche ausgeführt wurden. Ich weiß zwar selber, dass wir ein Eingeweide aus dem Misthaufen eines Bauern ausgebuddelt und auf den Ladentisch eines 50-Pfennig-Bazars gelegt haben, als die Tür offen stand und gerade niemand im Laden war. Ferner, dass ein Klosetteimer an einer Fahnenstange hochgezogen wurde, selbstverständlich nicht leer, sondern extra gut gefüllt. Ähnliche Fälle, in die Landschaft passend, wiederholten sich periodenweise.

Zu meiner Jugendzeit lebte in Westerland eine alte Seemannswitwe namens Grossen Michels, die an uns ein besonderes Interesse hatte. Im Winter hatten die jährlich allfälligen Konfirmanden ganz unprogrammässig Zusammenkünfte in der kleinen Friesenstube dieser Witwe. So war es schon seit Jahren, und so war es wohl auch bis zum Tode der Frau. Diese Zusammenkünfte waren immer ein Gaudi für uns. Wir rauchten lange Pfeife, die im Uhrgehäuse ihren Ankerplatz hatte. Wir rauchten, dass die ganze Bude wie eine Räucherkate qualmte und spielten Karten. Die Frau machte auch ganz den Eindruck, als ob sie im Schornstein geräuchert worden wäre. Sie erzählte Seegeschichten; ihr Sohn, der als Steuermann fuhr, kam zufällig mal nach langer Abwesenheit nach Hause, und dann war es natürlich ganz besonders interessant. Bis zu meinem 12. Lebensjahr wohnten wir in Braderup. Meine Eltern zogen später nach Westerland, wo ich mit 15 Jahren konfirmiert wurde und wo meine Eltern mich dann, den einzigen Sohn, sehr betrübt die Fahrt ins Ungewisse ziehen ließen. Von dem Moment an war ich selbständig und habe niemandes Hilfe mehr in Anspruch genommen. Dass meine Eltern ihren Verdienst selber benötigten, war mir zur Genüge bekannt, und deshalb war es mir nebenher ein befriedigendes Gefühl, sie auf diese Weise etwas zu entlasten. Beim Abschiednehmen von Verwandten und Freunden erhielt ich hier und da einen preußischen Thaler. Eine alte Dame nähte mir einen Brustbeutel, damit der erworbene Reichtum auch recht gut verwahrt sei. Es mögen 30 oder 40 Mark gewesen sein, mit denen ich die Fahrt in die weite Welt antrat. Hamburg war das nächste Ziel.

An einem regnerischen und nebligen Morgen lag ein kleiner Ewer an der alten Landungsbrücke in Munkmarsch, reisefertig nach Hoyer. Die Ladeluke lag offen zur Aufnahme der Passagiere, es waren drei Personen: ein früherer Seefahrer, jetzt Kaufmann Brodersen, ein Mitkonfirmand und ich, beide mit dem gleichen Ziel. Nachdem wir nun sachgemäß in der Luke verstaut waren, setzte der Kahn mit seiner wertvollen Fracht von der Brücke ab und steuerte Kurs auf Hoyer, d.h. er musste kreuzen, weil der Wind aus der falschen Richtung wehte. Die Fahrt dauerte dementsprechend länger, es müssen 6-8 Stunden bis zu der Landung in Hoyer vergangen sein. Während der Fahrt erzählte uns Brodersen einiges aus seiner Seefahrtszeit, und meinte ich verschiedenes gehört zu haben, was mit meiner Einstellung nicht recht harmonisieren wollte; aber ich gab dem Wetter die Schuld an diesen Missakkorden. Nach der Landung in Hoyerschleuse fuhren wir noch zwei Stunden bis Tondern, wo übernachtet wurde.

Am anderen Morgen ging es dann per Bahn weiter nach Hamburg, wo wir bei flackerndem offenem Gaslicht ankamen. Bei einem früheren Sylter Steuermann, der Schlafbaas geworden war, nahmen wir Logis. Es war damals so, dass der Schlafbaas sich an den Heuerbaas (Stellenvermittler) wandte, der die vakanten Stellen der Schiffsbesatzung ausfüllte. Auch damals war es nicht leicht, eine gute Stelle für einen Schiffsjungen zu bekommen, auch damals wurde geschmiert, und da mir dieses Schmiermaterial fehlte, musste ich nehmen, was für mich übrig blieb. Es war ein Toppsegelschoner, „Elies“, beheimatet in Glücksstadt, Kapitän Meintz: ich wurde angemustert als Koch, jawohl Koch, und dabei wusste ich nicht einmal, wie das Wasser sich benahm, wenn es kochte. Hier war der Bock zum Gärtner gestellt. Es fing an, nüchtern um mich zu werden.

Eines Tages wurde ich dann nach Glückstadt expediert, kam abends an und wurde sehr unfreundlich aufgenommen. Die ganze Besatzung bestand aus: Kapitän, Steuermann, Matrose, Leichtmatrose und mir. Ich wurde gleich ins Geschirr gelegt und musste Gott weiß was machen; Es war Mitternacht, als ich mich in die Koje legen durfte. Um 4 Uhr morgens ging es schon wieder los und binnen zwei Stunden waren meine Illusionen über die Seefahrt in alle Winde zerflattert. Unglaublich diese Enttäuschung. Ich kann glattweg sagen, es war eine Kette von Misshandlungen, welchen ich während der folgenden zwei Monate ausgesetzt war. Prügel mit Tauenden ohne besondere Veranlassung. Was konnten diese Menschen überhaupt von einem 15jährigen Jungen erwarten? Doch gar nichts. Es bedeutete ein Verbrechen von der Schiffsleitung, einen Schuljungen für solche Zwecke anzuheuern. Der Steuermann war ein brutaler Ostpreuße, der Matrose nicht besser, man darf sie gerne als Menschenschinder bezeichnen. Ich hatte alle Drecksarbeiten zu verrichten, musste außerdem kochen, kam vor 12 selten in die Koje und war dann natürlich zum Umfallen müde; auf See gab es noch weniger Ruhe. Ich musste die Wachen mit schieben, eine Nacht acht Stunden, die folgende Nacht vier Stunden. Ich war schmutzig und sah aus wie ein kleiner Neger. Es kam vor, dass ich durch den Matrosen in roher Art einer körperlichen Reinigung unterzogen wurde, meist mit Hilfe einer Bürste.

Wir fuhren nach Schottland, um Kohle zu laden, und ich war sehr gespannt darauf, wie dieses Land wohl aussah. Diese kleine aber neue Welt, die ich nach einigen Tagen erblickte, interessierte mich sehr, und ich vergaß für kurze Stunden meinen Kummer. Nachdem das Schiff mit Kohlen beladen war, was schon damals sehr schnell ging, weil der Inhalt eines Waggons mittels Kippvorrichtung in den Laderaum des Schiffes gestürzt wurde, blieben wir noch einen Tag in Lieth, so heißt der Hafen und fuhren dann zurück nach Itzehoe die Stör hinauf. Hier hatte ich ab und zu etwas für die Kombüsen zu besorgen, Grünwaren, Fleisch usw. Eines Sonntagmorgens erhielt ich von dem Ladenmädchen einige Kleinigkeiten geschenkt u.a. auch einige Eier, und ich war glücklich, mal jemand anzutreffen, der es gut mit mir meinte, und außerdem war es nun sogar ein kleines Mädchen. Hocherfreut ging ich an Bord und verstaute die Leckerbissen, die ich mir am Abend, wenn alle an Land gingen, schmekken lassen wollte. Als dann am Abend alles ruhig um mich geworden war, nahm ich meine Pfanne, schlug die Eier hinein und freute mich im Voraus auf diesen Genuss, zu dem es leider nicht mehr kommen sollte; denn der Matrose stand plötzlich neben mir in der Kombüse, machte ein paar gemeine Bemerkungen und meinte, die Eier wären doch wohl für ihn. Gesagt, getan, er setzte sich hin und fraß sie auf. Auf diese Weise endeten einige freie Sonntagsstunden. Eines Abends wurde ich gezwungen in die Stör zu springen. Weil ich aber noch nicht schwimmen konnte, wurde ich an eine dünne Leine gebunden, die sie zuweilen recht locker ließen und sich dann an meiner Not freuten.

Die Seefahrt hatte ich inzwischen gründlich satt und beneidete meine Altersgenossen, die, handwerklich tätig, solchen Schindereien nicht ausgesetzt waren. Zwei meiner Schulkameraden aus Braderup waren ebenfalls zur See gegangen und zwar auf Schiffe kleiner Fahrt. Beide sind nach einigen Wochen wieder nach Hause gefahren und haben ein Handwerk gelernt. Ich aber war zu stolz und empfand es als eine große Blamage, dasselbe zu tun. Ich hatte diesen Beruf nun einmal gewählt, und der Marmel musste seinen Lauf nehmen. Einmal würde ich ja auch Matrose, aber ganz bestimmt kein Menschenschinder. Ich glaubte auch, dass es auf großen Schiffen besser wäre, und sobald ich wieder 20 bis 30 Mark mein eigen nennen konnte – das monatliche Honorar war 12 Reichsmark – wollte ich abmustern, zurück nach Hamburg, um einen neuen Anlauf zu nehmen. Noch einmal fuhr ich mit nach England, um eine Ladung schwarzer Diamanten zu holen. Das Schiff fuhr diesmal wieder nach Glückstadt zurück, wo ich abmusterte. Es war ein schöner Tag. Ich legte mein müdes Haupt am Elbdeich nieder, um stundenlang zu schlafen, was mir auch vorzüglich gelang. Noch ganz dusselig löse ich eine Fahrkarte nach Hamburg, vergesse jedoch meine Seekiste und glaube auch unterwegs nichts davon bemerkt zu haben: jedenfalls bin ich erst im Hamburg wieder richtig zu Besinnung gekommen. Mein Schlafbaas fragte, was er nun mit mir machen sollte, und meinte, es wäre wohl am besten, mich per Frachtgut nach Hause zu schicken. Davon wollte ich aber nichts wissen. Nur kein kleines Fahrzeug wieder und nicht als Koch war meine Bedingung.

Ich hatte vorläufig einige bequeme Tage. Es erschien allerlei Seevolk auch einige Sylter, ich schöpfte Mut. Ein paar junge Seeleute nahmen mich mit in Seemannskneipen. Die dort verkehrenden Mädchen waren dritter Güte, ich sah und hörte mit Erstaunen allerlei mehr als für junge Menschen in dem Alter zu empfehlen ist. Meine angeborene Bremsvorrichtung funktioniert schon damals sehr gut und hat auch später noch manches Mal in Tätigkeit treten müssen. Ich war zwar kein Tugendbold, aber mir immer im Klaren darüber, dass man letzten Endes für seine Handlungen gerade stehen und die Rechnung bezahlt werden muss (die einzigen Schulden vor denen man sich nicht drücken kann).

Es mögen so 8 bis 10 Tage verstrichen sein, da bekam ich eine Heuer als Kajütsjunge auf einem holländischen Schiff „Meden". Der Kapitän hieß Meinke. Es war eine Brigg, ein Typ, der wohl kaum noch irgendwo anzutreffen ist. Ein Zweimaster mit Rahen an beiden Masten für die Rahsegel. Der Heimathafen war Groningen in Holland. Obgleich das Schiff nur um die Hälfte größer war als das Glückstädter, so fuhr es doch nach den Tropen. Die Besatzung bestand aus: Kapitän, Steuermann, 2 Vollmatrosen, 1 Leichtmatrose, Koch, Decksjungen und meine Wenigkeit. Wenn ich noch die Kapitänsfrau und die dazugehörigen 2 Kinder mitzähle, so waren im Ganzen 11 Personen (9 Holländer und 2 Deutsche) an Bord.

Über mein An-Bord-Gehen ist in meiner Erinnerung nichts haften geblieben; jedenfalls war niemand gemein oder hässlich gegen mich. Ich schlief in der Steuermannskajüte, wo nur zwei Kojen eingebaut waren. Meine Tätigkeit bestand darin, die Kajüten rein zu machen, den Tisch zu decken, das Geschirr abzuwaschen, hin und wieder der Frau behilflich zu sein, und wenn ich hinten entbehrt werden konnte, war ich außerdem Decksjunge, wurde also gedrillt für die seemännische Arbeit. Ich hatte es zwar nicht leicht, aber im Vergleich zu den ersten beiden Monaten bedeutete meine neue Stellung trotzdem eine Erleichterung. Ich war wieder Mensch unter Menschen, die zwar einfach und derb in der Art, aber ehrlich und anständig in der Gesinnung waren, der richtige Seemannstyp. Ich saß in der Kajüte mit dem Kapitän, dessen Frau und Kindern und dem Steuermann zusammen.

Nachdem wir den offenen Ozean erreicht hatten, gab es viel schlechtes Wetter. Der Golf von Biskaya war wie gewöhnlich schlechter Laune, und bei den Azoren hatten wir ebenfalls viel Sturm. Unser Schiff lag bald ebenso viel unter wie über dem Wasser; es war jedenfalls die Vorstufe zum Unterseeboot und ein Beweis dafür, dass ein Schiff ganz gut eine Weile unter dem Wasser fahren kann, ohne am Leib oder Seele Schaden zu nehmen. Gekocht konnte nicht werden, weil die Kombüse dauernd unter Wasser stand. Was nicht niet- und nagelfest oder seefest gelascht war, torkelte durcheinander; dann zerriss und zerbrach natürlich allerlei. Böen setzten ein, die Segel mussten gerefft bzw. ganz festgemacht werden. Sehr lange standen wir paar Menschen dann oben auf den Rahen und bemühten uns, die aufgeblähten und schlagenden Segel zu bändigen. „Eine Hand fürs Schiff und eine Hand für das Leben" ist ein altes Seemannssprichwort, aber es liegt leider so, dass die eine Hand für das Schiff oft nicht genügt. Man riskiert beide und das Leben steht für Momente in höchster Gefahr. Ein Aufblähen des Segels, das man soeben mit größter

Mühe zusammengerafft hat, genügt, um allen Halt zu verlieren und rückwärts an Deck und in die See zu stürzen. Dieses Malheur passierte eines Tages dem Schiffsjungen sogar bei gutem Wetter. Er blieb bei dem Sturz in den Wanten, Kopf nach unten, hängen und erlitt wie durch ein Wunder keine Verletzungen, sondern konnte, nachdem wir ihn befreit hatten, seinen Dienst sofort wieder aufnehmen.

Der Kapitän, seine Frau, der Steuermann, der Koch und ein Matrose stehen jetzt ganz deutlich vor mir; ihre Züge haben sich durch unser langes Zusammensein sehr scharf in meine Erinnerung eingeprägt, so dass ich jeden sofort wiedererkennen würde, wenn er in der gleichen Form vor mir erschiene. Ein paar Worte des Steuermannes, die er kurz nach unserer Abfahrt, während eines kleinen Gespräches mit mir, sagte, habe ich nicht vergessen. Er fragte, wie ich eigentlich dazu gekommen wäre, den Beruf eines Seemannes zu wählen, und gleich weiterfahrend sagt er, dass diese Laufbahn noch viel zu hart sei für jemand, der Vater und Mutter umgebracht hätte. Wie alte Seeleute auf solche griesgrämigen Ansichten kommen konnten, habe ich erst später verstanden. Meine Jugend, die anständige Behandlung und der Mangel an Erfahrung gaben mir noch nicht das rechte Blickfeld über das Werden und Enden eines Seemannes. Aber Tatsache ist, dass die Achtung und der Verdienst in keinem Verhältnis steht zu den Leistungen und Gefahren, die der Beruf mit sich bringt.

Kpt. Carl Thiesen: Die Sturmflut 1911

Der November des Jahrs 1911 begann mit starken Stürmen, die am 5. und 6. des Monats eine gewaltige Sturmflut brachten. Am Spätabend des 5. November stand ich mit einigen meiner alten Schulkameraden am Übergang Strandstraße im Schutze der dort in Sicherheit gebrachten Strandkörbe. Es herrschte zu der Zeit voller Sturm, so dass man sich dort oben im Freien kaum halten konnte. Ich war nun schon viermal um Kap Horn, dem Cap der Stürme gekommen, aber selbst dort hatte ich solches Wetter noch nicht erlebt. Trotzdem glaubten wir an keine Gefahr und waren gegen 23 Uhr auf die Plattform hinunter gegangen. Aber nur für kurze Zeit, denn unter uns knisterte es im Gebälk so stark, dass es uns unheimlich wurde und wir wieder nach oben liefen. Um Mitternacht sahen wir, wie die ganze Plattform wegriss, nur der Musikpavillon stand noch, es sah aus, als ob die wilde See einen Felsen umtobte. Plötzlich schwamm derselbe, immer noch aufrecht stehend, mit seinem Fundament nach Norden fort. Dann sahen wir im Mondschein, dass der Pavillon umkippte und wie eine Wiege davon schwamm. Eine halbe Stunde später brach die Kurhausstrandhalle zusammen, und ihre Trümmer verschwanden in der brodelnden See. Am nächsten Morgen tobte der SW-Sturm immer noch und waren viele Menschen auf den Dünen zwischen Miramar und Haus „Breitenfeld" versammelt. Als ich zum Übergang Friedrichstrasse kam, sah ich, dass auch Klubes Strandhalle während der Nacht verschwunden war. Vor den Dünen

Promenade nach Sturmflut 1911

vor Westerland waren 16 Meter abgerissen worden. Durch die aufregenden Geschichten am Weststrande war es den meisten Westerländern gar nicht zu Bewusstsein gekommen, dass ihrem Städtchen auch von einer anderen Seite her Gefahr drohte. Die ganze Südermark stand unter Wasser. Wie schon einmal im Dezember 1909 glich der Gaadt zeitweise einem Strom und westlich von Süderende stand das Wasser an den Geleisen der Südbahn.

Am 7. November schien die Wut des Sturmes gebrochen. Der Wind hatte auf West gedreht und flaute zwischen harten Regenböen langsam ab. Am Nachmittag dieses Tages war ich alleine zuhause, als ich im Hausflur schwere Schritte hörte. Als ich die Küchentür öffnete, stand Tönnis H. Theunis in Ölzeug und Südwester vor mir. Ich wusste sofort, dass das Rettungsboot, dessen Vormann Tönnis war, eine Fahrt machen solle, und mein erster Gedanke war, dass dann auch Vater mit müsste. Tönnis hatte es eilig und teilte mir nur kurz mit, dass im Süderhaff ein Fahrzeug gestrandet wäre und ich möchte Vater bestellen, dass er schnellstens zum Bootsschuppen käme. Zum Glück wusste ich, wo Vater sein Ölzeug und die Seestiefel aufbewahrte, gerne hätte ich für ihn heißen Kaffee und einigen Proviant zurecht gemacht, aber das würde zu lange dauern und so lief ich mit den Stiefeln über der Schulter und dem Ölzeug unterm Arm zu den Magazinen der Badeverwaltung, in denen Vater während des Winters beschäftigt war. Vater saß mit dem Magazinverwalter Theodor Lassen in dessen kleinem Büro und sie hatten gerade auf dem Kanonenofen ihren Nachmittagskaffee heiß gemacht, als ich mit meiner Last und der Alarmmeldung hereinplatze. Vater band sich gleich den Südwester fest, zog die Öljacke über und wollte gleich los. Aber Theodor, die beiden waren übrigens Vettern, meinte: „Nu drink doch wenigstens ´n Tass heeten Kaffee!“ Was dann auch geschah. Die Stiefel musste ich noch weiterhin tragen, da Vater in denselben schlecht längere Zeit gehen konnte. Es wehten wohl noch immer sieben Windstärken, aber im Schutz der Dünen kamen wir gut vorwärts. Schon von weitem sahen wir, dass das Rettungsboot bereits aus dem Schuppen gezogen war, aber noch auf dem Wagen stand. Carl Peters stand auch schon mit seinem Gespann da, die Pferde standen mit hängenden Köpfen neben dem Schuppen. Carl musste sie ordentlich gehetzt haben. Außer der Bordbesatzung, welche sich im Schuppen fertig machte, waren auch mehrere Männer vom Rettungschor zur Stelle und eine Anzahl Junggasten. Von diesen erfuhr ich nun auch Näheres. Zwischen Tinnum und Keitum war an der Haffkante ein Kutter gestrandet und zeigte angeblich Notsignale. Tönnis hatte inzwischen seinen Männern erklärt, dass er versuchen wolle, übers Südermark ins Haff zu kommen. Es war ein Glück, dass es damals dort noch keine Fennen mit Drahtzäunen gab. Von der Bootsbesatzung, die inzwischen auch ihre Korkwesten umgebunden hatte, fehlte noch ein Mann. Wenn ich mich nicht irre, war es Anton Laugesen, dessen Haus in Süderende durch die Flut stark bedroht und dessen Frau gelähmt war. Aber Tönnis meinte, es wären ja genug junge Leute da, die gerne mitgingen. Wir alle meldeten uns, aber der Vormann wählte dann „Peu", der damals schon dem Corps angehörte. Meinem Vater war es so auch lieber, schon Mutters wegen, die ja noch nichts von diesem Einsatz wusste. Es mag gegen ½ 4 Uhr gewesen sein, als wir mit „Alle Mann" den Bootswagen über die Gleise der Bahn hinweg ans Wasser schoben. Der Wagen wurde hochgekippt und das Boot schwamm flott. Die Männer sprangen hinein, Tönnis als letzter, der den Steuerriemen ergriff und das Kommando „Ruder an überall" gab. Wir Zurückgebliebenen schauten dem Boot noch lange nach, bis es in einer Regenbö außer Sicht kam.

Als ich daheim Mutter vom Einsatz des Bootes berichtete, machte diese sich deswegen weiter keine Sorgen, zumal die Fahrt ins Wattenmeer ging. Während ihrer Kindheit hatte sie in ihrem Elternhaus in Süderende so manche Sturmflut und Überschwemmung miterlebt, die sie eigentlich nur deswegen als unangenehm empfunden hatte, weil sie auf dem Tisch hätten sitzen müssen, da die Flut wohl einen Fuß hoch im Haus stand. Bei Ebbe sei das Wasser dann wieder abgelaufen und hätten sie zu Bett gehen können. Soweit sie sich erinnern konnte, wären Menschen bei solcher Sturmflut, jedenfalls in Westerland, nie zu Schaden gekommen.

Als es dann aber immer später wurde, und Vater nicht heimkam, begannen wir doch allmählich unruhig zu werden. Als wir gegen Mitternacht noch einmal vors Haus traten, war der Wind völlig abgeflaut und heller Mondschein. Es war wohl kaum anzunehmen, dass dem Boot und seiner Besatzung etwas zugestoßen war, und wir begaben uns zur Ruhe. Dass Mutter allerdings viel Schlaf fand, glaube ich nicht. Am anderen Morgen herrschte schönes sonniges Wetter und wehte eine leichte Brise aus Nordwest. Über das Boot und seine Mannschaft konnten wir nirgends etwas erfahren. Es mag kurz vor Mittag gewesen sein, als Vater zuhause eintraf. Zu unserer Verwunderung war er keineswegs abgespannt, sondern in bester Laune.

Es folgt nun der Bericht über den Verlauf dieser Einsatzfahrt, wie Vater ihn uns damals geschildert hat und ich ihn in Erinnerung habe:
Ohne irgendwelche Grundberührung zu bekommen, waren sie auf die Stelle zugerudert, wo der Steidum Inge- und der Wadens-Sil zusammenstoßen und in das Haff münden. Nunmehr konnten sie Mast und Segel setzen und nahmen bei frischem Westwind Kurs auf den Havaristen. Der Fischer und sein Gehilfe standen an Deck. Auf Tönnis seine Frage, ob er Hilfe benötige, lehnte der Fischer dankend ab mit der Begründung, sein Fahrzeug hätte keine Schäden erlitten und mache kein Wasser. Jedoch ersuchte der Fischer, für ihn ein Telephongespräch mit Büsum zu führen. Dass der Fischer dafür der Bootsbesatzung eine Flasche Schnaps überreichen ließ, wurde von dieser nicht abgelehnt, zumal es ziemlich kühl war und sie noch einen langen Heimweg vor sich hatten. Nun war wohl jeder im Boot sich darüber klar, dass sie die Rückfahrt nicht wieder über Steidum Inge machen könnten, da dort das Wasser bei der eingetretenen Wetterlage fallen würde und so kaum Aussicht bestand, auf diesem Weg den Schuppen zu erreichen. Deshalb waren alle durchaus damit einverstanden, als Tönnis erklärte, dass er um Nösse nach Munkmarsch segeln wolle. Nachdem dieser dem Fischer „guten Erfolg“ gewünscht hatte, wurden die Segel gesetzt und Kurs auf Morsum Odde genommen. Inzwischen war es dunkel geworden, aber bald ging der volle Mond auf, die

Regenböen hatten aufgehört. Als im Boot alles aufgeklart war, ließ Tönnis die Flasche kreisen, und ein kräftiger Schluck frischte die Lebensgeister der Männer wieder auf. Nach einiger Zeit hatten sie die Lichter von Keitum quer, und diejenigen an Backbord voraus mussten von Archsum stammen. Dazwischen lag eine weite, vom Mond beschienene See, welche das tief gelegene Marschland „Anwachs" bedeckte. (Dieses Land stand damals bei hohen Fluten oft unter Wasser. Zur Markierung des Weges zwischen beiden Dörfern war derselbe mit Buschpricken bedeckt, damit ein Fuhrwerk, welches von der Flut überrascht worden war, noch seinen Weg finden konnte). Der Bugmann, Hein Laugesen, hielt scharfen Ausguck voraus nach den Pricken, aber als er dann einen erblickte und ihn meldete, hatte das Boot ihn schon passiert. Gott sei Dank. Bald hatte man die Keitumer Bucht erreicht und steuerte nun unter Landschutz auf Munkmarsch zu.

Bei Peter Nann (im Munkmarscher Fährhaus) waren noch Gäste. Diese, sowie auch der Wirt selber, staunten nicht wenig, als die Männer mit ihrem Vormann Tönnis H. Theunis an der Spitze ins Lokal marschierten. Es hätte diesem nicht ähnlich gesehen, wenn er nicht gerufen hätte: „Giv uns erstmol'n Punsch, Peter!" Bei diesem einen, er ging auf Peters Rechnung, ist es wohl nicht geblieben. Vater drückte sich da nicht ganz klar aus, wohl Mutters wegen. Aber von Punsch allein kann man nicht leben und jeder Mann bekam auch etwas zu essen und irgendwie nachher noch bei dem gastfreien Peter ein Nachtquartier.

Peter Otto u. Karl August Matzen: Land unter 1923

Karl August Matzen:
Dieses Haus, in dem wir jetzt sitzen, hat unser Urgroßvater 1850 gekauft, damals schon eine alte Kate, vielleicht an die 200 Jahre alt. Unser Urgroßvater war Kapitän, hatte gerade geheiratet und wollte nun das Haus für seine Familie herrichten. Aber dazu ist er nicht mehr gekommen. Sein Schiff ist mit Mann und Maus untergegangen. Da musste unsere Urgroßmutter das alte Haus alleine in Stand setzen.

Peter Otto Matzen:
Unsere Eltern hatten so neun Hektar Land und drei Kühe. Wir lebten nur von dem, was wir auf unserem Hof selbst erzeugen konnten. Jedes Jahr wurden zwei Schweine, vier Schafe und ein paar Hühner geschlachtet. Das Schwein, das im Herbst geschlachtet wurde, war immer ein dickes Schwein, so drei- bis dreieinhalb Zentner. Das Schwein, das im Frühjahr geschlachtet wurde, war immer etwas magerer. Unser Vater hatte Zimmermann gelernt und hat im Sommer noch so nebenbei in der Zimmerei gearbeitet. Aber das Geld, das er im Sommer verdiente, musste für den Winter zurückgelegt werden. Im Sommer lebten wir vom Eierverkauf. Die wurden zum Kaufmann gebracht und dafür wurden Waren gekauft. Die Butter kriegten wir zurück von der Molkerei, wenn wir die Milch ablieferten. Manchmal sind wir mit unserer Mutter zu Fuß nach Westerland gelaufen und haben dort die Butter verkauft.

Karl August Matzen:
Ich kann mich noch an den 30. August 1923 erinnern, als das Wasser in einer großen Welle kam. Die Nachbarn liefen zusammen und wussten nicht, was davon werden sollte. Die Großeltern mussten raus und die Kühe von den unteren Weiden holen. In Archsum sind zwei alte Leute ertrunken. Die hatten ihre Enkelin dabei, als sie rausgingen das Vieh hoch zu holen. Die wurden vom Wasser eingeschlossen und konnten

nicht mehr zurück. Sie haben das Kind auf einen Pfahl gesetzt und sich noch selbst an dem Pfahl festgehalten. Da kam der Schlachter Ratzlaff mit seiner Kutsche, der hatte das beobachtet. Er hat das Pferd ausgespannt und ist durch das Wasser hin geritten. Er hat das Kind noch auf das Pferd gesetzt, aber die Alten sind wohl von der Strömung umgerissen worden und ertrunken.

Hochwasser in Morsum 1923

Peter Otto Matzen:
Da war ich gerade acht Jahre alt. Die Flutwelle kam so schnell, dass wir vor ihr herlaufen mussten. Das Wasser kam über den Wall und schlug gegen die Hauswände. Erst als 1936 der Nössedeich hinter dem Haus gebaut wurde, hatten wir Schutz vor dem Wasser.

Carla Thiele: Tod im Anwachs[2]

Mein Elternhaus stand in Morsum. Wir hatten so eine mittelgroße Landwirtschaft. Wir Kinder waren gesund und fröhlich, aber wir mussten viel helfen in der Landwirtschaft. Meine ältere Schwester und ich, wir mussten jeden Morgen vor der Schule in den Anwachs die Schafe tränken und umtütern, damit die einen neuen Kreis zum Fressen hatten. „Anwachs" nennen wir die Wattwiesen zwischen Morsum und Keitum, die auch heute noch oft unter Wasser stehen. Das war ein ganzes Stück Weg zu gehen. Wir mussten früh aufstehen. Wenn wir zurückkamen, wurden wir mit Essen und Trinken versorgt. Dann ging es ab in die Schule. Nach dem Mittagessen mussten wir nochmal los, die Schafe umtütern.

Carla Thiele (ganz links)

Im August 1923 hatten wir einen schweren Sturm. Ich war gerade zehn Jahre alt. Die Korngarben wurden vom Sturm aufgehoben und flogen weit über die Stoppelfelder durch die Luft. Vom Westen drückte das Meer und setzte das Land unter Wasser. Mein Vater ging raus, um bei dem Vieh zu sein. Unsere Fenne hatte so eine Erhebung. Darauf ist er dann vom Wasser eingeschlossen worden. Wir konnten aus der Dachluke unseren Vater sehen, wie er stundenlang auf diesem kleinen Hügel ausharren musste, bis das Wasser wieder abgeflossen war. In Archsum sind an diesem Tag zwei Menschen ertrunken. Die Morsumer haben gesagt, das sei ein Seebeben gewesen. Mein Vater ist 1959 im Anwachs ums Leben gekommen.

[2] Salzwiese

Es war eine kalte Februarnacht. Wir hatten Sturm, und das Wasser war gestiegen. Mein Vater kam spät von einer Sitzung im Pastorat nach Hause. Er sagte noch zu meiner Mutter, dass er die Schafe noch hochholen wolle. Dann nahm er eine Lampe und ging raus. Es war schon Nacht und er kam nicht mehr zurück. Als sie meinen Vater am nächsten Tag fanden, standen seine Schafe um ihn herum, Er hatte sie noch aus dem Anwachs hochgeholt. Herzschlag durch Unterkühlung, hat der Arzt gesagt.

Kapitel III

Jungenderinnerungen der Jahrgänge 1890 – 1938

Alwin Pflüger: Ich bin ein schlichter Bauersmann

Mein Urgroßvater Peter Boy Andresen, 1816 in Tinnum geboren, fuhr als junger Mann zur See. Damals war die Westindienfahrt in Blüte. Er ließ sich aber schon in jungen Jahren in Venezuela als Kaufmann nieder, wo er es schnell zu Vermögen brachte. Er besaß Kaffeeplantagen, Häuser und handelte mit Waren. Als Fünfundzwanzigjähriger verlobte sich mein Urgroßvater mit der Westerländerin Ingeborg Hinrichs. Als nun der zukünftige Bräutigam nach der Verlobung wieder nach Venezuela musste, und die junge Verlobte allein auf der Insel zurückblieb, widmete ihr ein Onkel zum Neujahr 1841 folgende Verse:

Alwin Pflüger 1938/39

Nichte, Du hast viele frohe Stunden,
Danke Deiner Tante oft dafür;
Zwanzig Jahre sind Dir leicht verschwunden
Dunkel liegt die Zukunft vor der Tür.

Bleibe standhaft, wenn von Dir geschieden
Dein Geliebter in der Fremde weilt.
Nicht die Wankende hat Seelenfrieden,
Treuer Liebe wird sie (er?) nur erteilt.

Die beiden heirateten bald und hatten zwei Kinder. Wenige Monate nach der Geburt des Sohnes Theodor starb die Mutter 1850 in Venezuela. Fünf Jahre später heiratete mein Urgroßvater wieder eine Westerländerin, Erkel Hinrichs, die jüngere Schwester seiner verstorbenen Frau. Nun baute er in Westerland am Kirchenweg, nahe der Alten Dorfkirche ein geräumiges Friesenhaus mit Landwirtschaftsteil und Backhaus. Er fuhr noch einige Male nach Venezuela, und ließ im Übrigen seinen dortigen Besitz zunächst durch seinen dort ansässigen Bruder und später durch seinen Sohn Theodor verwalten. In seinem Haus in Westerland bewahrte er in einem Geldschrank Gold und Wertpapiere auf, von deren Erträgen allein die Familie mit sechs Kindern gut leben konnte. Dennoch wurde im Hause sparsam gewirtschaftet. Entweder gab es zum Morgenkaffee Sirup oder Butter aufs Brot, aber nicht beides. Im eigenen Backhaus wurde das Brot gleich für eine Woche im Voraus gebacken. Kaffee gab es im Überfluss von den Plantagen in Venezuela. Irgendein Sylter Kapitän brachte den Rohkaffee mit, so dass nicht einmal Frachtkosten entstanden. Als mein Urgroßvater 1897 verstarb, hinterließ er seiner Frau ein beträchtliches Vermögen, dessen Zinsen sie nicht verbrauchen konnte und das sie zwanzig Jahre später an ihre Kinder vererbte.

Für den zweitältesten Sohn, meinen Großvater Albert Andresen, war es von Kindheit an der Wunsch, Landwirt zu werden. Er liebte Pferde und diente als junger Mann bei den Schleswiger Husaren ein Jahr länger, als Dienstpflicht war. Von Schleswig aus ritt er zum Kaisermanöver nach Berlin, wovon er uns gerne und ausführlich erzählte. Von der kaufmännischen Begabung seines Vaters hatte mein Großvater nichts geerbt. Geld und Wohlstand zu erwerben, kam ihm nicht in den Sinn. Saß ich als kleiner Junge nach Feierabend im Sommer neben ihm südlich am Haus auf der Bank, sang er gern ein Lied, von dem ich den Anfang behalten habe:

Ich bin ein schlichter Bauersmann,
nicht vornehm und nicht fein,
doch lieb ich den geringen Stand
und will nichts anderes sein...

Albert Andresen 1941

Wie alle seine Brüder war er musikliebend und spielte viele Jahre im Westerländer Musikverein die Posaune. Er bewirtschaftete nur wenige Hektar Land mit Korn und Kartoffeln, hatte drei Kühe, ein paar Schafe, Schweine, Hühner und zeitweise noch Pferde. So hatte er genug Zeit, einem Nebenerwerb nachzugehen, und das tat er mit Liebe. Zwanzig Jahre, von 1904 bis 1924, betreute er als Kojenwärter die Eidumer Vogelkoje im Süden von Westerland, die sein Schwiegervater mitbegründet hatte. In dem kleinen Strohdachhäuschen in der Koje hingen Gewehre und Pistolen aus dem Besitz unserer Vorfahren, alte Modelle, Vorderlader, bis sie eines Morgens gestohlen waren. Das einzige Buch, was im Wärterhäuschen zu finden war und bei Schlechtwetter zur Hand genommen wurde, war der „Illustrierte Hauptkatalog" des Versandhauses August Strukenbrok aus dem Jahre 1912. Kein Wunder, dass mein Großvater die „Abteilung Schusswaffen" mit Preisen auswendig kannte.

Wärterhaus von A. Andresen

Die gesamte Anlage war von einem Sodenwall und einem Graben umgeben. Die Anpflanzung dahinter bestand aus verkrüppelten Sträuchern und Bäumen der verschiedensten Art. Die Kronen der Bäume neigten sich infolge des vorherrschenden Westwindes nach Osten. Durch das Gestrüpp führte ein schmaler, selbstgetretener Weg um den Teich, ein künstlich angelegtes Süßwasserbecken, das die Flugenten zur Zwischenlandung einlud. Auf dem Teich schwammen Lockenten, die an einem Flügel beschnitten waren. Sie waren an den Anblick meines Großvaters gewohnt, wurden von ihm nach einem ausgeklügelten Plan gefüttert und hörten auf seinen Pfeifton. An fünf Stellen, um die wechselnden Windrichtungen ausnützen zu können, gingen von dem Teich Fanggräben aus, die man „Pfeifen" nannte. Am Ende der „Pfeifen" waren Netze angebracht, in die die gerade gelandeten Flugenten beim Anblick des Wärters flüchteten und gefangen wurden. Mein Großvater holte dann die Enten einzeln heraus und tötete sie mit einem kurzen Druck seines Daumens auf den Nackenwirbel und einem kurzen Schwung.

Die Aufgaben meines Großvaters als Kojenwärter waren in einem Vertrag vom 30.3.1904 genau festgelegt. Darin hieß es u.a.:

Albert Andresen verpflichtet sich, täglich drei Stunden (und zwar morgens), in der Koje zu verweilen, die zahmen Enten zu füttern, sowie alles, was zu deren Pflege erforderlich ist, zu beschaffen.

Während der Fangzeit hat der Kojenwärter den ganzen Tag in der Koje zu verweilen, und verpflichtet sich, in der Koje keinen Tabak zu rauchen, auch keine alkoholischen Getränke daselbst zu gebrauchen und alles zu vermeiden, was die Vögel verscheuchen kann.

Der Fremdenbesuch in der Koje ist gestattet, jedoch stets nur in der Aufsicht des Kojenwärters und zwar an jedem Nachmittage von 4 Uhr an in der Zeit vom 1. Juni bis zur festgesetzten Fangzeit. Der Kojenwärter kann eine Vergütung von 50 Pfennig à Person beanspruchen.

Der Kojenwärter erhält als feste jährliche Einnahme 365 Mark in 1/4 jährlichen Raten. Ferner erhält derselbe für die gefangenen Enten wie folgt: Für die ersten 2000 Enten 3 Pfennig à Stück, von 2-3000 4 Pfennig à Stück und über 3000 5 Pfennig per Stück vergütet.

Wie wertbeständig unser Geld damals war, beweist die Tatsache, dass mein Großvater die gleiche Vergütung erhielt wie sein Vorgänger drei Jahrzehnte zuvor. Ferner bestimmte der Vertrag, dass das in der Koje zu gewinnende Heu und Reet, soweit es nicht für die Schutzwände und die Bedachung der Hütte in der Koje gebraucht wurde, dem Kojenwärter überlassen wurde. Das war nicht ganz unbeachtlich für meinen Großvater. 1914 erntete er z.B. 15 ½ Draf Reet. Ein Draf bestand aus 20 Bund von je 83 cm Umfang und erbrachte 6 Mark und 50 Pfennige. also eine zusätzliche Einnahme von 100 Mark. Hinzu kamen mehrere Fuder Heu für den Bedarf in der eigenen Landwirtschaft. Als ich einmal als kleiner Junge beim Einbringen von Heu und Reet in der Koje geholfen hatte, war der zusätzlich engagierte Arbeiter Nis Nissen von meinem Eifer so angetan, dass er meinem Großvater erklärte, ich brauche keinen Beruf zu erlernen, vielmehr könnte ich auch als Arbeiter nach Beendigung der Schulzeit mein Brot sofort verdienen. Es sei auch nicht nötig, dass ich die Mittelschule besuchte, die nur „unnützes Geld" koste.

Im Sommer kamen Kurgäste um die Koje zu besichtigen. Ein Kurgast unterschied sich damals in seiner Kleidung grundlegend von einem Eingesessenen. Wir sahen sie schon von weitem kommen, weil wir um diese Zeit meistens außerhalb der Koje mit der Heuernte beschäftigt waren. Von der Möglichkeit 50 Pfennig pro Person zu erheben, wie in seinem Vertrag stand, machte mein Großvater keinen Gebrauch. Sein Vorgänger hatte ihn bei der Einweisung in seine Aufgaben ausdrücklich darauf hingewiesen, dass die bescheidene Forderung „nach Belieben" oder „ganz nach Belieben" mehr als 50 Pfennige erbringe. Und so war es auch, wie ich bezeugen kann. Aber die Kurgäste kamen natürlich vereinzelt und nicht in Scharen wie heute überall dort, wo es etwas zu besichtigen gibt.

Die unzähligen Stunden und Tage, die ich allein mit meinem Großvater in der Vogelkoje verbracht habe, zählen zu den schönsten Erinnerungen. Er wurde nie müde, mir meine Fragen zu beantworten, und so erfuhr ich, wie es in seiner Kindheit auf Sylt ausgesehen hatte und was er von seinen Vorfahren und anderen Familien wusste. Seine wohltuende Stimme klingt mir noch heute in den Ohren. Einen gütigeren Menschen habe ich nie kennengelernt. In der Ehe hatte meine Großmutter das Sagen.

Anspruchslos wie mein Großvater und stets zufrieden, war sie lebenstüchtig, klug und kritisch. Wenn in der Dämmerstunde die Milchkunden kamen, begannen die Erzählungen, wobei mein Großvater und ich Zuhörer waren. Ich sprach nicht friesisch, verstand es aber so gut wie deutsch. Interessiert hörte ich den Erzählungen meiner Großtante Merry zu, die jahrelang ihre Milch bei meinen Großeltern abholte und immer eine Stunde in der Dämmerung blieb. Ihr Vater und ihr Schwiegervater waren bekannte Segelschiffskapitäne gewesen. Während ihrer Ehe lebte sie mit ihrem Mann, der als Obersteuermann auf einem Mississippidampfer fuhr, einige Jahre in Nordamerika. Die vielen Gespräche im Haus meiner Großeltern erstreckten sich über Tagesereignisse und Sorgen des Alltags hinaus häufig auf frühere Zeiten, auf das Leben unserer Vorfahren. Man war familien- und traditionsbewusst. Schon meine Urgroßeltern hatten Familienforschung betrieben und viele Aufzeichnungen hinterlassen bis in die Zeit von Lorenz de Hahn zurück. Mein Wunsch, später einmal zur See zu fahren und damit in die Fußstapfen meiner Vorfahren zu treten, war früh bei mir vorhanden. Meine Schulentlassung 1923 fiel in das Jahr der Hochinflation. Der Erste Weltkrieg lag gerade fünf Jahre hinter uns. Die Wirtschaft und damit auch die Schifffahrt lagen total darnieder. Als sich im Laufe des Jahres für mich keine Aussicht eröffnete, als Schiffsjunge unterzukommen, ließ ich es über mich ergehen, in eine Banklehre gesteckt zu werden. Schließlich lebten wir damals in einer Zeit, in der der Wille der Eltern den Ausschlag gab, und ich war bei meiner Schulentlassung kaum vierzehneinhalb Jahre alt.

Nach dem Tode meiner Mutter 1929 verbrachte ich die Sommerferien und das Weihnachtsfest stets im Hause meiner Großeltern, wo ich ja von Kindheit an „zuhause“ war. Mein Großvater starb 1947 im 89. Lebensjahr, meine Großmutter 1948 im 91. Lebensjahr. Beide waren bis zuletzt gesund, hatten kaum ein graues Haar und blieben dem Leben verbunden. Sie hatten fünf Kriege überlebt.

Max Petersen: Ein Westerländer Junge

Meine Mutter, Marie Christine Thiesen, entstammte einer alteingesessenen Sylter Friesenfamilie, welche im Ortsteil „Süderende“ von Westerland ansässig war. Mein Großvater gehörte zu den Kapitänen der Segelschiffsperiode und hatte die ganze Welt umsegelt. Auf Friesisch sagten wir „Gooke“ zu ihm, nicht „Großvater“ oder Opa. Von ihm bekam ich die ersten blanken Schlittschuhe, nachdem ich bis dahin Holzschlittschuhe gehabt hatte. Wie die meisten derzeitigen Kapitäne, setzte auch Großvater sich schon in den besten Jahren zur Ruhe, ehe er fünfzig Jahre alt war. Und wie es auch regelmäßig festzustellen war, wurden dann erst die meisten Kinder geboren. Beides war mit der wirtschaftlichen Lage schwer in Einklang zu bringen, denn die guten Ersparnisse waren für den Ruhestand gedacht in einem schon bestehenden Rahmen. Da unsere Mutter die älteste Tochter war, hat sie, während ihre Mutter viel krank war, ihre jüngeren Geschwister zum großen Teil aufziehen müssen. Mein Vater, Thede Hans Peter sen., stammte von der Hallig Langeness, wo seine Vorfahren auch seit Generationen ansässig waren. Vater erlernte in Westerland das Maurer- und Zimmererhandwerk, blieb dann auf Sylt und lernte unsere Mutter kennen. Im Jahre 1878 heirateten sie und kauften in Tinnum ein kleines bäuerliches Gewese, wo dann meine vier älteren Brüder Magnus, Julius, Thorwald und Karl August Matzen geboren wurden. Im Jahre 1882 wanderte mein Vater für fünf Jahre nach Amerika aus. Eine Wirtschaftskrise war die Ursache einer ausgedehnten Auswanderung in die USA, und so wollte auch mein Vater sein Glück versuchen, nachdem schon zwei seiner Brüder drüben waren. Unsere Mutter verlebte die Jahre auf Sylt und auf Langeness bei den Schwiegereltern. Nach fünf Jahren kehrte mein Vater zurück, nachdem er sich einen Grundstock erspart hatte, um in Westerland eine Existenz als Bauunternehmer zu gründen, welche er bis zu seinem Tode im Jahre 1914 betrieb.

Im Jahre 1888 wurde mit dem Neubau eines Logierhauses in Westerland begonnen. Es konnte 20-30 Gäste aufnehmen. In diesem Hause, Steinmannstrasse 9, erblickte ich am 7. April 1890 das Licht der Welt, die ich in den folgenden Blättern zu schildern versuche. Von meinem Einzug in diese Welt weiß ich nur, dass ich meine Mutter enttäuschte. Meine Großmutter begrüßte mich mit dem Ruf: „Werra en Jung". Meine Mutter hatte sich doch so sehnlichst nach den vier Jungens ein Mädchen gewünscht. Sie rief mich oft „Mieze" statt Max, und bei meiner Kleidung als kleiner Junge von 6-8 Jahren war es auffällig, dass viel Wert auf die Niedlichkeit meiner Anzüge gelegt wurde, was ich mir gerne gefallen ließ. Über meine ganze Laufbahn in der Schule ist nicht vieles von Bedeutung zu sagen. Ich war ein guter Durchschnittsschüler und gab unseren Lehrern möglichst wenig Anlass zum Ärger und wurde jeden Ostern in die nächste Klasse versetzt. In den oberen Klassen traf ich mit meinen Brüdern Thorwald und Karl August Matzen zusammen, da hier zeitweise zwei und drei Jahrgänge in einer Klasse waren. Mit einer solchen Klasse machte ich zum ersten Mal eine Reise aufs Festland, und zwar nach Flensburg. Ich sah zum ersten Mal ein Automobil, und in den Wäldern staunten wir über die gewaltigen mastenartigen Kiefernstämme und die Farnkräuter, die den Boden bedeckten. Rückblickend muss ich den Lehrer bewundern, der den Mut hatte, mit solchen Hinterwäldlern auf die Reise zu gehen. Ich muss allerdings betonen, dass wir uns alle Mühe gaben, im „Ausland" einen guten Eindruck zu machen. Einmal erlebten wir drei Brüder unsere Sommerferien in der Heimat unseres Vaters, auf Langeness bei Onkel Anton und Tante Jesine auf Hunkenswerft. Die Verbindung mit der Außenwelt bestand nur aus einem Postboot. Einige Bauern hatten noch ein Segelboot, mit welchem sie ab und zu nach Föhr oder Husum fuhren, um Petroleum, Zucker usw. zu holen. Einiges imponierte mir ganz besonders: Onkel Anton benutzte das Flurfenster als Sonnenuhr. An einem bestimmten Tag im Sommer zur bestimmten Stunde warf die Sprosse ihren Schatten auf eine Kerbe in der Fensterbank. Danach regulierte er seine Uhr. Heute, im Zeitalter des Rundfunks, ist so etwas kaum zu glauben.

Während unseres Ferienaufenthalts auf Langeness waren wir fleißig im Heu mit tätig. Auf der ganzen Hallig gab es ein Pferd, mit dem alle Halligbauern ihr Heu besorgten. Es war an einem Sonntag, und wir waren alle in der Kirche, als die Flut anfing zu steigen. Der Gottesdienst wurde sofort abgebrochen, und alle strebten nach Hause. Das Vieh kam ganz von selber. Wir erlebten, wie innerhalb weniger Stunden die ganze Hallig unter Wasser stand, so dass nur noch die Warften aus dem Wasser ragten. Die großen mit Netzen bedeckten Heudiemen segelten auf der Wasserfläche umher. Gegen Abend fiel das Wasser wieder, und die Hallig lag wieder friedlich da. Bei unserer Rückkehr nach Sylt hatten wir den Eindruck, als ob wir vom Dorf in eine Großstadt kamen.
Um ein klares Bild zu bringen, will ich mit dem Ablauf des Jahres zu Ostern beginnen. In der Woche vor Ostern zogen wir in die Wiesen, um Moos zu pflücken. Damit wurden unsere Botanisiertrommeln ausgepolstert. Am Ostersonnabend wurden von unserer Mutter eine Menge Ostereier hartgekocht, die wir dann färbten – 8 bis 10 Stück pro Mann – oder noch mehr. An den Ostertagen zogen wir dann alle aus unserem Ortsbezirk auf die Osterwiese im Norden von Westerland. Nun ging das Eierwerfen los. Jeder warf so hoch wie er konnte und so lange, bis das Ei beim Herunterfallen platzte. Die geplatzten Eier wurden gleich gegessen, und wenn man keine mehr essen mochte, wurden sie mit nach Hause genommen. Über Mittag wurde eine Pause gemacht, und dann ging es weiter bis zum Abendessen. Am 2. Ostertag war es genau dasselbe. Nach dem Osterfest kam die Zeit, in welcher Möwen- und Kiebitzeier gesucht wurden. Die Kiebitzeier suchten wir auf den feuchten Wiesen zwischen Süderende und Rantum, während die Möweneier in den Dünen von Rantum bis Hörnum oder am anderen Ende im Gebiet von List gesucht wurden. Zum Möweneiersuchen blieben wir 2 oder 3 Tage von zu Hause fort. Wichtig für eine längere Tour war natürlich der Proviant, und dabei natürlich vor allem, wenn es heiß war, das Getränk. Dieses bestand meistens aus Essig mit Wasser und Zucker. 2 Flaschen waren das wenigste, und die waren manchmal schon auf dem Hinweg leer. Von Westerland bis Hörnum marschierte man als Junge wohl 6 Stunden, wenn man am

Strand ging und nicht über Berg und Tal durch die Dünen. Wenn man aber auf dem Hinweg schon suchen wollte, dauerte es natürlich länger. In Hörnum übernachteten wir in den Unterkünften, welche für die Dünenpflanzer vorgesehen waren. Da es in den Dünen keine Wasserquellen gibt, war es natürlich schlimm, wenn man die Flaschen schon leer hatte. Beim Suchen der Möweneier muss man jede Dünenkuppe absuchen, meistens natürlich vergebens und oft durch die Möwen genarrt, die ein gewaltiges Geschrei anstimmen und einem um den Kopf herumfliegen, so dass man sich einbildet, ganz in der Nähe eines Möwennestes zu sein, was natürlich nicht stimmt. Nicht immer hatte man das Glück, einige Eier mit nach Hause zu bringen.

So wie das Osterfest hatte auch das Pfingstfest sein eigenes Gepräge. Dazu gehörte der alljährliche Ausflug nach dem Friesenhain. Da gab es Kaffee und Kuchen, Limonade, Würstchen. Schokolade und Bonbons. Leider gehörte in unserer Familie zum Pfingstfest auch dazu, dass wir Jungen neue Schuhe bekamen, was mir einmal das ganze Pfingstfest verdorben hat, da ich mir in den neuen Sandalen die Hacken wund gelaufen hatte. Zum Glück waren die Eltern meines Freundes Jürgen Bomhoff mit ihrem Gespann im Friesenhain, so dass ich mit ihnen nach Hause fahren konnte. Aber traurig war ich doch.

Zwischen dem Pfingstfest und dem Beginn der Badesaison gab es für die Westerländer Jungens noch ein Ereignis von großer Bedeutung, das war das Westerländer Schützenfest. Von diesem Fest durften wir keine Stunde versäumen. Wir machten den Umzug durch den ganzen Ort mit und marschierten im Schritt mit der Musik, die von der Kurkapelle bestritten wurde. Zwei Tage trieben wir uns auf dem Schützenplatz rum, und für uns war das Schützenfest erst zu Ende, wenn wir am 2. Tag den Schützenkönig in seinem Haus mit abgeliefert hatten. Ein weiteres Ereignis war es für uns, wenn auf dem Platz neben dem Gasthof Matz Petersen ein Karussell oder Delmdal mit seiner Schiffschaukel angereist kam. Das Karussell wurde von einem kleinen mageren Gaul gezogen, der mir immer sehr Leid tat. Die Schiffsschaukel zog man, wie heute noch, an den dicken Seilen. Am Abend veranstaltete Delmdal im Gasthof eine Laterna magica, den Vorläufer des Kinos, denn er brachte lebende (bewegliche) Bilder. Ein Schiff ließ er zwischen den Eisbergen schaukeln, indem er die Platte wackelte. Aber wir staunten. Als kleine Jungs hatten wir noch eine besondere Passion. Wir konnten stundenlang mit den fremden Orgeldrehern umherziehen von einem Ende des Ortes bis zum anderen. Manche von ihnen hatten einen dressierten Affen, der auf dem Orgelkasten seine Künste zeigte.

Nach dem Pfingstfest begann das große Rüsten für den Badebetrieb zur Aufnahme der Kurgäste. Das Haus musste blitzblank sein vom Keller bis zum Boden. Das erste Personal rückte an und einzelne Kurgäste stellten sich ein. Damals reiste man per Bahn bis Hoyer-Schleuse und dann ging es mit dem Raddampfer über das Wattenmeer bis Munkmarsch und dann weiter mit der kleinen Inselbahn nach Westerland. Wenn der Juni zu Ende ging, begann der Strom der Fremden. Die Kurkapelle rückte an, Strandkörbe, Strandzelte und Badekabinen kamen aus den Winterlägern. Die vielen Verkaufsläden der Händler vom Festland wurden wieder eröffnet und ebenso alle größeren und kleineren Restaurants und Kaffees. Der „Süße Heinrich“ ging wieder am Strand auf und ab mit seiner Glastrommel voll Nussstangen und dergleichen. Um 1 Uhr wurde auf den Dächern der großen Hotels eine Glocke geläutet, wie auf dem Schulhof. Das dauerte vielleicht fünf Minuten. Wenn das Glockengeläut zu Ende war, sah man die Kurgäste, wie in eine feierlichen Prozession, in Gesellschaftsgarderobe und mit Sonnenschirm zur „Table d`hôte“ schreiten. Hinter unserem Haus lag das „Hotel Royal“. Es wurde an langen Tafeln serviert, und die Sache dauerte so eineinhalb bis zwei Stunden, Dann kamen die Herrschaften nach Haus, gingen auf ihr Zimmer, entkleideten sich und legten sich schlafen. Das war für uns Jungens die Zeit, wo wir nur leise sprechen durften und auf Zehenspitzen ums Haus schlichen. Nach einer guten Stunde kleideten sich die Gäste dann für den Strand an. Abends wurde sich wieder umgezogen und in den Strandrestaurants zu Abend gegessen. Alles verlief wie fast nach der Stoppuhr und bei allem spielte die Etikette eine große Rolle. Eine wichtige Begebenheit war es auch, wenn irgendeine prominente Persönlichkeit Quartier nahm, eine Fürstlichkeit, ein Botschafter oder eine hohe Militärperson. Dann ging es nicht ohne das Morgenständchen am ersten Tag. Eine Gruppe der Kurkapelle erschien mit ihrem Dirigenten Täubert. Da es nun mit den Notenständern sehr umständlich war, hatten die Musiker mit den Westerländer Jungens ein Abkommen. Sie drückten uns die Noten in die Hand, und wir standen vor ihnen und hielten die Blätter hoch. Wir mussten tüchtig aufpassen, dass wir rechtzeitig das Notenblatt wendeten.

Während der Badesaison zeigte sich bei fast allen Westerländer Jungens eine gewisse Geschäftstüchtigkeit. Viele Jungens übernahmen bei den Ladengeschäften Botenstellen, andere versuchten ihr Glück am Bahnhof mit Gepäcktragen, wobei manche recht gut verdienten. Da unser Vater uns verboten hatte, als Gepäckträger zu wirken, sofern es sich nicht um Gäste unseres Hauses handelte, so war uns diese Einnahmequelle verstopft. Wir mussten uns daher darauf beschränken, am Strand kleine Geschäfte zu machen durch den Verkauf von Seesternen und Krebsen und durch Hilfeleistungen beim Burgenbau. Ich hatte noch einen besonderen Sport. Das war das Krabbenfischen. Bei Ostwind zog ich mit meinem Krabbennetz los nach Süden und kam dann mit einem Korb Krabben von 8 – 10 Pfund nach Hause. Die Krabben wurden dann gleich gekocht und frisch gegessen. Hielt der Ostwind lange an, kamen die Segelkutter, welche sonst als Austernfischer an der Ostseite bei Munkmarsch lagen, an die Westküste, um kurze Lustfahrten mit den Kurgästen zu machen. Dann halfen wir beim Ausbooten der Fahrgäste und konnten dann ab und zu mal eine Fahrt von ein oder zwei Stunden mitmachen. Manchmal wurden auch Fahrten zur Seehundjagd unternommen. Für einige Jungens – darunter auch ich – gab es noch ein besonderes Vergnügen. Wir durften abends die Pferde der Badeverwaltung, welche in der Nähe unseres Hauses ihren Stall hatten, auf die Weide bringen. An dem Ausreiten beteiligten sich auch die Mädchen unseres Spielkreises. Obwohl ich beim Besteigen der

Pferde immer eine gewaltige Angst hatte, wollte ich doch nicht auf das Vergnügen verzichten.

Nun könnte man fast den Eindruck gewinnen, als ob wir Westerländer Jungens im Sommer gar keine Pflichten hätten. Dem war aber nicht so. Jeder hatte seinen bestimmten Pflichtenkreis. Wir hatten dafür zu sorgen, dass um das Haus herum alle Klinkerwege sauber waren. Der Fahrweg vor dem Haus musste wie ein Garten geharkt werden. Darauf legte unser Vater besonderen Wert, und alle Nachbarn richteten sich danach. Jeden Abend hatten wir aus Tinnum von den Großeltern eine große Kanne Milch zu holen. Jeden Abend zogen wir zu Dreien los, aber bestimmt zu Zweien. Jeder trug die Kanne den halben Weg, und die Hälfte war genau bei dem Schlachter Holmström. Diesen Schnittpunkt hatten wir dadurch ermittelt, dass wir unser Nationallied „Lustig sind die Westerländer" vom Hause bis nach Tinnum gepfiffen und gezählt hatten, Bei Holmström ließ der Träger die Kanne einfach stehen und ging weiter. Da wir keine Schwester hatten, mussten wir auch mal bei der großen Wäsche einspringen, wenn die Mädchen im Haus genug zu tun hatten. Wir mussten dann die Wringmaschine drehen oder die Wäschemangel. Teppiche klopfen war auch unser Amt. Natürlich hatten wir auch Kaninchen, für die wir Futter suchen mussten.

So vergingen unsere Sommerferien und unser Sommer in Westerland. Wenn im Spätsommer die Heidebeeren zwischen Westerland und Wenningstedt reif wurden, dann zogen wir mit Körben und Eimern hinaus. Die Heidebeere, welche auf der Sylter Heide wächst, habe ich sonst noch in keiner Gegend gefunden. Die Beere ist nicht sehr süß und eignet sich nur mit reichlich Zucker für Grütze, welche wir mit Milch aßen. In dieser Zeit, wenn die Kurgäste wieder die Insel verließen und die alte Ruhe wieder einkehrte, machten unser Eltern jedes Jahr mit uns eine Wagenfahrt nach Morsum. In diesem Dorf wohnten die befreundeten Bauern, welche uns im Sommer mit Eiern belieferten und für den Winter ein fettes Schwein brachten. Bei einem dieser Bauern endete unsere Fahrt.

Wenn im Herbst der Sturm aus Nordwesten kam, dann hatte man das Gefühl, als ob die Nordsee versuchen wollte, die Insel zu überschwemmen. Die Schaumfetzen flogen durch die Straßen und klebten an den Hauswänden. Was machten nun die Westerländer Jungs bei solchem Sturm? Solange es irgend ging, hielten wir uns am Strand auf. Wir hingen in den Pfahlgerüsten unter der Strandhallen und ließen die Wellen unter uns herbrausen. Wenn dann die Wellen zurückfluteten, kamen wir herunter und wateten nach der Brandung hin. Wenn dann die nächste Welle im Anrollen war, rannten wir um unser Leben und kletterten wieder in das Gebälk der Strandhallen, bis der Sturm so hoch stieg, dass wir unsere Stellung verlassen mussten. Dann brausten die Wogen an die Dünen und brachten die Steilkanten ins Rutschen. Nach solchen Stürmen fand man natürlich am Strand vielerlei seltene Sachen, die von Schiffen herrührten, welche untergingen oder die Ladung über Bord werfen mussten. Groß war die Aufregung, wenn in solchem Sturm ein Schiff gesichtet wurde. Dann waren die meisten Westerländer auf den Dünen. Bei solchem Sturm war es für die Rettungsboote unmöglich, an das hilflos treibende Schiff heranzukommen. Im Falle einer Strandung konnte mit der Leinenrakete die Verbindung mit dem Schiff hergestellt werden, und die Schiffbrüchigen wurden dann mit der Rettungshose, mehr unter Wasser, ans Land gezogen. Ich erinnere noch, wie ein großer Dreimaster vor Rantum strandete. Der lag nach dem Sturm mitten am Strand, als ob er da auf dem Trockenen gebaut wurde. Ich glaube, es war ein Franzose, mit Schiefer aus Norwegen beladen. Lange Monate haben die Bergungsgesellschaften versucht, das Schiff wieder flott zu machen. Am Ende haben die Schlepper das Schiff auseinandergerissen und nur die vordere Hälfte ins Wasser gebracht. Also war das Schiff verloren. Wenn keine Seeleute dabei ums Leben kamen, dann wurde von der ganzen Sache nicht viel Aufhebens gemacht

Zu unseren Erlebnissen am Strand gehörten auch die englischen Fischer, die im Herbst oder Frühling mit einigen Fischkuttern draußen am Horizont lagen und mit einigen Booten an Land kamen. Damals muss es mit der Fischereigrenze noch nicht so scharf gewesen sein. Sie blieben allerdings mit ihren Fischkuttern weit draußen liegen und müssten wohl eine Stunde bis zum Strand rudern. In Kisten brachten sie die frischen Schollen mit. Die Westerländer kamen mit Eimern an die Boote und kauften einen ganzen Eimer voll für wenige Groschen. Die Schollen verkauften die Fischer, um sich im Ort Alkohol zu kaufen und sich im Gasthof sinnlos zu besaufen. Am Strand gab es dann vor dem Auslaufen wüste Schlägereien unter den Mannschaften, da einige so besoffen umherlagen, dass sie nicht in die Boote kamen. Wenn dann gegen Abend die Brandung stärker geworden war und die besoffenen Kerle mit ihren schweren Booten hindurch mussten, dann sah es fast so aus, als ob die Hälfte der Leute nur ins Boot kam, die anderen hingen draußen im Wasser.

Im Winter waren die vielen Sommerhäuser und Restaurants mit Brettern vernagelt, und der ganze Ort machte einen öden Eindruck. Aber das störte die Westerländer Jungens nicht. Sobald es Schnee gab, waren wir mit unseren Schlitten auf den Dünen, oder wir waren mit den Schlittschuhen auf den Eisflächen zwischen Westerland und Tinnum. Wenn dann die Adventszeit kam hatten wir Jungens es eilig mit Weihnachtsarbeiten. Am Abend summte es in unserer Stube von drei Laubsägen: wo, wo, wo, mit Pusten und Schwitzen. Wie staunten wir in der Weihnachtsausstellung bei Thiesen & Brodersen und bei H.B. Jensen. Aber wehe uns, wenn der Winter sehr früh einsetzte und dann bei Ostwind die Dampferverbindung zwischen Hoyerschleuse und Munkmarsch vor Weihnachten eingestellt werden musste. Dann konnte es passieren, dass ein großer Teil der Weihnachtssachen auf dem Festland blieb und dass keine Weihnachtsbäume nach Sylt kamen. Dann müsste der Wunschzettel kleiner werden. Ich habe solch Weihnachtsfest zum Glück nur einmal erlebt. Wenn dann die Weihnachtswoche zu Ende ging suchte ich mich noch mit kleinen Lichtstummel über das Ende der schönen Zeit hinwegzutäuschen. Dann kam der Silvesterabend. Als kleiner Junge hat ich vor diesem Abend Angst wegen der verkleideten Leute, die an die Tür kamen. Aber als ich grösser war, beteiligte ich mich an dem Trubel. Ich bin vielleicht 10 oder 11 Jahre alt gewesen, und da ich gut Mundharmonika spielte, machte mein Freund Peter Munk den Vorschlag, mit ihm zusammen als Orgeldreher umherzuziehen. Wir bauten einen Kasten, indem wir ein Gestell mit Leinen bespannten und mit bunten Bildern beklebten. Eine Kurbel kennzeichnete das Ding als Drehorgel. In diesem Kasten hockte ich mit meiner Mundharmonika, und Peter Munk in einem geflickten Anzug und mit einem großen Hut drehte die Kurbel. Den Kasten hatten wir in unserer Veranda gebaut, aber als wir dann unsere Tournee bei den ersten Nachbarn beginnen wollten, konnten wir nicht durch die Verandatür kommen. Wir hatten nicht die Masse beachtet. So zog ich dann mit der Mundharmonika los und Peter war der große Sänger.

Am 21. Februar wurden abends auf allen Inseln große Feuer angefacht, die weit hinausleuchteten, von einer Insel zur anderen. Was war es denn mit diesem 21. Februar? Ja, als Kinder wussten wir es auch nicht. Wir übernahmen die Sitte von einem Jahrgang zum anderen, und so wird es heute noch bestehen. Diese „Biikefeuer" waren in alten Zeiten die Abschiedsfeuer für all die Männer, die den Winter über im Hause auf der Insel geblieben waren und nun wieder hinaus auf See gingen. Sie fuhren dann in eine der Hafenstädte, wo die Walfangschiffe überwintert hatten. Nun war es Tradition, dass die Konfirmanden schon wochenlang vorher Brennmaterial sammelten und aufspeicherten. Wir zogen mit einem Pferdewagen (ohne Pferd) in der ganzen Gegend umher und sammelten die Tannenbäume, Stroh, Holz, vor allem auch Teertonnen zusammen. Am 21. wurde dann alles auf dem Deich zwischen Tinnum und Süderende aufgeschichtet und am Abend nach Dunkelwerden angezündet. Ich weiß, dass ich als Kind von diesem Vorgang gewaltig beeindruckt wurde, und nahm an, dass es allen so erging, aber ob dem so war, weiß ich nicht. Müde und verräuchert kamen wir nach Hause. Im Haus gab es Heißewecken, und dann mussten wir ins Bett, um uns für den Petritag zu stärken, denn dieser war ja die Hauptsache. Heute würde man sagen, es handelte sich um einen Kinderball, aber damit ist der Petritag nicht

annähernd gewürdigt. Petritag wurde in den größten Sälen des Ortes gefeiert, und zwar wurden die kleineren und größeren Kinder in drei oder vier Hotels getrennt untergebracht. Der Kinderball begann schon am Vormittag, wurde über Mittag unterbrochen und dann am Nachmittag fortgesetzt. Zwischendurch wurde Limonade getrunken und viel Würstchen und Kuchen gegessen. Nun lässt sich denken, dass zu solchem Fest allerlei Kleingeld nötig war. Ja, natürlich gaben Vater und Mutter ihr gut Teil dazu bei. Jeder Onkel und jede Tante, die vor dem 22. Februar ins Haus kamen, ließen auch einige Groschen da. „Pürresdeiskellinger" sagten sie. Aber das genügte noch nicht. Wochenlang sammelten wir Knochen, Plünnen und Alteisen und verkauften das beim Lumpenhändler. So kam dann ein netter Betrag zusammen. Wir wollten doch auch in der Lage sein, für unsere Freundin einen ausgeben zu können.
Die Musik wurde von einer Ziehharmonika bestritten, manchmal unterstützt von einem anderen Instrument. Der beliebteste Musikant war der lahme Hans Cords, der sang zu seiner Harmonika und war unermüdlich bis zum Abend, bis er dann duhn war. Auch unsere Eltern und Großeltern hatten schon als Kinder an diesem Tag getanzt, aber im Hause der Nachbarschaft, wo ein passender Raum zur Verfügung stand, und die Musik machte irgendein Schneider oder Bauer oder Schiffer auf der Handharmonika. Dazu hatte es dann vielleicht Kaffee und Zwieback gegeben. Für mich war der Petritag mit einer gewissen Not verbunden, besonders solange ich noch kleiner war. Meine Scheu vor den Mädchen machte mir sehr zu schaffen, obwohl ich für mein Leben gerne tanzte. Das innere Zittern verlor ich erst nach einigen Stunden, aber ich versäumte möglichst keinen Tanz.

Weil nun dieser Petritag für jeden Sylter vom 6. Lebensjahr ab eine so große Bedeutung hatte, ist es selbstverständlich, dass an diesem Tage jeder Sylter an seine Jugend mit besonderen Gefühlen zurückdenkt, ob er nun als Kapitän auf einem großen Dampfer durch den Atlantik fährt oder als Schiffsjunge, oder ob er in Hamburg oder in Shanghai lebt. Ich habe es in Hamburg mehrfach erlebt, dass ein Kapitän am 22.2. direkt von Bord seines eben eingelaufenen Dampfers in unseren Verein kam, um mit uns Petritag zu feiern. Es ist eben das Fest der Kindheit, an welches man gerne zurückdenkt.

Über die folgende Zeit bis zum Osterfest ist nicht viel zu berichten, weil sie für uns die langweiligste Zeit war. Bis 1902 gingen wir drei Brüder noch zusammen in die Schule. Es war unter den Jungens der ganzen Gegend ein ungeschriebenes Gesetz gewesen, dass mit einem Einzelnen von uns Dreien keine Abmachungen oder Verabredungen getroffen werden konnten, sondern immer nur mit uns als einer Einheit. Nun wurde Thorwald konfirmiert und kam nach dem Festland in die Lehre. Ein Jahr später war Karl August Matzen dann soweit, und ich blieb alleine zurück. Mein letztes Schuljahr verlief ohne besondere Ereignisse. Ich gab mir Mühe, mit meinem Alleinsein fertig zu werden, und ich glaube, dass ich von meinem Frohsinn doch einen Teil einbüßte. Im Gedächtnis ist mir noch der Tag der Schulentlassung, der Tag, nach dem wir uns angeblich lange gesehnt hatten. Nachdem wir uns von unserem Lehrer P.H. Appel mit Händedruck verabschiedet hatten, verließen wir die Schule. Draußen fanden sich die Schulkameraden zu kleinen Haufen zusammen. Ich trottete mit meinem Haufen nach dem Strand, und da standen wir nun und wussten mit unserer Freiheit auch gar nichts anzufangen. Wir standen dort ratlos umher, als ob wir den Strand zum ersten Mal sahen. Ganz langsam gingen wir auseinander, und jeder ging in sein Elternhaus, um auch dort eine komische Figur abzugeben.

Weihnachten 1956

Carla Thiele: Mit dem Dampfer nach Hoyerschleuse

Meine alte Großmutter lebte bei uns mit im Haus. Sie ist 86 Jahre alt geworden. In ihrer Kindheit, da sind die Frauen hinter dem Pflug gegangen, weil die Männer alle auf See waren. Mein Vater war Sylter, meine Mutter war von Angeln. Sie war nach Sylt gekommen, um einen Sommer im alten Landhaus Nösse zu arbeiten. Dann hat sie meinen Vater kennengelernt und ist geblieben. Wenn meine Schwester und ich nun in den Schulferien zu meinen Großeltern nach Angeln fahren sollten, dann musste mein Vater nachts um vier das Pferd vor den Wagen spannen und mit uns nach Munkmarsch fahren. Da legte der Dampfer nach Hoyerschleuse ab. Nordschleswig gehörte ja seit der Volksabstimmung 1920 zu Dänemark. Nach unserer Ankunft in Hoyerschleuse wurden wir in ein großes Zimmer eingesperrt und die Tür wurde abgeschlossen. Erst wenn ein Zug eingetroffen war, der die Reisenden nach Süderlügum brachte, durften wir den Warteraum verlassen. Die Zugabteile wurden bis zur Grenze plombiert. Hatten wir die Grenze passiert, ging es mit einem Zug weiter nach Flensburg. Dort mussten wir dann noch einmal in eine Kleinbahn nach Satrup umsteigen. Manchmal waren wir 12 Stunden bis zu den Großeltern unterwegs.

Wenn ein Kranker aufs Festland transportiert werden musste, dann kam er in einen Krankenkorb. Das war ein Korb, in dem der Kranke lag wie in einem Bett. Kam ein Deckel drüber und dann ging es aufs Schiff. Als ich 12 Jahre alt war, kriegte ich einen Blinddarmdurchbruch. Der Keitumer Arzt hatte das nicht erkannt und mich zwei Tage zu Hause liegengelassen. Mein Leben stand auf der Kippe. Es gab damals nur ein Krankenhaus auf Sylt. Das Städtische Krankenhaus in Westerland Da sollte ich nun hin, um operiert zu werden. Ein Nachbar von uns hatte einen Landauer, einen Kutschwagen mit Gummirädern. Damit fuhr er im Sommer Kurgäste. Da wurde ich nun reingepackt. Es war November. Der Boden war schon hart gefroren. Der Weg war holprig und knubbelig. Ich schrie vor Schmerzen.

Immer öfter musste die Kutsche anhalten. Ich weiß nicht mehr, wie lange die Fahrt gedauert hat, aber es war wurde Mitternacht, bis wir zum Krankenhaus kamen.

Annemarie Winger: Das Schiff hieß Magdalena

Meine Großeltern kamen von Nordstrand. Mein Großvater Oswald Hegwer hatte einen Zweimastewer, ein Segelschiff mit zwei Mann Besatzung. Und als hier auf Sylt mehr und mehr gebaut wurde, ist er dann mit Schiff und Frau nach Sylt gekommen. Er hat dann mit seinem Schiff Waren von Husum zu den Sylter Händlern transportiert.

Kinderfest in Keitum (um 1930)[3]

Und da sagte meine Großmutter, „wenn andere damit handeln können, können wir das auch", und hat hier in dem Haus einen kleinen Kaufladen aufgemacht. Nach und nach kamen sieben Kinder. Mein Großvater war ein großer, schwerer Mann. Ich liebte es, auf seinem Schoß zu sitzen.

Er hatte ja so lange Beine und so große Knie. Auf sein Schiff durften wir Kinder nicht mit. Es hieß Magdalena, wie die Großmutter und lag in Munkmarsch. Er wollte keinen Görenkram an Bord haben. Meine Eltern wohnten mit den Großeltern hier im Haus, und wenn meine Eltern mal weg waren abends, und das kam öfters vor, weil mein Vater zum Musikmachen geholt wurde, durfte ich bei meinem Großvater schlafen. In der Stube war ein Wandbett, mit Stroh drin und einer Gardine davor. Großvater saß am Tisch Zeitung zu lesen. Großmutter saß dabei. Und ich habe immer so ein wenig durch die Gardine gesehen und das mitgekriegt. Manchmal kam Rasmus, der Steuermann von Großvater, mit seiner Stine zum

[3] links: Annemarie Hegwer

Aufsitzen[4], dann gab es Kaffee und Kuchen, nicht üppig. Dann konnte es schon mal passieren, wenn Tante Stine so an der Tür saß, dass sie mir leise ein Plätzchen reinschob. Das habe ich dann in meiner Höhle geknabbert. Mein Vater kam aus Schlesien. Er war Orchestermusiker und hat Posaune gespielt Er war ein sehr dunkler, sehr schmaler Mann, ganz braune Augen. Er war eigentlich einer, der immer einen im Sinn hatte. Er konnte sehr traurig sein, aber er war auch oft zu Späßen aufgelegt, Späße, die eigentlich nirgends hin gehörten. Dann lachte er am dollsten, wenn die Leute drauf reinfielen. Er war im Frühjahr 1917 mit dem Kurorchester nach Westerland gekommen. Als der 1. Weltkrieg ausbrach, blieb er auf der Insel hängen. Er kam zu einer Militärkapelle, die spielte regelmäßig im Westerländer Friedrichshain. Und da hat ihn meine Mutter kennengelernt. 1919 wurde geheiratet. Der Krieg war zu Ende und mein Vater wäre gerne mit seiner jungen Braut zurück nach Berlin. Auf Sylt gab es ja kein Fortkommen für einen Musiker. Aber meine Mutter durfte nicht mit. In die Stadt? Nein, das ging ja nicht. „Musik? Was ist das denn", hat mein Großvater immer gesagt. Und so blieb mein Vater eben hier und spielte wieder im Westerländer Kurorchester.

Für mich als Kind war es etwas ganz besonderes, wenn meine Tanten mich einmal zum Kurkonzert mitnahmen. Meine Mutter hatte ja Freikarten, und wenn die Tanten zu Besuch kamen, saßen sie fast jeden Tag auf der Kurpromenade und hörten meinem Vater zu. Etwas ganz besonderes war es auch, wenn die Musiker mit ihren Frauen zu uns nach Hause kamen. Die Männer waren ja so fein angezogen und die Frauen hatten schon kurze Haare. Manchmal waren so fünfzehn Leute zum Kaffee da. Ich durfte nicht mit rein. Und meine Mutter schimpfte. „ Komm da raus", wenn ich mich zu dem Besuch geschlichen hatte. Was die sprachen, von der Mode und der Musik, das fand ich spannend. Der eine hatte so seltsame Augen, wie Kommas. Die Pupillen waren nicht rund. Das sah ganz komisch aus, und da musste ich immer nach gucken. Die brachten auch manchmal Schokolade mit. Die gab es auch bei uns im Laden, aber die kriegten wir ja nicht.

[4] Aufsitzen - Sich, meistens unangemeldet, besuchen.

Meine Mutter hatte den kleinen Kaufladen nach und nach von der Großmutter übernommen und Vater hat im Winter ausgeholfen. Aber obwohl er Musiker war, hatte er zwei linke Hände. In einer Hälfte des Ladens war die Porzellanabteilung. Das war der ganze Stolz meiner Mutter. Das Porzellan kam aus Husum, von der Firma Topf, und später auch aus Flensburg. Die Kunden kamen aus Morsum, aus Tinnum und aus dem Norden angereist, wenn neues Porzellan im Laden war. Wir Kinder fieberten schon und wollten helfen beim Auspacken, wenn die Kisten mit Porzellan ankamen. Mein Vater war immer derjenige, der den Deckel aufmachte. Jedes Teil war ja mit Stroh umwickelt. Dann mussten wir die Sachen in den Laden tragen, und meine Mutter rief immer: „Nehmt den Korb, nehmt den Korb!“, damit nicht gleich was passierte, wenn wir auf die Nase fielen. Die Waren wurden mit dem Schiff in Munkmarsch angeliefert und kamen dann auf einem Rollwagen zu uns. Das war so ein flacher Wagen mit einem Rotschimmel davor. Der gehörte Hinrich Groot, und wenn der wusste, dass in Munkmarsch ein Schiff ankam, ist er dahin gefahren. Zucker und Mehl kamen in 2-Zentnersäcken. Meine Mutter hatte auch immer eine große Tonne mit Salz stehen. Da haben wir immer die Tüten abgewogen. In den Häusern wurde ja selbst geschlachtet und da wurde viel Salz gebraucht. Manchmal kamen die Frauen zur Abendbrotzeit und manchmal auch vor Tau und Tag. Wenn sie abends kamen, dann hatten sie ja Zeit, standen sie im Laden und schnackten und schnackten. Und dann sagte mein Vater: „Lass uns mal schon Abendbrot essen. Auf die Hedel“, so nannte er meine Mutter, „müssen wir noch warten.“ Da kam die Köchin der Familie Sänger zu uns in den Laden zum Einkaufen. Die Sängers kamen aus Hamburg und hatten in Japan noch eine Geschäftsniederlassung. Und die Frau Sänger hat meiner Mutter erzählt, dass sie das Klima nicht so verträgt. Ich kriegte ganz große Augen. Das war ja nun ganz was Vornehmes. Die hatten zwei Hausmädchen. Die hatten beide blaue Kleider an, mit einer weißen Schürze. Dann gehörte auch noch der Maler Korwan-Katzenstein zu unserer Kundschaft. Obwohl er Jude war, war er ja sehr angesehen hier. Frau Sänger sagte zu ihm nur „Meister“. Oben in seinem Haus hatte er sein Atelier. Und wenn Frau Sänger ihn besuchen wollte, stand sie unten im Eingang und rief: „Meister, Meister!“

Unser Nachbar, Opa Bleicken, war Kapitän. Er war nicht groß von Wuchs, aber er war doch der Kapitän Bleicken, und mit seinem großen Bart war er für uns eine Persönlichkeit. Auch die Väter meiner Freundinnen waren Kapitäne. Kapitän Groot kannten wir nur, wenn er in Urlaub hier war. Das war ein riesengroßer Mann. Er fuhr bei der Hansa-Linie. Das hatten wir Kinder irgendwo aufgeschnappt, und ich war ganz stolz, dass ich das behalten hatte. Kapitän Groot hatte eine Laube im Garten mit bunten Scheiben. Unten waren blaue Scheiben, in den Ecken rote und in der Mitte war es hell. Wir haben als Kinder immer in dieser Laube gespielt und hinter den bunten Fenstern gesessen. Da sah die Welt ganz anders aus. Einmal im Jahr, kurz vor den Sommerferien, war Kinderfest. Wir bekamen morgens unser weißes Sonntagskleid an. Die Mütter flochten aus Zweigen und bunten Blumen Girlanden. Der festliche Umzug ging durch den ganzen Ort. Vorneweg die Musik. Die Könige vom Vorjahr wurden feierlich zu Hause abgeholt und dann zogen wir zum Festplatz. Da wurden die „Würden ausgetragen". Die Mütter hatten ihre Töpfe und Krüge mitgebracht. Der kleinste Topf war der „Königstopf". Uns Mädchen wurden die Augen verbunden. Wer von uns zuerst den „Königstopf" schlug, wurde Königin. Als ich zwölf Jahre alt war, wurde ich endlich einmal Königin und gewann einen Kleiderstoff. Als Königin wurde ich mit dem Umzug durch das ganze Dorf geleitet. Zwei Mädchen trugen einen Blumenreif und so wurde ich nach Hause geleitet. Die Jungens stachen ihren König beim Ringreiten aus. Wer mit seiner Lanze die meisten Ringe getroffen hatte, wurde König. Natürlich hatten sie keine Pferde oder Ponys, sondern Stecken. Am Nachmittag war Kindertanz im „Landwirtschaftlichen Haus". Dann war wieder Umzug. Der König und die Königin wurden mit Musik nach Hause begleitet.

Boy Thiessen: Viele grosse Erlebnisse hatten wir nicht

Schon meine Urururururgroßeltern haben in diesem Haus und diesem Pesel gesessen und Tee getrunken. Seit 1741, als dieses Haus erbaut wurde, hören die Stammhalter auf den Namen Boy. Ich habe keinen Sohn. Ich werde der letzte Boy Thiessen sein. Meine Vorfahren waren Walfangkapitäne. Erst mein Vater ist hier in Morsum sesshaft geworden und hat um 1880 mit einer kleinen Landwirtschaft angefangen. Wie meine Eltern noch von ihren Eltern und Großeltern erzählt bekommen hatten, war Westerland früher ein ganz unbedeutender Ort. In Keitum war die Apotheke, in Keitum waren die Gastwirtschaften, in denen sich alles abspielte. Mein Vater konnte sich noch daran erinnern, dass hier vor Morsum große Schuten mit Waren anlandeten. Die Bauern sind bei Ebbe mit ihren Pferden und Wagen bis an die Schuten rangefahren und haben die Ladung an Land gebracht. Meine Mutter wurde 104 Jahre alt. Sie ist in ihrem ganzen Leben nur einmal von der Insel weggekommen. Das war, als sie verlobt war. Sonst hat sie die Insel nie verlassen. Aber sie hat es auch nicht entbehrt. Als junges Mädchen hat sie bei einer älteren Frau das Schneidern gelernt. Und wie sie dann soweit war, hat sie so eine Handnähmaschine bekommen. Damit ist sie über die Inseldörfer gelaufen, von Haus zu Haus, Sommer wie Winter, immer zu Fuß und mit ihrer Nähmaschine unterm Arm. Wo eine Näherin gebraucht wurde, ist sie geblieben. Manchmal blieb sie tagelang, manchmal auch wochenlang weg.

Ich wurde 1921 in Morsum geboren. Wir hatten 4 oder 5 Milchkühe und dann noch Jungvieh dazu. Meine Schwester und ich mussten jeden Tag in der Landwirtschaft mithelfen, im Sommer wie im Winter, im Stall oder auf dem Feld. Viele große Erlebnisse hatten wir nicht. Man war mit weniger zufrieden wie heute. Um 12 Uhr war die Schule aus, dann stand das Mittagessen auf dem Tisch. Wir brauchten keinen Hunger leiden. Das war in Morsum nicht überall so. Es gab auch Familien, die hatten nichts. Die hatten kein Land und mussten von einer Kuh oder paar Schweinen leben und damit auch noch ihre Kinder großziehen. Die sind in die Gräben gegangen und haben Brennnesseln gepflückt, damit sie ihr bisschen Vieh füttern konnten. Wir hatten 20 ha Land. Dabei war auch allerhand Land, das im Winter regelmäßig überflutet wurde. Dieses Land musste nie gedüngt werden. Die Flut brachte ihren Dünger mit für die Salzwassergräser: Die waren sehr gesund für das Vieh. Bei Sturm musste das Vieh auf die höher gelegenen Wiesen gebracht werden. Meine Eltern waren sehr wetterkundig. Es gab noch keinen Wetterbericht. Sie wussten immer, wann ist Flut, wann ist Ebbe. Die kuckten raus, wie gehen die Wolken, woher kommt der Wind? Sie rechneten sich aus, wann kann der Sturm hier sein, wie hoch wird die Flut kommen? Dann wurde das Vieh hochgeholt. Bei Sturmflut waren Morsum und Archsum vom Rest der Insel abgeschnitten. Für uns Kinder war das nichts Besonderes. Ging ich morgens zur Schule, sah ich die tiefer liegenden Häuser im Wasser stehen. Die Kinder, die dort wohnten, konnten nicht weg kommen von zu Haus und freuten sich, dass sie nicht zur Schule brauchten. Das änderte sich erst, als 1936 der Nössedeich gebaut wurde. Für uns war es unfassbar, dass das Wasser nun nicht mehr bis zu uns hochkam.

Jeden Sommer fuhren unsere Eltern einmal mit uns nach Westerland. Die Pferde wurden eingespannt und dann wurde nach Westerland kutschiert. Dann war Ausspannen in der Gastwirtschaft, und wir Kinder sind zum Strand gelaufen, damit wir mal das Meer sahen. Im Herbst und Winter war es üblich, dass man sich abends nach der Arbeit ungeladen bei den Nachbarn und Freunden einfand. Das nannten wir „aufsitzen", auf Friesisch „absetten". Das heißt, man ging abends um 8 Uhr los und blieb so bis 10/11, dann ging man wieder nach Haus. Wenn abends bei uns die Tür ging, sagte meine Mutter: „Na, kriegen wir wohl Aufsitzer?" Kamen dann Bekannte rein, war die Freude groß, wurde alles besprochen, was so passiert war im Dorf. Erst mit dem Bau des Hindenburgdammes hat sich hier vieles verändert. Viele Arbeiter vom Festland hatten ein Morsumer Mädchen geheiratet und waren hier hängengeblieben. So kam endlich mal ein anderes Blut hier rein. Bis dahin wusste doch jeder, was der andere im Schrank hatte, und es gab keine Geheimnisse. Der Pastor und der Arzt, das waren die Leute, vor denen alle im Dorf Respekt hatten. Dr. Grote aus Westerland hatte ein Pferd, damit ritt er von List bis Hörnum. Dr. Voßwinkel aus Keitum, war schon fortschrittlich und hatte ein Motorrad. Wenn hier in Morsum einer krank war, dann wurde an der Poststelle Bescheid gesagt: „Hör mal zu, leg mal einen Zettel hin, der Doktor möchte mal vorkommen." Wenn der Doktor mit seinem Motorrad ankam, fuhr er erst zur Poststelle, da lagen die Zettel, wo er hin sollte, und dann fuhr er zu seinen Patienten.

Wir Jungs mussten neun Jahre und die Mädchen acht Jahre in die Schule. Ich bekam die Schulbücher von meiner älteren Schwester, und wenn ich sie abgebraucht hatte, gingen sie an Verwandte oder Bekannte. So ging das weiter von Generation zu Generation. Die wurden gebraucht, bis sie auseinanderfielen. Hochdeutsch haben wir erst in der Schule gelernt, zu Hause haben wir nur friesisch gesprochen. Als der Hindenburgdamm fertig war, kamen drei Jungs von den Bahnbeamten in unsere Klasse. Mit denen mussten wir hochdeutsch sprechen. Das war für uns so eine Anstrengung. Treffpunkt für uns Jugendliche war der Bahnhof in Morsum. Da traf man sich abends, dann gab es einen Klönschnack, man wartete bis der letzte Zug durchgefahren war, und dann ging jeder wieder nach Hause. So ging das sommers wie winters. Nur am 21. und 22. Februar war Jung und Alt auf den Beinen. Wenn Petritag war, gab es von zwei bis vier Uhr Kindertanz in der Gastwirtschaft, und für die ältere Generation war Skatspiel den ganzen Nachmittag. Da bekamen wir Jungen unser bestes Zeug an. Einer hatte besseres Zeug an als der andere, und so ging es von Jahr zu Jahr. Mit der Musik war man nicht anspruchsvoll. Es kam eine Kapelle mit einer Handharmonika, einem Klavier und einer Trommel, und damit hatte sich das. Als ich etwas größer wurde, habe ich auch gelernt, auf der Handharmonika zu spielen. Eine Handharmonika ist wie eine Ziehharmonika, aber sie ist diatonisch. Wenn man reindrückt, gibt es einen Ton und wenn man rauszieht, gibt es einen anderen Ton. Manchmal habe ich im Restaurant Nösse vorgespielt.

Da verkehrte eine Frau von Opel, die war von den Opelwerken. Und wenn sie da war, dann rief die Gastwirtin: „Boy, komm rüber zum Spielen! Frau von Opel ist da!“ Ich holte dann noch schnell die anderen Jungs zusammen, und schon waren wir zu zehn Mann da. Alle kriegten eine Brause spendiert und damit war uns ja furchtbar gedient. So etwas konnten wir uns ja nicht kaufen. Ich hab auch dann oft auf Ringreiterfesten gespielt, damit da ein bisschen Stimmung reinkam. Später haben sie es mit Schallplatten versucht, aber das brachte alles nichts. Dann hieß es wieder: „Boy geh nach Hause und hol deine Handharmonika.“

Boy Thiessen

Ein größeres Erlebnis kann ich noch erzählen. 1937, ich war gerade sechzehn Jahre alt, habe ich neben der Arbeit auf dem Hof noch beim Marschenbauamt als Landvermesser gearbeitet. Als ich eines Abends nach Hause kam, sagte mein Vater zu mir: „ Du, in der Zeitung steht, Hermann Göring hat gestern Abend, als er hier auf der Heide spazieren ging, seinen Dolch verloren. Es gibt einen Finderlohn.“ Ich wollte sofort los und den Dolch suchen. Mein Vater sagte nur: „Das kannst Du Dir sparen. Den haben schon ein paar Suchkompanien nicht gefunden.“ Na, ich trotzdem raus mit dem Fahrrad. Ich hatte noch keine halbe Stunde gesucht, da hatte ich diesen Dolch gefunden. Die Gastwirtin von Nösse rief in Wenningstedt an, und Hermann Göring kam gleich vorgefahren. Sein Adjutant, der Generalfeldmarschall Milch, kam mit einem zweiten Wagen hinterhergefahren. Und ich stand da und zitterte. Ich sollte ja den Dolch an Göring überreichen. Göring nimmt den Dolch, bedankt sich und dreht sich zu seinem Adjutanten um: „Herr Milch, nun rücken sie mal raus mit der Belohnung.“ Ich denke: „Na, was kriegst du wohl?“ Und der Generalfeldmarschall Milch drückt mir hundert Mark in die Hand. Ich hatte noch nie einen Hundertmarkschein gesehen!

Peter Otto u. Karl August Matzen: Unsere Kinderzeit war die schönste Zeit

Karl August Matzen:
Im Sommer sind wir von Mai bis November barfuß gelaufen. Im Winter hatten wir dann Holzpantinen. Schuhzeug hatten wir nur zu den Festtagen an, zum Petritag und zum Schützenfest. Das war für uns jedes Mal eine große Qual. Unsere Füße waren so ausgetreten, dass wir nicht in die Schuhe kommen konnten. Unsere Kleidung war selbstgesponnen und selbstgestrickt. Bevor die Schafe geschoren wurden, wurde die Wolle am Körper gewaschen. Dann wurden die Schafe geschoren, die Wolle wurde gekratzt und von Großmutter gesponnen und von Großvater doubliert. Die Fäden wurden zweidrahtig oder dreidrahtig zusammendoubliert. Dafür hatte Großvater ein Extraspinnrad.

Peter Otto Matzen:
Das Brot wurde selbst gebacken. Wir hatten hier in der Küche einen großen Backofen. Da wurde im Sommer alle drei Woche drin gebacken und im Winter alle vier Wochen. Das waren jedes Mal so acht bis neun große Schwarzbrote. Der Teig für das Weißbrot wurde jede Woche zum Bäkker gebracht und dort mitgebacken. Ich wurde mal mit meiner kleinen Schiebkarre zum Bäcker geschickt und sollte so ein Weißbrot abholen. Aber das Brot war grösser als meine Schiebkarre und das Brot ist unterwegs auseinander gebrochen. Da habe ich mich mit meinem Nachbarspielkameraden an den Weg gesetzt und wir haben aus den frischen Brotkrumen kleine Brote geformt und wir haben auch davon gefuttert. Da kamen in der Dämmerung mit einem Mal drei große Männer auf uns zu. Die kamen von der Arbeit. Der eine davon war unser Vater. Aber die haben uns nicht gescholten. Die mussten über mein Unglück lachen.

Karl August Matzen:
Unsere Kinderzeit war die schönste Zeit in Morsum. Morgens, wenn wir aufstanden, hatte Mutter schon den Tisch zum Frühstücken fertig gemacht, bevor sie zum Melken in den Stall ging. Wir Kinder sind dann mit unserem Trinkbecher in den Stall zu Muttern und haben ihn voll warmer Milch gekriegt. Danach ging es in die Schule. Die ging von halb acht bis halb zwölf. Dann nach Hause Mittagessen und dann ging die Schule wieder nachmittags von eins bis vier. Das war hart, aber Mittwochnachmittag und Sonnabend war frei. Draußen spielen konnten wir erst nach der Schule. Aber im Sommer war es ja noch lange hell. Dann mussten wir erst so um neun oder halb zehn rein, dann Füße waschen und ins Bett.

Peter Otto Matzen:
Abends gingen meine Eltern mit der Laterne in der Hand los und gingen „aufsitzen“. Oder „Aufsitzer“ kamen zu uns ins Haus. Langeweile gab es nicht. Im Winter war Weihnachten das schönste Fest. Als ich klein war hatten wir noch keine Enten. Da gab es Weihnachten Hühnerbraten oder Sauerbraten vom Schwein. Später gab es schon mal einen Entenbraten. Auch alle Geburtstage wurden großartig gefeiert. Erst ging es los mit Abendbrotessen. Abends um elf gab es dann Kaffee und Kuchen und Freirauchen. Dann kam eine große Kiste mit 50 Zigarren auf den Tisch, jeder konnte sich bedienen, und bald war das ganze Haus so eingenebelt, dass wir Kinder kaum schlafen konnten.

Peter Otto Matzen :
Vater hatte ein Kielboot, ein Segelboot, das war fünf Meter fünfzig lang. Damit fuhr er nach Hörnum und hat Dünenhalme geholt. Daraus wurden Dachstricke gemacht, die nannten wir „Rober“, damit wurden die Reetballen auf das Dachgerüst genäht. Die Dünenhalme wurden erst mal an der Hauswand unterm Dach so drei vier Wochen zum Trocknen aufgestellt und kamen dann auf den Boden. Im Winter, wenn Zeit war, wurden sie runtergeholt in die Wohnstube. Zuerst wurden die Wurzelenden mit einer Sichel abgeschnitten. Dann wurden die Enden noch so

ein bisschen angefeuchtet und mit einem Hammer geklopft, bis sie schön weich waren. Dann wurden sie mit der Hand zu Stricken gedreht Die waren gerade so lang, dass man sie sechsmal von der Hand um den Ellenbogen legen konnte. Das war die Abendbeschäftigung in der Wohnstube. In einem Winter hat mein Großvater mal 2400 Dachstricke gedreht und die dann im Frühjahr nach Wenningstedt verkauft. Wir Kinder wurden schon so mit sechs, sieben Jahren mit kleinen Arbeiten betraut. Wir haben uns auch beim Heufahren beim Nachbarn etwas Geld verdient. Das Heu war ja in Diemen auf dem Feld und wenn das aufgeladen wurde, flog das bei Wind über ein ganzes Stück herum und musste wieder zusammen geharkt werden. Dafür gab es 50 Pfennig am Nachmittag. Beim Ringreiten konnten wir uns noch mit Pferdepassen ein paar Groschen dazu verdienen.

Karl August Matzen:
Die Streiche, die wir gemacht haben, wollen wir lieber nicht erzählen. Aber einen Streich weiß ich doch: Jedes Haus hatte ja Landwirtschaft hier. Und im Winter wurde ja jeden Morgen mit einer Schiebkarre der Mist aus dem Stall auf den Misthaufen gefahren. Und bis zum nächsten Tag blieb dann die Mistkarre auf dem Brett stehen, das auf den Misthaufen raufführte. Wenn's nachts mal ordentlich gefroren hatte, war die Mistkarre schon mal morgens auf dem Brett festgefroren. Da musste man dann aus der Küche erst einen Eimer heißes Wasser holen und die Mistkarre los tauen. Da haben wir dann mal an einem kalten Winterabend heimlich beim Nachbar einen Nagel durch den Boden von der Mistkarre geschlagen und die auf dem Brett festgenagelt. Am Morgen kriegt der Nachbar die Karre nicht hoch, flucht und rennt in die Küche, holt einen Eimer heißes Wasser und kippt den über die Karre. Und probiert es wieder und kriegt die Mistkarre immer noch nicht hoch und hebt und flucht und zerrt an der Karre, bis er den Nagel endlich entdeckt hat. Was meinst Du, was wir gelacht haben.

Peter Otto Matzen :
Ich erinnere mich noch, wie ich als kleiner Junge mit Steuerzetteln von Haus zu Haus durch das Dorf gelaufen bin. Unser Großvater war Gemeindevorsteher, also Bürgermeister sagt man heute, und unser Vater war Rechnungsführer. Es gab ja damals hier kein Finanzamt und die Steuern wurden von der Gemeinde eingezogen. Morsum bestand aus 120 Häusern. Es gab einen Bäcker, einen Maler, eine Hebamme, zwei Schmiede, zwei Gastwirte und drei Kaufläden. Hier kannte jeder jeden. Wir waren acht Personen im Haushalt. Die Eltern, die Großeltern und wir vier Kinder. Abends saßen wir in der Dämmerung in der Küche und spielten „Häuserraten". Dann sagte die Mutter, oder die Großmutter: „Ich sehe ein Haus, da sieht so und so aus, und da wohnen so und so viele Leute drin", oder „Im Stall stehen so und so viele Kühe", und dann wurde so lange geraten, bis einer das raus hatte. Dauerte meistens nicht lange. Hier kannte jeder jeden, und man hatte keine Geheimnisse voreinander.

Elke Therese Pingel: Strandgut

Mein Vater, Jürgen Bleicken, ist 1883 hier in Kampen geboren und aufgewachsen. Dann wurde er Soldat und kam zur Kaiserlichen Kriegsmarine nach Cuxhaven. Kurz vor Ausbruch des Krieges legte sein Schiff in Hörnum an. So lernte er als Marinesoldat Hörnum kennen. Da war er schon dreißig Jahre alt und noch nie in Hörnum gewesen. Was sollte er da auch? Da ging ja nicht mal eine Straße hin. Als der Krieg vorbei war, hat mein Vater die Landwirtschaft von meinem Großvater übernommen. Er wurde Vormann für das Rettungswesen und war als Strandvogt verantwortlich für alles Strandgut, das vor Kampen angespült wurde. Es durfte kein Holz vom Strand mitgenommen werden, das länger als 30 Zentimeter war. Das wurde eingesammelt, im Dorf gelagert und am Ende des Jahres versteigert. Es kam auch vor, dass mal ein toter Seemann angespült wurde. Unter einer Remise, hinter unserem Stall stand immer ein Sarg für solche Fälle bereit, eine einfache Holzkiste unter der wir Kinder oft Versteck gespielt haben. Einmal wurde mein Vater aus List angerufen, dort sei eine Leiche angespült worden. Die käme mit der Inselbahn nach Kampen, und mein Vater sollte sie am Kampener Bahnhof abholen und nach Keitum zum Friedhof bringen. Mein Vater hat also den Wagen angespannt und ist zum Inselbahnhof gefahren. Nun kamen aber gleich zwei Leichen, und mein Vater hatte in der Kiste wohl nicht genug Platz, jedenfalls ging der Deckel nicht mehr richtig zu. Der Weg vom Bahnhof ins Dorf war voller Schlaglöcher und holprig, und als mein Vater beim Kaufmann Hansen vorbeikommt, steht der kleine Ingwer vor der Tür und ruft: „Onkel Jürn, Du musst gau umkehren. Du hast einen verloren, der liegt noch in der Bahnhofstrasse.“ Mein Vater hat den

Elke Therese Bleicken

wieder eingesammelt und ist wieder los gefahren. Hinter Braderup steht Emil Matthiesen an der Straße und will mit nach Keitum. Jürn Bleicken gibt ihm ein Zeichen, sich hinten auf die Kiste zu setzen. Er war wohl froh, dass der Deckel nun nicht wieder abfallen konnte. Als sie nun näher an Keitum kommen, und der Küster den Wagen von weitem kommen sieht, fängt er schon mal an, die Glocken zu läuten. „Da muss wohl einer gestorben sein", meint Emil Matthiessen. „Nö", sagt mein Vater, „zwei sind tot. Die sollen nun beerdigt werden." „Wieso zwei? Woher weißt Du das denn?" „Ja, was denkst Du denn, wo Du die ganze Zeit drauf sitzt?", sagt mein Vater. Na, das war vielleicht ein Schreck. Der Emil Matthiesen ist richtig böse geworden, ist vom Wagen gesprungen und zu Fuß weiter gelaufen. Was wollte er denn? Er war doch gut nach Keitum gekommen, sagte mein Vater.

So lange ich zurückdenken kann, hatten wir hier in Kampen zwei Kauflä-den. Einen Schlachter brauchten wir nicht. Geschlachtet wurde zu Hause. Jedes Haus hatte doch ein paar Schweine, Hühner und Schafe. Die Männer hatten noch ihre Jagd und ihre Boote zum Fischen und Angeln am Watt liegen. Es gab ja noch Seezungen, Steinbutt, Schollen und Hornfisch im Überfluss. Das Watt war noch nicht leergefischt wie heute. Elektrischen Strom gab es auch. Der kam von der Kampener Lichtgenossenschaft. In einem Geräteschuppen neben unserem Haus hatte mein Vater einen großen Dieselmotor stehen, das war das „Elektrizitätswerk" Kampen. Ich kann mich noch an die großen Schwungräder erinnern, und dann standen da Glasbehälter mit Säure. Das blubberte und stank fürchterlich. Da durften wir Kinder nicht rein. Wenn einer seinen Strom nicht bezahlt hatte, dann hat mein Vater einfach den Strom für die Lichtgenossen abgestellt, bis das geregelt war. Das erzählt man heute, aber ich kann mir das bei ihm auch gut vorstellen. Im Sommer hat meine Mutter Betten an Sommergäste vermietet. Schon seit 1887 hatten meine Großeltern eine Genehmigung aus Tondern, Betten für Sommergäste aufzustellen. Bedingung war, dass auf dem Klo immer ein Talglicht brenne. Kanalisation gab es auch in meiner Kindheit noch lange nicht. Mein Vater ist mit einer Pumpe von Haus zu Haus gezogen und hat die Sickergruben leergemacht. War ein Stück Schlauch dran, damit wurde der Schiet mal eben auf die nächste Wiese oder in die Heide gepumpt. Wenn mein Vater mit seiner Pumpe durchs Dorf zog, hieß es: „Kinder macht die Fenster zu. Jürn Bleicken mit seinem Naschkätzchen kommt." Das war ein kleiner Nebenverdienst, aber er war auch nicht der einzige im Dorf, der das gemacht hat. Einmal ist er zu Frau Pahl gerufen worden, aber er hat wohl getrödelt und ist nicht so schnell in die Puschen gekommen. Da hat die Frau Pahl, die wohl etwas ungeduldig war, den Leuchtturmwärter Hansen gerufen, er solle zum Pumpen kommen. Na, das hat der sich nicht zweimal sagen lassen und ist losgelaufen. Das war so ein ganz Schneller, der ist jeden Tag zu den Leuchttürmen auf dem Ellbogen gelaufen. Aber mein Vater war vor ihm da, hat die Grube abgedeckt und sich mit Willy Sönksen hintern Wall gesetzt. Nun war es ja schon dunkel. Tagsüber durfte ja nicht gepumpt werden, wegen dem Gestank. Als nun der Leuchtturmwärter Hansen angeschossen kommt, sieht er nicht, dass die Grube offen ist, und klatscht mit vollem Schwung rein. Bis zum Hals hat er im Schiet und Modder gesteckt, und sein Chemisettchen, dieser Papierkragen den er unter der Jacke hatte, schwamm oben auf der Brühe. Mein Vater und Willy Sönksen haben sich halb totgelacht.

Ose Köster: Der Dorfteich war genauso wichtig wie der Strand

Ich bin eigentlich aus Versehen in Hamburg geboren, weil meine sehr fidele hochschwangere Mutter unbedingt reisen musste. Meine Großeltern hatten 1898 am Wenningstedter Dorfteich ein Logierhaus mit zehn Gästezimmern eröffnet. Hier soll ich die ersten beiden Jahre meines Lebens glücklich und zufrieden verbracht haben. Dann bekam mein Vater eine Anstellung beim Zoll an der Flensburger Außenförde und so zogen meine Eltern mit mir nach Holnis. Aber meine Mutter trieb es jeden Sommer und zu Weihnachten nach Sylt zurück. Mein Vater sagte immer, wir seien Ambulante. Wenn ich zum Sommeranfang in die Norddörfer Schule kam, sagte der Lehrer nur: „Ach Ose, Du bist wieder da, na dann setz Dich da mal hin." So einfach war das. Ich habe den Winter immer nur als Übergang betrachtet, bis wir im Sommer wieder auf Sylt sein konnten. Im Herbst war mein Zeugnis immer eine Note schlechter als zu Ostern. Das ging so, bis mein Vater 1927 eine Anstellung beim Zollamt in Westerland bekam.

Ose Köster

In die Norddörfer Schule gingen die Kinder aus Wenningstedt, Braderup und Kampen. So ist es noch heute. Schon in meiner Kindheit war diese Konkurrenz zwischen den Bewohnern der drei Norddörfer da, die bis heute nicht wegzukriegen ist. Wenn sich nach der Schule unsere Wege trennten, die Kampener bogen nach Norden ab, die Braderuper bogen nach Osten ab, und wir Wenningstedter gingen nach Süden, dann riefen wir aus sicherer Entfernung, wir waren ja auch in der Überzahl: „Wenningstedt die hohe Fest, Braderup das Rattennest, Kampen liegt voll Steine, da bricht man sich die Beine!“ Das war unser größtes Vergnügen, und das stimmte ja auch. Das war bekannt, dass in den Braderuper Höfen viele Ratten waren. Die waren nicht unterkellert und es muffte immer nach Ratten. Und Kampen lag ja nun auf der Höhe, auf dem Kamp, und auf den Feldern und auf den Wegrändern lagen viele Steine. Nur unser Wenningstedt war makellos.

Der „Kiar“, der Dorfteich hinter unserem Haus, war für uns Kinder eigentlich genauso wichtig wie der Strand. Das war der schönste Kinderspielplatz, den man sich denken konnte. Der Teich war durchzogen mit Wällen, die markierten die Grundstücksgrenzen der anliegenden Bewohner, und wir Kinder sind oft auf diesen Wällen langgelaufen. Am Ufer lag ein altes Boot. Damit staksten wir auf dem Teich rum. Das Boot war immer leck und lief schnell voll Wasser. Dann gab es ein wildes Gerangel, und oft waren es die stärkeren Jungs, die uns über Bord warfen. Im Frühjahr wurden die Schafe an den Dorfteich getrieben.

Der Kiar, Dorfteich von Wenningstedt

Wir konnten dann zusehen, wie die Schafe geschoren wurden. Die Wolle wurde gleich im Dorfteich gewaschen. Im Winter, wenn der Teich zugefroren war, liefen wir Schlittschuh. Jeden Winter war einmal Eistanz. Dann wurde mitten auf dem zugefrorenen Teich ein großes Feuer gemacht. Die Bläser vom Wenningstedter Musikverein spielten ordentlich Walzer und Marschmusik und auf dem Eis wurde getanzt. Rundum war es duster. Nur das Feuer erhellte die Tanzenden. Das war eine alte Wenningstedter Tradition. Meine Mutter hat mir noch erzählt, wie in der Zeit vor dem 1. Weltkrieg die jungen Leutnants aus List zum Eistanzen nach Wenningstedt kamen. In List gab es ja nichts. Da waren doch nur ein paar Häuser. Die Wenningstedter Mädchen fanden das ganz toll, wenn die Soldaten und jungen Offiziere in ihren schicken Uniformen kamen und sie zum Tanzen aufforderten. Ich habe als Kind noch gerne den Brautpaaren zugesehen, die Arm in Arm entlang dem Dorfteich zur Kirche gingen. Hinter ihnen gingen die Hochzeitsgäste. Die Kutschen hatte man im Dorf stehen gelassen.. Das gehörte sich so, auch viele Jahre später noch, als man schon Autos hatte.

Mein Großonkel Kalje wohnte am Kirchenweg in Keitum. Er gerbte Schaffelle, weiß und braun, und hängte sie im Sommer schön gekämmt über das Staket vor seinem kleinen Haus auf. Eigentlich war er Schuster, aber der Handel mit den Fellen ging immer besser, seit immer mehr Fremde vorbeispazierten. In seinem Garten vor den Wattwiesen gab es außer seinen Prinzäpfeln noch steinharte Birnen und viele Stachelbeerbüsche. Seine Frau Thilde hatte immer Grütze mit Milch parat, wenn wir im Sommer vorbeikamen. Zum leisen Spott meiner Großmutter brauchte sie immer eine volle Stunde, bis der Kaffee fertig war. Jedes Jahr, einen Tag vor Weihnachten, kam Kalje zu uns nach Wenningstedt. Er hatte kein Fahrzeug, war aber gut zu Fuß auf seinen langen Beinen. Er ließ einen fast weiß gewaschenen Leinensack auf unseren großen Küchentisch plumpsen. Zugeschnürt. Aber wir wussten, dass Äpfel aus seinem Garten drin verstaut waren. Es war noch nie etwas anderes zum Vorschein gekommen, wenn er umständlich den Knoten gelöst hatte und den dicksten rotbackigen „Weihnachtsprinzen" vor unseren Augen hin und her schwenkte. Großmutter wurde von ihm an beide Schultern genommen und ein wenig gewiegt. Sie war seine Schwester. Die übrigen schubste er leicht an mit „Na, auch wieder hier?“ Dann fing er schrecklich zu stöhnen an, während er mit gichtigen Fingern in den ausgebeutelten Taschen seiner Manchesterhose herumsuchte. Schließlich kam die Tüte zum Vorschein. Braun und spitz mit dunklen Flecken. Himbeerbonbons für uns, rot und verklebt. Die gleichen brachte er vor Ostern und in den Sommerferien mit. Wir rutschten auf die Bank unterm Fenster, legten die Tüte zwischen uns und lutschten mit gelegentlichem Zungerausstrecken zum Vergleich der Himbeerröte. Großmutter brachte aus dem ungeheizten Esszimmer ein hölzernes Servierbrett, und Kalje legte einen Apfel nach dem anderen vorsichtig, als wären sie aus kostbarem Glas, darauf. Nachdem Großvater festgestellt hatte: „Nun haben wir ja schöne Äpfel zu Weihnachten“, zwängte er sich zu uns auf die Bank und säbelte große Zwiebeln in Ringe, schüttete sie in eine längliche Terrine, aus der ein Essig-Sud mit Lorbeerblättern und Senfkörnern dampfte. Als er dann einen Berg sauber filetierter Heringe nacheinander hineinrutschen ließ, polterte Kalje los: „Gottverdorinochmal – wer soll die denn alle verputzen?“ Großvater griente milde unterm Spitzbart: „Kannst ja wiederkommen und nachsehen. Nach all dem süßen Kram, können alle gar nicht genug davon kriegen.“ Dann redeten sie über den neuen Eisenbahndamm, der wohl nächsten Sommer die Badegäste vom Festland übers Meer bringen würde. Man sollte sich überlegen anzubauen, damit man mehr Gästezimmer hätte.

Als wir größer wurden, gab es am Heiligabend nicht mehr Grünkohl mit Schweinebacke, sondern Karpfen mit Sahnemeerrettich. Schon ab mittags schwammen sie in einer großen Zinkwanne immer im Kreis herum. Wenn man ihnen in der kalten Vorküche zusehen wollte, musste man sich eine Jacke anziehen. Über Jahre hatte ich meine Großmutter nie singen gehört. Aber vorm Tannenbaum im Lamettageglitzer der Kerzenflammen sang sie mit uns allen zur Grammophonmusik. Wenn Großvater die Plattenseite gewechselt und die Kurbel neu gedreht hatte, ging die Bescherung los. Der handgestrickte Leibchenunterrock, wieder aus reiner Schafwolle, würde fürchterlich kratzen, aber: zwei Bände Andersens Märchen für mich, das war mehr als Wunscherfüllung. Später roch es nach Rotwein und Kandis. Großmutter war im Schaukelstuhl eingenickt, aber alle wussten, dass sie gleich hochschießen würde mit der freundlichen Frage: „Wer kocht uns nun eine Tasse Kaffee?" Und dann mischte sich Kaffee- mit Kerzenduft. Wir durften einen kleinen Tannenzweig kokeln lassen. Das gute Rosengeschirr klapperte leise und jemand fragte mich mitten hinein in „Die kleine Seejungfrau", ob ich Schlittschuhe mitgebracht hätte. Der Dorfteich würde über Nacht wohl zufrieren.

Fritz Witt: Wir wohnten in der Friedrichstrasse

Ich bin im Zentrum von Westerland aufgewachsen. Wir wohnten in der Friedrichstrasse, im Haus meiner Urgroßeltern. Die Friedrichstrasse war noch nicht asphaltiert, und im Sommer fuhr der Spritzenwagen durch, damit nicht alles einstaubte. HB-Jensen war damals ein richtiger Hökerladen. Draußen hingen die Enten und der Klippfisch, das waren großeaufgeschnittene und getrocknete Dorsche. Drinnen hatte er aber auch schon Manufakturwaren, also Klamotten. Und Eisenwaren gab es da auch schon. Wenn man rein kam, vorne an waren die Lebensmittel, ein Fass mit Heringen, die Butter wurde „backe, backe Kuchen" aus dem Fass geholt, und alles wurde in Papier und Tüten eingewickelt. Wenn wir Kinder dort einkauften, kriegten wir auch immer eine kleine Tüte Bonbons. Deswegen gingen wir auch immer gerne da einkaufen. Gegenüber von HB-Jensen hatte mein Vater einen Pavillon aufgemacht. Da verkaufte er Tabakwaren. Wenn am Freitag Zahltag war, kriegten die Handwerker so Schecks. Damit kamen sie dann gleich zu meinem Vater in den Pavillon. Der löste sie dann ein. Dann brauchten die Leute nicht zur Bank und konnten sich gleich bei meinem Vater ordentlich mit Rauchwaren eindecken. Ein Stück weiter oben, wo jetzt das Bekleidungshaus Hellner ist, da war der Schlachter Ratzlaff. Da guckten wir schon mal beim Schlachten zu und haben Unsinn getrieben. Schlachter Ratzlaff hatte auch so ein Faktotum, Ole Jensen, der fuhr mit so einem Kastenwagen das Fleisch aus und wir durften auch schon mal auf dem Kutschbock mitfahren. Ole Jensen rauchte immer eine Zigarre und wenn das Pferd nicht richtig lief, dann

Fritz Witt (oben rechts) mit Bruder Ernst

steckte er dem Gaul die Zigarre in den Hintern. Dann ging es ab wie die Feuerwehr. Aber wenn Ole Jensen nicht gut zu pass war, weil wir ihn geärgert hatten, dann steckte er uns in die Räucherkammer. Die war zwar nicht angeheizt, aber wenn wir wieder raus kamen, stanken wir aus allen Knopflöchern. Das war nicht so schön, wenn wir damit nach Hause kamen.

Mein Onkel Herrmann Holmström hatte eine Schlachterei gegenüber dem heutigen Bahnhof. Über seiner Schlachterei war ein Heuboden. „Fritz hol mal ein paar Jungs zusammen", rief mein Onkel, „wir müssen Ratten jagen!" Na, das ließen wir uns nicht zweimal sagen. Jeder von uns Jungen kriegte eine Forke in die Hand, die Hosenbeine wurden zugebunden, rauf auf den Heuboden und dann ging die Rattenjagd los. Onkel Holmström hatte das erste Auto in Westerland. Das Verdeck konnte man runterklappen. Damit fuhr er nach Munkmarsch und holte die Passagiere ab, die mit dem Raddampfer „Freia" vom Festland kamen. Hinten auf den beiden Sitzbänken wurden die Fahrgäste mit ihren großen Koffern verstaut, und ich durfte vorne auf dem Beifahrersitz neben Onkel Holmström mitfahren. Und dann ging es auf Holperwegen nach Westerland.

Fritz Witt rechts neben seinem Onkel Herrmann Holmström

Vor dem Kaufladen von HB- Jensen standen immer drei Kutschen. Damit sind dann meine Eltern, mein Bruder und ich am Wochenende nach Keitum gefahren in „Nielsens Kaffeegarten“ oder nach Morsum raus in das Nössecafé zu Kalle Voss. Der sang immer: „Rund ist die Welt und Kalle Voss sin Geld“. Wir Kinder durften dann am Morsum Kliff spielen. Es gab ja noch keinen Damm und keine Eisenbahn. Dort wo heute der Westerländer Bahnhof steht, war Sumpfgelände. Von dort führten die Entwässerungsgräben bis ins Wattenmeer. Bei der Tinnumburg war ein Priel, der hieß „Küddum“. In dem haben wir Kinder Schwimmen gelernt, nackend und mang die Wasserratten. Am Wochenende sind wir mit dem Fahrrad in die Kampener Vogelkoje Zelten gefahren. In Klappholttal war ein Nudistenheim. Und da sind wir als Jungen angeschlichen und haben mal geguckt, wie ein Mensch nackend aussah. Oder wir sind durch die

Dünen bis auf den Ellenbogen gestrolcht und haben da Möweneier gesammelt. Übernachtet haben wir beim Leuchtturmwärter im Heu. Ich glaube, der hieß Sörensen. Der freute sich, wenn einer kam, und wenn es auch nur wir Kinder waren.

Oft sind wir auch nach Keitum geradelt. Der Dorfpolizist, Pahl hieß der, war ja immer auf Trab und hat versucht, uns am Büdel zu kriegen. Doch wir waren schneller. Manchmal hat er uns doch erwischt. Wenn wir kein Licht am Fahrrad hatten, sollten wir 30 Pfennig zahlen. Aber die hatten wir doch gar nicht.
Abends wenn es dunkel wurde, spielten wir Kinder „Höre“. Das war ein Versteckspiel. Wir konnten in jedes Haus rein, alles war offen. Früher wurden ja auf Sylt die Türen nie abgeschlossen. Manchmal sind wir bis zum Dachboden rauf und keiner hat was gesagt. 1923 fing der Dammbau an. Und als nun die ersten Fremdarbeiter auf die Insel kamen, da passierte schon mal was. Und mit einem Mal fingen die Leute an, ihre Türen abzuschließen.

Kapitel IV

Wie der Damm durch das Watt gebaut wurde

Annemarie Winger: Hingegangen sind wir nicht

Wir konnten vom Kliff aus sehen, wie der Hindenburgdamm gebaut wurde und wie das immer weiter voranging. Hingegangen sind wir nicht, aber wenn Kundschaft im Laden war, wurde natürlich darüber gesprochen. Im Dorf waren mit einem Mal fremde Menschen, Arbeitslose, die nichts zu beißen hatten und nicht wussten, wo sie bleiben sollten. Die kamen irgendwie über den Damm, zu Fuß, bei Nacht, ich weiß es nicht. Vorher kamen sie ja nicht rüber, weil sie kein Geld für die Schiffspassage hatten. Nun standen sie bei der alten Post auf der Straße rum. Manchmal kamen sie auch an die Häuser. Uns Kindern waren sie unheimlich. Wir kannten doch bis dahin keine Fremden. Manchmal bekamen sie etwas zu essen, und wenn das mal ein Geldstück war, war das höchstens ein Groschen. Diese Zeit Ende der zwanziger Jahre mit den vielen Arbeitslosen war ja auch für viele Keitumer Familien schrecklich. Die Frauen von den Familien, in denen der Mann arbeitslos war, hatten bei meiner Mutter im Laden ein Kontobuch, da konnten sie anschreiben lassen. Aber es ist am Ende des Monats nie viel stehengeblieben. Irgendwann war doch immer alles bezahlt und Mutter war mit der Kundschaft zufrieden. Wir Kinder kriegten das alles natürlich mit, aber wir haben das nicht als Not empfunden, weil wir ja von zu Hause versorgt wurden.

Zu den ganz armen Frauen im Dorf gehörte auch Dürken Clemenz, genannt Jüke. Sie machte im „Landwirtschaftschaftlichen Haus“ und in der „Friesenhalle“ sauber. Wenn die letzten Gäste gegangen waren, räumte sie die Tische ab und spülte die Gläser. Jüke war schlagfertig, und jeder, der ihr dumm kam, kriegte seinen Spruch. „Jüke hat sehr viel Weisheit im Kopf“, hat meine Mutter immer gesagt. Bei Jüke trafen sich nachmittags heimlich die Konfirmanden. Wenn Mädchen dabei waren, wurde auch getanzt. Die Jungs kamen sich mächtig erwachsen vor, saßen in der kleinen Stube und tranken Grog oder Rote-Beete-Essig. Aber mit einem Ohr lauschten sie zur Tür. Kam jemand, schoben sie schnell ihre Gläser unter den Tisch und schlichen sich aus dem Haus. Musste es schnell gehen, benutzten sie schon mal das Fenster. Der Besuch wurde von Jüke so lange

Dürken Clemenz 1921, vor ihrem „Hüs Jüke“

in der Küche festgehalten, bis die Luft rein war. Ich habe die Jungs viele Jahre später mal gefragt, woher denn nun der Rum für den Grog kam, denn ich konnte mir nicht vorstellen, dass Jüke jemals genug Geld gehabt hatte, um Rum zu kaufen.

Nun stellte sich heraus, dass Jüke beim Aufräumen in der Wirtschaft immer die Reste aus den Gläsern zusammengekippt und mit nach Hause genommen hatte. Heißgemacht war das dann ihr Grog.

Ich war schon als ganz junges Mädchen sehr schwer und kräftig. Mein Lehrer tröstete mich immer und sagte: „Du musst nicht weinen und du musst dir keine Gedanken machen. Du kannst es ja nicht helfen.“ Ich war auch so groß, dass ich mit meinen Knien mein Schulpult anheben konnte. Deshalb musste ich als einziges Mädchen bei den älteren Jungen sitzen, die hatten größere Tische. Ich hatte lange schöne Zöpfe, die hingen über die Stuhllehne, und die hinter mir sitzenden Jungen machten sich einen Spaß daraus, meine Zöpfe heimlich an der Lehne festzuknoten. Wollte ich aufstehen, riss mein Kopf nach hinten und ich erntete ihr Gelächter. Als ich 15 Jahre alt war, wurde ich als Kindermädchen für den kleinen Max von Nielsens Kaffeegarten bestellt. Die Eltern Nielsen gingen oft nach Westerland zum Tanzen ins Trocadero. Da spielte Barnabás von Géczy, der berühmte Stargeiger und Schwarm aller Frauen. Einmal saß Barnabás von Géczy in Nielsens Kaffeegarten, Herr Nielsen ist an seinen Tisch gekommen und hat ihn begrüßt. Dann wurde nach dem kleinen Max gerufen. Ich musste ins Café. Barnabás von Géczy hat mich rangewunken, hat mir die Hand gegeben und mich angelächelt.

Als der kleine Max nun ein Jahr alt wurde, wollten die Eltern mit ihm abends im Trocadero feiern. Auch die Tante und das Personal sollten mit. „Ja, was machen wir denn mit dem Kind?“ Gemeint war ich. „Die kann doch nicht alleine zurückbleiben.“ „Ach, die ist doch so groß, das merkt doch keiner, dass sie noch zu jung ist.“ „Aber so können wir das Kind nicht mithaben“, sagt Herr Nielsen, „die Zöpfe müssen weg.“ Also wurden mir die Haare hochgesteckt, und ich kriegte mein bestes Kleid an. Dann ging es mit einem Taxi nach Westerland. Nur die Garderoben im Trocadero zu sehen war für mich schon ein Ereignis. Alle trugen Abendkleidung, anders kam man da ja nicht rein. Ich habe mich immer etwas im Hintergrund gehalten, damit ich nicht entdeckt wurde. Auf die Tanzfläche habe ich mich natürlich auch nicht getraut, aber in einer Pause kam Barnabas an unseren Tisch und hat uns begrüßt.
Zum ersten Mal getanzt habe ich erst mit sechzehn. Das war 1936, als der Arbeitsdienst nach Keitum kam. Da wurde es für uns Mädchen interessant. In Nielsens Kaffeegarten gab es nun jede Woche einen Tanzabend. Da bin ich gerne hingegangen und meine Eltern ließen mich auch, weil sie ja wussten, dass die alten Nielsens ein Auge auf uns Mädchen hatten. Im Café stand ein Plattenspieler, und es gab Platten mit Tanzmusik. Viele Bekanntschaften sind da geschlossen worden, und mancher vom Arbeitsdienst ist so auf der Insel hängengeblieben.

Heinz Hoyme: Kantine Nösse Nr. 3

Als mein Großvater um die Jahrhundertwende in Bad Kösen an Krebs verstarb, hinterließ er eine Frau mit sieben Kindern. Das achte Kind war unterwegs. Mein Vater war damals 14 Jahre, und es lastete nun auf ihm und seinem älteren Bruder die Verantwortung, für die Geschwister mitzusorgen. Meine Großmutter erhielt von der Stadt nur eine kleine Unterstützung und begann als Wäschefrau zu arbeiten. Als nun die Mutter meines Großvaters starb und meiner Großmutter und ihren acht Kindern einen bescheidenen Geldbetrag hinterließ, wurde dieser von der Stadt sofort als Gegenleistung für die bereits gezahlten Sozialleistungen eingezogen. Das Unglück der Familie löste unter den Handwerksmeistern der kleinen Stadt so viel Anteilnahme aus, dass sie meiner Großmutter versprachen, allen acht Kindern eine ordentliche Berufsausbildung angedeihen zu lassen. So brauchte mein Vater sich nicht als ungelernter Arbeiter verdingen, sondern konnte bei einem Vetter das Zimmerhandwerk bis zur Gesellenprüfung erlernen. Als die Mutter ohne seine weitere Unterstützung für sich und die jüngeren Geschwister sorgen konnte, folgte mein Vater seinen Neigungen, er war ein sehr unternehmungslustiger Mensch und ging als fremdgeschriebener Zimmermann auf die Reise durch Europa. Von Bad Kösen ging er zunächst nach Breslau, und weiter über Prag nach Budapest. Als es ihm dort zu orientalisch wurde, ging er zurück nach Wien. Schließlich landete er in St. Gallen in der Schweiz. Überall arbeitete er und lernte hinzu. Inzwischen war er An-

Heinz Hoyme

fang zwanzig und im wehrpflichtigen Alter. Aber er hatte keine Lust auf den Militärdienst. In seinem Herzen war er sozialdemokratisch und pazifistisch eingestellt. Als er nun davon hörte, dass man in Nordschleswig gut Arbeit finden könne, machte er sich auf den Weg, in der Hoffnung, dass ihn die Rekrutierungsbehörden so fern seiner Heimat nicht finden würden. Auf seinem Zug durch Deutschland kam er nach Brunsbüttel an der Elbe. In der dortigen Herberge lernte er ein junges Mädchen kennen. Sie hatte gerade die Schule beendet und arbeitete dort als Anlernmädchen. Sie mochten sich sehr gut leiden. Da sie aber zu jung für ihn war, kam es zu keiner Verbindung. Mein Vater setzte seine Reise fort, aber er behielt das Mädchen gut in seiner Erinnerung. In Hadersleben nahm er eine Arbeit an. Doch die preußischen Behörden, die ein genaues Auge auf alle Fremden und Durchreisenden hatten, die sich dem Militärdienst entziehen wollten, fingen ihn ein, und so kam er zu den Pionieren nach Harburg und alsbald mit seiner Einheit in den Krieg nach Frankreich. Zwei seiner Brüder fielen an der Front. Mein Vater hatte mehr Glück. Da er zu Hause mit seinen sieben Geschwistern notwendiger Weise Kochen gelernt hatte, verstand er es, sich damit bei den Soldaten nützlich zu machen. So kam er zur Feldküche, von wo aus er seine Kameraden mit dem Essenskanister auf dem Rücken in den Schützengräben versorgte. Eines Tages wurde er auf dem Weg in die vorderste Linie von einem englischen Spähtrupp im Nebel abgefangen und bis zum Kriegsende in Gefangenschaft genommen, auch dort in der Gefangenenküche überlebend. Als er nach Hause zurückgekehrt in den Kapp-Putsch geriet, musste er sich eine neue Bleibe suchen. Wohin sollte er nun gehen? Da erinnerte er sich an das Mädchen aus Brunsbüttel und fuhr zu ihr. Als er sie immer noch unverheiratet wiederfand, blieben sie zusammen und heirateten. Es war eine schwere Zeit und mein Vater wurde von der Firma Peter Holzmann, bei der er Arbeit gefunden hatte, von Baustelle zu Baustelle geschickt, auf denen ein Zimmermann gebraucht wurde. Der Baubeginn des Hindenburgdammes versprach ihm dann endlich dauerhafte Arbeit, und so zog er erst mal ohne seine Familie auf die Baustelle an der Küste.

Die Dammbauer waren in Wohnschuten untergebracht, die vor dem Damm vor Anker lagen. Das waren einfache Schlafplätze, auf denen die Arbeiter nur notdürftig ihr Essen zubereiten konnten. Als die Arbeit der Zimmerleute beim Dammbau nicht mehr gebraucht wurde, besann sich mein Vater auf seine Fähigkeiten als Koch und kümmerte sich um die Beköstigung seiner Arbeitskameraden. Bald hatte er eine eigene Schute, auf der er für die Arbeiter kochen konnte. Die notwendigen Vorräte und Lebensmittel kaufte er en gros in Morsum ein, so dass er dort auch bald einen guten Kontakt zu dem örtlichen Bäcker, zum Kaufmann und zum Schlachter sowie zum Sparkassenrendanten bekam. Ich erinnere mich noch, dass später in unserem Haus immer eine große Kiepe gestanden hatte, wie wir sie heute noch von Abbildungen des Nikolaus oder des Osterhasen kennen. Mit einer solchen Kiepe hatte mein Vater das Brot und das Fleisch auf dem Rücken von Morsum zu seiner Kantinenschute getragen. Einmal wäre er dabei beinahe ums Leben gekommen. Die Schuten konnten nicht direkt am Damm verankert werden. Das wäre wegen der Stürme zu gefährlich gewesen. Also musste mein Vater immer noch ein Stück durch das Wasser laufen. Der Weg war nicht beschwerlich, weil der Untergrund ziemlich hart und nicht zu schlickig war. Aber an diesem Abend war Nebel aufgezogen und mein Vater hatte sich verirrt. Die Flut stieg und stieg, und mein Vater lief im aufkommenden Wasser ziellos umher, bis endlich zwischen zwei Wolkenbänken die Schute aus dem Nebel auftauchte.

Nach der Inbetriebnahme des Damms 1927 waren die Arbeiter nach und nach wieder fortgezogen. Die Kantinenschute meines Vaters wurde nicht mehr gebraucht, aber er suchte keine neue Anstellung. Er hatte sich an die Unabhängigkeit gewöhnt und glaubte auch, während seiner Reisen als fremdgeschriebener Zimmermann genug Erfahrungen und Kenntnisse für eine eigene Existenzgründung gesammelt zu haben. Bei diesem Vorhaben wurde er von dem neu eingesetzten Bahnmeister in Westerland unterstützt, der für die Bahnstrecke Niebüll-Westerland zuständig war. Er ermutigte meinen Vater, die ausgeschriebenen Arbeiten am neuen Bahndamm und an den Bahnstationen zu übernehmen. Aber es fehlte an Startkapital. Da Vater über keine größeren Barmittel verfügte, boten sich ihm sowohl der Bürgermeister wie auch der Sparkassen-Rendant als persönliche Bürgen an. So konnte mein Vater die zurückgebliebenen Loren und allerhand Arbeitsgerät aufkaufen, das die Dammbaufirmen auf der Insel liegen gelassen hatten. Nun konnte er mit der Arbeit anfangen, Als auch

Familie Hoyme vor Kantine Nösse

noch das ehemalige Kantinengebäude in Nösse, das für die Sylter Dammarbeiter gebaut worden war, zur Zwangsversteigerung angemeldet wurde, konnte mein Vater das Haus günstig erwerben. Es enthielt eine große Küche und Schlafräume für die Arbeiter. In diese Aufbauzeit wurde ich 1928 hineingeboren, und ich erinnere mich noch an den großen Herd, an dem meine Mutter stand, das Feuer schürte und für die Arbeiter und die Familie das Essen zubereitete.

Als sich bei einer der ersten Sturmfluten zeigte, dass der Hindenburgdamm viel zu schmal eingepflastert worden war – man hatte nur einige Meter von der Sohle mit Basaltsteinen hochgepflastert –, ging die Reichsbahn daran, weitere Pflasterarbeiten in Auftrag zu geben. Das war für meinen Vater die große Chance. In unserem neuen Zuhause wurden Feldbetten für zusätzliche Arbeiter aufgestellt, und Vater heuerte ein gutes Dutzend Steinsetzer von der Insel Nordstrand an, die nun den Damm beidseitig in einer Breite von 10 Metern mit Basaltsteinen befestigen sollten.

Mein Vater legte bei der Arbeit ordentlich mit Hand an und forderte seine Leute auf, es ihm gleich zu tun. Er war bei ihnen sehr angesehen, weil er kein Unternehmertyp war und seinen Arbeitern zeigen konnte, was man schaffen konnte. Die Baumaterialien wurden nachts, wenn keine Personenzüge mehr verkehrten, mit Arbeitszügen herangefahren. Nun brauchte mein Vater Arbeiter, die die Züge in der Nacht entluden. Also heuerte er Morsumer Bauern an, die nachts im Akkord die Basaltblöcke abluden und so die Haushaltskasse zu Hause etwas aufbessern konnten. Das war eine schwere Arbeit, aber sie war auch gesund, und da die Morsumer tüchtig arbeiten konnten, brachte es auch gutes Geld. Wir waren mit das erste Haus, das ein Telefon hatte. Dies bestand schon seit der Dammbauzeit und war im Verzeichnis unter „Kantine Nösse“ mit der Nummer 3 zu finden. Das blieb so bis in die dreißiger Jahre, dann gab es immer mehr Telefonanschlüsse und wir bekamen die Nummer 33, und nach dem Krieg die Nummer 233. Das Telefon war für uns Kinder tabu. Es diente allein geschäftlichen Zwecken meines Vaters und gab meiner Mutter noch die Möglichkeit Waren zu bestellen. Eine wachsende Zahl von Arbeitern musste versorgt werden. Jeden Tag wurden Unmengen Brot von der Bäckerei angeliefert. Es wurde mit einer Handschneidemaschine in Scheiben geschnitten. Ich sehe noch vor mir, wie Mutter und meine älteren Schwestern jeden Abend in riesigen Mengen das Brot für die Steinsetzer geschmiert und belegt haben. Dann wurde es eingewickelt und für jeden Arbeiter als Frühstückspaket bereitgelegt. Am nächsten Morgen konnte jeder Steinsetzer sein Frühstückspaket und eine Thermoskanne voll Kaffee auf den Damm mitnehmen. Die Arbeiter fuhren die sechs Kilometer mit dem Fahrrad auf den Damm hinaus. Ebenso machte es mein Vater. Abends kamen sie dann mit einem riesigen Hunger wieder und bekamen dann ein warmes Abendessen von meiner Mutter. Ich kann mich noch gut daran erinnern, dass mein 1932 geborener Bruder gerne mit am Tisch der Arbeiter gegessen hat, weil es ihm dort besser schmeckte, als am Abendbrottisch meiner Eltern. Das lag vielleicht auch daran, dass die ordentlich zulangten und ihm Mut machten, tüchtig mitzuessen.

Als ich 1928 draußen in Nösse geboren wurde, gab mein Vater der Hebamme die Anweisung, mich in seinem großen Zimmermannstaschentuch abzutrocknen. Damit verband sich sein Wunsch, dass sein Sohn das Zeug zu einem tüchtigen Zimmermann in sich trüge. Dieser Wunsch hat sich erst vier Jahre später erfüllt, als 1932 meinen Eltern ein weiterer Sohn geschenkt wurde. Bald stellte sich heraus, dass der jüngere Sohn das weit bessere handwerkliche Geschick hatte als ich und über alle Fähigkeiten verfügen sollte, die mein Vater sich herbeigesehnt hatte. Ich wuchs die ersten Jahre da draußen ziemlich einsam auf. Außer meinem jüngeren Bruder hatte ich keine Spielkameraden. Meine beiden älteren Schwestern gingen jeden Morgen in die vier Kilometer entfernte Schule. Da meine Mutter ja sehr eingespannt war, waren die beiden Schwestern für uns eher Erziehungspersonen als Spielkameradinnen. Den einzigem Kontakt, den wir außerhalb der Familie hatten, waren die Bahnarbeiter, die am Damm arbeiteten und erst am Abend zu uns kamen. Die einzige Abwechslung in jenen Jahren war der Postbote, der jeden Tag von Morsum zu uns herauskam. Er brachte nicht nur die Post, sondern auch die Zeitung, die sehr eifrig gelesen wurde. Die Artikel, die vorgelesen wurden, die Gespräche und Bemerkungen der Erwachsenen, die wir Kinder aufschnappten, aber auch die Erzählungen meines Vaters haben unsere Phantasie angeregt und einen Wissensdurst geweckt, der mich nie wieder verlassen hat.

Vor den wenigen Menschen, die in unserer Einsamkeit lebten, hatten die Tiere keine Angst. Die Hasen kamen bis ganz dicht an unser Haus heran und die Brandgänse, die in den Hünengräbern rund um unsere Haus nisteten. Damals gab es in Nösse nur drei Häuser. Oben am Kliff stand das Restaurant Nösse, gegenüber von meinem Elternhaus, auf der anderen Seite der Bahnlinie das Beamtenhaus. Dort waren zwei Bahnbeamte mit ihren Familien untergebracht. Das waren die Streckenläufer, die jeden Tag abwechselnd entlang der Bahnlinie 12 Kilometer bis nach Klanxbüll laufen mussten, um nachzusehen, ob an den Gleisen eine Schraube locker oder ein Wasser- oder Sturmschaden festzustellen sei.

Beim Bau des Hindenburgdammes hatte man die östliche Geestkuppe der Insel durchtrennt, um die Bahnstrecke ohne Steigung auf die Insel zu führen. Immer wieder warnte unsere Mutter uns davor, an den Abhängen links und rechts der Bahnstrecke zu spielen, ermahnte uns, nicht über die Schienen zu laufen, und sie sparte auch nicht mit Schimpfe, wenn wir wieder einmal dabei erwischt worden waren.

Im Sommer spielten wir an einem großen Baggerloch, das zum Bau des Hindenburgdammes ausgehoben worden war. Eine wunderbare Quelle hatte es mit reinstem Trinkwasser gefüllt. Immer wieder mahnte uns die Mutter zur Vorsicht. Das Baggerloch war sehr tief und nur am Rand für uns Nichtschwimmer geeignet. Ein großer Anziehungspunkt für uns Kinder war auch das Morsum Kliff, wo wir ohne große Mühe Versteinerungen fanden und zu Hause sammelten.
Jeder Morsumer Bauer hatte draußen auf der Heide eine bestimmte Eigentumsfläche. Im Sommer und im Herbst wurde dort die Heide mit Heidesodenschneidern gestochen. Dann kamen die Frauen mit Pferd und Wagen herausgefahren und stellten die Soden zum Trocknen gegeneinander auf. Wir haben immer etwas über diese Frauen gelacht, weil man ihre Gesichter nicht erkennen konnte. Sie hatten zum Schutz gegen die Sonne und vielleicht auch wegen des Windes große weiße Hauben auf, so dass man höchstens einen kleinen Teil des Gesichts sehen konnte. Auch bei der Arbeit in der Heide trugen die Frauen lange schwarze Kleider, und ich kann mich auch nicht daran erinnern, im Dorf einmal eine ältere Frau in einem farbigen Kleid gesehen zu haben. Wenn die Morsumer Frauen zum Heidestechen zu uns hinausfuhren oder ihre Kühe von den an unserem Haus gelegenen Weiden holten, fanden sie bei meiner Mut-

ter immer eine offene Tür. Aber meine Mutter mied es, nach Morsum zu gehen und nähere Bekanntschaft mit den Morsumer Frauen zu pflegen. Als gebürtige Dithmarscherin war sie zur Zurückhaltung erzogen worden und, was noch schwerer gewogen haben mag, sprach und verstand sie kein Friesisch. Einmal war sie zum Kaffeeklatsch im Dorf eingeladen. Die Frauen hatten sich eine geraume Zeit in ihrer gewohnten Heimatsprache unterhalten, bis eine der Frauen endlich bemerkte: „Oh, wir haben Frau Hoyme zu Besuch. Jetzt müssen wir Deutsch sprechen." Mein Vater hatte es da viel leichter. Da er mit seinem Thüringer Dialekt ein ungewohntes Singen in der Sprache hatte, nahm es ihm niemand übel, dass er kein Friesisch lernte. Er war ein fröhlicher Mensch, immer zu einem Spaß aufgelegt und brachte damit gern die Morsumer Frauen zum Lachen. Wo er hin kam, lud man ihn zum Frühstück oder zum Teepunsch am Nachmittag ein.

Einmal in der Woche kam der Kaufmann zu uns raus und lieferte die Waren, die meine Mutter telefonisch bestellt hatte. In seinem Korb fanden wir Kinder auch immer eine Tüte Bonbons, über die wir uns jedes Mal gefreut haben. Außer zur Weihnachtszeit oder zum Geburtstag gab es für uns ja sonst keine Süßigkeiten. Vom Nikolaustag bis Weihnachten stellten wir unsere Teller ins Fenster, und wenn es nicht die Eltern waren, dann waren es die Dammarbeiter, die dann am Morgen ein paar Süßigkeiten reingelegt hatten.

Rückblickend haben wir Kinder nicht nur eine behütete Kindheit, sondern auch den Halt in den Eltern gehabt, den wir heute manchem Kind oder Heranwachsendem wünschten. Das gilt auch für vorgelebte Bescheidenheit, die unsere Eltern nicht nötig hatten, was manchem Leser fremd erscheinen mag, aber aus ihrem Lebenslauf verständlich war. So sind wir herangewachsen, und jeder ist seiner Begabung entsprechend ins Leben entlassen worden.

Carla Thiele: Mit der Lore über den Damm

1924 wurde mit dem Bau des Hindenburgdamms angefangen. Für meine Eltern war es eine Gelegenheit, ein paar Mark zusätzlich zu verdienen. Mit so einer kleinen bis mittleren Landstelle war es schwer auszukommen. Und so schafften sie Schlafquartiere für die Dammarbeiter vom Festland. Bei uns wohnten Arbeiter, die die Steinböschungen am Damm gebaut haben. Das waren Facharbeiter, die kamen aus Oberfell an der Mosel. Und die hatten natürlich immer ein Fass Wein dabei, und da haben meine Eltern dann viel Spaß mit gehabt. Wir hatten eine große Küche, da haben die Arbeiter abends drin mitgewirtschaftet. Das ging nicht immer so, das ist meins und das ist deins, und hier bin ich und hier bist du. Da kam jeder jedem entgegen, und so hat sich das zu aller Zufriedenheit gelöst.

Mein Vater hat auch mal am Damm mitgearbeitet und Spundwände gezogen. Als ich in den Sommerferien wieder zu meinen Großeltern nach Angeln sollte, hat mein Vater organisiert, dass ich auf einer Lore über den Damm fahren konnte. Ging ja schneller und billiger als mit dem Schiff. Der Damm war noch eine einzige Baustelle. Ich hatte ein weißes Kleid an und hab mich damit auf die Lore gehockt und die Beine ganz angezogen. Dann ging es los durch Dreck und Modder, und mein weißes Kleid wurde mit Schlick und Schlamm bespritzt. 1927 war alles vorbei. Die lebenslustigen Arbeiter waren längst wieder abgezogen, und für meinen Vater gab es keine Arbeit mehr. Am 1. Juni kam der Reichspräsident Hindenburg mit dem Zug zur Einweihung. Wir Mädchen bekamen extra Sylter Trachten genäht. Morsum war die erste Station, an der der Zug hielt. Wir wurden am Bahnsteig aufgestellt und haben mit Blumen gewunken als der Zug einfuhr. Dann durften wir einsteigen und zum Umzug nach Westerland mitfahren. Es regnete in Strömen. Ich hatte keinen trockenen Faden mehr am Leib. Da bin ich zu Fuß am neuen Bahndamm entlang von Westerland zurück nach Morsum gelaufen.

Ose Köster: Als der Damm durch das Watt fertig war

Meine Großmutter Johanna hatte einen Papagei. Niemand, der durch Wenningstedt kam, entging Loras kessem Blick. Ihr Käfig stand auf der Fensterbank, und durch die offene Küchentür wurde Großmutter genauestens über das Verkehrsaufkommen auf der Dorfstraße unterrichtet. Lora sprach nur friesisch. Wenn jemand durch die Gartenpforte zur Haustür ging, rief Lora: „Hanna, diar es hoken. – Hanna, da kommt jemand." Rief Lora: „Fuhrwerk! Fuhrwerk!", das war das einzige hochdeutsche Wort, das der Vogel kannte, stürzte meine neugierige Großmutter gleich vom Kartoffelschälen ans Fenster. Nun konnte es vorkommen, dass Loras Fuhrwerk sich als hochrädriger Kinderwagen oder als ein Gepäckkarren entpuppte. Damit zogen die Hausdiener der Wenningstedter Logierhäuser zum Kleinbahnhof leer hin, hochgetürmt mit Koffern zurück, begleitet von kleinen Gästetrupps. Die hatten schon eine lange Reise hinter sich. Erst mit dem Zug nach Hoyer, dann mit dem Fährschiff übers Watt nach Sylt. Auf der Hafenmole von Munkmarsch wartete auf sie ein Zug der Kleinbahn. Der brachte sie dampfend und keuchend über die Heide nach Westerland. Hier mussten sie noch einmal nach Norden umsteigen, bis sie in unser verschlafenes Dörfchen kamen.

Als nun der Damm durchs Watt fertig war, und immer mehr Badegäste in den Wenningstedter Logierhäusern Ferien machen wollten, zogen die Hausdiener immer noch zum Kleinbahnhof, inzwischen aber mit goldbetressten Jacken und blanken Messingschildern der Hotelnamen an ihren Mützen. Der Reichspräsident Hindenburg sollte zur Einweihung des Hindenburg-

Aufzug der Zwerge mit Ekke Nekkepenn 1927

damms kommen. Zu seiner Begrüßung waren wir Kleinen als Zwerge verkleidet worden. Wir bekamen so scheußliche, hellgrüne Kutten an. Unsere Gesichter versanken darin, aber unsere Eltern waren ganz stolz auf uns. In unserer Mitte ritt so ein kleiner spilleriger Mann, das sollte der sagenumwobene Meeresgott Ekke Nekkepenn sein. Er ritt aber nicht auf einem mächtigen Ross, sondern saß auf einem mageren Pony. Ich war ganz unglücklich. Endlich, nach langem Warten, marschierten wir auf den Bahnsteig. Viel Blasmusik, der Zug fuhr ein. Der greise Hindenburg stieg aus und tatterte an uns vorbei, ohne unsere graue Schar auch nur mit einem Blick wahrzunehmen.

Bis 1927 waren wir ein Logierhaus, nur mit Frühstück. Nach Eröffnung des Damms wurde umgestellt auf Pension. Wir hatten nun fünf Hausmädchen und einen Hausdiener für die vierzig Gäste. Bis zehn Uhr gab es Frühstück und um eins Mittag. Die Gäste kamen mittags vom Strand nach Hause, aßen und gingen dann ins Bett. Zwischen drei und vier Uhr konnten die Gäste noch eine Tasse Kaffee mit einem Keks bekommen. Das war eine große Besonderheit. Das gab es in anderen Häusern nicht. Nachmittags ging man nicht mehr an den Strand. Dann zog man sich hübsch an und machte einen Spaziergang. Man spazierte nach Westerland oder Kampen. Man konnte sich auch ein Fuhrwerk bestellen und nach Keitum fahren. Abends ab sechs Uhr gab es wieder Abendessen, warme Vorlage, kalte Platte. Das war üppig damals. Den Gästebetrieb fand ich wunderbar, weil sich niemand von den Erwachsenen um mich kümmern konnte. Ich konnte machen, was ich wollte, und das war schön. Morgens kriegte ich immer so ein herrliches Frühstücksbrot mit in die Schule. Ein halbes Brötchen mit dick Mettwurst auf einer Scheibe Schwarzbrot. Das wickelten die Mädchen in der Küche für mich ein, und es war eine Sensation, damit in die Schule zu kommen. Nachmittags war ich am Meer und tobte in den Dünen. Ich fand unter den Kindern der Gäste immer schnell Freunde und wurde an den Strand mitgenommen. Als ich etwas älter wurde, war ich dann mit dreizehn oder vierzehn Jahren ein idealer Babysitter für die Kinder der Gäste.

Fritz Witt: Lizzen

Als der Hindenburgdamm in Betrieb war und immer mehr Gäste kamen, übernahmen meine Eltern das Logierhaus, „Haus Aegir". Es stand direkt an den Dünen. Morgens hieß es schon: „Pst! Leise, Kurgast schläft." Mein Bruder und ich haben uns oben unterm Dach aus Strandholz so einen Verschlag gebaut. Da standen unsere Betten drin. Mein Bruder war ja vier Jahre älter als ich, und so hatten wir das schon ganz fachmännisch hingekriegt. Waschen mussten wir uns unten in der Waschküche. Für die Gäste stand in jedem Zimmer eine Schüssel mit einer Wasserkanne und einem Eimer nebenan. Wenn die Gäste beim Frühstück saßen, dann mussten die Mädchen das gebrauchte Wasser runter tragen und neues Wasser wieder rauf in die Zimmer bringen. In den Ferien war das auch schon mal unsere Arbeit. Ich habe ein Foto meiner Mutter. Es zeigt sie in Begleitung mit anderen jungen, eleganten Damen am Westerländer Strand. Aber ich kann mir nicht vorstellen, dass sie jemals im Sommer Zeit gehabt hat, am Strand zu flanieren. Wollten wir unser Taschengeld aufbessern, gingen wir am Bahnhof „lizzen". Wenn die Gäste am Bahnhof ankamen, standen auf der einen Seite die Portiers vom „Hotel Stadt Hamburg" und vom „Deutschen Kaiser" und wie die alle hießen. Die Namen hatten sie auf der Mütze stehen. Auf der anderen Seite standen die Dienstleute. Die hatten nur eine Nummer an der Mütze. Dienstmann Nr.1, Dienstmann Nr.2 usw. Die hatten die „Schottschen Karren", so zweirädrige Karren, mit denen sie das Gepäck in die Hotels brachten. Die Gäste

Hausdiener am Westerländer Bahnhof

kamen mit großen Schrankkoffern, da hingen ihre Kleider und Anzüge drin. Es gab ja noch nicht in allen Gästezimmern Schränke. Wenn die Gäste aus dem Zug stiegen, sind wir möglichst unauffällig rangeschlendert und haben gefragt: „Haben Sie schon ein Zimmer?“ Das nannten wir „lizzen“. „Lizzen“ war verboten. Die Dienstleute mochten das gar nicht haben. Hatten die Ankommenden noch kein Zimmer, haben wir gesagt: „Oh, wir haben eins für Sie.“ Wir wussten ja, wo noch Zimmer frei waren. Dann haben wir, soweit wir das schon konnten, die Koffer in die Pension getragen.
Auch sonst haben wir manchen Unsinn gemacht. Hinter unserem Haus lag oben auf der Düne ein Bunker aus dem 1. Weltkrieg. Der war mit Sand bedeckt, und wir Jungs buddelten den wieder aus. Mein Bruder wäre einmal beinahe dabei umgekommen. Er stand unten, und der ganze Sand ist nachgerutscht. Zum Glück konnten wir ihn wieder raus ziehen. Unterhalb des Bunkers, am Fuß der Düne war ein Kinderheim. Von unserem Bunker aus konnten wir die Kinder sehen und hörten, wie sie sangen: „Wir sind die Herren der Welt und die Könige auf dem Meer.“ Das konnten wir nicht ab. Die Herren der Welt, das waren doch wir. Wir haben vom Strand Lehm geholt, Kugeln daraus gemacht und gewartet, bis sie wieder sangen „Wir sind die Herren der Welt“, dann haben wir die Herren von oben mit Lehm bombardiert.

Im Februar war es Aufgabe der Konfirmanden, das Material für das Biikebrennen zu sammeln. Vom Bauern bekamen wir einen Wagen und den schoben wir zehn oder zwölf Jungen von Haus zu Haus und sammelten die Tannenbäume und alles brennbare Material ein. Das wurde dann rausgefahren nach Munkmarsch auf den. Biikehügel. Das war ein langer Weg. Zum Biikebrennen haben wir uns Stinkepötte gemacht. Das waren Konservendosen, die hingen an einem Stock. Da kamen dann Öllappen und all so ein Schiet rein, das gut brannte. Die stanken dann ja wie die Pest. Petritag feierte ja jede Schule in einem anderen Lokal. Wir, von der Mittelschule feierten bei Vetter Matz. Der Vater hieß Matz Petersen. Und der Sohn hieß nur Vetter Matz. Und Vetter Matz hatte nun so eine „Splitterdiele". So sagten wir dazu. Da waren so olle Dielen drin und da wurde zum Petritag Wachs drauf gespritzt, damit man besser rutschte. Bis oben hin waren die Hosenbeine nach dem Tanzen voll Staub. Jedes Jahr wieder spielte ein Mann namens Gesing mit seiner Geige zum Tanz auf. Man könnte auch sagen, er kratzte auf seiner Geige rum. Aber weil nun der Stargeiger aus dem Trocadero Barnabás von Géczy hieß, nannten wir diesen armen Mann Barnabas von Gesing. Auf der einen Seite der Tanzfläche saßen die Mädchen, auf der anderen Seite die Jungs. Und wenn die Musik loslegte, rutschten wir rüber und holten unsere Mädchen zum Tanz. Wenn wir denn tanzen konnten. War ja manchmal mehr Toberei damals.

Im März sammelten wir Jungs dann schon wieder Holz für ein Freudenfeuer zum Gedenken an die Volksabstimmung 1920. Am 14. März, dem Tag an dem die Sylter gegen Dänemark und für einen Verbleib bei Deutschland gestimmt hatten, leuchteten dann überall in den Dünen die Freudenfeuer auf. Auch das wurde nicht von allen Leuten gerne gesehen.

Hildegard Wolter: Meine Vorfahren sind zugewandert

Mein Urgroßvater Lille Nils war ein Müllersknecht aus Veilje bei Esbjerg. Weil es dort nicht genug Arbeit gab, ist er 1854 nach Sylt ausgewandert und wurde Knecht von Bauer Paulsen, den man den Lister König nannte.

Hildegard Christensen

In dieser Stellung blieb Lille Nils Zeit seines Lebens. Er war ein ungewöhnlich starker Mann, der einen Schlickrutscher auf dem Rücken tragen konnte. Er hat ein Mädchen aus Ballum geheiratet und sie hatten viele Kinder. Eines Tages hat ein Kanonenboot im Lister Hafen angelegt. Der Kapitän kam zum Bauern Paulsen und bat ihn, einen seiner Leute nach Keitum zu schicken, um den Lohn für die Matrosen vom Zollhaus abzuholen. Der Bauer Paulsen beriet sich mit Lille Nils. Sie beschlossen, dessen dreizehnjährige Tochter Christine nach Keitum zu schicken. Christine ging am nächsten Morgen sehr früh los und kam gegen Mittag in Keitum an. Sie hat den Lohn für die Besatzung des Kanonenboots in Empfang genommen und sich gleich auf den Rückweg gemacht. Als sie über Bauer Paulsen in Blidsel kam, hatte schon die Dämmerung eingesetzt und Christine merkte, dass ihr zwei Männer gefolgt waren. In Todesangst ist sie durch die Dünen gelaufen, Düne rauf und Düne runter, bis sie immer schwächer wurde. Die Männer kamen immer näher. Da versuchte das Mädchen, auf eine Düne zu flüchten. Aber sie kam den Hang nicht mehr hoch. Die Kräfte verließen sie. Da sah sie oben auf der Kuppe den großen Hund Thyras von Bauer Paulsen. Das war ein Neufundländer. Der Hund kam zu ihr runter. Christine konnte in sein

Halsband fassen. Vielleicht hat der Hund die Todesangst des Kindes gespürt. Er zog Christine die Düne hoch und schleppte das völlig erschöpfte Mädchen bis zum Hof von Bauer Paulsen. So wurde Christine gerettet. Die beiden Räuber wurden festgenommen und auf dem Kanonenboot in Eisen gelegt.

Christine war noch jung, als sie meinen Großvater Nils heiratete. Nils war erst 26 Jahre alt, als er in Folge eines Seebebens bei den Karolinen verunglückte. Er war mit dem Schiff von List losgefahren. Mit an Bord waren die Brüder Thiessen aus Keitum. In Braderup wollten sie Heu laden. Plötzlich erfasste sie eine hohe Flutwelle. Das Boot kippte um. Die Brüder Thiessen ertranken. Mein Großvater wurde vom Mast erschlagen. Er hinterließ eine Frau mit zwei Kindern. Die Tochter Maria war zwei Jahre und der Sohn Christian gerade ein Jahr alt. Christine war im dritten Monat schwanger. Sechs Monate nach dem Unglück wurde mein Vater geboren und auch auf den Namen Niels getauft. Niemand war da, der Christine helfen konnte, und im Haus war bitterste Armut.

Das Hochzeitsbild meiner Großeltern zeigt Christine noch in wunderschöner Kleidung mit kostbarem Sylter Schmuck. Eine stolze und aufrechte Frau, die einen starken und selbstbewussten Mann zur Seite hatte. Auf einem späteren Photo ist sie schon völlig zusammen- gesunken, obwohl sie erst Anfang zwanzig ist. Die Kinder sitzen neben ihr in ordentlicher Kleidung und mit gewichsten Stiefeln. Ihnen sollte es an nichts fehlen. Sie backte Brot für die dänischen Schiffer und

Christine Christensen

wusch deren Wäsche. Jahrelang hat sie geschuftet, damit ihre Kinder später ein Handwerk lernen können. Meine Tante Maria konnte sich noch gut daran erinnern, wie die Mutter sie und die beiden Geschwister mit zur Feldarbeit genommen hat. Einmal, so hat mir Tante Maria erzählt, hat Christine zu ihr gesagt: „Ich habe Niels an den Feldrand gesetzt und ihm mit dem Spaten ein Maus tot gehauen. Und dann hat Niels damit gespielt.“ Christine sprach ja nur ein gebrochenes Deutsch, da sie aus Dänemark stammte.
Mein Vater hieß Niels Jensen Christensen. Nach der Mutter. Ich setz mich immer an den Königshafen und denk an ihn, weil ich ihn ja kaum gekannt habe. Er hatte ein so gutes Gesicht. Er hat viel im Leben geschafft, aber er ist viel zu früh gestorben. Bei seiner Hochzeit ist die Fahne am Mast hängen geblieben. Man hatte vergessen, sie bei der einbrechenden Dunkelheit herunter zu nehmen. Und das hat Großmutter Christine sehr geängstigt. Sie meinte, dass nun einer sterben würde.
Mein Vater wurde als junger Mann Soldat. Er war ungewöhnlich stark und breitschultrig wie sein Vater. So kam er zur Fußartillerie. Da mussten die Soldaten ihre Geschütze hinter sich her ziehen. Er brachte es bis zum Korporal. Das war für einen Lister schon etwas Besonderes. Und so wählten sie ihn zu ihrem Bürgermeister. Mein Vater führte das typische Leben eines Sylters mit Aalestechen und Schollengreifen. Er ging nachts mit einer Blendlaterne im Watt jagen. Die Wildenten wurden geblendet, saßen ganz still und wurden geschossen. Meine Großmutter Christine hatte immer eine große Angst, wenn er wieder bis zum Morgen draußen geblieben war, aber mein Vater war dabei glücklich. Manchmal blieb er tagelang mit seinem Boot draußen. Auch bei Nebel kehrte er nicht um. Er war ein Mensch, der gerne allein sein konnte.

Mein Großvater mütterlicherseits, Jürgen Bockelmann, war schon in jungen Jahren ein schmaler und etwas gebeugter Mann. Er kam aus dem Dorf Huje bei Itzehoe und hatte das Zimmer- und Mühlenbaumeisterhandwerk erlernt. 1890 zog er nach Westerland. Er hatte erkannt, dass der aufstrebende Badeort einen tüchtigen Baumeister wie ihn gebrauchen konnte. Er kam bald zu bescheidenem Wohlstand, indem er ein Sumpfgebiet am heutigen Kirchenweg kaufte und mit Schutt aus anderen Bauvorhaben trocken legte. Mit 36 Jahren beschloss Jürgen Bockelmann eine Familie zu gründen. Also sah er sich bei den öffentlichen Tanzvergnügen nach einer geeigneten Braut um. Meine Großmutter hat mir erzählt, dass er bei der Polka wie ein Ziegenbock herumsprang und die jungen Sylterinnen erschreckte. Meine Großmutter Helene Herzog war damals eine kleine, zierliche und elegante Frau. Sie war Lehrerin an der neugebauten Volksschule in der Maybachstraße und sie war nicht mehr ganz jung. Sie war dreißig Jahre und es wurde Zeit für sie. Ein verschwiegener Treffpunkt für junge Liebespaare war zu jener Zeit eine alte Pferdekalesche, die vor einem Haus gegenüber der heutigen Nikolaikirche abgestellt war. Wenn die alte Maria, die in dem niedrigen Friesenhaus wohnte, hörte, dass sich wieder mal ein Liebespaar in der Kalesche vergnügte, schlich sie hinaus, lauschte, riss dann plötzlich die Kaleschentür auf und fragte das aufgeschreckte Paar: „Habt ihr es nett da drinnen?“ Ich bin überzeugt, dass meine Großeltern es nett hatten. Denn sie heirateten bald und hatten drei Kinder. Die Brüder Jürgen und Ernst und meine Mutter Grete, die damals noch Gretchen genannt wurde.

Mein Großvater wurde ein gefragter Bauunternehmer. Er entwarf und baute im Lauf der Jahre mehr als hundert Häuser. Trotzdem war nie genug Geld im Haus. Meine Großmutter, als Beamtentochter an regelmäßige Einkünfte gewohnt, litt zeitlebens unter den unsicheren Verhältnissen. Großvater war eine Frohnatur. Er sang gerne junge Frauen an. Immer wieder fand er ein Opfer, dem er dann etwa „Püppchen, du bist mein Augenstern“ vorsingen konnte. Kam ein Lieferant zur Mittagszeit ins Haus, fragte ihn mein Großvater gleich: „Wöllt Se nich wat miteten?“ Aber oft gab es bei uns Schusterstip, weil meine Großmutter keine Zeit zum Kochen gehabt hatte. Sie rackerte sich mit den Kindern, dem Mann, den Ziegen, den Gästen und dem Haus ab. Nach und nach übernahm meine Mutter den Haushalt.

Als Großvater alt wurde, hing meistens ein Tropfen an seiner Nase. Die Brille saß auf seiner Nasenspitze und die blaue Arbeitsschürze hatte er mit Klebe geflickt. „Flüssiges Nähgarn“ stand auf der Tube. Nachdem er seine Frau verloren hatte, fühlte er sich einsam. Abends stand er lange am grünen Kachelofen und sann vor sich hin. So war es auch eines Abends im zweiten Weltkrieg, als zwei junge Piloten an seine Tür klopften und fragten; „Haben Sie etwas zu essen für uns?“ Die beiden jungen Männer waren etwas angeheitert und hatten das Haus verwechselt. Sie wollten nebenan in die Gastwirtschaft ins „Deutsche Eck“. Jeder andere hätte sie nun auf ihren Irrtum hingewiesen, aber Großvater sagte nur: „Jo“, und hieß sie eintreten. Auf abgetretenen Pantoffeln latschte er in die Küche, schnitt zwei Scheiben Brot ab, beschmierte sie mit Butter und schnitt kleine Hühnerbröckchen daraus. Die Bröckchen kamen auf ein Holzbrettchen, bei uns „Bricken“ genannt. Nun latschte er in die Stube zurück und die Soldaten aßen das frugale Mahl. Als ich den Kopf zur Tür hineinsteckte, um „Gute Nacht“ zu sagen, war Großvater gerade bei der Schnurre von dem Bauern, der langsam stotterte und dem Dachdecker, der schnell stotterte. Dann folgte die nächste von dem Dienstmädchen, dem er in seiner Jugend weisgemacht hatte, er könne stricken. „He hätt mi allens verbruddelt“, hatte sie geweint, nachdem er den Strickstrumpf in den Händen hatte, erzählte Großvater mit glänzenden Augen. Ich erinnere mich noch, wie bestürzt ich war, als ich ihn einmal in der Küche schluchzen hörte. Meine Mutter beruhigte mich. Großvater hatte „Das Magazin“, die Kundenzeitschrift vom Kaufmann Hermann Abel von nebenan, gelesen. In dem kleinen Liebesroman hatte sich das Paar am Ende nicht gekriegt, und darüber waren ihm die Tränen gekommen. Meine Mutter hatte nach und nach den großen Haushalt mit Arbeitern, Angestellten und Sommergästen übernommen. Als mein Großvater mit 78 Jahren die Augen für immer schloss, hatte ich niemanden mehr, der sich um mich sorgte.

Uwe Drath: Die Jugend war die große Freiheit

Die Eltern haben uns gesagt, wo es lang ging. Verbotsschilder kannten wir nicht. Heute darf man gar nichts mehr. Man darf nicht mehr ins Watt gehen und ein paar Wattwürmer graben, man muss einen Angelschein haben, wenn man mal angeln will. All das gab es in unserer Kinderzeit überhaupt nicht. Wir hatten kein Geld, aber wir wurden immer satt. Die Jugend war die große Freiheit. Und diese Freiheit, die wir hatten, war viel mehr wert, als alles, was wir unseren Kindern heute bieten können.

Uwe Drath (links) 1932/33[5]

Unseren Stammbaum kann ich zurückverfolgen bis in das Jahr 1618. Zu der Zeit wurden hier auf Sylt Kirchenbücher eingeführt. Meine Großmutter stammt aus der Familie Bleicken in Kampen. Das war eine Kapitänsfamilie. So hat meine Großmutter einigen Reichtum mit in die Ehe gebracht. Davon bauten meine Großeltern hier auf Sylt die ersten Hotels. So lag es nahe, dass mein Vater Kellner lernte und Gastronom wurde. Nach dem 1. Weltkrieg betrieben meine Eltern in Keitum die Friesenhalle. Meine beiden Geschwister und ich sind in dieser Friesenhalle geboren worden.1930, als ich drei Jahre alt war, zogen wir in ein Gästehaus nach Westerland. Meine Eltern konnten damals in diesem Haus so 40–50 Gäste beherbergen und so hatten sie wenig Zeit für uns. Es gab bei uns Vollpension mit Frühstück, Mittag und Abendbrot. Meine Mutter war gelernte Köchin und sie stand von morgens bis abends in der Küche. Meine Eltern versuchten eben, das Haus mit möglichst wenigen Hilfskräften zu führen. Und weil die Eltern eben keine Zeit hatten, sich um uns Kinder zu

[5] Mit Nachbarkind „Pede" Andersen

kümmern, sind wir so richtig frei groß geworden. Hier hinter unserm Haus, da weideten die Kühe und Schafe. In den Sommerferien wurde da ein großes Zelt aufgeschlagen, und da wohnten wir Kinder drin. Meine gleichaltrigen Freunde aus der Nachbarschaft haben da auch den ganzen Sommer mit geschlafen. Wir sind nur zum Essen ins Haus gekommen. Viel helfen mussten wir nicht. So hatten wir unsere Freiheit. Hinter unserem Hof weidete ein altes Pferd. Das gehörte unserem Gemüsehändler Carsten Andresen. Der war im ersten Weltkrieg bei der Kavallerie gewesen und hatte dieses Pferd bei Kriegsende mit nach Hause gebracht. Da sind wir immer heimlich drauf geritten. Geld hatte für uns keine große Bedeutung. Wenn wir mal was brauchten, haben wir für die Gäste Koffer getragen oder wir haben Flaschen gesammelt. Für jede Flasche gab es fünf Pfennig. Es wurde ja nichts weggeschmissen damals. Wenn man einkaufte, wurde alles, ob es Fisch, Mehl, Graupen oder Zucker war, in Papier eingepackt, und mit dem Papier wurde der Herd oder der Waschkessel angezündet. Auch Dosen wurden nie weggeworfen. Wir hatten im Hof zwei Schweine. Wenn Schlachttag war, wurde Fleisch und Wurst in Dosen eingemacht. Dazu musste von den alten Dosen der obere Rand abgeschnitten werden, damit da ein neuer Deckel rauf konnte. So wurden die Dosen bei jeder Schlachtung etwas kleiner. Auf alle Flaschen gab es Pfand, und die Zeitung wurde in viereckige Stücke geschnitten und auf einen Nagel im Klo gehängt. Ich kann mich nicht daran erinnern, dass es in meiner Kinderzeit auf Sylt Mülleimer gab.

Unser Spielplatz war im Sommer der Strand. Eigenes Spielzeug hatten wir nicht, aber wir wussten, dass die Gäste ihr Spielzeug in den Burgen versteckt hatten. Wenn Sturm war, hatten wir den Strand für uns. Die Burgen liefen voll Wasser und wir waren dazwischen und haben uns das Spielzeug gesucht, bevor es von Sand und Wasser begraben wurde. Die großen Herbststürme waren für uns Kinder herrlich. Unterhalb der Promenade, von Brandenburg bis zur Musikmuschel war manchmal der ganze Sand weggespült. Nur noch die Befestigung war da. Wenn die Wellen kamen, schluge sie so eineinhalb Meter an der Promenade hoch. Und wir haben versucht, zwischen den Wellen auf der Befestigung zu laufen. Wer am weitesten kam, hatte gewonnen. Da haben wir natürlich immer wieder am Tag bis zum Bauch im Wasser gestanden und hatten keinen trockenen Faden mehr am Körper.

Im Oktober 1936 hatten wir einen gewaltigen Orkan, und da strandete ein französisches Schiff bei Klappholttal. Unter der Besatzung waren mehrere Neger. Ich ging noch zur Volksschule und wir machten einen Ausflug dahin. Das war das erste Mal, dass ich einen Neger gesehen habe. Die „Adra“ war schon ein 6000-7000 Tonnenschiff, und das war schon ein gewaltiger Anblick, wenn so ein Schiff am Strand liegt. Monatelang sind wir da hin gepilgert und haben zugesehen, wie die Franzosen versucht haben, das Schiff zu bergen. Erst nachdem die „Adra“ in deutsches Eigentum übergegangen war, sind die großen Schlepper gekommen und haben das Schiff rausgezogen.

Kapitel V

Dunkele Wolken
(1933 – 1939)

Max Ehlert: Fünf Mark von Hermann Göring

Ich habe noch ein paar frühe Erinnerungen an meine Mutter. Sie hatte nur ein Bein. Ich habe manchmal ihre Beinprothese geschleppt. Die war aus massivem Holz und so schwer, dass ich sie kaum hoch bekommen konnte. Ich habe sie immer dafür bewundert, dass sie mich trotz dem Holzbein noch auf ihren Armen getragen hat. Wir lebten alleine. Das Haushaltsgeld war immer knapp. Wenn der Milchmann mit seiner Kutsche vorbeikam und aus seiner großen Ledertasche das Kleingeld wechselte, dann konnte es sein, dass da mal ein Pfennig runter fiel. Ich habe aufgepasst wie ein Luchs und war sofort da. Für fünf Pfennig gab es in der Bäckerei Kuchenreste. Wenn ich keine fünf Pfennig hatte, habe ich für Kuchenreste bei Bäcker Gries oder bei Bäcker Schlichting die Kohlen reingetragen. Wir Kinder haben uns immer irgendwie durchgeschlagen. Ich war befreundet mit Macke Jensen, das war der Sohn vom Spediteur Max Jensen. Wenn der Reichsmarschall Hermann Göring und seine Emmi Sonnemann mit seiner JU 52 nach Sylt kam, dann brachte die Spedition Jensen das ganze Reisegepäck vom Flughafen zum Haus von Hermann Göring nach Wenningstedt. Macke Jensen und ich, wir waren ja noch kleine Kerle, aber wir durften die Hutkoffer von Emmi Sonnemann ins Haus tragen. Ich sehe es noch genau vor mir, wie Emmi die Treppe runter kam und jedem von uns beiden Jungs eine Tafel Schokolade gab. Marke Sarrotti, da war so ein kleiner schwarzer Mohr drauf. Das war etwas ganz Besonderes. Eine andere Erinnerung ist, wie wir wieder aus dem Haus kommen, steht Göring draußen in seiner schneeweißen Uniform, die JU 52 zieht noch eine elegante Abschiedsschleife über dem Haus, und Hermann drückt jedem von uns ein Fünfmarkstück in die Hand. Das war eine Menge Geld damals. Wir hatten so etwas noch nie gesehen. Ich habe dieses Fünfmarkstück nie ausgegeben, obwohl wir Kinder selten mehr als ein paar Groschen in der Tasche hatten. Ich habe es heute noch.

Ich war ein sehr kräftiger und sportlicher Junge. Jede freie Minute habe ich auf dem Sportplatz verbracht. Wir Westerländer hatten mit den Jungen aus Tinnum eine Fehde. Das Schlachtfeld, das wir zu verteidigen hatten, war der Sportplatz. Die Tinnumer kamen mit einem Pferd angeritten. Der Reiter schwang eine Piratenfahne. Hinter ihm kam das Fußvolk, vielleicht so acht bis zehn Jungs, mit Knüppeln bewaffnet. Wir hatten ein Luftgewehr und schossen damit erstmal nur aufs Pferd, damit das Durcheinander kam. Dann kam unsere Artillerie. Das waren Bierflaschen, mit Karbid und Wasser gefüllt. Das Karbid hatten wir uns beim Baugeschäft Bockelmann besorgt und in Flaschen gefüllt. Karbid entwickelt in Verbindung mit Wasser ein sich schnell ausdehnendes Gas. Kam der Gegner in Sicht, schütteten wir schnell etwas Wasser in die bereitstehenden Flaschen und warfen sie in Richtung des Gegners. Manchmal explodierten unsere Geschosse schon in der Luft. Zum Glück ist nie etwas Ernsthaftes passiert. Nicht immer waren wir die Sieger. Zu unserer Verteidigung hatten wir uns auf dem Sportplatzgelände einen Unterstand gebaut. Wände und Decke waren aus Eisenbahnschwellen. Zur Tarnung lagen Grassoden auf dem Dach. Der Eingang war von innen zu verrammeln. Eine uneinnehmbare Festung, nur das Ofenrohr lugte nach außen. Einmal hatten die Tinnumer uns überrascht und unseren Bunker besetzt. Die saßen drinnen, sangen ihre Siegesgesänge und wir standen draußen vor. Wir haben wieder unsere Flaschen geholt, Karbid rein getan und durchs Ofenrohr gebrüllt: „Wenn ihr nicht innerhalb von fünf Minuten raus kommt, geht die erste Bombe runter!" Aber die blieben stur unten. Rührten sich nicht. Da haben wir die Bombe runter gelassen. Die explodierte in der Brennhexe, die am anderen Ende vom Rohr war. Unten konnte man es wohl nicht mehr aushalten, jedenfalls kamen die sofort nach oben und versuchten zu türmen. Einen kriegten wir zu fassen. Den haben wir gefesselt und in einen Sack gesteckt. Den Sack haben wir mitten auf dem Sportplatz abgelegt und sind drum herum getanzt und haben unseren Sieg gefeiert. Oma Jensen guckte ja immer aus dem Fenster. Die hat wohl gedacht, dass wir da irgendeinen Sport machen. Und als wir nun mit einem Mal alle weg waren, sah sie, dass sich der Sack bewegt. „Oh, diese Kinder", hat sie gerufen, „Kalle, komm doch mal her!“ Kalle Jensen war ihr großer Sohn. Na, der musste nun runter, den Sack aufmachen und den Tinnumer befreien. Niemand war nachtragend. So wie das Wetter war, waren wir auch: hart, aber herzlich.

Als meine Mutter starb, bin ich von einem Verwandten zum anderen und von einer Schule zur anderen gejagt worden. Erst war ich in Dänemark auf der Schule, dann war ich in Kiel, dann in Albersdorf, dann in Itzehoe und dann in Glückstadt. Mit meinen Noten ging es immer mehr bergab. Das ging hin und her, bis mein Onkel in Westerland sagte: „Jetzt bleibt der Junge hier bei mir.“ Mein Onkel hatte ein Malergeschäft. Da musste ich die schweren Farbeimer austragen, zu Fuß hier in Westerland und in die Norddörfer, nach Tinnum und Keitum, mit einer Karre. Schon von Kindheit an hatte ich Spaß am Malen und Zeichnen. Das hat mir mein Onkel gründlich ausgetrieben. Dafür habe ich auch schon mal Prügel gekriegt. Für ihn waren das brotlose Künste. „Du wirst später auch mal eine Familie haben und die musst du ernähren können.“ Ich sollte eine Lehre als Maler und Glaser machen. Aber nicht in seinem Betrieb. Ich sollte keine Vorzüge und Vergünstigungen bekommen. Mein Onkel war ein harter Mann, aber er hatte auch einen Sinn für Gerechtigkeit. Als bei dem Juden Levi die Scheiben eingeschlagen wurden, ist er losgefahren und hat ihm neue eingesetzt. Das hat ihm nicht nur Freunde eingebracht.

Werner Gülich: Im Winter wurde gestempelt

Mein Vater ist mit dem Bau des Hindenburgdammes auf die Insel gekommen. Ich wuchs als das älteste von sieben Geschwistern auf. Mein Vater hat uns so schlecht und recht durchs Leben gebracht. Als Malergeselle gab es hier ja für ihn nur in den Sommermonaten Arbeit. Im Winter wurde gestempelt. Zwei bis drei Mal im Monat wurden die Arbeitslosen nach List hochgeschickt. Sie haben den ganzen Strand bis Westerland nach Treibholz abgesucht. Sie waren dann von morgens sechs bis abends sechs Uhr unterwegs. Sie haben das Holz auf den Schultern über die Dünen zu der Kleinbahn rüber getragen. Da wurde es auf die Waggons geladen, zum Westerländer Kleinbahnhof gefahren und dort per Los an die Bevölkerung verteilt. Jeder hat was abgekriegt. Der Rest wurde an die Alten und Kranken verteilt, die da nicht mitlaufen konnten. Und dann wurde damit geheizt.

Werner Gülich 1939

Unsere Wohnung befand sich in der Herrenbadstraße, gegenüber der ehemaligen Mittelschule. Sie bestand aus einem Wohnzimmer und einem Schlafzimmer. Da haben wir dann zu dritt gewohnt, bis mein jüngerer Bruder geboren wurde. Das Haus gehörte einem Schuster. In der Nachbarschaft wohnten Kommunisten, die uns aber nichts getan haben. Das waren ganz rechtschaffene Leute, die aber schon in der Anfangszeit Schubsereien mit den Nationalsozialisten hatten. Das haben wir Kinder schon mitgekriegt, aber wir haben ja gar nicht gewusst, was da los war. 1933 haben wir uns vor die Tür vom Wahllokal in Matz Petersens Gasthof gesetzt und gerufen: „Schwarz, weiß, rot, Mutter gib uns Brot. Vater gib uns Schinken, alle Nazis stinken." Das haben wir gerufen, wenn die Kommunisten kamen. Wenn die Nazis kamen haben wir das umgekehrt gesagt. Wir waren doch noch Kinder,

1933 oder 34 ist mein Vater in die SA eingetreten und ist auch viele Jahre sehr aktiv dabei gewesen. Ich kann mich noch gut an die Nacht vom 9. zum 10. November 1938, erinnern, an die sogenannte Reichskristallnacht. Es war spät abends. Wir Kinder schliefen, mein Vater und meine Mutter lagen auch schon im Bett. Da wurde an die Tür gehämmert und Alarm gerufen. Ich glaube, das war vorher abgesprochen. Mein Vater ist sofort aufgestanden, hat seine braune SA-Uniform angezogen, den Tornister aufgesetzt, seinen Ehrendolch umgebunden und ist losmarschiert. Ich wusste nicht, was los war, aber ich konnte auch nicht wieder einschlafen. Nach einer Stunde hörten wir ihn zurückkommen. Er fluchte und schimpfte fürchterlich. Wir hörten, wie er hinten in den Schuppen ging und rumpolterte. Da hat er mit einer Axt seinen SA-Dolch in Stücke geschlagen. Dann hat er seine SA-Uniform ausgezogen und am nächsten Tag verbrannt. Er ist nie wieder zur SA gegangen. Er wollte das nicht mitmachen, dass den Juden in Westerland die Scheiben eingeschmissen wurden und dass Menschen wie Vieh über die Straße getrieben wurden. Die kannte er doch alle. In Westerland kannte doch damals jeder jeden. Ich war zwölf Jahre alt und dies war meine erste Auseinandersetzung mit dem Nationalsozialismus. Aber was ich als Junge wiederum gut empfand war, dass die Familien mit vielen Kindern verbilligte Butter und Margarine bekamen. Dadurch konnten auch wir zu Hause etwas besser leben.

Als das dritte Kind geboren wurde, zogen wir in ein altes Friesenhaus mit 6000 qm Land. Das lag gegenüber vom Schützenhaus im Süderende von Westerland Wir hatten dort bald Schweine, Gänse und über hundert Kaninchen. Das Haus gehörte einem alten Hamburger, der hatte eine Haushälfte als Ferienwohnung umgebaut. Die mussten meine Eltern für den Besitzer im Sommer vermieten. Dafür brauchten sie dann etwas weniger Miete zahlen. Wir Kinder haben im Sommer auf dem Boden über dem

Schweinestall geschlafen. Aber das hat uns gut gefallen. Mit der Zeit wurden wir sieben Geschwister. Jeder hatte seine Pflichten. Der eine musste die kleineren Kinder passen, der andere musste den Garten machen, da hatten wir Erbsen und Möhren drin. Einer musste die Kaninchen füttern, der andere die Schweine. Wir haben uns schon mal gedrückt oder das nicht so genau gemacht, aber dann hat Muttern uns an den Ohren dahin gezogen. Trotzdem hatten wir immer noch genug Zeit zum Spielen. Gegenüber dem Haus waren zwei große Teiche. Beim größeren kann ich mich noch an den Namen erinnern, der hieß bei uns „Peter Lutje". Da haben wir immer drauf gespielt. Die Fischer hatten damals so große Bojen aus Holz, die waren so einen Meter hoch und vielleicht vierzig Zentimeter dick. Im Frühjahr wurden die häufig am Strand angetrieben. Die haben wir gesammelt, so 10-12 Stück zusammengebunden und ein Floß daraus gemacht mit einem Segel drauf. Das haben die großen Jungs gemacht, wir kleineren mussten mithelfen. Dafür duften wir dann auch mal auf dem „Peter Lutje" mitfahren. Manchmal waren sechs bis acht solcher Flöße auf dem Teich. Da haben wir dann auch große Seekämpfe ausgefochten und uns mit den Rudern ins Wasser gestoßen.

Im Winter sind wir auf dem Teich Schlittschuh gelaufen. Das war zu Ende, wenn das „Eisen" anfing. War das Eis auf dem See so 10-12 cm dick gefroren, kamen Männer von den Bierbrauereien, haben das Eis in kleine Schollen geschnitten, mit Enterhaken an Land gezogen und auf Pferdewagen verladen. Das waren meistens Arbeitslose. Die kriegten dafür ihr Bier und ein bisschen Geld. Wir Kinder müssten dann warten mit Schlittschuhlaufen, bis das Eis wieder zugefroren war. Im Frühjahr haben wir Bergentennester gebaut. Auf einer Wiese haben wir dazu ein Loch, ungefähr 50 Zentimeter tief, gegraben. Dann haben wir die Grassode wieder vorsichtig auf das Loch gelegt, so dass eine kleine Höhle entstand. Hatten wir so drei Höhlen gegraben, wurden die mit einem unterirdischen Gang verbunden. Die letzte Höhle erhielt einen Eingang schräg nach oben, durch den die Bergenten schlüpfen konnten. Wenn dann im Frühjahr die Enten kamen, haben sie ihre Eier dort abgelegt. Manchmal waren es zwölf

Eier in einem Gelege. Dann haben wir die Soden vorsichtig abgenommen und immer sechs bis sieben Eier rausgenommen und Mutter gegeben. So hatten die Enten immer noch genug zum Brüten. Wenn die Möwen mit Brüten begonnen hatten, sind wir mit unseren Eierkörben weiter nach Süden gegangen, Richtung Rantum, und haben Möweneier gesucht. Die Möwen haben immer so zwei bis drei Eier im Gelege. Wir haben nur immer eins rausgesucht. Die Möwen haben auch nachgelegt, so dass die Brut gesichert war. Und mit diesen Möweneiern wurde zu Hause gekocht, gebacken und gebraten. Und so haben wir die Verpflegung etwas angereichert.

Wir Kinder waren immer knapp bei Kasse. Das Kino kostete 30 Pfennig, die mussten wir uns erst verdienen. Von den Eltern war nichts zu kriegen. Da war gar nicht dran zu denken. Aber gegenüber von uns im Schützenhaus war ein großer Schießstand, da haben die Schützen mit Bleikugeln geschossen. Nach dem Schießen haben wir gewartet, bis der Besitzer vom Schützenhaus, Herr Habermann, weg war. Dann sind wir rüber gegangen und haben hinter dem Schießstand im Sand nach den Bleikugeln gegraben. Einer hat immer aufgepasst, dass der Habermann nicht plötzlich zurückkam, und die anderen haben gesammelt. Wenn wir unsere Wollmützen voll hatten, sind wir dann zum Altmetallhändler Hansen gegangen und hatten dann unsere 30 Pfennig fürs Kino. Manchmal sind wir auch umsonst reingekommen. Die „Schauburg“ oben in der Strandstraße gehörte dem Herrn Moussalli, das war so ein kleiner Dicker aus dem Orient. Wenn wir mal ganz knapp bei Kasse waren und mit traurigem Gesicht vor dem

Willy Moussalli vor seinem Auto

Schaukasten standen und das Kino nicht ordentlich ausverkauft war, dann hat er schon mal gesagt: „Nun kommt rein, Jungs." Der Moussalli hatte einen Sportwagen. An den Seiten hatte er zwei Schilder angebracht. Auf denen stand, welcher neue Film in seinem Kino lief.

Der Herr Beck, dem das andere Kino, die „Kurlichtspiele", gehörte, hatte auch so ein Auto. Und damit fuhr der eine die Friedrichstraße rauf und der andere die Strandstraße runter. Nur begegnen durften sie sich nicht so gerne. Wir Kinder sind oft hinter diesen Autos hergelaufen.

Bei uns ärmeren Kindern war es im Sommer üblich, dass wir platt barfuß und nur mit einer Turnhose und einem Hemd in die Schule gingen. Es war eben kein Geld da für Schuhe oder besseres Zeug. Uns hat das nichts ausgemacht, das war einfach so. Ich habe auch barfuß geturnt. Eines Tages durfte ich das nicht mehr. Ich sollte mir Turnschuhe kaufen. Ich habe gar nicht gewagt, das meinem Vater zu sagen. Wir waren inzwischen sechs Kinder geworden und es war überhaupt kein Geld für Turnschuhe da. In der nächsten Turnstunde sagt der Lehrer: „Wo sind deine Turnschuhe?" Ich sag: „Ich hab keine. Mein Vater hat kein Geld." Da hat der Lehrer mir ins Gesicht geschlagen, rechts und links, bis ich umgefallen bin. Da bin ich wütend geworden, richtig jähzornig, weil ich dafür bestraft wurde, dass wir arm waren, und hab zurückgeschlagen. Dann bin ich weggelaufen. Raus aus der Schule. Ich bin bis nach Munkmarsch gelaufen. Da lag am Hafen ein altes Ruderboot kieloben auf Land. Da bin ich runtergekrochen und habe mich bis zum Abend versteckt. Das erschien mir das sicherste Versteck. Zu Hause dachte ich, holt mich die Polizei ab. Meine Mutter war leicht aufgeregt. Die hat erst zugeschlagen und dann gefragt. Die hätte mich auch der Polizei mitgegeben, hab ich gedacht. Erst als ich wusste, dass mein Vater von der Arbeit zurück ist, habe ich mich nach Hause getraut. Mein Vater war müde und kaputt, hat sofort gefragt: „Wo warst Du? Was ist los?" Da hab ich ihm die ganze Geschichte erzählt. Mein Vater hat mir in die Augen geguckt und hat gesagt; „Mein Junge, lügst Du?" Ich habe gesagt: „Nein, ich lüge nicht. Genauso war es." Am nächsten Tag ist mein Vater nicht zur Arbeit gegangen. Das hat für uns einen großen Geldausfall bedeutet. Er ist morgens um acht in die Schule gegangen, ist in den Unterricht dieses Lehrers gestürmt, hat den am Jackett gepackt, ihn einmal mit der flachen Hand links rechts ins Gesicht geschlagen, ihn dann in den Papierkorb gesetzt und hat gesagt: „Wenn Du meinen Jungen noch einmal anrührst, schlag ich Dich tot." Genützt hat es aber nichts. Es wurde viel geprügelt damals, und es hat fast immer die Kinder von den ärmeren Leuten getroffen. Aber wir haben das nicht unseren Eltern erzählt, so groß war die Autorität der Lehrer. Wir mussten in der Schule Altmaterial sammeln, Knochen, Blech und Eisen. Wir mussten im Monat eine bestimmte Menge sammeln. Für alles, was wir gesammelt hatten, gab es so und so viel Punkte. Ich hab einmal am Monatsende meine Punktzahl nicht annähernd erreicht. Ich hatte einfach keine Lust zum Sammeln, das muss ich ehrlich sagen. Dafür hab ich dann wieder meine Prügel gekriegt.

Gegenüber von unserem Haus war das Südwäldchen. Darin haben wir Indianer gespielt. In der Mitte war ein kleiner See. Das war für uns der Nougat-See. Da haben wir immer Messingscheiben eingeschmissen und dann nach „Gold" getaucht. Dann gab es dort noch einen großen Schiffsmast mit einer Quertakelung drin. Daran hat das Sylter Rettungskorps geübt. Das war unser Totempfahl, um den wir getanzt sind. Eines Tages kam eine junge Frau und hat gefragt, ob sie mitspielen darf. Da haben wir sie an den Marterpfahl gebunden. Dann haben wir auch noch Feuer rundum gelegt. Als sie angefangen hat zu toben und zu schimpfen, haben wir sie wieder losgebunden. Am nächsten Tag mussten wir drei Junges, die daran beteiligt waren, in der großen Pause um 10 Uhr auf der Schultreppe die zum Eingang führt, anstehen und kriegten unsere Prügel vor versammelter Schulmannschaft. Das war eine Spezialität von unserem Lehrer. Der hat seinen 1,50 m langen gelben Rohrstock genommen und richtig zugeschlagen. Nicht nur drei oder vier Schläge sondern fünf, sechs und mehr. Auf den Hintern und, wenn er konnte, auch auf die Beine. Richtig sadistisch. Die Prügel haben wir noch weg gesteckt. Aber das Schlimmste war, dass wir auf diese Treppe rauf mussten. Die ganze Schule war angetreten, Jungs und Mädchen von der 1. bis zur 9.

Klasse und haben zugeguckt. So etwas ist nicht einmal passiert, sondern immer wieder. Das waren die schlimmsten Erniedrigungen, an die ich mich erinnern kann. Als ich ungefähr 12 Jahre alt war, hatte ich so oft auf diese Treppe gemusst und war so oft verprügelt worden, dass ich nicht mehr wusste, wie ich weiterleben sollte. Und es ging nicht nur mir so. Mit einem Schulfreund bin ich los, und wir haben uns bei einem Bekannten einen Tesching, ein Luftgewehr, geliehen. Wir wollten diesen Lehrer, der uns so quälte, erschießen, damit dieses Martyrium einmal ein Ende hat. Der Vater meines Freundes war Kirchendiener. So hatten wir Zugang zur Kirche. Wir sind mit dem Gewehr den Kirchturm raufgestiegen, bis zur Uhr hoch. Von da konnte man den Pausenhof einsehen. Dort haben wir abgewartet, bis dieser Sadist die Pausenaufsicht hatte. Wir haben beide geschossen. Jeder ein paarmal. Heute weiß ich natürlich, dass man mit einem Luftgewehr aus dieser Entfernung niemand erschießen kann. Aber damals was das für uns bitterer Ernst. Zum Glück ist niemand verletzt worden. Aber der Lehrer hat den Gewehrlauf auf dem Turm blitzen sehen. Vielleicht ist er auch durch einige Schüler auf uns aufmerksam geworden, die wussten, was wir vorhatten und die zu uns hochgesehen haben. Wir wurden erwischt und wir müssten wieder auf die Treppe rauf und haben wieder eine Tracht Prügel gekriegt.

Aus dem Tagebuch einer Hamburger Schulklasse.

Sonnabend, den 4.9.37
Am frühen Morgen des 4.9. ratterten bei den Schülern der I. Klasse Knauerstraße die Wecker. Dieser Tag war schon seit beinahe 2 Jahren mit Spannung erwartet worden. Nun war er endlich gekommen. Wir hatten diesen Morgen kaum mehr Zeit zum Essen. Allmählich strömten wir aus allen verschiedenen Straßen der Schule entgegen. Schließlich war Herr Rothermehl mit Eltern, Koffern und glückstrahlenden Jungen umgeben. Wir nahmen auf dem Schulhof Aufstellung. Nachdem wir ein frisches Landsknechtslied gesungen hatten, ergriff Herr Praetorius das Wort. Als Abschluss seiner Ansprache wünschte er uns alles Gute und ein gesundes Wiedersehen.

Die Hochbahn trug uns schnell zum Hauptbahnhof. Unser Zug wartete schon auf uns. Eben hatten wir unsere Koffer verstaut, als sich der Zug schon in Bewegung setzte. Ein letzter Händedruck, ein letztes Winken und wir entfernten uns von Eltern und Bahnhof. Eine sechs Stunden lange Fahrt brach an; aber sie sollte uns nicht langweilig erscheinen, dafür wollten wir schon sorgen. Wir sangen und spielten und freuten uns als erstes auf das Passieren der Hochbrücke. Über allem Freuen und Lachen hatten wir schon die staubige Großstadt vergessen. An beiden Seiten der Strecke breitete sich die ebene schleswig-holsteinische Landschaft aus. Langsam stieg der Zug höher und höher. Bald erkannte man das silberne Band des Kanals und nach ein paar Minuten passierten wir ihn. In schwindelnder Höhe lag unter uns die Landschaft mit Menschen, Vieh und Häusern. Alles sah wie kleines Spielzeug aus. Bald lag auch das hinter uns. Der Zug raste unaufhaltsam polternd und schnaubend Westerland entgegen. Als wir den Damm befuhren, dachten wohl einige von uns mit Schrecken, dass das schwarzgraue Wattenmeer die gewaltigen Brandungswellen vorstellen sollte. Aber sie sollten sich noch wundern. Noch ein paar Stationen auf Sylt und der Zug lief in Westerland ein. Aus dem gepriesenen Koffer-

wettlauf wurde nichts, denn wir waren schon zu „scholle“. Wir schleppten unsere Koffer in gewöhnlichem Schritt nach unserem neuen Heim. Nach der Begrüßung bezogen wir gleich unsere Zimmer.
Beuße – Ro

Unser Heim war ein großes, weißes Haus mit einem kleinen Balkon dran. Links neben dem Heim war die Herberge und ein Notlager für die HJ. Hinter dem Heim lagen die Toiletten, die Waschküche und die Selbstkocherküche. Wenn man in das Heim hineintrat, so kam man in den Tagesraum. Er war mit Bildern verziert und hatte drei große Tische, woran auch gegessen wurde. Rechts lag ein großer Raum zum Schlafen. Er fasste 40 Personen. Oben war ein Tagesraum, genauso wie unten, und ein großer Waschraum mit zehn Waschbecken. Von diesem Tagesraum gingen die verschiedenen Zimmer zum Übernachten ab, unter anderem auch das Zimmer der Kochmütter. Vor unserem Heim war ein kleiner Garten, der aber nicht besonders hübsch war, weil jeder hier hindurch ging. Das Heim war durch einen Weg von den übrigen Häusern getrennt und mit zwei Toren abgeschlossen.
Stendler

Bald konnte man merken, wer den besten „Stubenältesten“ hatte. Da klappte es mit dem Raustreten, da herrschte vom ersten Augenblick an Ordnung, da war kein Krach und jeder trug seinen Teil dazu bei. Nachdem die Stubenordnung einigermaßen hergestellt war und die Kochmütter ihre Küche besichtigt und in Betrieb genommen hatten, verließ unsere ganze Expedition noch einmal Haus und Hof und Küche. Die Kochfeen brachten das erste Geld nach den Westerländer Nahrungsmittelgeschäften, uns aber zog es unwiderstehlich an den Strand. Nach einem Marsch von einer Viertelstunde erreichten wir eine Art Hügel, sandig mir dünnem Gras bewachsen. Durch den dicken Sand ging es hinauf – und da lag es vor uns: Das Meer – die Nordsee! Weiß rollte die Brandung an den flachen Strand. Ein weiter Blick, nur auf See und Himmel, war dem Auge geöffnet. Wie glänzten die Augen derer, die das zum ersten Mal sahen.

Aber kein Besinnen gab es. Wirbelnd sausten die vielen Beine den Abhang abwärts – durch die kleine Anpflanzung von Strandhafer hindurch ans Wasser. „Baden? O, Herr Rothermel, lassen sie uns baden!“ Aber, als wenn er die schönen Wellen nicht sähe: „Nein.“ „Warum nicht?“ „Die Luftveränderung ist schon groß genug – Ihr holt euch was weg, wenn Ihr gleich zu viel unternehmt.“ Nach längerem Hin und Her durften schließlich einige Auserwählte eine Minute probebaden. Zum Abendbrot gab es Nudeln mit Milch. Dazu aßen wir unser letztes Brot. Nach einer halben Stunde Freizeit kam der Befehl: Hinein in die Betten. So endeten die Ereignisse des ersten Tages. Ein kleiner Anhang kam noch von einer Stube, die nach dem „Gute Nacht, Jungens“ von Herrn Rothermel mit Lampen funzelten und laut redeten. Sie mussten noch schnell 50 Kniebeugen machen, damit sie auch die richtige Bettschwere hatten.
Beuße – Ro

Sonntag, den 5.9.37
Gegen 5 Uhr wurde es in den Zimmern schon lebendig. Es wurden Witze erzählt und über den vorherigen Tag gesprochen. Sofort nach dem Wecken um 6 ½ Uhr, stürmte alles in die Waschräume. Danach wurden die Betten gemacht und Herr Rothermel revidierte die Zimmer. Um 7 ½ Uhr gab es Kaffee. Um 8 ½ traten wir mit Badezeug an und marschierten durch die Hauptstraße (Friedrichstraße) zur Strandpromenade. Nach dem Baden machten wir gemeinsame Spiele, an denen auch Herr Rothermel teilnahm. Wir bildeten einen Kreis, ein Junge stellte sich hinein und musste versuchen, den Ball, den wir von Mann zu Mann warfen, zu erhaschen. Hatte jeder den Ball einmal gehabt, ohne dass der Junge im Kreis den Ball berührt hatte, so musste er eine Strafe ausführen, die vorher bekannt gegeben worden war. Er musste z.B. vor einem 8 jährigen Mädchen niederknien und sagen: „Ich liebe Dich! Mich reizt Deine schöne Gestalt, und bist Du nicht willig, so brauch‘ ich Gewalt.“ Alles lachte natürlich aus Leibeskräften.
Peters – Oertel

Dienstag, den 7.9.37

Am Morgen des 7.9. wurden wir durch ein lautes Flöten aus dem Bett geholt. Wer dann nach 1 Minute nicht draußen war, wurde mit einem Glas Wasser übergossen. Wir zogen uns Schuhe, Strümpfe und eine Hose an, und gingen zum Waschen. Jedes Zimmer hatte zehn Minuten Zeit zum Waschen. Dann zogen wir uns an und machten unsere Betten. Bis zum Kaffeetrinken war dann Freizeit, Um etwas vor 8 Uhr wurde dann in die Zimmer gerufen: „Heraustreten zum Kaffeetrinken!" Alles marschierte dann hinaus zum Tagesraum und setzte sich auf seinen gewohnten Platz. Danach wurde der Kaffee aus der Küche geholt und eingeschenkt. Auf jedem Tisch standen zwei Teller mit Brot. Als allen Kaffee eingeschenkt war, wurde ein Tischspruch gesagt, und dann fing alles an zu essen. Jeder bekam zwei Doppelscheiben Brot mit Butter und Marmelade.

Boldt – Tesche

Sonntag, den 12.9.37

Es wird etwas länger geschlafen als gewöhnlich. Als Herr Rothermel zum Wecken kommt, ist schon alles munter. „Alles gesund?", fragt Herr Rothermel. „Jawohl!", antwortet es ihm im Chor. „In 10 Minuten raustreten zum Kaffeetrinken." Es gab Kakao und für jeden zwei Doppelschnitten mit Honig. Nach dem Essen hieß es Zimmer säubern und sich zu einem Gang an den Strand fertig zu machen. Heute werden die Schaufeln mitgenommen, wir wollen uns eine Strandburg bauen. Unter der Leitung von Baumeistern und dem Ingenieur Herrn Rothermel entstand nach langem Mühen der Rohbau unserer Burg. Die Wände wurden festgeklopft und oben platt gedrückt, der Graben wurde gleichmäßig rund um die Burg gezogen. Ein Schutzwall lief vorne um die Burg, für den Fall einer hohen Flut, mit einer zwei Zentner schweren Bohle, welche 8 Mann mit Mühe herangeschleppt hatten, als Wellenbrecher versehen. Die Burg war wirklich gut gelungen. Da wir eine „Italienische Nacht" in ihr veranstalten wollten, stellten wir Wachen auf. Während die Klasse zum Mittagessen geht, bleibt die 1. Wache gleich da. Alle 30 Minuten wurde abgelöst. Natürlich wurde die Ablösung jedes Mal mit Freuden empfangen.

Nach dem Abendbrot waren zwei Knaben mit Lampions nach unserer Strandburg geschickt worden, um sie zu schmücken. Herr Rothermel sagte, dass wir uns dick anziehen mussten, weil der Sand und die Luft kalt sind. Sofort stürmten wir in unsere Zimmer und zogen das wärmste Zeug an. – Nach einer Weile ertönte draußen ein Pfiff, und wir stellten uns in Marschkolonne auf. Einige bewaffneten sich mit ihren Taschenlampen und leuchteten vor uns her. Als wir an den Strand kamen, machten wir unsere Taschenlampen aus, um die in der Burg wartenden Jungen zu erschrecken. Plötzlich, mitten in der finsteren Nacht, dicht am rauschenden Meer, tauchten zwei Lichter auf, und zwei scharfe Lampen strahlten uns in die Augen. Es war unheimlich. Nach einem kleinen Augenblick wurden zehn Laternen in der Burg sichtbar, um die wir uns herumsetzten. Daraufhin spielte H. Kraft auf seiner Handharmonika einige Lieder, zu welchen wir sangen. Dann photographierte Herr Rothermel uns, wobei wir unser Gesicht mit Lampen anstrahlten. Einer von unseren Kameraden erzählte eine selbstausgedachte Geschichte, welche „Gemelka, der Weltenbummler" hieß. Alles um uns her war im tiefsten Frieden, nur die See rauschte ihren ewigen Gesang! Die Lampions strahlten etwas Wärme aus, trotzdem rückten wir noch etwas enger zusammen. Um 9 ½ Uhr verließen wir unsere Strandburg und gingen in unser Heim zurück, wo wir schnell in die Betten krochen, um am nächsten Tag wieder frisch aufstehen zu können.
Müller – Henningsen

Sonnabend, den 18.9.37
6 Uhr Wecken, anschließend Frühsport, 8 Uhr Kaffeetrinken. 8 ½ Uhr Abmarsch nach dem Hünengrab in Wenningstedt. Wir marschierten eine Strecke am Strand und versuchten erst vergebens, später mit Erfolg, das Rote Kliff zu erklimmen. Die Dünung war sehr hoch, denn wir hatten Südwestwind Stärke 7. Oben empfing uns ein heftiger Sandsturm. Wir marschierten querfeldein, dorthin, wo wir das Hünengrab vermuteten. Wir stießen auf einen Hügel, der oben eine Falltür hatte. Wir fragten einen Einheimischen, wo das Hünengrab wäre. Er zeigte auf den Hügel,

auf dem wir standen. Aber Herr Rothermel meinte, das könne nicht das Hünengrab sein, da in den Büchern steht, dass das Hünengrab einen flachen Deckstein habe. In der Ferne sahen wir noch einige Hügel. Herr Rothermel schickte eine Expedition nach einem verdächtigen Hügel im Osten, während der Hauptteil der Klasse nach den nördlich liegenden Hügeln marschierte. Doch in keinem Hügel fanden wir das Hünengrab. An einem Rübenfeld verschwanden zehn Rüben unter unseren Mänteln. Dann eilten wir der Klasse nach, die am Roten Kliff wartete. Dort aßen wir sechs Rüben auf. Wir kauten mit vollem Mund, der Sand flog uns unaufhörlich in die Augen. Die mangelhaften Hünengräber waren schnell vergessen. Leichten Fußes marschierten wir zur Jugendherberge zurück. Die Kochmütter freuten sich, dass wir vier Rüben mitbrachten.
Nach dem Mittagessen und der wohlverdienten Mittagsruhe hatten wir Unterricht. Das Thema hieß: Der Weltkrieg. Wir schrieben dann einige wichtige Daten davon auf. Nach dem Abendbrot machte Herr Rothermel den Vorschlag, eine Nachtwache aufzustellen. Alle waren sehr begeistert. Es wurde ein Plan aufgestellt, wann jeder Wache haben sollte. 20 ½ Uhr ging es in die Betten. Beuße erzählte danach die Geschichte: „Gemelka, der Weltenbummler“ weiter. Um 22 Uhr gingen alle in ihre Zimmer und die 1. Wache begann ihren Gang.
Clasen

Wachtbericht
Nachtwache am 18./19. 9. 37
22 – 6 Uhr

22-23 Uhr. Timme – Wienholtz
Lokale voll besetzt und einige leicht Angetrunkene auf der Straße sichtbar, sonst vereinzelte Fußgänger. Schaufenster hell erleuchtet, sonst auf der Wache nichts Neues. In der Herberge zwei von den Großen in der Küche gesehen, Eis und Schießbuden kaum besucht. Strandpromenade war von einigen Leuten besucht, der Strandvogt hatte seine Bude schon geschlossen. Verdächtiges nicht bemerkt.

23-24 Uhr. Mendte – Peter
Wir verließen um zwei Minuten nach 11 Uhr das Wachtlokal und gingen in Richtung Stadt. In der Stadt war es wenig belebt. Wir gingen auf die Promenade, dort war auch sehr wenig Betrieb, hierauf beschlossen wir, einige hundert Meter am Strand in südlicher Richtung zu gehen, um in einige Strandkörbe zu sehen. Auf dem Rückweg entdeckten wir 3 Gestalten, die sich hinter Strandkörben verbargen. Sie wurden eine ¼ Stunde von uns aufgehalten. Unsere Zeit wurde knapp und wir setzten den Rückweg fort. Wir befanden uns auf dem Weg zum Trocadero, als wir plötzlich von drei Männern angegriffen wurden. Sie knebelten und banden uns die Hände zusammen und brachten uns so in die Herberge. Die Wachtkontrolle wurde von ihnen bestochen. Dann wurden wir in ihr Zimmer gebracht, wo sie übernachteten. Wir wurden die ganze Nacht von den Wachen gesucht, bis man uns schließlich im Zimmer der Großen fand.

24-1 Uhr. Müller – Kock
Es ist sehr dunkel, still und unheimlich. Einige Betrunkene machen Lärm. Eine Katze läuft nach rechts über den Weg. Wir suchen nach Peter und Mendte, die wir ablösen sollen. Sie haben sich wohl verlaufen oder nahmen einen anderen Weg zum Heim. In der Ferne ist Wetterleuchten. An der Promenade werden die Lampen ausgemacht. Ein Schutzmann taucht auf, wir verschwinden im Dunkeln, um ihn zu beobachten. Viele Männer in Uniformen kommen aus den Lokalen. Um 1 Uhr Wache abgemeldet.

Wachkontrolle von 10 – 2 Uhr. Körber, Weißberger, Barfuß
Nun ist es schon 12 ½ Uhr. Peter und Mendte sind noch nicht eingetroffen! Ob ihnen was zugestoßen ist?

2-3 Uhr. Standler – Boldt
Es war ungewöhnlich dunkel, als wir der Stadt entgegen gingen. In der Friedrichstraße fanden wir ein herrenloses Rad. Wir wollten es besteigen, aber es wäre eine Strafe gewesen, darauf zu fahren. Wir betraten dann eine Nebenstraße, wo sich viele Pärchen aufhielten. Hin und wieder fuhren sie

zurück, wenn wir plötzlich aus dem Dunkel auftauchten. Uns quatschen zwei Betrunkene an. Der Schreck stand uns in den Gliedern, als einer mit einem großen Stein werfen wollte. Dieser Stein war aber ein Eimer, der die Form eines Steines hatte. Wir mussten lachen, als der Stein zu Boden fiel. Einer der Betrunkenen lief uns mit schwankenden Beinen nach. Er stolperte, und wir flüchteten uns hinter einen Zaun. Der Betrunkene lief an uns vorbei, worauf wir beruhigt nach Hause gingen. Dann war unsere Wache beendet.

3-4 Uhr. Pannecke – Peters
Wolkig, Mond meistens bedeckt. Beim Haus nichts Verdächtiges. Das Lokal im Kirchenweg ist noch geöffnet. In der Stadt viele Betrunkene. Auf der Strandpromenade verfolgte uns ein Mann. Als wir die Strandpromenade verließen, schrie er „Halt!". Er lief hinter uns her und wir flüchteten. Ich warf mich hinter einen Kasten, während Panne weiterlief und in einen Garten hüpfte. Eine Taschenlampe blendete mich. Es war kein Mann, sondern Russa, welcher die Wachen erschrecken sollte. Panne war in Deckung einer Mauer, vor ihm stand ein Mann mit einer Pistole und einer Taschenlampe. Er entdeckte Panne aber nicht. Wir trafen uns und entdeckten, dass der Mann von der Wach- und Schließgesellschaft war. Weiter nichts Neues. Zunehmender Wind aus Süd-West.

4-5 Uhr. Mohr – Holst
An unserem Häuserblock trafen wir einen Betrunkenen, der uns anredete und uns einen Negertanz vorführte. Bei der Gastwirtschaft lagen 2 Betrunkene, die wir aber liegen ließen. Dann gingen wir zur Hauptstraße. Am Anfang der Straße fanden wir gleich ein zärtliches Liebespärchen. Es kamen zwei Betrunkene uns entgegen, die wir mit der Taschenlampe anleuchteten, bis einer wütend auf uns zukam, um uns zu verhauen. Wir wehrten uns natürlich tapfer, und Holst besiegte ihn und haute ihm eins an den Latz, und der Betrunkene lief weg. Wir gingen als Angeber die Hauptstraße entlang bis zur Gastwirtschaft, wo wir viele Betrunkene trafen, die vor uns zurückschreckten. Dann gingen die Leute mit Musik

und Negergesang der Hauptstraße zu. Sie hielten bei den Schießständen und bumsten wie die Irrsinnigen an, bis ein Mann und ein Polizist heraus kamen und sie verjagten. Dann sahen wir auf dem Rückweg zwei eingeschlummerte Liebespärchen, die wir anleuchteten.

5-6 Uhr. Barkemeyer – Wackerfuß
Einmal um den Block gegangen. Nichts getroffen, haben jeden Hof angefunzelt. Gingen dann in die Hauptstraße und trafen einen Mann in Uniform. Er erzählte uns, dass er nach „Hotel Wiesbaden" wollte. Unsere Streife geht dann bis an den Strand und ein kleines Stück in die Promenade hinein. Am Strand keinen Menschen getroffen. Auf dem Rückweg fanden wir denselben Mann in einem Hoteleingang, er war eingeschlafen. Sonst nichts vorgefallen.

Wachkontrolle von 2 – 6 Uhr. Tesche, Frenzen, Oertel
Mendte und Peter sind ab 24 Uhr spurlos verschwunden. Jede Wache sucht nach den beiden Vermissten. Ohne Erfolg. Große Sorge um Mendte und Peter. Herr Ro. kommt um 5 Uhr ins Wachzimmer, um den Fall Mendte – Peter zu besprechen. Wir kommen zu dem Entschluss, dass die beiden in Polizeigewahrsam sind. Ein Regenschauer hielt uns ab, sofort zur Wache zu gehen. „Zufällig" wurde Wacker nach den Großen geschickt um nachzusehen, wer von ihnen da war, denn die Großen waren losgegangen, um die Wachen zu ängstigen. Es kam nun raus, dass Menthe und Peter hier

gefangen gehalten wurden und schliefen. Wache Körber wusste davon, hat aber gegen den Befehl Herrn Ro.s nichts mitgeteilt. Er bekam eine große Zigarre. Inzwischen haben Spargel und Wacker die letzte Wache beendet. Um 6 Uhr waren alle Wachen eingezogen. Tesche und Russa kamen um 6 ¾ Uhr von der Suche zurück. – Wache sonst gut verlaufen.

Horst Hellner: Die Sorgen überliessen wir den Eltern

Kein Mensch, der heute das vermauerte Westerland und die jämmerlichen Reste der Insel Sylt besucht, kann begreifen, wie schön und erhaben dieses Eilend einmal gewesen ist. Hier wurde ich geboren und erblickte, wie es sich für einen Sylter Jungen gehört, mit der Flut das Licht der Welt. Später habe ich dann viel Mist gemacht und natürlich auch viele Schläge bezogen. Doch, das Leben war schön, und die Jugend rauf und runter sonnig, ohne Sorgen. Diese überließen wir voll und ganz unseren Eltern. Ich habe das freie Leben eines Sylter Jungen voll genossen. Der Strand, die Wiesen und die weite Heide hinter den Dünen, das war unsere Welt. Zwischen der Friedrichstraße und der Strandstraße wogte im Sommer ein weites Kornfeld und auf dem Weg von der Maybachstraße zur Mittelschule sammelte ich Kiebitzeier aus den Feuchtwiesen.

Horst Hellner als Pimpf

Ich war fünf Jahre alt, da steckten mich meine Eltern in den Zug nach Hamburg und ich wurde von meinem Großvater in Altona abgeholt. Er war als junger Mann in der kaiserlichen Artillerie gewesen, hatte sich dort einige Verdienste erworben und war daraufhin zum Polizeidienst in die Davidswache überstellt worden. Als er für diesen Job nicht mehr kräftig und stark genug war, wurde er Hausmeister in der nahegelegenen Pestalozzischule. Die Schule lag zwischen der Großen Freiheit und der Kleinen Freiheit, direkt an der Reeperbahn, also einer höchst verrufenen Gegend. Um die Schule war ein drei Meter hoher Gitterzaun errichtet, der die Schüler vor den betrunkenen Seeleuten, den Dieben und Zuhältern schützen sollte. Der große Schulhof zwischen den beiden Backsteingebäuden der Pestalozzischule sollte nun mein Spielplatz werden und mein ständiger Begleiter war ein mannscharfer Schäferhund, der auf mich aufpasste. Ich kriegte fürchterliches Heimweh. Zum Glück gab es noch Onkel Fritz, einen Halbbruder meiner Mutter. Er hat mir nicht nur das Fahrradfahren, sondern auch noch das Spucken mit einer bestimmten Spucktechnik beigebracht, nach der man die Zunge im Mund zusammenrollen musste. Nachdem er eine Reihe von Übungen mit mir absolviert hatte, konnte ich, wenn ich meine Zunge scharf machte, aus drei Meter Entfernung eine Skatkarte treffen. Zurück auf Sylt sprengte ich die Geburtstagsfeier zu meinem 6. Geburtstag dadurch, dass ich mit meinen Kameraden so lange gegen die Schaufensterscheiben vom Kaufhaus H-B. Jensen qualsterte, bis der entnervte Besitzer meinen Vater um Hilfe rief. Ein andermal setzte ich der Frau Pförtner, die mit meinem kleinen Bruder im Kinderwagen liebelte, einen Qualster so zwischen die Augen, dass er ihr links und rechts von der Nase runterlief. Bald nannten mich alle einen Flegel und den „Schrecken der Maybachstraße“. Erwachsene wechselten, wenn ich mit meinen Freunden auftauchte, den Bürgersteig, um nicht Opfer unserer Arglist zu werden.

Doch dann schien das Leben ernsthafter zu werden. Mein Vater war 1933-34 Ortgruppenleiter der NSDAP geworden. Meine Mutter hatte zur Feier des Tages aus ihren Bettlaken Fahnen genäht, mein Vater hatte ein Hakenkreuz drauf gemalt und nun wehte diese Fahne an der hohen Fahnenstange auf dem Dach unseres Hauses. Mein Vater war Antisemit. Aber ich erinnere mich noch, wie einer unserer Sommergäste angesichts der Hakenkreuzfahne über unserem Haus zu meinem Vater kam und sagte, er müsse nun wohl ausziehen. Er sei Jude. Und da hörte ich, wie mein Vater zu ihm sagte: „Sie können bleiben. In meinem Haus sind Sie ein Gast wie jeder andere auch, solange Sie sich dementsprechend benehmen.“

Als mein dreieinhalb Jahre jüngerer Bruder Hans-Thorwald vier Jahre alt wurde, lag schon die Uniform der Deutschen Arbeiterjugend HJ mit dem schwarzen Dreiecktuch und der kurzen schwarzen Hose auf seinem Geburtstagstisch. Als mein Vater mein bedeppertes Gesicht sah, nahm er mich an die Hand und führte mich in das Nebenzimmer. Ich konnte ein Jubilieren nicht verkneifen. Da lag die gleiche Uniform noch einmal für mich auf dem Bett. Meine Aufnahme in die Hitlerjugend erfolgte noch am gleichen Tag. Obwohl ich mit Abstand der Kleinste war, machte mir der Dienst, der sich vorwiegend am Strand und in der freien Natur abspielte, viel Spaß. Unsere Eltern waren froh, dass unsere freien Stunden keinen Anlass zur Sorge gaben. Eines Nachts überfielen wir die Westerländer Pfadfindergruppe. Wie schlichen uns bei Dunkelheit an ihr Zeltlager und rissen auf ein Zeichen die Zeltheringe aus dem Boden. Die Zelte fielen zusammen und die überraschten Bewohner waren schnell überwältigt. Nach dem „Sieg“ wurde ein Lagerfeuer entzündet und der Friede wieder hergestellt. Kurz darauf wurde die Pfadfindergruppe geschlossen in die Hitlerjugend übernommen. Nun waren wir eine kopfstarke Mannschaft.

Das Kameradschaftserlebnis war etwas Neues. Schlimm war es für mich, als wir Jüngeren wieder ausgesondert wurden und in den Kindergarten von Tante Eva am Südbahnhof mussten. Das änderte sich erst wieder, als das „Deutsche Jungvolk“[6] ausgerufen wurde. Als unter unserem Fähnleinführer Teckel Carstensen ein Fanfarenzug gegründet wurde, war ich mit Feuer und Flamme dabei. Tambourmajor war Heinz Brauer. Die Übungsstunden wurden außerhalb der Stadt in den Dünen abgehalten. Unser erster großer Auftritt war für den 1. Mai vorgesehen. Wir trafen uns um halb sechs am Bahnhof und marschierten Richtung Friedrichstraße. Punkt sechs Uhr rissen wir unsere fahnengeschmückten Fanfaren hoch und schmetterten, von Trommelwirbeln begleitet, unseren Weckruf in die schlafende Stadt. Dann zogen wir singend durch die Straßen, an jeder Kreuzung neue Fanfarenstöße, die die letzten Langschläfer aus dem Schlaf rissen. Großer Aufzug vor dem „Hotel Stadt Hamburg“, dann ging es zum häuslichen Frühstück. Beim Umzug der SA waren wir wieder zur Stelle. Jeder Wagen präsentierte einen Berufszweig und unser Fanfarenzug zog mit den geschmückten Pferdegespannen durch die inzwischen reich beflaggte Stadt.

[6] Jugendorganisation der Hitlerjugend für Jungen zwischen 8 bis 10 Jahren

Karl Mungard: Manchmal gab es was an die Backen

Geschichten aus meinem Leben, so wie es mir gerade in den Sinn kommt. Trotzdem will ich versuchen, von vorne zu beginnen. So wie mir erzählt worden ist, bin ich in Süderende von Westerland im Elternhaus meiner Mutter zur Welt gekommen. Im Frühjahr 1928 haben meine Eltern dann mit dem Bau eines eigenen Hauses angefangen. Im Winter hatte mein Vater mit seinem Schwager Ado Zachariasen bei der Vogelkoje Reet gemäht. Aber wie nun sein eigenes Dach gedeckt werden sollte, hatte er kein Reet mehr. Alles war verkauft. So eilig hatte er es mit Heiraten und Hausbauen gehabt. Im August 1928 ist das Haus gleich unter Wasser gewesen. Der Deich war gebrochen und der ganze südliche Teil von Westerland stand unter Wasser. Das Haus war so angelegt, dass späterhin ein Querhaus zur Straße hin vorgebaut werden sollte. Dazu ist es nie gekommen. Mein Vater wurde arbeitslos und musste stempeln. Später haben sie an unser Haus noch ein Stück angebaut und nun war Platz für zwei Kühe und zwei Schweine. Unser Keller stand immer unter Wasser. Da hatten wir sehr viel Kummer mit. Wir Kinder haben sehr oft den Keller mit Eimern leer tragen müssen. Das war immer eine harte Arbeit für uns und manchmal gab es das auch als Strafe.

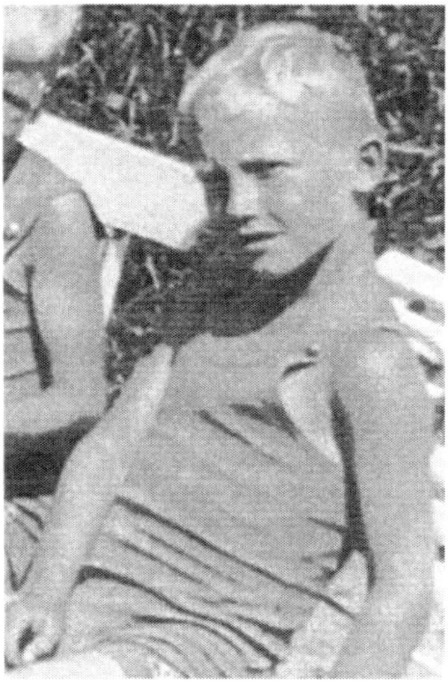
Karl Mungard

Schon als kleine Kinder haben wir angefangen zu angeln. Im Frühjahr, wenn noch Eis am Strand lag, ging es los. Als Angel hatte ich einen vier Meter langen Bambusstock. Aber vorher mussten wir ans Watt, nach Jüggersmeest raus, nach Wattwürmern für unsere Angeln graben. Jüggersmeest liegt in der Senke zwischen Munkmarsch und Keitum. Früher war da eine Ziegelei mit einem hölzernen Schornstein. Da wurde die Kleie aus dem Priel geholt und gebrannt. Ende Mai gingen wir los, Möweneier suchen. Schon vor Morgengrauen brachen wir auf über die Feldmark nach Rantum-Inge. Dann weiter am Süderhaff entlang bis zu den ersten Häusern von Hörnum. Wenn das Wetter gut war, gingen wir schon am Abend vorher los und haben in den Dünen übernachtet. Zwischen Rantum und Hörnum standen schon seit alter Zeit ein paar Heudiemen, die die Rantumer Bauern für ihre Schafe angelegt hatten. Unter so einem Heudiemen konnte man leicht ein paar Stunden schlafen. Im Juni kamen dann schon die ersten Makrelen. Die waren mühevoll zu angeln, denn wir mussten sie von einer Buhne aus angeln. Ein Boot hatten wir nicht. Manchmal kamen die Fische so nah, dass wir sie mit der Hand langen konnten.

1933, als die Nazis an die Macht kamen, kriegte mein Vater auch wieder Arbeit. Er fing als Streckenarbeiter bei der Kleinbahn an. Es gab zwei Kolonnen, eine für die Nordstrecke und eine für die Südstrecke. Vorarbeiter an der Südstrecke war Ernst Westphal aus Westerland. Auf der Nordstrekke war Tedje Lassen aus Keitum der Mann, der das Sagen hatte. Sie waren beide nicht am besten gelitten. Der eine war brummiger als der andere. Die Lokomotiven wurden mit Steinkohle und Anthrazitbriketts befeuert. Zu den Arbeiten der Streckenkolonnen gehörte auch das Löschen der Kohlenwaggons. Dann kam mein Vater immer ganz schwarz nach Hause. Wie ein Neger. Eine Wasch- oder Duschmöglichkeit gab es damals bei der Inselbahn noch nicht. Im selben Jahr kam ich in die Schule. Wir waren in unserem Jahrgang sechs Kinder, die friesisch sprachen. Wir hatten es mit dem Hochdeutschen schwer. Rektor war gerade Dr. Kurt Struve geworden. Er war mit Vater zusammen im SA – Reitersturm. Das war bei den Nazis wohl so der gemütlichste Club. Unsere erste Lehrerin war Fräulein Thießen. Mit ihr kamen wir ganz gut zurecht. Es gab manchmal was mit dem Lineal auf die Finger und auch mal was an die Backen. Das war zu der Zeit eben nicht anders.

Im Märzmonat 1941 wurde ich von Pastor Wester, der später Bischof von Schleswig wurde, konfirmiert. Er schrieb in mein Poesiealbum, es war früher bei den Konfirmanden üblich, dass man so eins hatte, da schrieb er hinein: Auch ein Zimmermann darf nicht auf dem Holzwege sein. Ich sollte ja nach meiner Schulzeit Zimmermann lernen. Im Mai 1941 kam ich bei Günter Holst in Wenningstedt in die Lehre. Zu der Zeit waren Peter und Andres Holst noch beide im Betrieb. Peter kam jeden Morgen auf seinem Fahrrad angesaust. Wenn er sein Leckauge trockengewischt hatte, schnob er gleich durch die Zimmereihalle, um zu sehen, ob auch alles seine Richtigkeit hatte. Andres passte die Pferde und die Landwirtschaft.

In meiner Lehrzeit war ich Mitglied der Marine-Hitlerjugend. Da lernten wir im Rantumbecken Kutterpullen und Blinken und Winken. Dann kam ich zum Reichsarbeitsdienst Lübeck – Blankensee. Hier waren wir auf dem Flugplatz zur Arbeit eingeteilt. Das meiste war Ausbildung für den Krieg. Ich war hier mit zwei Schulkollegen zusammen, Hellmut Christiansen und Uwe Hallesen. Sie sind beide schon lange tot. Am letzten August 44 kamen wir wieder nach Hause. Nach drei Wochen musste ich mich bei der 23. Schiffsstammabteilung in Deutschkrone / Pommern stellen. Hier blieben wir drei Monate, um das Kriegshandwerk zu lernen. An den Wochenenden haben wir auf den umliegenden Gütern Kartoffeln gesammelt. Wir bekamen 2 Pfennig pro Korb und die Kost. Aber wir hatten trotzdem viel Spaß dabei. Dann wurden wir versetzt. Meine Sylter Kollegen durften alle nach Dikjen – Deel. Schon eine Woche später saßen die wieder bei Mutter und Vater zum Erzählen und zum Bratkartoffelesssen, während ich auf die „Entfernungsmeßschule" auf Rügen gehen musste. Da haben wir ein bös hartes Leben gehabt. Richtig gequält haben sie uns. Für jede Kleinigkeit mussten wir Strafwachen schieben. Kurz vor Weihnachten wurde ich dann zur Standort-Wachkompanie in Kiel versetzt. Weihnachten wollte ich nach Hause, aber ich habe keinen Urlaub gekriegt. Da ist meine Mutter nach Kiel gereist. Ich hatte gerade Wache an der Kaserne in Kiel-Wyk. Meine Mutter ist ans Tor gekommen und ich bekam die Erlaubnis, einen Augenblick mit ihr zu sprechen. Das war das letzte Mal, dass ich sie im Krieg gesehen habe.

Hildegard Wolter: Hitlergöre

Nach dem Tod meines Großvaters Jürgen Bockelmann hatte mein Onkel Ernst die Leitung des Eisenwarengeschäfts übernommen. Eisenwaren wurden beim Bau der Bunker und Befestigungsanlagen immer gebraucht und so beschäftigten wir bei Kriegsausbruch zehn Angestellte. Meine Mutter kochte jeden Mittag für den vielköpfigen Haushalt und die zahlreichen Gäste, die fast jeden Tag zu uns kamen. Mutter hatte ein wunderschönes Gesicht, alles war adrett und sauber, und sie wurde von allen bewundert. Aber beigestanden hat sie mir nicht. 1939 musste ich wie jedes Kind mit zehn Jahren in den „Bund deutscher Mädchen". Meine Mutter musste für mich einen Schlips und einen Knoten kaufen und den bekam ich dann feierlich von der Jungscharführerin überreicht. Für meine Mutter war ich nun „die Hitlergöre". Ich konnte niemand mehr ansehen. Ich war so zerrissen, dass ich manchmal nicht mehr sprechen konnte. Niemand hat mir geholfen, damit fertig zu werden. Wenn die Familie sich in der Küche versammelte, habe ich mich auf dem Wäscheboden verkrochen. Da stand auch ein Grammophon mit ein paar alten Schelllackplatten, und in einem Koffer hatte ich ein altes Ballkleid von meiner Mutter gefunden. Den Tellerrock habe ich abgeschnitten, das Oberteil habe ich angezogen und nach der Musik von dem Don Kosaken Chor und den Heiligen Drei Königen von Schlusnus getanzt. Einmal bin ich nicht zum Dienst gegangen. Da wurde ein Mädchen zu meiner Mutter geschickt. Die sollte mich holen. Meine Mutter hat mir nicht beigestanden. Ich wurde vom Wäscheboden geholt und musste hin.

Hitler hatte die Parole ausgegeben, dass Jugend die Jugend führen könne. Und das konnte sie eben nicht. Diese vierzehnjährigen Führerinnen, die waren doch nicht mal angeleitet worden und wussten nicht, was sie mit uns anfangen sollten. Einmal sollten wir übers Wochenende einen Ausflug zur Vogelkoje machen und dort abkochen. Erbswurst. Also es wurde auch Holz gesammelt und in den Dünen ein Feuer gemacht. Der Wind wehte und dieser schreckliche Kram, den man sowieso nicht essen konnte, war voller Sand. Am Anfang wurde mit uns noch exerziert. Wenn wir marschierten, schimpften die Führerinnen immer, wir sollten den Mund halten. Aber wenn wir dann eine Minute unseren Mund gehalten hatten, ging es wieder los. Also wurden Schweigemärsche befohlen. Aber das funktionierte auch nicht. Dann mussten wir durch die Straßen marschieren und dabei singen. Die meisten Mädchen kannten nicht mal den Text. Es war ein schreckliches Gepiepse und es war furchtbar peinlich. Am meisten habe ich mich vor den Fremdarbeitern geschämt. Wenn wir an denen vorbeimarschieren mussten, sparten die auch nicht mit spöttischen Bemerkungen auf Französisch oder Flämisch.

Zu Weihnachten sollten wir Kinderspielzeug anfertigen. Wir sollten mit unseren Laubsägen so Figuren von Hähnen aussägen. Aber das Holz war zu dick und uns rissen immer nur die Laubsägeblätter. Wir saßen alle da und sägten und schimpften auf diesen Kram. Wir waren voller Sägemehl, und es wurde nichts. Unten an die Hähne sollten wir dann noch Räder machen. Wir machten das auch, aber kein Hahn wollte rollen. Als der Krieg ausgebrochen war, und die ersten Verwundeten nach Sylt kamen, sollten wir unsere selbstgebastelten Geschenke ins Luftwaffenlazarett bringen. Wir sollten den Verwundeten also erst mal was vorpiepsen und dann einzeln an die Betten treten und die Geschenke überreichen. Wir waren elfjährige Mädchen und wir versanken vor diesen jungen Soldaten und Offizieren vor Scham. Es war einfach grauenhaft. Nur die Filmvormittage waren schön. Die fanden jeden Sonntag in Becks Kino statt. Es gab Filme über Fredericus Rex, Robert Koch und Ohm Krüger. Vor jeder Vorstellung trat einer von der Partei mit gewichsten Stiefeln auf die Bühne, begrüßte uns und faselte irgendwas von den großen Vorbildern, die im Film dargestellt würden. Es war lächerlich.

Zum Jahrestag der Machtergreifung sollten wir „Kluft“ in der Schule tragen. Aber mit einem Male hieß es, dass „Kluft“ ein jüdisches Wort sei. . Wir durften das Wort „Kluft“ nicht mehr sagen. Ab jetzt hieß es „Dienstkleidung". Nun saßen wir also in unserer Dienstkleidung in der Schule und das einzige Mädchen, das keine Schnur an seiner Dienstkleidung trug, war ich. Man hatte sie mir nicht verliehen, weil ich nicht die richtige Einstellung hatte. Wie sollte ich die haben? Bei mir zu Hause wurde über Konzentrationslager gesprochen. Ich bekam mit, dass die Besitzerin eines Westerländer Modegeschäftes von ihrem Dienstmädchen bei der Gestapo denunziert worden war und sich in der Zelle erhängt hatte. Eine andere angesehene Westerländerin, Frau Johanna Herold, war ins KZ gekommen, nur weil sie Halbjüdin war. Der Vorsteher der Keitumer Sparkasse, Ludwig Borstelmann, war verhaftet und im Konzentrationslager umgebracht worden, nur weil er gesagt hatte, dass wir den Krieg nicht mehr gewinnen können. Darüber wurde bei uns zu Hause offen gesprochen. Das Eisenwarengeschäft war „kriegswichtig". Niemand glaubte, dass uns etwas passieren könne. Meine Mutter hatte wieder geheiratet. Ihr zweiter Mann kam aus der Tschechei und war staatenlos. Den ganzen Tag saß er vor unserem Radio und hörte Radio Beromünster. Ganz dicht saß er davor, als wolle er reinkriechen. Einmal kam eine Nachbarin und sagte: „Wenn sie schon feindliche Nachrichten hören, machen sie doch bitte das Fenster zu." Die Fenster blieben nun zu, aber dann saß meine Mutter im Luftschutzkeller und verbreitete unbekümmert die neuesten Meldungen, die sie von Radio Beromünster gehört hatte. Immer hatte ich Angst, dass die Gestapo auch zu uns kam und uns alle einsperrte.

Günther Habke: Musdorf oder Sing Sing

1933 als die Nazis an die Macht kamen, war ich acht Jahre alt. Diese Siedlung hier oben im Norden von Westerland hinter dem Friedrichshain bestand damals nur aus ein paar gemauerten Baracken. „Musdorf“ sagten die Westerländer dazu oder „Sing Sing“ oder „Klein Moskau“. Hier wohnten die Ärmsten der Armen, Menschen, die nirgendwo unterkommen konnten, und alle waren gegen Hitler. Immer wieder gab es hier Hausdurchsuchungen. Ich erinnere mich, dass meine Eltern abends oft zur Versammlung gegangen sind nach Braderup. Da hielten die Kommunisten bei einer alten Lehrerin ihre Treffen ab. Wir Kinder aus Musdorf saßen in der Schule grundsätzlich auf der letzten Bank und weil unsere Eltern ja alle als Kommunisten galten, durften die Lehrer uns nichts lehren.

Günter Habke

Wir hatten gar keine Chance. Die Kinder aus Westerland durften nicht mit uns spielen. Aber das hat uns nicht gestört. Wir hatten eine Jugend, die wunderschön war. Wir waren so an die dreißig Kinder, wir fühlten uns frei wie ein Indianerstamm, und unser Revier war der Friedrichshain. Wir sind wie die Affen von Baum zu Baum gesprungen und kannten jedes Krähennest. Wenn die Heidebeerzeit war, haben wir in der Heide gesessen und Heidebeeren gegessen. Den Hunger haben wir gar nicht so richtig gemerkt. Im Sommer bin ich bis nach Kampen gelaufen und habe in den Wattwiesen Statitien, gepflückt. Zu Hause haben wir kleine blaue Sträuße gebunden und ich habe mich damit vor das Café „Waldidyll“ im Friedrichshain gestellt. Einmal kam Göring mit seiner Emmi und dem ganzen Gefolge zum Kaffeetrinken. Er hatte so eine blaue Bluse an, mit

Puffärmeln und da hatte er einen Riemen drum, da hing sein Ehrendolch dran. Als er mich Knirps mit meinen Blumensträußen sieht, bleibt er stehen und fragt: „Ja, was machst du denn hier?" Ich antworte: „Ich muss Geld verdienen. Ich will mir eine Hose kaufen." „Ja, kann dein Vater das denn nicht?" „Ne", sag ich, „der ist schon lange arbeitslos." Da gab er mir eine Mark. Das war viel Geld, ich wollte doch nur 15 Pfennig für einen Strauß Statitien haben.
Mein Vater Hinnerk Habke war Kohlentrimmer in Hamburg. Dann ist er auf die Insel gekommen und hat eine kleine Landstelle gepachtet. Als ich ein halbes Jahr alt war, starb meine Mutter. Nun stand mein Vater ganz allein da mit der Arbeit und drei kleinen Kindern. Er kannte noch die Familie Schulz in Westerland. Die hatten den Krug. Da verkehrte mein Vater manchmal. Und wenn tagsüber im Krug nichts los war, schickte die Frau Schulz ihr Hausmädchen Maria zu uns: „Maria, geh mal hoch zu Hinnerk und pass die Kinder. Der hat zu tun auf dem Feld." So bekamen wir eine neue Mutter.

Maria hatte bei uns einen verdammt langen Tag. Jeden Morgen ist sie in die Wäscherei nach Wenningstedt gelaufen und hat beim Bügeln und Plätten ausgeholfen. Dafür hat sie pro Tag 5 Mark gekriegt. Im Frühjahr wurden drei Ferkel auf Pump gekauft. Die kosteten pro Stück 35 Mark und die hat Mutter dann zum Sommerende bezahlt, wenn geschlachtet wurde. Mein Vater hat jeden Tag zwei Milchkannen an die Lenker von seinem Fahrrad gehängt und hat bei den großen Hotels Abfälle für die Schweine gesammelt. Das Geld hat hinten und vorne nicht gereicht. Als die Pacht für die Landstelle raufgesetzt wurde, musste mein Vater aufgeben. Zunächst fand er noch Arbeit bis der Hindenburgdamm fertig war, dann war er Handlanger beim Bau vom Westerländer Bahnhof, dann wurde er sechs Jahre lang arbeitslos, und wir haben echten Kohldampf geschoben. Als wir aus unserer Wohnung mussten, hat mein Vater sein Bett in den Vorgarten gestellt. Nun konnten alle Leute sehen, in welcher Not wir waren. Eine Wohnung haben wir trotzdem nicht bekommen, und so sind wir hierher gezogen. Hier hatten wir immerhin eine Kochstelle, eine kleine Wohnstube und eine Schlafstube. Die war ungefähr 2,80 m mal 3 m. Die haben wir vier Geschwister uns geteilt. Ich musste bei meinem Onkel auf dem Acker helfen. Er war ein alter Mann, und wohnte in einer alten Scheune auf dem heutigen Flughafengelände. Schon mit acht Jahren habe ich von morgens bis abends bei ihm gepflügt und geeggt. Geld habe ich dafür nicht bekommen. Aber ich lag zu Hause nicht auf der Tasche.

Als Mitte der dreißiger Jahre in List die ersten Kasernen gebaut wurden, musste das Baumaterial noch mit der Inselbahn transportiert werden. Als dann in Wenningstedt einmal die Inselbahn entgleiste, hieß es, das sei Sabotage gewesen. Wir hatten gerade Makrelenzeit, und der Alte war dabei, die Fische einzukochen, zu salzen und in Fässern einzulegen. Die Unglücksstelle lag nicht weit von unserer Siedlung entfernt, und mein Vater wurde verdächtigt, eine Weiche umgestellt zu haben. Er hat alles stehen und liegen lassen und sich verdrückt. Es war schon dunkel, als die SA zu uns kam. Mit einem Mal waren draußen überall Taschenlampen, dann flog unsere Tür auf, und die kamen in ihren braunen Uniformen bei uns reingestürmt. Ein Polizist war auch dabei. Es musste ja alles seine Ordnung haben. Der Anführer hatte eine Reitpeitsche in der Hand. Das war der Westerländer Arzt Dr. Grote. Meine Mutter saß da und hat am ganzen Körper gezittert. Alles wird durchsucht und verwüstet. Die Fässer werden umgekippt, die Fische fliegen auf den Hof. Noch tagelang haben sie da gelegen und gegammelt. Plötzlich fängt mein Bruder an zu lachen. Da holt dieser Dr. Grote mit der Reitpeitsche aus und schlägt meinem Bruder quer übers Gesicht und den Nacken. Dann müssen sie unverrichteter Dinge abziehen. Unser Radio, der einzige Besitz von meinem Vater, auf den er immer stolz war, lassen sie noch mitgehen.

Es dauerte nur ein paar Tage, dann war mein Vater wieder da. Ein Bauer aus Munkmarsch hatte ihn im Heu versteckt. Dann war er nach Dänemark geflüchtet. Aber lange er es da nicht ausgehalten. Er hatte sich ja auch nichts vorzuwerfen, und er wollte wieder bei seiner Familie sein. Seine Rückkehr ließ sich nicht geheim halten. Ich guckte gerade aus dem

Fenster und beobachtete einen roten Wagen, so was kam nicht oft hierher, da springen plötzlich Männer in SA-Uniformen raus und nehmen meinen Vater mit. Auch Mutter wurde eingesperrt. Dann kam eine Frau von der NS-Frauenschaft und hat uns Kinder abgeholt. Nun wurden wir Geschwister auf vier verschiedene Familien in Westerland verteilt. Jeden Morgen auf dem Weg zur Schule sind wir beim Rathaus vorbeigekommen und haben durchs Kellerfenster geguckt, ob wir unsere Eltern sehen können. Nach sechs Wochen kam Mutter wieder nach Hause. Vater kam weg ins KZ nach Neuengamme.

Unsere Mutter ging nun wieder jeden Tag in die Wäscherei zum Aushelfen. Da wurde auch die Wäsche von Hermann Göring gewaschen. Der hatte noch nicht sein Haus in Wenningstedt, sondern wohnte noch in so einem kleinen Holzhaus im Norden von Kampen. Wenn wir in die Lister Dünen zum Eiersammeln gelaufen sind, konnten wir ihn da sehen. So wussten wir, dass er da war. Meine Schwester hatte mit einem Mal die Idee, den Göring um Hilfe für meinen Vater zu bitten und sie hatte auch gleich eine Idee, wie man an diesen mächtigen Mann rankommen könnte, ohne gleich an der Tür abgewiesen zu werden. So schrieb nun meine Mutter auf einen Zettel, dass ihr Mann eingesperrt worden sei, und sie säße mit vier Kindern alleine zu Hause. Ihr Mann, schrieb sie dazu, sei zwar kein Freund der Nationalsozialisten gewesen, aber er habe sich nicht um Politik gekümmert. Den Zettel hat sie dann zwischen Görings saubere Wäsche gesteckt, die ihm ins Haus geliefert werden sollte. Nun hatten wir alle Angst, dass der Zettel vorzeitig entdeckt wird, und Mutter ihre Arbeit verliert. Aber wir hatten Glück. Es passierte erst mal gar nichts. Dann erreichte meine Mutter ein Anruf ihrer Schwester aus Kiel. Ihr Mann, Hermann Nogenz, so erzählt die Schwester, habe beim Skatspielen einen von der Kripo kennengelernt. Dieser Kripomann habe sich sehr für die Sylter Verwandtschaft interessiert, besonders für den Schwager Hinnerk Habke, der im KZ säße. Er sei nämlich, habe der Kripomann vertraulich mitgeteilt, von höchster Stelle beauftragt, die Umstände der Verhaftung des Hinnerk Habke zu untersuchen.

„Nu, denn seh man to, dat du den da wider rutkriegst", hat der Hermann Nogenz noch zu ihm gesagt. Die saßen in einer Wirtschaft in Kiel. Ist das Zufall gewesen? Wir haben das nie erfahren. Jedenfalls dauerte es auch nicht lange, da kommt dieser Kriminaler auf die Insel und hat meine Mutter vernommen. Er hat sie gewarnt und hat zu ihr gesagt: „Sie müssen aufhören, in der Öffentlichkeit über die Nazis zu schimpfen. Sonst kann ich nichts für sie tun." Dann ist er weitergereist nach Neuengamme. Aus den Akten dort hat er herausbekommen, dass mein Vater denunziert worden war. Wie sich herausgestellt hatte, war die Weiche von spielenden Kindern umgestellt worden. Es dauerte noch ein dreiviertel Jahr, bis mein Vater entlassen wurde. Dieser Kriminalbeamte hat meinen Vater abgeholt und auf die Insel gebracht. Als der Zug über den Hindenburgdamm fuhr, hat er dem Alten das Versprechen abgenommen, sich nicht mehr um Politik zu kümmern. Bei seiner Verhaftung war mein Vater ein kräftiger Mann gewesen. Nun war er ganz schmal. Er hatte keine hundert Pfund mehr. Hinten im Genick waren nur die zwei Sehnen zu sehen. Da hab ich gedacht, was haben sie nur mit deinem Papa gemacht. Der Alte hat nicht viel von seiner Haft erzählt. Aber nun war ja unsere Wohnung in Musdorf sehr hellhörig. Wenn wir in unseren Betten lagen, hörten wir alles, was Vater und Mutter so beschnackten. Auch wenn sie flüsterten, denn da war ja häufig auch mal was, was wir nicht hören durften. Als sie die Frau Herold in Westerland abgeholt und ins KZ gebracht hatten, hörte ich, wie mein Vater sagte: „Das übersteht die Frau nicht." „Das kannst Du doch gar nicht wissen", meinte meine Mutter. „Die Frau kommt da nicht durch", sagte mein Vater, „in sechs Wochen kriegt die Familie Bescheid, dass sie nicht mehr lebt." Und so ist es auch gekommen. Nach und nach haben wir so mitbekommenen, was sie mit dem Alten im KZ angestellt hatten. Und da habe ich angefangen, auf vieles mehr zu achten, was anderen Kindern vielleicht gar nicht aufgefallen ist. Da war in der Bomhoffstraße die Gestapo. Da wurden die Leute zum Verhör hingebracht. Und wenn die wieder raus kamen und abgeführt wurden, konnte man sehen, dass mit denen nicht gerade zimperlich umgegangen worden war. Das haben andere vielleicht gar nicht so bemerkt oder wollten das auch lieber nicht.

Einmal in der Woche sind wir Kinder zum Essen in die Häuser von besser gestellten Familien geschickt worden. Ich hab ein paar Mal bei einer Familie Hansen gegessen. Da bin ich gerne hin gegangen. Der Vater war Kapitän. Die hatten selbst zwei Kinder, Günter und Dagmar. Es gab nichts Besonderes, mal Eintopf oder es wurde ein Rest Brot in der Pfanne mit Speck gebraten. Aber es schmeckte gut und man wurde satt. Das hatte die NS- Frauenschaft organisiert. Meine Eltern sahen das vielleicht nicht so gerne, aber sie haben nie etwas dazu gesagt. Sie mussten froh sein, dass wir was zu essen bekamen. Jeden Samstag und Sonntag hat mein Vater die Kuh- und Rinderfelle von den Schlachterhäusern eingesammelt und zum Verladen auf den Bahnhof gebracht. Viel zu verdienen gab es dabei nicht. Dann kriegte er doch noch eine Arbeit bei einem Sturm vom NSKK, das war das Nationalsozialistische Kraftfahrerkorps. Er hat da den Müllwagen und den Sprengwagen gefahren und sich mächtig ins Zeug gelegt. Sein Chef, Cornelius Hansen war ein überzeugter Nazi, aber er wusste, die Arbeit vom Alten zu schätzen. Einmal kam ein Parteigenosse zu ihm und hat nach Arbeit gefragt. „Ich habe keine Arbeit für Dich", sagt Cornelius, „alle Plätze besetzt." „Kannst Du nicht den ollen Kommunisten, den Hinnerk, rausschmeißen und mir die Arbeit geben?" Da sagt der Cornelius Hansen zu ihm: „Nein, nein, mein Lieber. Ein fleißiger Kommunist ist mir lieber als ein fauler Nazi." Ein paar Leute haben das mitgehört. Dafür hätten sie den Cornelius Hansen beinahe eingesperrt.

Harald Voigt: Flaschenpost

Ich bin 1932 mit meiner Großmutter auf die Insel gekommen. Sie hatte alles verloren. Ihr Mann war tot, die Inflation hatte sie um ihr Geschäft und ihr kleines Vermögen gebracht. Meine Mutter, ihre einzige Tochter, war gestorben. Mein Vater hatte bald wieder geheiratet und so hatte mich meine Großmutter zu sich geholt. Aber wie sollte es nun weitergehen? Es war ihr Bruder in Westerland, der uns nach Sylt holte und uns den ersten Weg ebnete. Wir zogen nach Munkmarsch in das kleine Haus von Fischer Rinken. Der war so um die achtzig, war Witwer und kam nicht mehr alleine zurecht. Im Haus war es eng und feucht. Das Klavier, das meine Großmutter aus Glückstadt gerettet hatte, fing schnell an zu schimmeln. Auf dem Dachboden hatte der alte Rinken eine lange Schnur gezogen. Daran hängte er die Schollen zum Trocknen auf. Im Winter hat meine Großmutter die Schollen eingeweicht und zum Essen zubereitet.

Harald Voigt

Zum ersten Mal in meinem Leben fühlte ich mich frei. Ich war vier Jahre alt und musste noch nicht zur Schule. Morgens brauchte ich nur ein paar Schritte vor die Haustür zu laufen, dann konnte ich barfuß durchs Watt waten. Autos gab es so gut wie gar nicht. Wenn ein Fahrrad vorbeikam, war das schon ein Ereignis. Der Bauer Prott hatte eine große Fahne. Einmal hat er die an seinem Mast gehisst. Das war eine große Seltenheit. Reichspräsident Hindenburg war tot. Ich tobte mit den Jungen aus dem Dorf im Watt, wir sahen den Fischern bei ihrer Arbeit zu oder spielten in den Schiffen, die auf Land gezogen waren. Eine überschaubare Welt. Der

einzige Kaufmann war ein Einmannbetrieb. Im Hafen war es ganz ruhig. Man konnte noch die Perronanlagen der alten Fährschiffe sehen, auch die Gleise der Kleinbahn waren noch da, mit der man die angelandeten Kurgäste bis zum Bau des Hindenburgdammes nach Westerland befördert hatte. Jetzt lagen nur noch einige Fischerboote im Hafen, mit denen auch schon mal Lusttouren für die Badegäste veranstaltet wurden.
Als der alte Rinken 1935 starb, konnten wir ein heruntergekommenes Pensionshaus pachten. Es stand ganz einsam auf der Heide zwischen Wenningstedt und Westerland. Wir haben unseren ganzen Hausstand zu Fuß von Munkmarsch nach Westerland getragen. Einen Bollerwagen hatten wir nicht. Außerdem hatte Großmutter viel altes und gutes Porzellan. Das sollte schonend transportiert werden. Und so sind wir nun Tag für Tag mit Großmutters Körben hin- und hergelaufen. Als Letztes kamen die Hühner dran. Das Haus war in einem erbärmlichen Zustand. Es hatte lange Zeit leer gestanden und niemand hatte sich darum gekümmert. Es gab kein einziges heiles Fenster. In allen Räumen lag Mist und Dreck. Die alte Pumpe vor dem Haus ging so schwer, dass ich mich als Siebenjähriger mit meinem ganzen Gewicht dranhängen musste, um den Schwengel runterzudrücken. Es gab auch kein elektrisches Licht. Das Haus lag so einsam, dass man bis hier noch keine Stromleitung gezogen hatte. Zum Glück hatten wir noch unsere Hühner. Die Eier brachte ich zum Kaufmann Möller in Wenningstedt. Großmutter gab mir immer einen Zettel mit, was sie so am nötigsten vom Kaufmann brauchte, und das wurde dann verrechnet. Ganz knapp war das, was ich dann nach Hause brachte. Es muss im Herbst gewesen sein, es war Nachmittag, und es dämmerte schon, da kam Willi Spring mit einem Blockwagen zu uns raus und brachte uns Sachen vom Winterhilfswerk. Es war nicht viel. Ein Topf Grütze war dabei. Zum ersten Mal sah ich meine Großmutter weinen. Sie hat geweint vor Freude, dass man an uns gedacht hatte.

Ich wurde eingeschult in die Norddörfer Schule. Sie liegt auch heute noch zwischen Wenningstedt und Kampen. Ich hatte also den längsten Schulweg. In meinem Jahrgang waren wir vier Kinder. Es gab zwei Klassen, und in jeder Klasse waren vier Jahrgänge. Zu jeder Unterrichtsstunde bekamen wir vom Lehrer eine Aufgabe zugeteilt, etwas aufzuschreiben, zu lesen oder zu rechnen, und dann wandte sich der Lehrer der nächsten Abteilung zu. So konnte er vier Jahrgänge gleichzeitig unterrichten.

Wir haben das Haus nach und nach so weit hergerichtet, dass wir es an Sommergäste vermieten konnten. Meine Großmutter hatte keine Altersversorgung und so waren wir auf die Vermietung angewiesen. Im Frühjahr wurden die Bestellungen für den Sommer beim Kaufmann aufgegeben. Bezahlt wurde erst im Sommer, wenn das Geld von den Gästen kam. Es war eine Ehrensache und eine Selbstverständlichkeit für meine Großmutter, dass zum Herbst alle Schulden bezahlt waren. Es kamen Gäste in unsere Einsamkeit, die Ruhe suchten. Die Straße von Westerland nach Wenningstedt war ja nur ein Lehmweg und wenn sich darauf mal was bewegte, sahen wir das im Sommer nur an den Staubwolken, die die Autos und Fuhrwerke aufwirbelten. Die Arbeit an der alten Pumpe erforderte nun meine ganze Kraft. Ich hatte die Aufgabe, die Zimmer der Gäste mehrmals täglich mit frischem Wasser zu versorgen. Im Sommer 1937 hatte sich eine Familie Weiss aus Berlin angemeldet. Der Mann war Rechtsanwalt und Jude. Aber er kam nicht. Er schickte nur seine Familie. Es wurde gemunkelt, er fühle sich auf Sylt nicht mehr wohl. Es gab ja auch immer diese Aufrufe, Sylt solle judenfrei werden.

Als ich zehn Jahre alt war, musste ich zum Jungvolk. Das war mir eigentlich zu viel. Ich kam mittags aus der Schule, hatte diesen langen Schulweg hinter mir und musste dann wieder nach Wenningstedt zum Einkaufen für meine Großmutter. Das war ja noch mal der halbe Schulweg. Und nun musste ich jeden Mittwoch noch einmal den Weg zur Schule laufen, um beim Jungvolk Dienst zu machen. Unsere Führer waren Robert und Rainer[7] Dethlefs. Aber ich war nicht gewohnt, kommandiert zu werden. Ich lebte doch in dieser Abgeschiedenheit mit meiner Großmutter, wo mir niemand vorschrieb, was ich zu tun hatte. Oft kam ich nicht zum Dienst. Dann musste ich zu einem sogenannten Jugendrichter. Das war

[7] Gemeint ist Roberts älterer Bruder Dethlef

ein Parteifunktionär, der kam vom Festland rüber und saß im Rathaus in Westerland. Er versuchte, mich durch sein Brüllen einzuschüchtern und drohte mir mit Jugendarrest in Flensburg. Das wäre mir doch zu peinlich gewesen, und so habe ich versucht, das zu vermeiden.

1939 bei Kriegsausbruch hatten wir unser Haus endlich fertig hergerichtet. Wir hatten einen festen Gästestamm und konnten gerade von der Vermietung leben. Wir hatten es also geschafft. Und nun mussten alle Gäste sofort die Insel verlassen. Unser Haus stand leer. Da habe ich meine Großmutter zum zweiten Mal weinen sehen. Erst hatte sie ihr ganzes Vermögen durch die Inflation verloren, und nun war die neue Existenz vernichtet. Sie glaubte nun, dass das Unglück der Vergangenheit sie wieder eingeholt hatte. Aber wir hatten ja noch Lebensmittel für den Gästebetrieb im Haus, einen halben Schinken und so was. So haben wir versucht, noch etwas Glück im Unglück zu finden.

Ich kam in die Mittelschule nach Westerland. Mein Schulweg wurde nicht kürzer, nur musste ich in die andere Richtung marschieren. Der Dienst in der Hitlerjugend wurde immer mehr zum militärischen Drill. Wir lernten, durch das Gelände zu robben und mit Keulen zu werfen. Noch sagte man Keule, das Wort Handgranate sagte man nicht gerne. Im Physikunterricht lernten wir die Zusammensetzung von verschiedenen Sprengstoffen und Gasen, und im Mathematikunterricht büffelten wir sphärische Trigonometrie. Das war nichts weiter als Nautik, wir bekamen die Koordinaten und sollten dann den Standort der feindlichen Schiffe bestimmen. Als ich an einem Tag, Mitte September 1939, aus der Schule kam, wimmelte es in unserem Haus von Soldaten der Luftwaffe. Alles war beschlagnahmt. Meine Großmutter und ich, wir hatten nur noch ein Zimmer und die Küche. In die Heide vor unserem Haus wurden vier Flak-Geschütze gebaut. Für mich begann eine herrliche Zeit. Den ganzen Tag war ich bei den Soldaten draußen. Ich durfte an das Geschütz, ich durfte an das E-messer und an den Kommandostand. Ich war dabei, wenn es Alarm gab und durfte an den Geschützen drehen. Ich lernte schnell, wusste, welche Munition zu welchem Geschütz gehört und konnte bald mit den 2- Zentimetergeschützen, der 3,7 und der 8,8 umgehen. Und ich war nicht mehr alleine. Viel Kontakt hatte ich ja bis dahin nicht gehabt. Die Jungen aus Wenningstedt oder Westerland kamen nicht bis zu uns raus. Nach Musdorf oder Sing Sing, wie damals die Baracken im Hoogenkamp genannt wurden, durfte ich nicht. Da wohnten ja die Kommunisten, hieß es. Die Soldaten brachten auch mal was für meine Großmutter mit, aber immer häufiger ging ich für sie einkaufen. Mal wollten die Hackepeter oder Tartar haben. Ich wusste gar nicht, was das war. Beim Obsthändler Nyholm holte ich Jaffa-Orangen und Schokolade. Alle diese Herrlichkeit gab es ja noch ohne Marken. Die Zigaretten kaufte ich stangenweise und gab dann die Päckchen einzeln an die Soldaten weiter. Da blieben dann immer ein paar Pfennige über.

1941/42 wurde meine Großmutter dienstverpflichtet und musste in den Häusern arbeiten, die vom Militär beschlagnahmt waren. Ich schlief häufig noch, wenn meine Großmutter aus dem Haus ging. Eines Morgens weckt mich unser Nachbar Aschemann und fragt mich, ob er mit seiner Familie in unser Haus ziehen könne. Ich war nun etwas verunsichert, weil meine Großmutter nicht da war und fragte ihn, warum er denn aus seinem Haus ausziehen wolle. „Unser Haus steht nicht mehr", sagte der Nachbar, „da sind zwei Bomben draufgefallen." Wir hatten nicht den Alarm gehört und nicht gehört, wie die Bomben einfielen. Immerhin war die Detonation so stark gewesen, dass unser Haus von der Druckwelle Risse bekommen hatte. So abgestumpft waren wir. Beim ersten Fliegeralarm 1939 habe ich mich noch flach in die Heide geschmissen. Ich kam gerade vom Strand und hatte Holz gesammelt, als die Sirenen losheulten. Ich hab alles fallen lassen, Deckung gesucht und auf die Bomben gewartet. Nichts passierte. Vielleicht war es auch nur ein Probealarm gewesen. Je öfter Alarm gegeben wurde, desto leichtsinniger wurden wir. Wenn die englischen Flugzeuge am Horizont auftauchten und über Sylt flogen, sagte meine Großmutter: „Ach, die fliegen nur nach Hamburg."

1943 wurde ein polnischer Flieger in der Nähe unseres Hauses abgeschossen. Der Pilot versuchte noch, am Strand notzulanden, aber das Flugzeug prallte gegen eine Buhne. Ich bin sofort hingelaufen, um mir das Spektakel anzusehen. Ich war natürlich neugierig. Ich spähte in die Flugzeugkanzel und entdeckte, dass hinter dem toten Piloten ein Käfig mit einer Taube stand. Das war eine Brieftaube. Die polnischen Piloten führten die mit, um im Fall einer Notlandung noch eine Nachricht an ihre Einheit schicken zu können. Einmal hat man auch einen dänischen Fischkutter erwischt, der Brieftauben an Bord hatte. Die Fischer aus dem besetzten Dänemark durften vor Sylt fischen, weil das für die Volksernährung wichtig war. Zwischen den Booten tummelten sich auch englische Schiffe rum. Wahrscheinlich wollte dieser Fischer nun mit den Tauben Schiffsbewegungen oder andere Beobachtungen nach Hause melden. Diese jungen Burschen, die hier die Hitlerjugend führten, hatten eine große Klappe und grölten gerne rum. Das waren keine Intellektuellen, aber sie waren stark und sportlich aktiv. Sie hatten Macht und ließen mich das unangenehm spüren. Ich begann, regelmäßig den Feindsender abzuhören. Jeden Mittag sendete BBC. Der Sender wurde natürlich von den Deutschen gestört. Wir hatten so ein uraltes Radio aus Holz und Bakelit mit einem riesigen Lautsprecher. Damit nun diese Störgeräusche nicht nach außen dringen konnten, habe ich ein schweres Kopfkissen auf das Radio gelegt und dann mein Ohr an den Lautsprecher gepresst. Ich hab nicht alles geglaubt, was ich hörte. Manches hat mich auch angewidert. Aber meine Haltung wurde immer kritischer zu dem, was um mich herum vorging. Aber ich hatte niemanden mit dem ich meine Informationen austauschen konnte. Manchmal hörte ich bei Klassenkameraden bestimmte Worte und Begriffe, die auch von BBC verwendet wurden. Dann dachte ich, na, vielleicht hat der auch den Engländer abgehört. Aber darauf angesprochen haben wir uns nicht. Das war zu gefährlich.

Immer mehr Leichen wurden am Strand angespült. Zuerst war ich noch entsetzt und konnte mein Mittagessen nicht runterwürgen. Dann habe ich mich an ihren Anblick gewöhnt. Bald konnte ich schon von weitem erkennen, ob es ein Amerikaner oder englischer Pilot war. Ihre Fallschirme hätte ich gut gebrauchen können. Aber da war eine Grenze, die ich nicht überschreiten konnte. Es gab genug zu finden. Jeder deutsche Flieger hatte, eingeschweißt in Zellophan, sein Fluchtgepäck. Darin war eine Landkarte, eine Feile, ein Kompass und Geld in verschiedenen Währungen, meistens in Francs, dänischen Kronen und holländischen Gulden. So etwas fand man auch öfters am Strand. Es war nichts besonders Aufregendes, aber es war ja echtes Geld. Einmal fand ich am Strand die Papiere eines englischen Seemanns. Dabei waren auch Briefe einer Frau, die kamen aus Birkenhead. Die Frau schrieb sehr offen über die Erfolge der deutschen Bombenangriffe über England. Sie schrieb: „Birkenhead is all laid to the ground." Das wäre natürlich ein gefundenes Fressen für die deutsche Propaganda gewesen. Aber diesen Gefallen wollte ich denen nicht tun. Ich habe diese Dokumente nicht weitergeleitet. Ich habe sie versteckt und nach dem Krieg an diesen englischen Seemann geschickt.

Werner Gülich: Der alte Petersen

Trotz unserer Armut ist mein Vater immer sehr elegant gekleidet gewesen. Er hat immer so einen weiß-gelben Anzug, dazu einen Handstock und Hut. So ist er jeden Samstag und Sonntag mit einem Bauchladen durch die Tanzlokale gezogen und hat Zigaretten, Zigarren und Schokolade verkauft. Von abends acht bis morgens zwei, drei Uhr ist er durchs Astoria, durch die Strandhalle, durchs Tivoli und durchs Trocadero gezogen. Ich sehe ihn noch, wie er die übrig gebliebenen Packungen zählt und seine Abrechnung macht. Damit ist er dann am Montagabend zum Zigarettengroßhändler hingefahren. Und wenn er dann zurückkam, saß unsere ganze Familie um den Tisch. Da wurde das Geld drauf gelegt und gezählt. Manchmal hatten wir Tränen in den Augen vor Freude, dass wieder etwas Geld ins Haus gekommen war in dieser Zeit. Als Mitte der dreißiger Jahre mit dem Bau des Flughafens begonnen wurde, entstanden auch in Keitum und in Dikjen Deel Lager für die Arbeitsdienstler. Wir Kinder sind oft um diese Lager rumgestrichen, und da haben wir gesehen, dass die Arbeiter so viel altes Brot übrig hatten. Die kriegten ja jeden Tag ihre neue Ration Kommissbrot. Das alte Brot gammelte in den Spinden rum und flog auf den Müll. Wir sind dann jeden Tag mit Säcken los und haben das Brot für unsere Schweine eingesammelt. Manchmal haben wir den Soldaten und Arbeitsdienstlern auch eine Zeitung mitgebracht. Die waren froh, wenn sie in der Einsamkeit mal was zum Lesen bekamen. Das haben wir unserem Vater erzählt. Der kannte den Zeitungshändler Erich Deutscher. Da haben wir dann die Zeitungen jeden Tag abgeholt. Mein Vater, mein jüngster Bruder und ich haben uns die Arbeit aufgeteilt. Einer fuhr ins Lager nach Dikjen Deel, einer in die Lager nach Keitum und einer auf den Flugplatz. Da ist so viel Geld zusammen gekommen, dass wir von Vater eine Provision als Taschengeld bekamen.

1941 bin ich bei Malermeister Rehse in die Lehre gekommen. Ich hab das Malerhandwerk erlernt, weil mein Vater auch Maler war. Auch alle meine Geschwister haben das Malerhandwerk erlernt, ob sie das wollten oder nicht. Ich wäre lieber zur See gefahren, aber das durfte ich nicht, weil Krieg war. Ich erinnere mich noch an meinen ersten Tag. Die Firma hatte eine Baustelle in Kampen. Die Gesellen fingen morgens um acht an und ich musste pünktlich mit den Farben da sein. Also musste ich morgens um fünf aufstehen, die Schottsche Karre mit Farbeimern beladen und dann zu Fuß nach Kampen schieben.

Wir wohnten zur Miete in einem Haus in Süderende. Hier hatten wir Platz zum Spielen und Hühner und Kaninchen. Hier hatten wir Kinder unsere glücklichste Zeit erlebt. Eines Tages sollte unser schönes Haus verkauft werden. Der Besitzer verlangte 18.000 Mark. Mein Vater hätte das Haus gerne gekauft, aber das Geld war nicht aufzubringen. Und so mussten wir unter Tränen ausziehen. In der Deckerstraße war eine Siedlung für kinderreiche Familien gebaut worden. Wir nannten sie „SA-Siedlung". Immerhin konnten wir da rein, obwohl mein Vater nicht in der Partei war. Mein Vater hat dann dort fürs Winterhilfswerk gesammelt. In unserem neuen Zuhause in der Deckerstraße wurde es sehr eng. Für unsere neunköpfige Familie gab es nur drei kleine Räume, ein Wohnzimmer, ein Elternschlafzimmer und ein Kinderzimmer. Wir mussten uns ein Plumpsklo im Haus teilen. Der Eimer wurde jeden Tag in eine Klärgrube hinter dem Haus geleert. Die mussten wir Kinder jede Woche saubermachen. Was da drin war, kam in den Garten auf die Beete und wurde umgegraben. Wir haben immer zu zweit in einem Bett geschlafen. Heute würde man dafür bestraft. Damals war das normal. Immer zwei Jungen in einem Bett und zwei Mädchen in dem anderen Bett. Um zu Hause Luft zu machen und um nicht zur HJ zu müssen, meldete ich mich freiwillig zum „Sicherheits- und Hilfsdienst". Das war eine Feuerwehrtruppe für den Fall, dass Sylt angegriffen wurde. Ich bekam eine Schlafstelle in der „Neuen Straße" und wurde dort auch verpflegt. Es waren dort alles Jungs in meinem Alter. Wir haben morgens Frühsport gemacht und sind dann auf unsere Lehrstellen gegangen. Wir bekamen eine Uniform, wir brauchten nicht zur HJ, und was der größte Vorteil war, wir kamen, obwohl wir noch nicht sechzehn Jahre alt waren, in die Kinos und Wirtschaften rein. Wir waren ja nun praktisch Soldaten.

Der Zug, dem ich zugeteilt wurde, bestand aus zehn Mann. Nach dem Abendessen wurde von acht bis zehn Ausbildung gemacht. Wir hatten einen alten Ausbilder, Karl Herdegen, den haben wir sehr verehrt. Der sollte uns feuertechnisch ausbilden. Er hat uns viel von der Zeit vor dem Krieg erzählt. Er war ein alter SPD-Genosse und stand auf der schwarzen Liste bei der Gestapo. Wir haben das gewusst. Wir haben viele Gespräche mit ihm geführt, auch politische Gespräche, aber es wäre uns nie in den Sinn gekommen, diesen Mann zu verraten. Wir unterstanden der SS-Gerichtsbarkeit. Ich konnte damals noch nicht ahnen, was das einmal für mich bedeuten würde. Wir hatten einen geräumigen Aufenthaltsraum. An der Nordwand hing ein großes Führerbild. Wir haben nie gesagt, da hängt der Führer oder da hängt Adolf Hitler. Wir haben immer nur gesagt, da hängt der „alte Petersen“. Wie das gekommen ist, weiß ich nicht. Aber wir wollten damit wohl ausdrücken, dass wir mit der HJ und den Nationalsozialisten nichts im Sinn hatten. Wir konnten die von der HJ nicht leiden und wir waren der HJ ein Dorn im Auge. Am Silvesterabend 1942 kam es zur Katastrophe. Wir hatten Bereitschaftsdienst. Die Älteren mit Familie konnten nach Hause gehen und feiern. Nur wir, die Jugendgruppe, blieben da. Gott sei Dank hatte auch Karl Herdegen keinen Dienst. Es hätte ihn vielleicht das Leben gekostet. Es war nichts los an diesem Abend. Wir haben etwas Alkohol getrunken und sind übermütig

Werner Gülich in SH-Uniform

geworden. Einer hat angefangen mit seinem Schnapsglas nach dem „alten Petersen" zu werfen. Das haben wir dann alle gemacht, bis das Bild runterfiel. Sicher ging es dabei laut zu. Schräg gegenüber wohnte der Chef der gesamten Polizei und Feuerwehr. Der hat den Lärm gehört und kam zu uns hoch. Plötzlich stand er im Raum und sah uns auf dem kaputten Führerbild rumtrampeln. Wir wurden sofort vom Dienst beurlaubt und nach Hause geschickt. Am nächsten Tag wurde im Rathaus eine große Konferenz einberufen, mit dem Bürgermeister, der Parteiführung und der Gestapo. Wir wurden verhört. Man wollte dem Karl Herdegen an den Kragen. Aber der war zum Glück nicht da gewesen und so ist dem Mann auch nichts passiert. Wir wurden erstmal für drei Tage nach Hause geschickt. Dann wurden wir wieder geholt. Wir unterstanden ja der SS-Gerichtsbarkeit. Man teilte uns mit, wir würden nicht eingesperrt, aber wir sollten uns sofort freiwillig melden. Innerhalb von 4 Wochen kriegten wir unseren Musterungsbescheid und mussten nach Husum. Dort wurden wir gemessen. Wer 1,70 und größer war, kam zur SS. Ich maß nur 1, 68 m. So ein Glück, glaubte ich. Aber nach zwei Wochen musste ich wieder nach Husum und wurde noch mal gemessen. Diesmal maß man 1,69 m und damit war ich tauglich für die SS. Wir waren damals 17 Jahre alt. Zehn Jungen. Sieben sind gefallen. Ich bin der einzige, der noch lebt.

Hannelore Haselbach: Zu Hause wurde nicht über Politik gesprochen

Mein Großvater Friedrich Roßberg kam 1886 als arbeitssuchender Buchdrucker auf die Insel und bekam schnell eine Anstellung bei der Kurverwaltung. Man brauchte einen Drucker für die Kurzeitung. Als mehr und mehr Kurgäste kamen, entstand die Idee, eine Zeitung für die „Intelligenz" herauszugeben. Das „Sylter Intelligenzblatt" erschien nun jeden Mittwoch und Sonnabend und war bald so verbreitet, dass mein Großvater nur noch mit dem Druck und der Herausgabe dieser Zeitung beschäftigt war. Nach 37 Jahren ging das Unternehmen im Zuge der Inflation 1923 pleite. Ich erinnere meinen Großvater als einen sehr schweigsamen Mann, und ich kann mich nicht daran erinnern, jemals ein Gespräch mit ihm geführt zu haben. Seit das Intelligenzblatt eingestellt worden war, stand sein Schreibtisch im Wohnzimmer. Oft trafen sich die ganze Familie, Kinder und Enkelkinder bei den Großeltern. Neun Personen. Und mein Großvater saß immer mit dem Rücken zu uns an seinem Schreibtisch, und wir hatten das Gefühl, dass er überhaupt keine Notiz von der Familie nahm. Aber wenn dann die Unterhaltung mal sehr intensiv wurde, drehte er sich plötzlich um und machte eine Bemerkung, die keinen Zweifel daran ließ, dass er jedes Wort verfolgt hatte. Ich erinnere mich noch an einen Ausflug auf der Fähre von Munkmarsch nach Hoyerschleuse. Es war das erste Mal, dass ich auf einem Schiff war und ich wäre ja so gerne auf Deck gewesen und hätte geguckt. Aber Großvater wollte nicht. Er saß lieber unten in der Kajüte und trank mit den anderen Passagieren Grog. Nun hatte ich entdeckt, dass die Toiletten oben auf Deck waren. Und da habe ich alle Viertelstunde gesagt. „Opa, ich muss mal." Und da musste Opa ja jedes Mal mit rauf. Ich konnte schnell ein bisschen gucken, bin aufs Klo gegangen, ob ich musste oder nicht, und dann durfte Opa wieder runter.

Meine Mutter hatte keinen Sinn für die Hausarbeit. Lieber ist sie im Sommer jeden Tag mit uns Kindern an den Strand gegangen. Wir Mädchen

hatten so schwarze Baumwollanzüge zum Baden. Da waren oben Knöpfe dran. Einmal war niemand da, der mir diese Knöpfe zumachen konnte. Da habe ich meinen Badeanzug über den Arm genommen und bin splitterfasernackt zu meinen Großeltern in der Strandstraße nach Hause gelaufen. Zu denen bin ich immer gerne gegangen. Traf ich unterwegs Opa Tiede, habe ich immer einen großen Bogen gemacht. Opa Tiede war Seehundsjäger. Im Sommer ging er mit den Kurgästen auf Seehundsjagd. Für uns Kinder hatte Opa Tiede immer Bonbons in der Tasche. Aber das waren keine Bonbons, die in Papier eingewickelt waren. Immer klebten Fusseln aus seiner Hosentasche an den Bonbons Und die mochte ich nicht, obwohl ich zu Hause keine Bonbons kriegte.
Mein Vater Hans Roßberg war in meiner Kinderzeit Leuchtturmwärter in Hörnum. Er kriegte zwar einmal die Woche die Fahrkarte für die Kleinbahn von Westerland nach Hörnum bezahlt, aber das Geld sparte er und fuhr mit dem Fahrrad am Strand nach Hörnum. Er hatte einen großen Rucksack dabei, mit Proviant für die ganze Woche. Fahren konnte er nur bei Ebbe. War er zu spät dran, blieb er mit dem Vorderrad im Treibsand stecken und ging samt dem Rucksack kopfüber. Einmal haben wir ihn mit Mutter im Leuchtturm besucht. Auf halber Höhe war ein rundes Zimmer. Das war die Schule. Da wurden die Hörnumer Kinder unterrichtet.
1928 kriegte mein Vater beim Elektrizitätswerk in Westerland eine Stellung als Maschinist. Der Strom wurde mit großen Schiffsdieseln erzeugt. Zu Beginn der 30er Jahre wurde das Geld immer knapper. Manchmal kam mein Vater am Freitag nach Haus und hatte keinen Lohn gekriegt, weil die Westerländer ihre Stromrechnung nicht bezahlen konnten. Wir mussten dann wieder beim Kaufmann gegenüber anschreiben lassen. Ich erinnere noch wie meine Mutter einmal sehr böse war, weil der Kaufmann bei den Stadtwerken angerufen hatte und wissen wollte, ob mein Vater tatsächlich keinen Lohn bekommen hatte. 1934 kam ich auf die Mittelschule. Das Schulgeld übernahm die Stadt. Sonst hätten das meine Eltern gar nicht bezahlen können. Aber wenn wir in der Schule gebastelt haben, mussten wir das Material selbst bezahlen. Und wenn ich denn mal nach Hause kam und meiner Mutter sagte, morgen muss ich eine Mark

mithaben, sagte meine Mutter: „Eine Mark, wie stellt Du Dir das vor? Davon kann ich euch eine ganze Woche ernähren." Und wie ich einmal ohne das Material in die Schule kam, sagte mein Lehrer Jessel zu mir: „Wenn die Eltern sich das nicht leisten können, ihre Kinder zur Mittelschule zu schicken, sollen sie das doch besser bleiben lassen." Das habe ich in meinem Leben nie vergessen.

Bei uns zu Hause wurde nicht von Politik gesprochen. Mein Vater war der einzige Verdiener und wir waren drei Kinder, die ernährt und auf den Weg gebracht werden mussten. Wenn mein Vater seine Arbeit verloren hätte, dann hätte ihm meine Mutter die Hölle heiß gemacht. Mein Vater wurde als städtischer Angestellter immer mehr bedrängt in die Partei einzutreten. Aber das wollte er nicht. Er ist dann lieber in den Stahlhelm[8] eingetreten. Erst als auch das nicht mehr genügte, ist er zur SA gegangen, damit Ruhe war. Wir Kinder hatten jeden Sonnabend schulfrei und mussten dafür Dienst in der Hitlerjugend machen. Wir mussten durch die Stadt marschieren und all so einen Käse. Einmal kamen wir von der Kurpromenade hochmarschiert und unsere Führerinnen standen da oben und hatten gerade so einen interessanten Schnack, dass sie vergaßen, uns einen Befehl zu geben, wohin es gehen sollte, rechts rum oder links rum. Wir sind dann einfach geradeaus weitermarschiert die Friedrichstraße runter und als wir außer Sichtweise waren, sind wir schnell nach Hause gelaufen. Wir wurden dann damit bestraft, dass wir am nächsten Sonnabend in den Unterricht mussten. Die Schule lief ja weiter für die paar wenigen Kinder, die nicht in der HJ waren.

[8] Bund der Frontsoldaten

Conrad Hansen: Es brauchte keine Einladung, sich zu besuchen.

In meiner Kinderzeit war Kampen kaum begrünt, so dass wir von jeder Stelle im Dorf auf beide Meere sehen konnten. Die Straßen und Wege waren aus Sand, und die Schlaglöcher waren im Herbst und im Frühjahr so groß und so tief wie die Wohnzimmer. Wenn es geregnet hatte, konnten wir Kinder unsere Schiffe drauf segeln lassen. Niemand hatte Zeit, das Dorf für die wenigen Fremden und Kurgäste herzurichten. Fast jedes Haus hatte seinen Kompost- oder Misthaufen und überall standen alte Gerätschaften rum. Wenn da mal ein Wagen oder ein Fuhrwerk zusammengebrochen war, dann wurde der auch nicht gleich weggeschafft. Das fiel dann vielleicht dem Besitzer erst ein paar Jahre später anlässlich einer Hochzeit ein, dass die mal weg könnten. Unsere Küche hatte eine Klöntür nach draußen, da kamen die Männer aus der Nachbarschaft nach Feierabend rein und haben sich an unseren kleinen Küchentisch gesetzt und Geschichten und Döntjes erzählt. Man hat sich gerne gegenseitig auf die Schippe genommen, und es war eigentlich immer einer am Tisch, der den Spott der anderen über sich ergehen lassen musste. Das war harmlos, aber schon manchmal ein bisschen an der Grenze. Meine Mutter stand am Herd und tat so, als ob sie nicht zuhört. Das war ein alter Eisenherd mit einem Ofenrohr nach draußen, auf dem hat meine Mutter immer mit Stubben aus dem Garten gekocht. Das Ofenrohr heizte mächtig ein, die Männer tranken Teepunsch, kriegten hochrote Köpfe und die Geschich-

Conny Hansen

ten wurden immer lebhafter. Mich hat keiner bemerkt. Ich saß auf meinem kleinen Hocker in der Ecke unterm Wandschrank und habe zugehört.
Ich erinnere mich an die Geschichte von der Bäuerin Christine aus Archsum, die hochschwanger war und nun ein Baby bekommen sollte. Ihr Mann hieß Peter. Das Haus lag so in Ost-West Richtung längs der Straße und jeder, der vorbei kam, konnte so durchs Fenster in die Stube sehen. Eines Morgens kommt der Nachbar vorbei und sieht Peter mit seiner Pfeife am Ofen sitzen. Christine steht schon wieder auf dem Acker vor dem Haus und pflügt. Da begrüßt der Nachbar sie und sagt: „Ja, herzlichen Glückwunsch zur Geburt, Christine. Ist ja toll, dass das so schnell und glatt über die Bühne gegangen ist. Du pflügst schon wieder, und der Peter sitzt gemütlich am Fenster und schmökt seine Pfeife." Da sagt Christine: „ Ja, der hat die ganze Nacht gelegen. Da mag er nun ein bisschen sitzen." Mit solchen Döntjes konnten die Alten über sich selbst lachen.
In meiner Erinnerung war unsere kleine Küche immer voll Tabakdunst. Die Decke war niedrig, wie in allen alten Friesenhäusern, und die Alten schmökten an ihren langen Pfeifen mit den schönen Porzellanköpfen und Silberdeckeln. Manch einer mag auch seinen kurzen Knaster oder eine Zigarre mitgebracht haben. Es brauchte keine Einladung, es gab keine Verabredung sich zu besuchen. Da kam Reimert Hansen oder ein anderer Nachbar vorbei und stand mit meinem Vater am Wall zu schnacken. Und wenn sie dann erstmal zu dritt waren, rief mein Vater durch die Klöntür: „Nu stell man den Kessel auf." Dann wusste meine Mutter, die kommen gleich rein und wollen Teepunsch trinken. Und das wurde dann von ihr ohne großes Palaver erledigt. Und wenn sie dann erstmal zu dritt in der Küche saßen, kam immer noch ein Vierter oder Fünfter dazu. Wie das kam, weiß ich auch nicht. Vielleicht hatte Jens Jepsen mitgekriegt, dass Jürgen Kamp nicht zu Hause war, oder umgekehrt, und hatte sich ausgerechnet, na, dann sitzt er wohl bei Hansen und die schnacken. Irgend so ein System gab es wohl. Wenn der Samuel Böteführ mit seinem Milchwagen kam und er merkte, dass die Küchentür offen war, vielleicht hörte er auch die Stimmen und das Lachen, dann band er das Pferd am Zaunpfahl

fest und kam rein. Dann stand der Milchwagen mit den Kannen draußen in der Sonne, das Pferd fraß den Wall kahl und Samuel trank bei uns Teepunsch. Und wenn er Teepunsch trank, trank er Teepunsch, und sein Milchwagen stand quer auf dem Weg, sonst wäre das Pferd ja nicht an den Wall rangekommen. „Geh mal über den Wall und hol Milch!", rief meine Mutter. Dann kriegte ich so einen ollen Blecheimer und bin rüber zu Bauer Jepsen in den Stall. Von unserem Wall führte ein Brett rüber zu Bauer Jepsens Misthaufen, so dass ich mit der vollen Kanne leicht rüberkam. Schon als kleine Jungen hatten wir ein ganz natürliches Verhältnis zu Tieren. Wenn eine Sau geferkelt oder eine Kuh gekalbt hat, standen wir als Kinder daneben. Auch beim Schlachten, wenn das auch manchmal ein blutiges Geschäft war, dann stand der Schlachter daneben und hat mir, dem kleinen Jungen, das so erklärt, so wie man das heute einem Erwachsenen erklären würde. Auch über den Tod wurde mit uns Kindern ganz normal geredet. Wenn bei uns in der Familie jemand gestorben war, wurde der Tote in einem offenen Sarg im oder gelegentlich auch vor dem Haus aufgebahrt. Oftmals wurde noch eine kurze Andacht gehalten, damit die Nachbarn noch Gelegenheit hatten, von dem Toten Abschied zu nehmen. Und dann war es Sitte, dass jeder dem Toten eine Rose in die Hand gesteckt hat. Dann wurde der Sarg zugemacht und kam auf ein Pferdefuhrwerk. Und dann haben ihn die Nachbarn bis zum Ortsausgang begleitet. Das war bei meinen Großeltern so, bei meinen Großtanten und Onkeln. 1943 kam unsere Nachbarin zu meiner Mutter rübergelaufen und erzählte dass ein Kampener gefallen sei. Ich habe das überhaupt nicht verstanden und meine Mutter gefragt, worüber der gefallen sei. Das war das erste Mal, dass ich mich mit dem Tod und dem Krieg auseinandersetzen musste.

Kapitel VI

Schwere Zeiten
(1939 – 1945)

Horst Hellner: Der Sommer 1939 war eine herrliche Zeit

Der Sommer 1939 war eine herrliche Zeit. Mal übernachteten wir im Heu des Lister Bauern Diedrichsen, mal in einer Baracke am Hörnumer Leuchtturm oder wir schlugen unsere Zelte in den Dünen oder am Morsumer Kliff auf. Immer waren wir froh, der elterlichen und schulischen Gewalt entronnen zu sein. Auf der Insel vollzog sich eine gewaltige Verwandlung. Mit der Einrichtung zahlreicher Arbeitsdienstläger wurde auch die Präsenz des Militärs sichtbar erweitert. Vorwiegend die Luftwaffe errichtete Stützpunkte und Hermann Göring war häufiger Gast auf der Insel. Ein Photo zeigt den damaligen Reichsjägermeister Hermann Göring in Begleitung meines Vater und meines Onkels nach erfolgreicher Seehundsjagd. Wir von der Hitlerjugend pflegten den guten Kontakt zu den hier stationierten Einheiten. Im Frühjahr 1939 kam ein Infanteriebataillon zur Übung auf die Insel. Hinter Rantum wurde ein großes Biwak aufgeschlagen. Die Jugend wurde eingeladen, am Lagerleben teilzunehmen. Die Schulen gaben schulfrei. Wir fuhren hin, genossen das Leben unter den Soldaten und hauten fix rein, als es aus der Gulaschkanone eine saftige Erbsensuppe gab.

Mein Verhältnis zur Schule und zu meinen Eltern war in mancher Hinsicht zerrüttet. Ich bekam Strafarbeiten, Schläge und schließlich auch noch unverdient schlechte Zensuren. Als ich nicht in die nächste Klasse versetzt wurde, trat mein Vater auf den Plan, und ich wurde in ein Internat der Unterrichtsanstalt Jessel in Hamburg angemeldet. Mit acht weiteren Syltern teilte ich hier das Los einer strengen Hausordnung. Unser Verein war bald schulbekannt. Aber das Schönste blieben die Ferien, die wir zu Hause verleben durften.

Wenn ich mit meinem Freund Ernst Teske in den Zug nach Westerland stieg, war das immer ein Jubelfest. Der Zug war voll von Soldaten, Fronturlaubern, und Zivilisten und unterlag strengen Sicherheitskontrollen. Die Insel war mit Kriegsbeginn zur Festung erklärt worden, und Gäste und Besucher bekamen keinen Zutritt mehr. Noch vor Erreichen des Kaiser-Wilhelm-Kanals wurden die Abteile von der Feldgendarmerie inspiziert. Alle Fenster mussten geschlossen werden, die Reisenden

mußten sich ausweisen. Die ganze Prozedur wiederholte sich noch einmal auf dem Hindenburgdamm.
Sommer wie Winter begann jeder Ferientag morgens um 6 Uhr mit einem gemeinsamem Morgenlauf. Dann unter die Dusche und meistens noch eine Tasse Tee mit Zwieback, je nachdem, was die Lebensmittelkarten hergaben. Die Tage verbrachten wir im Gelände, wo wir mittlerweile in allen Stellungen der Soldaten heimisch waren. Wir angelten, brachten Fische, Wildvogeleier und auch mal Feldblumen nach Hause. Bei Alarm mussten wir in die Laufgräben und konnten auf der ganzen Insel die Mündungsfeuer und krepierenden Granaten beobachten. Obwohl das Fotografieren auf der ganzen Insel verboten war, trug ich meistens in der Innentasche meiner Joppe eine Kamera, die durch ein erweitertes Knopfloch Aufnahmen schoss.
Während der Sommerferien 1942 nahm ich an einem Wehrertüchtigungslager III „Raubkammer" in der Lüneburger Heide teil. Fronterfahrene Ausbilder schulten uns für die kommende Zeit als Soldaten.
„Wenn Du das Angenehme verachtest und das weiche Bett und Dich von dem Weichlichen nicht weit genug betten kannst, da liegt der Ursprung Deiner Tugend: Gelobt sei, was hart macht!"
Der Dienst war richtig nach unserem Geschmack. Hier war keiner mehr ein Einzelgänger, nur die Kameradschaft zählte Nach der Verabschiedung hatten wir noch Gelegenheit uns als Kriegsfreiwillige eintragen zu lassen. Ich verpflichtete mich für eine Eliteeinheit, das „Panzerregiment Großdeutschland". Den Rest der Sommerferien verbrachte ich auf Sylt. Als ich meinen Entschluss den Eltern mitteilte, setzte sich meine Mutter in den Sessel und heulte, während Vater in seine Stammkneipe „Klein Kalli" ging und eine Lokalrunde schmiss.
Waren die Ferien zu Ende, hatten wir immer schweren Herzens die Insel verlassen, um weiter die Schulbank zu drücken. Aber diesmal war es anders. Wir waren die zukünftigen Soldaten des Panzerregiments „Großdeutschland". Aber erst mal stand die Reifeprüfung vor der Tür. Kaum in

Hamburg erhielt ich die Aufforderung, mich in Uniform in der Turnhalle am Schlump einzufinden. Ich wusste nicht, was mich erwartet. An den Wänden standen ein paar Hitlerjungen und BDM-Mädels, in der Halle Männer in braunen Uniformen. Ich erkannte unseren Bannführer. Ein paar kurze Befehle, ein Fanfarenstoß, der Bannführer baute sich vor unserer kleinen Gruppe auf. Wir bekamen das Parteiabzeichen angeheftet. Nun war ich ungefragt in die NSDAP aufgenommen. Der Fanfarenzug spielt noch ein Lied, dann durften wir wegtreten. Das Abitur war dann eigentlich Nebensache, der Ausgang entsprechend. Wir wollten schnellstmöglich Soldaten werden und im Kampf um das Vaterland unseren Mann stehen. Wir hielten sie nicht mehr aus, die trüben Blicke der abgestumpften Fahrgäste, wenn die S-Bahn durch die zerbombte Hansestadt fuhr, das ständige Auf und Ab der Luftschutzsirenen, unsere Hilflosigkeit, wenn das Jaulen der Bomben die nächste Detonation ankündigte. Wir hatten die Nase voll und wollten einfach nur raus.

Joachim Goy: Reparatur von Näh-, Schreib- und Sprechmaschinen

Mein Vater hatte einen mittelständischen Handwerksbetrieb in der Damenbadstraße[9]. Das war eine mechanische Werkstatt mit Autoreparatur. An der Einfahrt stand ein großes Schild: „Reparatur von Näh-, Schreib- und Sprechmaschinen". Sprechmaschinen nannte man diese Grammophone mit den großen Trichtern. An unserem Haus prangte auch ein Schild: „Zimmer mit fließend kalt und warmem Wasser". Wir hatten sogar Zentralheizung. War im Sommer das Haus voller Kurgäste, kamen die Westerländer Kaufleute zu uns nach Hause und boten ihre Waren an. Die hat meine Mutter dann aus dem Küchenschrank raus bezahlt. Jeden Donnerstag kam der Schlachter Quaas mit einer Holzkippe. Da lag sein frisches Fleisch drin. Der kannte wohl schon Mutters Speiseplan und wusste, was sie so kaufen würde. Eines Tages kam Schlachter Quaas nicht mehr. Da hatten sie ihn abgeholt und ins KZ gebracht. In der Friedrichstraße gab es einen Andenkenladen. Der gehörte der Familie Patrone. Das waren Italiener. Als sie den Vater Aldo bei Kriegsausbruch interniert und im Rathauskeller eingesperrt haben, haben wir Schulkinder durch das Gitterfenster gerufen: „Aldo Patrone – Platzpatrone! Platzpatrone!" Das waren so unsere naiven Kinderstreiche. Wir kamen auf dem Heimweg ja immer am Rathaus vorbei. Hermann Göring flog mit seiner JU 52 über die Insel, Claire Waldoff stieg bei uns ab und trällerte respektlos:

„Links Lametta, rechts Lametta und der Bauch wird immer fetter!" Oft

Joachim mit Schwester Waltraut 1934

[9] heute Käpt`n-Christiansen-Straße

hat sie mich mit an den Strand genommen, wenn meine Mutter mittags etwas Ruhe brauchte.

Es ist sicher für einen kleinen selbständigen Handwerksmeister schwierig gewesen, seinen Betrieb durch diese ganzen Klippen durchzumanövrieren. Aber ich glaube, man war auf das technische Wissen und Können meines Vaters angewiesen und hat dem Mann deshalb auch nie etwas getan. Wenn Eintopf-Tag von der Partei angeordnet war, saß die Familie in der Küche und aß Kartoffelsuppe, aber mein Vater, der schwer arbeitete und gut zu essen brauchte, saß im Wohnzimmer und aß seinen Schweinebauch mit Steckrüben. Kam der Blockwart rein, um zu kontrollieren, kriegte er einen Stuhl an den Küchentisch gerückt und einen Schlag Kartoffelsuppe zu essen. So war allen gedient. Wir hatten unter unserer Kundschaft viele Ärzte. Fast alle Ärzte hatten ja bis Anfang des Krieges noch Autos. Unser Hausarzt, der SA-Sturmbannführer Dr. Hans Grote, war gleichzeitig auch Kunde von unserer Autowerkstatt. Einmal sagte er zu meinem Vater: „In deine Werkstatt gehört ein Radio. Deine Gesellen haben ein Recht, an den Erfolgen des Führers teilzuhaben.“ Mein Vater erwiderte darauf, dies sei eine Werkstatt, und die Gesellen seien da, um zu arbeiten und nicht, um Radio zu hören. Solange es um Autos und Technik ging, redeten die beiden normal. Aber wenn die Motorhaube zuging und über Politik geredet wurde, wurde es sehr laut. Ich kann mich noch daran erinnern, wie Dr. Grote mal in die Werkstatt kam und mit „Heil Hitler!“ grüßte, und mein Vater antwortete: „Heilen Sie ihn doch.“ Mein Vater hatte bis Kriegsbeginn in seiner Werkstatt immer so 3-5 Gesellen. Die wurden 39 eingezogen. Aber

Claire Waldoff (rechts) als Gast bei Familie Goy

immer, wenn sie Urlaub hatten, kamen die zu uns auf Besuch, mal der Frau Meisterin „Guten Tag“ sagen. Und mein Vater fragte dann immer diese Jungs, was so los war. Er stammte ja aus Posen und hatte Verbindungen nach Breslau und Kolberg, nach ganz Oberschlesien. Und die erzählten dann vom Polenfeldzug. Und mein Vater fragte nach: „Wie läuft es denn da?“ Er war ja dort geboren, und er wollte wissen, was mit seinen Anverwandten so passierte. Und dann erzählten die auch, dass es viele Hinrichtungen gegeben hatte und dass die Juden aus ihren Häusern verjagt wurden. Nach solchen Besuchen mussten die Jungs ja wieder ins Feld hinaus. Dabei wären sie lieber bei ihrem Meister geblieben. Und dann fragten sie ihn auch, wie sie sich verhalten sollten Und mein Vater hat ihnen immer gesagt: „Denkt daran, wo ihr herkommt. Denkt an eure Familie und für was ihr von euren Eltern erzogen worden seid. Hütet euch vor diesen Sonderkommandos. Drängelt euch nicht danach. Und denkt dran, dass es auch mal den anderen Weg rum kommen kann. Dann seid ihr diejenigen, denen das ergeht, was ihr jetzt da unten mit den Menschen macht“. Zu solchen Gesprächen hat mein Vater die Jungs immer in das Wohnzimmer geholt. Da wurde sich hingesetzt, und mein Vater hat eine gute Flasche vorgeholt. Und dann habe ich mich immer so als kleiner Purks in die Ecke verkrümelt und zugehört. Dass es also Hinrichtungen gab und Konzentrationslager, das wurde von den Soldaten mit nach Hause gebracht.

Als ich zehn Jahre alt war, wurde ich in das Jungvolk aufgenommen und kam zu den Pimpfen. Mein Vater hat mich gewähren lassen. Ich bekam eine Uniform. Zum Dienst durfte ich sie anziehen, nur zu Hause sollte ich sie in den Schrank hängen. Ich wäre auch gerne zum Konfirmandenunterricht in Uniform gegangen, aber das durfte ich nicht. „Das verträgt sich nicht“, meinte mein Vater. Wir Pimpfe machten Geländespiele, stromerten auf der ganzen Insel rum und schlossen uns viel den Soldaten an. Immer gab es eine Mitfahrgelegenheit auf den Wehrmachtswagen. Und so waren wir immer am Gucken, wo was los war, wo Befestigungsanlagen gebaut wurden. Im Lister Königshafen war ein großer Wasserflughafen.

Die Flugzeuge wurden mit einem großen Kran aus dem Wasser gehoben und in eine Flugzeughalle geschoben. Da drin wurden die Maschinen gewartet und in Stand gesetzt. Immer bin ich um diese Hallen rumgestrichen. Alles was sich in den Flugzeughallen bewegte, ob das nun die Sägen, Stanzen, Schweißgeräte, Drehbänke oder Bohrmaschinen waren, das hatte mit Technik zu tun. Ich bin in einer Werkstatt groß geworden, und alles, was mit Technik zu tun hatte, hat mich fasziniert. Als Mitglied des Jungvolks kam ich nun in diese Hallen rein. Da waren auch Rettungsflugzeuge zur Bergung von Verwundeten. Die flogen bis nach Griechenland runter. Einmal brachte eine Fliegerbesatzung eine Schildkröte mit. Die wurde unter einen LKW-Reifen gelegt, und dann wurde getestet, wie viel der Panzer aushielt.

Als immer öfter Trümmer von abgeschossenen Flugzeugen an den Strand gespült wurden, kam eines Tages mein Freund Fritzi zu uns nach Haus angerannt: „Bei der Seenotstation schwimmt ein Fass mit amerikanischer Armeeverpflegung in der Flut. Komm schnell. Wir holen uns das raus!“ Wir dahin, uns die Klamotten vom Leib gerissen, und dann haben wir ein großes Metallfass aus dem Wasser geholt. Fritzis Vater war bei der Inselwache und saß gerade im Ausguck von der Seenotrettungsstation. Wir mussten aufpassen, dass der uns nicht sieht. Hinter seinem Rücken haben wir das Fass über die Dünen zum Rettungsschuppen gerollt. Da lag der Rettungskreuzer drin. Fritz hat aus Nachbars Garage einen großen Hammer geholt, und dann haben wir wie wild auf das Fass losgedroschen. Das machte einen Heidenlärm und die anderen Kinder kamen und guckten zu. Wir hatten alle Hunger und wir glaubten doch, dass da Kekse und Schokolade drin seien. Plötzlich schrie einer von ganz weit hinten: „Aufhören! Sofort aufhören!“ Das war Langheinrich. Sein Freund war gerade mit irgendeinem Munitionsfund durch die Luft geflogen. Dann kamen plötzlich auch noch Männer aus der Kampfschwimmerschule angerannt. Die hatten so ein Koppelschloss am Gürtel. Damit haben wir ordentlich Schläge gekriegt. Dann haben sie das Fass aufgemacht. Da waren scharfe Granaten drin. Damit hätten wir ganz leicht durch die Luft fliegen können. Dann war es auch bald mit der Rumstromerei vorbei. Der Dienst in der HJ wurde immer militärischer. Wir haben am Strand MG-Schießen geübt und mit der Panzerfaust geschossen. Ich fühlte mich sehr erwachsen, wie ein richtiger Soldat und kam ganz stolz nach Hause. Und da hat mein Vater, der wohl voraussah, was noch kommen könnte, mich scharf angesehen und gesagt: „Wenn Du jemals so ein Ding benutzt, kriegst Du von mir persönlich was hinter die Ohren!" Da habe ich ihn zum ersten Mal richtig wütend gesehen.

Klaus Steindorff: Die Kampener Osterheide war meine Welt

Meine Eltern hatten 1932 unterhalb des Hünengrabes „Stapelhoog", wo sich heute die Kupferkanne befindet, ein Haus gebaut. Zunächst gab es Licht nur aus den Petroleumlampen, aber da mein Vater Ingenieur war, hatten wir sehr bald eine elektrisch betriebene Wasserpumpe. und eine Lichtmaschine, die mit einem Benzinmotor betrieben wurde. Mein Vater pflanzte ein paar Tannen, und so wurde das Haus bald „Tannenhof" genannt. Die Osterheide war damals eine weite unbebaute Heidefläche. Ich war der Erstgeborene, die drei Geschwister kamen erst Jahre später, und so wuchs ich erstmal alleine am Watt auf. Das Dorf war weit weg, das Watt mit seiner Heide und den Wiesen war meine Welt. Ich wusste jeden Heidebeerenstrauch, ich wusste, wo es Muscheln zu sammeln gab und an welchen Stellen man leicht versinken konnte. Das war eine sorglose Zeit, und die endete jäh, als ich Ostern 1938 in die Norddörfer Schule kam. Der Schulweg war lang. Ich musste entweder querfeldein über den Leuchtturm gehen, oder ich musste den Umweg über das Dorf machen und dann die Landstraße entlang laufen. Schon wenn ich von unserem Haus die Heide hochkam, musste ich mich gegen den Süd-West-Wind stemmen. Oft hatte der Schnee oben eine Eisdecke, durch die ich bei jedem Schritt einbrach und mir schmerzhafte Schürfwunden an den Knien zuzog. 1939 und 1940 waren sehr schwere Winter und es gab bis zu fünf Meter hohen Schneeverwehungen. Ich kann mich noch daran erinnern, wie ich einmal nach einem solchem Schneesturm auf der Chaussee nach Hause lief, und hoch über mir auf der Schneewehe standen Soldaten mit Schneeschaufeln. Wir waren nur drei Kinder aus Kampen, die in die Norddörfer Schule gingen. Zwei Jungen und ein Mädchen. Mit dem Mädchen fühlte ich mich etwas mehr verbunden und wir machten den Schulweg häufig gemeinsam.

Ich hatte zwei Lehrer, der eine war Junglehrer, Herr Petersen, der spielte Geige. Und dann ging er mit der Geige zwischen den Bankreihen lang und hörte uns ab, ob wir auch mitsangen. Der andere war unser Rektor Meinhard Nielsen. Der hatte den Spitznamen Manje Punsch, weil er dafür bekannt war, dass er gerne einen zur Brust nahm. Er hatte eine Dienstwohnung in der Norddörfer Schule. Oft saß er im „Weißen Kliff" in Braderup, von wo er dann irgendwie zu seiner Wohnung im Schulhaus kommen musste. Manje Punsch war ein strammer Nationalsozialist und er war bei Kriegsende stellvertretender Ortsgruppenleiter. Er war auch noch Angehöriger des Hilfsdienstes der Küstenwache und ging nachts mit einem Karabiner geschultert am Strand Doppelstreife. So hatten wir auch noch oft einen übermüdeten Lehrer, nicht nur vom Punsch, sondern auch noch vom Dienst. Er war also ein Kerl, der sich eingesetzt hat, wenn auch, wie wir heute wissen, für die falsche Sache. 1942 war ich in dem Alter für das es obligatorisch war, in das Jungvolk der HJ einzutreten. Jeden Mittwoch- und Sonnabendnachmittag hatten wir Dienst. Das war schon deshalb interessant, weil man an diesen Tagen immer was vorhatte. Wir bekamen Uniformen, die bestanden aus einem braunen Hemd, einem schwarzen Tuch mit einem Lederknoten und einer kurzen schwarzen Hose mit einem Koppel. Wenn man noch einen Dolch hatte, war das eine tolle Sache. Unseren Jungschaftsführer zierte eine kleine rot-weiße Schnur auf der Brusttasche, und auf dem Ärmel hatte er seinen Dienstgrad, der ja vom Hordenführer zum Oberhordenführer und dann bis zum Jungschaftsführer ging. Gewürzt wurde die ganze Geschichte noch dadurch, dass wir zu Jugendlagern aufs Festland geschickt wurden. Lagerleben und Geländespiele, das war eine besondere Sache. Einmal wurde ich ausgeschlossen. Ich war mit ein paar Kameraden zur Lagerwache eingeteilt. Wir waren mit Speeren bewaffnet. Kam nun ein Jungenschaftsführer vorbei, hatten wir mit unseren Speeren am ausgestreckten rechten Arm zu salutieren. Das sah sehr kühn und kriegerisch aus. Wenn uns keiner sah, haben mit unseren Speeren nach allem gezielt, was sich im Busch bewegte. Einmal auch nach Hühnern, die da rumliefen. Ob wir eins getroffen haben, weiß ich nicht. Jedenfalls sind wir erwischt worden.

Nun durften wir ein paar Tage das Halstuch nicht tragen und waren vom Wachdienst ausgeschlossen.
Der Krieg war für uns Jugendliche nur spannend. Nach und nach kamen 10 000 Soldaten und es wurde auf der Insel endlich lebendig. Sylt war ein Bereitstellungsraum. Hier wurde ausgebildet, nach hierher wurden neue Rekruten eingezogen, und die sprachen Dialekte, die wir noch nie gehört hatten. Auch Frauen kamen, Nachrichtenhelferinnen, „Blitzmädel", wie sie genannt wurden, und brachten noch einen zusätzlichen Farbtupfer auf die Insel. Überall schossen die Baracken wie Pilze aus der Heide. Die noch leerstehenden Bunker am Watt waren für uns Jugendliche ein Eldorado, wo wir uns mit der Braderuper Jugend trafen, Krieg spielten und mit den Mädchen die ersten Zigaretten rauchten. Dürken Dethlefs hat die Zigaretten gegessen. Das Papier löste sich zwischen ihren Lippen auf, und immer hatte sie den ganzen Mund voll Tabak. Auch das musste gelernt sein.

In die Unterstände am Stapelhoog oberhalb unseres Hauses zog später eine Marineartellerieabteilung ein. In ihrer freien Zeit bauten sich die Soldaten Boote und nahmen uns mit aufs Watt zum Schollen- und Aaleangeln. Wir waren ja watterfahren und konnten ihnen so gut Stellen zeigen. Natürlich war der Umgang mit Frauen und Mädchen kein Tabu, wenn sich die Soldaten in unserer Gegenwart unterhielten. Und so haben wir natürlich auch vieles von ihnen gelernt, was wir noch nicht lernen sollten, seien es Schimpfworte oder anderes. Die Stellung am Stapelhoog hatte den stärksten Scheinwerfer in der ganzen Deutschen Bucht. Wenn die Bedienung ihn auf den Boden richtete, konnten sie damit eine 200 Meter lange Schneise in den Schnee schmelzen. Das war schon was. Sie hatten auch ein großes Horchgerät, Horchmuscheln, mit denen sie die anfliegenden Verbände orten konnten. Unter der Erde, dort wo sich heute die Kupferkanne befindet, stand ein großes Dieselaggregat als Stromlieferant. Das brauchte eine Zeit zum Warmlaufen. Sprang das Dieselaggregat an, hörten wir das zu Hause, und dann wussten wir, dass fünf oder zehn Minuten später Fliegeralarm kommen würden. Alles war noch Abenteuer.

Hildegard Wolter: Auf, auf ihr müden Scheiche!

Als nun alle deutschen Männer im Krieg waren, musste mein staatenloser Stiefvater zusammen mit russischen Gefangenen und Badoglio-Italienern[10] im Gaswerk arbeiten. Das Gaswerk galt als ein kriegswichtiger Betrieb und die Arbeit sollte aufrechterhalten werden. Eine schwere und hochgiftige Arbeit. Die Männer mussten irgendetwas reinigen und atmeten giftiges Gas ein. Nachts, wenn der alte Pospisil schlief, strömte das Gas aus seinem Körper. Die Tür zu seinem Schlafzimmer blieb offen, und der Geruch des Gases erfüllte die ganze Wohnung. Meine Mutter kochte jeden Sonntag einen großen Topf mit Kartoffeln und Soße für die Arbeiter im Gaswerk. Kartoffeln und Zwiebeln hatten wir noch in unserem Garten. Meine Mutter hatte so einen schweren rot gelb geflammten Topf, darin wurde alles zusammengekocht. Wenn wir schwarzgeschlachtet hatten, schwamm sogar ein Stück Hammelfleisch darin. Dann wurde der Topf in eine Decke eingewickelt, kam auf das Fahrrad, und dann schob der alte Pospisil damit zum Gaswerk. Das ging sehr lange so. Monate, vielleicht über ein Jahr. Dann hatten auch wir nichts mehr zu essen.

In der Schule haben wir nichts mehr gelernt. Die meisten Lehrer waren eingezogen. Oft gab es keine Kohlen. Dann war der Unterricht im Heizungskeller. Die Rohre waren undicht und uns wurde schlecht. Die Jungs aus unserer Klasse wurden als Marinehelfer verpflichtet. Nachts bekamen sie keinen Schlaf und mussten morgens in die Schule. Jeden Mittwoch mussten die Jungs im Unterricht Gasmasken tragen. Die bekamen damit schwer Luft. Aber wenn sie an dem Filter drehten, dann wurde der Lehrer wütend und drohte mit Ohrfeigen.

Jeden Mittwoch und Sonnabend hatten wir Mädchen Dienst bei der Mittelschule. Da habe ich zum ersten Mal diesen bildschönen, jungen,

[10] Am 8. Sept. 1943 hatte Marschall Badoglio den Krieg an der Seite Deutschlands und Japans beendet. Mehr als 600 000 der von den deutschen Besatzern gefangen genommenen 790 000 Soldaten der Badoglio-Armee weigerten sich, für Hitler und Mussolini zu kämpfen und wurden als Zwangsarbeiter nach Deutschland deportiert.

schlanken SS-Offizier gesehen. Er stand auf dem Schulhof, einen Arm trug er in der Schlinge und hat die Pimpfe von der HJ geschunden. Das waren doch kleine, unterernährte Jungen, manche hatten doch schon ganz spitze Knochen, und der hat die geschliffen, als wären das Rekruten, kräftige, junge Männer gewesen. Immer wieder rauf und runter und robben. Ich hab ihn noch im Ohr, wie er geschrien hat: „Auf, auf ihr müden Scheiche!", wenn die Jungen sich mal auf der Mauer ausgeruht hatten. Da sagt meine Freundin Marianne zu mir: „Oh je, jetzt geht es wieder los! Warum muss der die so quälen?"

Ich habe diesen Mann noch einmal wiedergetroffen. Das war vor etwa acht Jahren bei der feierlichen Einweihung unseres neuen Rathaussaals. Ich komme von unten die Treppe hoch, da sehe ich ihn mit drei Damen im Foyer stehen. Ich habe ihn angestarrt, wie sich ein Mensch so verändern kann. Da fragt er mich: „Warum betrachten Sie mich so? Kennen wir uns?" Ich antworte: „Ich kenne Sie. Ich habe gesehen, wie Sie 1943 mit den Pimpfen auf dem Hof der Mittelschule exerziert haben." Schweigen. Dann sagt eine der Damen: „Was soll das denn? Das war doch ganz normal damals!" Ich füge noch hinzu: „Und Sie waren damals verteufelt schön." Wieder Schweigen. Dann sagte der Mann leise: „Ich kann heute nicht mehr stolz darauf sein, was ich damals getan habe." Aber dann änderte er seinen Ton, und er fährt mich an, wer ich sei und ob ich ihm als Kreispräsident irgendwelche Schwierigkeiten machen wolle. Ich hab ihm nur gesagt: „Ich bin Hildegard Wolter und ich spiele hier weiter keine Rolle."

Helmut Dethlefs: Der Krieg war Tag und Nacht um uns

Ich war der Jüngste von uns fünf Geschwistern. Meine Mutter hatte das Mutterschaftskreuz und sie fand den Hitler großartig. Meine älteste Schwester Annemarie war Bannführerin beim BDM. Sie war damals so um die 20, saß in einem Parteibüro, hatte eine Aufgabe und fühlte sich aufgewertet von der neuen Zeit. Der Glaube, was Neues zu schaffen, das hat die jüngeren Leute angesprochen. Die waren begeistert und hatten das Gefühl, jetzt geht es nach vorne. Ich war der Kleinste und noch zu jung dafür. Eigentlich war es eine unbeschwerte Zeit. Wenn wir Jungen mal Äpfel geklaut oder abends zum Spaß beim Nachbarn an die Fenster geklopft hatten, wurde nicht gleich die Polizei gerufen. Das wurde so zwischen den Familien geregelt. Tante Mille im Dorf, die hatte die besten Äpfel, die haben wir am liebsten geklaut. Die kam dann raus und fuchtelte mit ihrem Stock rum, schlug wütend auf den Boden und rief: „Das dürft ihr aber nicht!“ Aber das war dann auch schon alles. Es gab auch schon eine Kneipe im Dorf, das „Weiße Kliff“, aber die hatte unter der Woche zu. Nach der Arbeit traf man sich in den Häusern. Wenn die Alten dann einen genommen hatten, sind sie mit dem Fahrrad nach Hause getorkelt. Wir Kinder sind hinter ihnen her gelaufen. Alkoholismus gab es schon damals hier. Vielleicht wurde weniger getrunken als heute. Schnaps war teuer und Geld war immer knapp auf den Landstellen. Das waren alles Selbstversorger mit zwei oder drei Kühen im Stall. Für manche Familie musste aber auch die Milch von einer Kuh reichen. Die Nazis hatten immer betont, dass die Arbeit mit der Hand genauso viel wert ist, wie die Arbeit mit dem Kopf. Das hat die Bau-

Helmut u. Annemarie Dethlefs

ern angesprochen. Mein Vater war Ortsbauernführer. An der Südseite unseres Hofes hing ein großes Schild neben dem Eingang mit dem Reichsadler und dem Hakenkreuz. Trotz seiner Funktion war mein Vater kein begeisterter Nazi. 1935, kurz nach der Machtübernahme hatten ihm die Nazis 30 ha Land weggenommen, das die Luftwaffe zum Ausbau des Flugplatzes brauchte. Offiziell war das Land verkauft worden, aber mein Vater hatte keine Möglichkeit gehabt, sich gegen diesen Verkauf zu wehren. Nun stand unser Hof direkt auf dem Flughafengelände. Und wenn wir morgens zur Schule gingen, müssten wir an einem Wachposten vorbei. Der stand in einem kleinen Schilderhäuschen und hat unsere Passierscheine kontrolliert.

Einmal am Tag kam Samuel Böteführ mit seinem Wagen bei uns vorbei und holte die Milch ab. Die brachte er nach Tinnum zur Molkerei. Samuel Böteführ war Seemann, Bauer und Nonkonformist. Kam er rechtzeitig, durften wir Kinder auf seinem Kastenwagen ein Stück zur Schule mitfahren. Dann hat er uns immer seltsame Geschichten erzählt: Einmal hat er erzählt, Churchill sei sein Freund. Das hätte ihn Kopf und Kragen kosten können. Unser Lehrer Meinhard Nielsen hatte irgendwie davon erfahren. Da hat er sich den Samuel vorgeknöpft und hat ihm gedroht: „Wenn Du nicht mit diesen Geschichten aufhörst, bringe ich Dich ins KZ." Die beiden waren Freunde. Man wusste ja auch schon damals, was das bedeutete. Allgemein sagte man, ins KZ kommen die Leute, die am Aufbau des neuen Deutschland nicht mitarbeiten wollen. Da lernen die richtig arbeiten. Aber seit bekannt war, dass der Direktor der Sparkasse in Keitum, Ludwig Borstelmann, im KZ umgekommen war, ahnte man, was da wirklich los war. Auch wenn die Nazis sagten, dass der Borstelmann an einer Lungenentzündung gestorben sei, war diese ständige Bedrohung da. Die habe ich als Kind gespürt. Auch wenn sie für mich nicht fassbar war. Es stand ja kein böser Mann mit einem Knüppel vor der Tür. Aber ständig wurde uns mit irgendetwas gedroht. Und wenn es auch nur wegen der Verdunklung war, die jeden Abend kontrolliert wurde. Die gingen jeden Abend um die Häuser rum, das waren diese Machtleute, ob es nun der Blockwart oder

der Ortsgruppenleiter waren, die uns spüren ließen, dass sie was zu sagen hatten. Das mit den Juden, haben wir hier nur am Rande mitgekriegt. In Braderup gab es keinen Juden. Aber in Westerland gab es ja unschöne Szenen, wo Leute durch die Straßen getrieben worden sind. Ich habe das erst später aus Erzählungen erfahren. Meine Eltern haben das sicher gewusst. Aber ich glaube, die haben das damals verdrängt. Die haben gedacht, die können sich durchlavieren, gehofft, dass es sie nicht betrifft, nicht die eigene Familie und nicht die Nachbarn. So sind die Menschen nun mal.

Mein Vater hat immer gesagt: Solange der Hitler keinen Krieg macht, ist er gut. Aber dann begann der Krieg. Rund um unser Haus wurden Schützenstellungen und Schützengräben ausgehoben. Ständig liefen die Flugzeugmotoren und die Scheiben zitterten. Nachts leuchteten die Scheinwerferstellungen in unsere Fenster. Der Krieg war Tag und Nacht um uns. Endlich war was los. Auf dem Acker hinter dem Haus waren Flugzeuge abgestellt, damit sie bei Bombenangriffen auf den Flugplatz nicht getroffen werden konnten. Die Soldaten, die die Flugzeuge bewachen mussten, langweilten sich den ganzen Tag. Für uns Jungen waren das tolle Kerle. Sie schenkten uns Fliegerschokolade aus runden Blechdosen und wir durften in die Pilotenkanzeln klettern und an allen Knöpfen drehen. Alles war Abenteuer. Wir hatten ein Radio. Keinen Volksempfänger, sondern eins, wo man mehrere Radiostationen einstellen konnte. Das hat mich sehr fasziniert. Ich habe immer davor gesessen und an den Knöpfen gedreht bis dies „ da, da, da " von Radio London kam. Wenn ich Pech hatte, kam meine Mutter angeschossen. Das war ja ein Feindsender. Ich habe damals nicht verstanden, warum wir den nicht hören durften. Wir hatten doch keine Nachbarn, die uns anzeigen konnten.

Annemarie Fahnert: Ich habe immer alles positiv gesehen

Wir waren zunächst nur drei Kinder. Ich war die Älteste, Annemarie Dethlefs, dann kam Dethlef, der ein Jahr und Robert, der drei Jahre jünger war. Später kamen dann noch zwei Nachzügler dazu, Dürken, die 1930 und Helmut, der 1935 geboren wurde.

Die Dethlefs-Familie, Weihnachten 1936[11]

Wir fünf Kinder hatten mit uns genug, aber es kamen auch immer noch die anderen Kinder aus Braderup zu uns auf den Hof zum Spielen. Unsere Eltern waren jung, jedenfalls jünger als die Eltern der anderen Kinder, und ich erinnere, dass sie unglaublich tolerant waren. Wir durften alles, und alles hielt sich in dem Rahmen, der uns gesetzt wurde. Der Einzige, der mal ausbrach, war mein Bruder Robert, der hatte so viel Kraft und Energie, dass er gar nicht wusste wohin damit. Immer war was los. Mal segelte er mit dem Boot zu weit raus, mal koppelte er die Güterwaggons am Morsumer Bahnhof ab. Dafür flog er dann von der Schule. Mein Gott, war mir das peinlich. Mich hat das viel mehr aufgeregt als meine Eltern. Sie haben das ganz ruhig aufgenommen. Ich habe nie Streit zwischen unseren Eltern erlebt. Meine Mutter muckte vielleicht manchmal auf, aber dann hat mein Vater sie ausgelacht und damit war wieder alles in Ordnung. Jeden Abend nach dem Melken, kam mein Vater mit der Milch in die Küche. Da stand die Zentrifuge für den Rahm. Wir drei Kinder setzten uns auf unser Schaukelpferd, mein Vater drehte die Zentrifuge, Mutter bereitete das Abendbrot vor und dann wurde gesungen. Als ich zehn Jahre alt wurde, sorgte meine Mutter dafür,

[11] (von l. nach r.) Annemarie, Robert, Mutter Lilly mit Helmut, Dethlef, Vater Cornils, Dürken Dethlefs

dass ich Klavierspielen lernte. Unterricht kriegte ich bei meinem Lehrer Koopmann nach der Schule. Er war dann immer so müde, dass er trotz meines Klavierspiels einschlief, und ich musste dann immer ordentlich falsch spielen, damit er wieder aufwachte.

Im Nachbarhaus wohnten die Böteführs. Die Tochter Paula musste immer auf mich aufpassen. An meinem 1. Schultag ist Paula mit mir zur Schule gegangen. Das konnte meine Mutter ja nicht, weil ja noch die beiden kleineren Geschwister zu versorgen waren. Der Vater von Paula, Samuel Böteführ, lief den ganzen Sommer barfuß. Er hatte selbst drei oder vier Kühe und fuhr für die anderen Landstellen die Milch zur Molkerei nach Tinnum. Vor seinem Fuhrwerk hatte er eine weiß-braune Schecke und damit fuhr er von Braderup nach Kampen, holte da die Milch ab, fuhr weiter nach Wenningstedt und dann über Westerland und weiter nach Tinnum in die Meierei. Stand jemand an der Straße und wollte mit, hat Samuel ihn mitgenommen. Er war überall bekannt für seinen Schnack. Alle mochten ihn. Weil er nicht so viel Land hatte, hat er seine Kühe oft am Straßenrand angetütert. Dann warf er den Tüterstab mit hohem Bogen in die Erde, und wenn dann noch ein Ende heraus sah, konnte er den mit der blanken Fußsohle in den Boden stoßen. Das fanden wir Kinder unglaublich. Bei Böteführs wurde noch selbst gebuttert. Da mochte ich immer so gerne dabei sein. Denn wenn das Wasser noch nicht ausgeknetet und die Butter noch nicht ganz fest war, kriegten wir die aufs Brot. Hat das geschmeckt, mit ordentlich Zucker drauf.

Mille Petersen oder Tante Mille, wie wir Kinder sie riefen, hatte Schafe und Bienen. Ich glaube, sie hatte ein beschauliches Leben. Sie saß immer mit ihrer weißen Sylter Haube auf dem Kopf vor ihrem Haus. Ich bin so gerne zu ihr gegangen, weil sie mir immer so viel erzählt hat. Sie machte selber Met, und manchmal bekam ich von ihr eine Honigwabe geschenkt. Ihre Wohnung sah immer tip top aus, nur die Küche war etwas verrußt, weil sie noch mit Torf feuerte. Nie hatte sie ihr Feuer so richtig im Gange. Sie hatte immer drei oder vier Röcke übereinander an .Ich saß bei ihr und fror. Und dann sagte sie zu mir: „Komm rüber ich mach es dir schön warm.“ Sie hat mir von der wohlhabenden Familie Brodersen aus Westerland erzählt. Das waren die Großeltern meiner Mutter, eine Familie mit fünfzehn Kindern, die in sehr angenehmen Verhältnissen lebte. Da war sie als Schneiderin oder Näherin in Dienst gewesen. Sie hat mir erzählt, was für ein Geschirr und was für eine Bettwäsche die Großeltern hatten. Jedes Stück konnte sie beschreiben. Ich bin auch einmal als kleines Mädchen dort gewesen. Aber da hatte ich kaum gewagt, Luft zu holen, so fein ging das da zu.

1938 kam ich dann nach Niebüll auf das Gymnasium. Mein Bruder Dethlef wäre auch gerne weiter zur Schule gegangen, aber er konnte das nicht. Er war ein bisschen kränklich und hatte Asthma. Wir mussten ja im Frühjahr und Sommer jeden Tag mit dem Fahrrad nach Westerland und dann mit dem Zug nach Niebüll. Abends wieder zurück. Ich bin um halb fünf aufgestanden. In der Schule hätte ich schon wieder einschlafen können. Abends habe ich dann ausgerechnet wie viel Stunden ich noch zum Schlafen hatte. Einmal bin ich ein Wochenende in Niebüll geblieben. Da hatte ich mich mit einer Freundin verabredet. Wir wollten ein bisschen schnacken und spazieren gehen. Und da kommt uns eine Gruppe Soldaten entgegen, und die fragen uns, was wir hier so machen. Und wir erzählen so, dass wir noch zur Schule gehen. Und da wagt es einer von diesen Soldaten, mir einen Brief in die Schule zu schicken. Wir hatten ja unsere Schultaschen dabei, und da stand der Name drauf. Vielleicht hatte ich ihm den auch gesagt. Auf jeden Fall kam der Brief in die Schule und es gab einen Skandal, dass ich einen Brief von einem Soldaten gekriegt habe. Da war ich schon 16 oder 17 Jahre alt. Mein Ansehen bei den Lehrern war hin. Unsere Lehrerin hat mir vor der Klasse eine Standpauke gehalten. Dann musste ich zum Direktor. Der Brief war geöffnet worden. Meine Mutter musste nach Niebüll kommen und bei dem Direktor die Wogen glätten.

Im Winter war die tägliche Fahrerei wegen der Kälte und des Schnees nicht möglich. Die Tage waren zu kurz, also musste ich in Niebüll bleiben. Den ganzen Winter wartete ich nur auf das Frühjahr, dass ich wieder nach Hause konnte. Ich wohnte bei einer Lehrerwitwe in Niebüll. Ein weiteres Zimmer war an eine junge Frau vermietet, die war Bannmädelführerin für den Kreis Niebüll und die fragte mich, ob ich nicht Lust hätte, da mit hinzukommen. Ich habe immer leidenschaftlich gerne gesungen, das hat mich irgendwie befreit von den Kümmernissen des Lebens. Und beim BDM[12] wurde viel gesungen. Natürlich war das auch politisch. Aber das stand nicht im Vordergrund. Uns wurde viel geboten, Singen, Spielen und Basteln. Ich habe mir da auch nicht so viele Gedanken gemacht. Ich war immer ein Mensch, der immer alles positiv gesehen hat. Das habe ich von meiner Mutter geerbt und so bin ich da hingekommen. In Niebüll gab es das BDM-Werk, in dem die jungen Frauen nach ihrer BDM-Zeit noch verschiedene Kurse, Rote-Kreuz-Kurse, Nähkurse, Kochkurse, Hauswirtschaftskurse besuchen konnten, und ich wurde mit der Leitung dieser Kurse betraut. Ich hatte nach jungen Frauen zu suchen, die solche Kurse leiten konnten. Ich wurde Bannführerin und BDM-Beauftragte für den Kreis Nordfriesland. 1938 wurde ich als Führerin zur Kinderlandverschickung nach Österreich geschickt. Dazu wurde ich ein halbes Jahr von der Schule beurlaubt. Als ich zurückkam, hatte ich gar keinen Mut mehr, das versäumte Schuljahr aufzuholen und nachzuholen, und bin von der Schule abgegangen. Nun kam ich sieben Monate zum Arbeitsdienst. Als ich 1942 zurückkam, waren die beiden älteren Brüder, Dethlef und Robert, eingezogen. Auch Vater war eingezogen worden, obwohl er bei Kriegsausbruch schon 46 Jahr alt war. Das war ja eine Katastrophe für uns. Wir hatten ja für Sylter Verhältnisse eine ziemlich große Landwirtschaft. Meine Mutter war verzweifelt. Aber dann kam endlich die Nachricht, dass Vater wieder nach Hause durfte. Ich weiß noch den Tag. Es war ziemlich schönes Wetter. Wir standen alle vor der Tür, weil jemand gekommen war, der diese Nachricht überbringen sollte, und wir konnten noch gar nicht ermessen, was das in den kommenden Kriegsjahren für uns bedeuten sollte.

[12] Bund Deutscher Mädel

Conrad Hansen: Fremdarbeiter zogen an unserem Haus vorbei.

Bald zogen in langen Kolonnen die Fremdarbeiter der Organisation Todt[13] an unserem Haus in Kampen vorbei. Die wurden eskortiert von bewaffneten Soldaten und sollten am Watt Panzergräben schaufeln. Das waren Russen und Ukrainer. Schlurfende, gebeugte Gestalten. Menschen ohne Hoffnung, niedergedrückt. Manchmal blieben die Soldaten stehen, dann durfte einer ausscheren und ans Haus kommen. Ich habe den nicht verstanden, der sagte immer „Vieluhr" und meinte wohl, wie spät es ist. Heizmaterial wurde immer knapper. Wir wurden an den Strand geschickt zum Brennnholzsammeln. Aber nach einem Sturm haben wir uns da auch so rumgetrieben und haben geguckt, ob für uns was zu erben war. Natürlich gab es auch die ganz großen Glücksmomente, dass am Strand Notrationen für die amerikanischen Piloten angespült wurden. Die waren eingelötet in kleine Weißblechkisten. Da drinnen waren die „eisernen Rationen" mit Brausepulver und Schokolade, Kekse und sogar ein Kaugummi. Der Zoll ging am Strand Streife und wenn wir Jungs so einen Kasten gefunden hatten, ging es damit ganz schnell in die Dünen, da wurde der Kasten mit einem Fahrtenmesser aufgeschlitzt. Dann haben wir das Brausepulver gegessen, bis uns der Schaum aus den Ohren kam. So etwas kannten wir doch gar nicht.

[13]Paramilitärische Bautruppe im nationalsozialistischen Deutschland

Willi Witte: Die Strafgefangenen wurden wie Vieh behandelt

Ich wurde im Juni 1928 in der Paulstraße geboren. Meine erste Bekanntschaft mit den Nationalsozialisten machte ich als Kind von ca. 5 Jahren, als ich abrupt von meiner Mutter von der Straße geholt wurde. Denn es kam ein LKW mit laut grölenden und singenden Männern die Paulstraße in Richtung Neue Straße hochgefahren. Dieses waren SA Leute (Schlägertruppe), wie ich durch Erwachsenengepräche erfahren konnte. Diese Leute sollen auch in der Neuen Straße von jüdischen Bewohnern Betten usw. rausgeschmissen haben. Habe da aber nur eine schwache Erinnerung davon. Aber dieses Rollkommando habe ich wie heute noch in der Erinnerung. War wohl irgendwie der Schreck oder die Angst als Kind.

Willi Witte, Februar 1936

Als ich ca. 9 Jahre alt war, kam ich in die DJ (Deutsche Jungvolk). Zuerst war dieses mehr freiwillig und brachte sogar Spaß. Etwas später, ca. 1938-39 kam dann immer mehr Zwang hinein. Laufend Sport und immer im militärischen Stil. Auch die Schleiferei gefiel mir nicht. Aber andererseits waren wir in diese Entwicklung reingewachsen und fanden uns damit ab.
So kam dann, wie wohl für viele voraussehbar, der 1. September 1939 mit dem Kriegsanfang. Wir waren, kann ich mich erinnern, zu der Zeit gerade am Strand. Ich dachte, hoffentlich kommen wir noch heil nach Hause bevor geschossen wird. Unser Vater wurde gleich am Anfang des Krieges eingezogen. Es hat sehr viel Tränen beim Abschied gegeben. Wenn mein Vater auf Urlaub war, sagte er immer zu mir: „Wenn Du Dich freiwillig

zum Militär meldest, fliegst Du Zuhause raus!“ Solche Bemerkungen haben damals schon gereicht, um ins KZ zu kommen.
Auf der Insel waren enorm viele Soldaten und auch Fremdarbeitet für Bunkerbau und andere Befestigungsarbeiten verpflichtet worden. Unmittelbar neben dem Bahnhof auf einer großen Fläche waren die Eisenbieger für den Bunkerbau stationiert. Hier arbeiteten hauptsächlich Italiener, Gefangene der Badoglio-Armee. Diese Strafgefangenen wurden im wahrsten Sinne des Wortes wie Vieh behandelt! Ich habe selbst gesehen, wie man diese Leute mit geflochtenem Draht verprügelte.
Im Osten von Westerland, Ende Stadumstraße, war das sogenannte Arbeitslager. Dort waren auch Italiener, die sich aber so halbwegs freiwillig in ihrem Land für Arbeiten in Deutschland verpflichtet hatten. Denen ging es wesentlich besser als den Angehörigen der Badoglio-Armee. Sie hatten auch die Möglichkeit, im Urlaub nach Hause zu fahren. Wenn sie aus dem Urlaub wieder zurückkamen, brachten sie so manche Dinge mit, die es in Deutschland schon lange nicht mehr gab. Das war wohl auch für einige deutsche Frauen sehr interessant, soweit ich mich erinnern kann. Den russischen Kriegsgefangenen auf der Insel ging es wohl mit am schlechtesten. Das Barackenlager dieser Menschen stand etwa da, wo heute die Telekom mit dem Funkturm ihren Standort hat. Was die Russen alles so machen mussten, weiß ich nicht mehr. Aber an einige Gefangene kann ich mich noch ganz genau erinnern, denn sie arbeiteten bei unserem Kohlenhändler. Ich habe gesehen, wie zwei Russen bei Schnee und eisiger Kälte nur Lappen anstatt Schuhe an den Füßen hatten. Die brachten mal Kohlen zu uns. Meine Mutter bat sie, diese im Schuppen auszuschütten. Da lag ein Haufen Brot für unsere Hühner. Es war steinhart und zum Teil verschimmelt. Aber diese beiden fielen wie Tiere darüber her. So ausgehungert waren die. Den Russen etwas zu essen zu geben, war strengstens verboten. Wenn jemand erwischt wurde, dem war mindestens Gefängnis sicher.

Wir Jungs kannten damals einen Niederländer, einen Belgier und einen Marokkaner etwas näher. Es waren Zivilarbeiter, die sich auch ein bisschen freier bewegen konnten. Diese drei, vielleicht auch mehr wurden eines Tages von der Gestapo abgeholt und im Rathaus in eine Zelle gesperrt. Die Zellen waren von einer hohen Mauer zum Hof hin (heute

Feuerwehrhof) abgegrenzt. Über diese hohe halbrunde Mauer haben wir den Gefangenen mit Wäschestützen Zigaretten und Brot gereicht. Dazu mussten wir übereinander stehen. Wehe man hätte uns dabei erwischt. Erziehungsanstalten waren mehr als harte Schulen.

Uwe Drath: Ich war der einzige Junge in der Klasse

1944 wurde ich als Sechzehnjähriger von der Mittelschule eingezogen und wurde hier auf Sylt bei der Marineartillerie Flakhelfer. Die Schule ging weiter, aber wir durften nicht mehr zu Hause wohnen. In Wahrheit fand auch kein richtiger Schulunterricht mehr statt. Schon bei jedem Voralarm, wenn nur ein englisches oder amerikanisches Flugzeug bei Helgoland gesichtet wurde, standen wir schon bei unseren Geschützen. Da war kein geregelter Unterricht mehr möglich. Aber auf Sport wurde immer großen Wert gelegt. Ich war ja zum Glück sehr sportlich.

Uwe Drath als Flakhelfer 1944[14]

Wenn ich in Deutsch eine Fünf hatte, machte das nichts, solange ich in Sport eine Zwei hatte. Auch dass ich nicht mehr zu Hause wohnen durfte, hat mir nichts ausgemacht. Wir wohnten ja mit Soldaten zusammen, die wesentlich älter waren als wir. Einige unserer Ausbilder hatten ja schon den ersten Weltkrieg mit gemacht. Die waren ja schon vernünftiger und sahen die Welt ganz anders als wir grünen Schuljungs. Das waren abgeklärte Leute, die uns nicht schikanierten. Wir waren in einer Kompanie zusammen mit Oberschülern aus Finsterwalde und aus Itzehoe. Wir waren in drei Wachen eingeteilt. Diejenigen, die Freiwache hatten, machten Backschaft. Wenn wir von der Wache kamen, hatten die schon den Tisch gedeckt. Das Essen war auch gut und immer genug. Mir hat diese

[14] Uwe Drath: obere Reihe, Vierter von links

Zeit wirklich nichts ausgemacht. Aber ich hatte immer Rückenschmerzen. Das war schon vor meiner Musterung so, aber da dachte ich noch, ich hätte mich beim Sport verhoben. Nun konnte ich nicht einmal mehr oben in mein Doppelbett klettern. Ich bin in das Marinelazarett gegangen, das war im LVA-Kinderheim[15] untergebracht. Ich saß mit mehreren Soldaten im Turnsaal. Einigen ging es wirklich schlecht, einige schrien vor Schmerzen. Und nun erlebte ich, wie die nacheinander in das Zimmer des diensthabenden Arztes gerufen und nach ganz kurzer Zeit wieder rausgefeuert wurden. Als ich dran bin, sieht dieser Arzt mich erst gar nicht an und schmeißt mich gleich wieder raus, weil ich angeblich nicht richtig gegrüßt habe. Vielleicht war ich nicht zackig genug, habe die Hakken nicht richtig zusammengeknallt. Ich weiß es nicht. So ging das ein paarmal. Endlich bin ich dran. Aber dann werde ich auch nicht richtig untersucht, der Arzt hat mich nicht abgetastet, hat gar nichts gemacht, nur gesagt, wenn die Schmerzen nicht besser würden, sollte ich am Donnerstag wiederkommen. Am Donnerstag bin ich wieder rein. Zackig die Tür aufgemacht, die Hacken zusammen geknallt, den Arm hoch gerissen und „Heil Hitler1" gebrüllt. Da guckt mich Pieten Kraatz an, unser alter Doktor und Bürgervorsteher, und sagt: „Mensch Uwe, was ist denn mit Dir los?" Na, da war ich erstmal froh. Pieten Kraatz hat mich gründlich untersucht. Dann hat er zu mir gesagt: „So mein Junge, jetzt kriegst Du erstmal einen Löffel Soldatenhonig und dann meldest Du Dich im Luftwaffenlazarett und lässt Dich röntgen." Ich schluckte also den Löffel Rizinusöl. Der wirkte so schnell, dass ich kaum noch rechtzeitig nach Hause gekommen bin. Dann wurde ich im Luftwaffenlazarett, dort wo heute die Nordseeklinik ist, geröntgt, und ein Oberstabsarzt Dr. Müller eröffnete mir den Befund. Ich war zu schnell gewachsen, ein Wirbel hatte sich nicht richtig geschlossen und drückte nun auf die Bandscheibe. Der Arzt wollte mich sofort entlassen. Das ging aber nicht. Ich hatte aber schon meine Einberufung für den übernächsten Tag zum Reichsarbeitsdienst in Husum in der Tasche. Also stellte der Oberstabsarzt mir eine Bescheinigung über meine Dienstunfähigkeit aus, die ich beim Arbeitsdienst vorlegen sollte. Gutgelaunt fuhr ich nach Husum. Ich war sicher, schon am näch-

[15] In der Norderstraße

sten Tag wieder nach Hause fahren zu können. Es sollte anders kommen. Es dauerte fast ein Vierteljahr, bis ich wieder nach Hause konnte. Ich war nicht eingekleidet, aber ich wurde auch nicht entlassen. Immer wieder wurden mir Arbeiten zugeteilt, die ich wegen meiner Rückenschmerzen verweigerte. Man warf mir vor, zu simulieren. Nun stellte ich ganz auf stur und lehnte alle Arbeiten ab. So vergingen zweieinhalb Monate. Dann wurde ich zu einer erneuten Untersuchung zu einem Facharzt nach Kiel geschickt. Der bestätigte die Diagnose des Luftwaffenlazaretts in Westerland und verfügte meine sofortige Entlassung.
Zurück in Westerland treffe ich auf der Straße meinen alten Schuldirektor Jessen. Der war eigentlich schon in Rente, aber er machte das immer noch. „Was machst Du denn hier?" fragt er mich. „Bist Du auf Urlaub?"
„Nein, ich bin entlassen", sag ich zu ihm und erzähle ihm meine ganze Geschichte. „Denn komm Du mal morgen wieder zur Schule", sagt er zu mir. Als ich am nächsten Tag in das Klassenzimmer komme, krieg ich fast einen Schlag. Nur Mädchen saßen da. Ich war der einzige Junge. Am liebsten hätte ich auf den Hacken kehrtgemacht und wäre rausgerannt. Aber nun musste ich ordentlich lernen, denn als einziger Junge bin ich immer drangekommen. So hab ich dann noch meine Mittlere Reife gemacht.

Ose Köster: We are the champions

Wenningstedt war für die Soldaten nicht interessant. Hier gab es nur einen Kaufmann und einen Schlachterladen, sonst nichts. Am Wochenende strömten die Soldaten mit der Inselbahn nach Westerland. Bei schönem Wetter flanierten sie auf der Strandpromenade, wo auch immer ein paar Mädchen waren. Aber eigentlich wollten sie nur mal was anderes als den „Dünenwurm". Dieses ewige Einerlei in den Flakbatterien. Mein Onkel Ernst hatte kurz vor Beginn des Krieges das „Bratwurstglöckl" übernommen. Die Einrichtung war aus derbem, geschnitztem Holz. Ländlich rustikal würde man heute sagen. Es gab kleine Nischen, und man konnte dort gemütlich sitzen. Das war alles so auf münchnerisch gemacht und es gab auch Münchner Bier. Die Spezialität war Bratwurst mit Sauerkraut und Kartoffelpüree. Als die Lebensmittelkarten eingeführt worden waren, konnte man im „Bratwurstglöckl" mit einer 100g-Fleischmarke immerhin noch ein Bratwurstgericht bekommen. Es gab zwei sehr nette Mädchen, die dort bedienten, die Zenzie und die Resie, die kamen tatsächlich aus München. Die hatten einen ordentlichen Balkon oben und unten eine saubere Schürze und waren zu den Soldaten, diesen jungen Burschen, mütterlich und freundlich. Das hat sich schnell bei den Fliegern herumgesprochen, und bald war es üblich, vor dem Feindflug im Bratwurstglöckl einzukehren. „Tschüs Mutti", sagten sie dann zu meiner Tante Erna, „wir müssen noch mal nach Hall of Humbermündung". Und dann wusste jeder, dass sie jetzt nach England fliegen und dort ihre Bomben abwerfen würden. Das war damals kein Geheimnis. Ich war mit einem Flugzeugführer einer JU 88 befreundet. Seine Staffel lag mit neun Bombenflugzeugen und den dazugehörigen Jägern und Aufklärern auf dem Westerländer Flughafen. Jede JU 88 hatte vier Besatzungsmitglieder, einen Flugzeugführer, einen Funker, einen Maschinengewehrschützen und einen Kopiloten, wie man heute sagen würde. Die Besatzung bestand meistens aus einem Feldwebel, einem Unteroffizier und zwei Gefreiten. Drei Flugzeuge bildeten eine Rotte. Der Rottenführer war häufig ein

Leutnant. Wenn man nun mit so einem Flieger befreundet oder etwas inniger liiert war, gab es vor dem Feindflug jedes Mal einen beängstigten Abschied für uns. Andererseits waren wir junge Dinger auch ein bisschen stolz und eingebildet auf unsere Flieger. Vor dem Start gingen wir dann auf die Promenade runter und sahen die Maschinen nach Westen gegen England abfliegen. In der Dämmerung warteten wir auf ihre Rückkehr. Ganz weit am Horizont konnte man sie schon erkennen. Wenn alles gut gegangen war, gingen die Flieger über der Promenade ziemlich tief runter und schaukelten mit den Flügeln. Das bedeutete: „We are the champions". Aber eigentlich war es ja nur die Freude am nackten Überleben. Und dann kamen sie wieder frisch renoviert ins Bratwurstglöckl. „Hey Mutti", riefen sie, „eine Runde Nikolaschka für alle!" Sie waren schon ein bisschen großkotzig. Und so gab es mehrere Runden, bis sie alle einen kleinen im Tee hatten. Und dann sprangen wir zusammen ins Meer. Schnell in Tante Ernas Küche ausgezogen und ab in die Brandung. Einmal, erinnere ich mich, war Meeresleuchten. Wir spaddelten da zu fünft oder sechst im Wasser rum. Full of love! Das war damals für uns Mädchen so romantisch. Eigentlich gespenstisch, wenn ich heute zurückdenke. Mein Onkel Ernst tat Dienst bei der Inselwache. Die saß oben auf der Düne in einem Bunker und musste aufpassen, dass nicht der Feind herüberkam. Und wenn der herübergekommen wäre, hätten sie auch nichts machen können. Also bewachten sie eigentlich nur ihre Düne und die Brandung. Onkel Ernst hatte ein gutes Leben da, Skat gespielt und immer gut einen gehoben. Morgens um sechs, wenn Schichtwechsel war, kam er zurück ins Bratwurstglöckl und rief: „Ach, seid ihr noch alle da! Dann wollen wir mal ordentlich Frühstück machen." Und dann sah er nach, was es noch zu essen gab. Einmal hatte einer der Flieger Eier mitgebracht und dazu gab es Rosinenbrot. Dann saßen wir da im Bademantel auf der Küchenschwelle und aßen in der Morgensonne unsere Spiegeleier. Irgendwann stoffelten wir dann nach Hause, weil wir vor Müdigkeit nicht mehr aus den Augen gucken konnten. Die Flieger mussten ja ordentlich schlafen, damit sie wieder fit waren für den nächsten Feindflug. Tante Erna hatte selber keine Kinder und betrachtete diese Flieger als ihre Jungs und war auch immer besorgt um sie. Sie kannte alle und alle kamen zu ihr, erzählten was sie auf dem Herzen hatten und stellten Tante Erna ihre Mädchen vor. Wenn ein Flugzeug abgeschossen worden war, wurde nicht mit den Flügeln gewackelt und Tante Erna wusste gleich Bescheid und die Stimmung blieb gedämpft. Die Jungs kamen mit gesenkten Köpfen rein. Die Runde Nikolaschka war auch fällig, nur wurde sie nicht so laut ausgegrölt. Es hieß nur, der ist für Toni oder für Fritz oder Ata, wer nun gerade fehlte. Solche Abende wurden nicht lang.

Hildegard Wolter: Petite grenouille

Mein Onkel Ernst Bockelmann war ein gefragter Mann. Wenn beim Bau der Bunker und Unterkünfte noch etwas gebraucht wurde, kamen die Maurer und Poliere von der Organisation Todt in seinen Laden. Und weil mein Onkel sehr gut französisch sprach, kam es auch schon mal vor, dass ein französischer oder italienischer Zwangsarbeiter in den Laden geschickt wurde. So kam Pierre Cassagne in unser Haus. Mein Onkel war überglücklich mal wieder französisch sprechen zu können und brachte ihn in unser Gartenhäuschen und bewirtete ihn mit Essen und Trinken. Pierre war dreiundzwanzig Jahre alt. Er kam aus Merignac, einem Ort in der Nähe von Bordeaux. Er erzählte uns, wie man die jungen Männer auf dem Marktplatz zusammengetrieben und zum Bau des Atlantikwalls nach Deutschland deportiert hatte. Von ihm erfuhren wir auch, wie brutal die Bardoglio-Italiener auf Sylt gequält wurden. Sie mussten sich in den Dünen ihre Gräber schaufeln, und man befahl ihnen, sich stundenlang hineinzulegen. „Italiener immer klopfen", radebrechte Pierre, und wir verstanden, dass sie geprügelt wurden. Pierre war ein ungewöhnlich begabter junger Mensch und Überlebenskünstler. Er kam nun jeden Tag nach der Arbeit, und meine Mutter verwöhnte ihn mit Bratkartoffeln und

Pierre Cassagne (links)[16]

Spiegeleiern. Niemand mochte ihm etwas abschlagen. Einmal in der Woche wurde der Badeofen angeheizt, dann konnte auch Pierre in unsere Badewanne springen. Pierre war charmant und fürsorglich. Jeder konnte mit

[16] neben einem korsischen Zwangsarbeiter

seinen Sorgen zu ihm kommen und sein Herz ausschütten. Es dauerte nicht lange, dann brachte Pierre auch noch seinen Cousin Louis mit. Louis Casenave hatte eine Geige, auf der er rumkratzte. Er hatte Noten aus Frankreich mitgebracht. Pierre sang mit seiner schönen Stimme „Une romance de Paris". und „Au soleil de Marseille" und wir tanzten in der Küche Paso Doble und Rumba. Mein Onkel spendierte Cognac, zu dem er über den Eisenwarenhandel Zugang hatte. Pierre nannte meine kleine Schwester „petite grenouille", kleiner Frosch. Von Pierre bekam ich den ersten Kuss, und ich liebte ihn mit der ganzen Hingabe einer Fünfzehnjährigen. Niemand in der Familie fand etwas Anstößiges daran, dass ich mich zu diesem erwachsenen Mann hingezogen fühlte. Pierre hat meine Liebe erwidert, aber niemals konnten wir uns außerhalb des Hauses treffen. Die Gefahr zusammen gesehen zu werden, war zu groß. Eines Sonntags kam ein deutscher Polier in unsere Küche. Der arbeitete bei der Organisation Todt. Die ganze Familie war versammelt. Pierre saß ganz ruhig auf einem Stuhl in der Ecke, und wir hofften, dass er Pierre nicht entdeckt. Der Mann war vielleicht schon etwas angetrunken. Er hatte eine Geliebte in Tinnum, prahlte mit seinen Sylter Weibern, mit seinen Saufereien und wie toll das Leben auf Sylt sei. Da sagt Pierre mit einem mal aus seiner Ecke: „Ja, für die Deutschen." Der Mann lief rot an, wir dachten, jetzt explodiert er. Alle schwiegen erschrokken. Der Mann ist wütend raus. Für einen Augenblick hatte ich gefürchtet, dass nun alles vorbei sei.
Als ich sechzehn wurde, kam ich zum Arbeitsdienst nach Kappeln. Meine Mutter wurde noch einmal schwanger. Für das neugeborene Kind fehlte es an allem. Lebensmittel gab es nicht mehr. Meine Mutter war am Ende ihrer Kräfte. Nun war niemand mehr in der Familie da, der sich um Pierre kümmern konnte. Er hatte sich eine Beinverletzung zugezogen und lag in einem Notlazarett im Hotel Miramar. Als ich vom Arbeitsdienst zurückkam, war Pierre hohläugig, krank und zum Skelett abgemagert. Alle Lebensfreude war aus ihm gewichen. Nun wartete er nur noch auf das Kriegsende. Als die Engländer am 8. Mai auf die Insel kamen, hat Pierre mit seinen Landsleuten auf einem Lastwagen gestanden und hat die Trikolore geschwenkt. Ich habe ihn nie wieder gesehen.

Max Ehlert: Brot für die Russen

Der Krieg war in vollem Gang. Jeden Mittwochnachmittag hatten wir unseren HJ-Dienst auf dem Gelände der Mittelschule. Gedrillt wurden wir von einem jungen SS-Offizier. Der hatte einen Heimatschuss bekommen und trug einen Arm in der Schlinge. An diesem Mittwoch regnete es in Strömen und wir wussten nicht, was wir anfangen sollten. Macke Jensen und ich, wir haben uns vom Dienst gedrückt und sind nach Hause gegangen. Ich kam auf die Idee, den russischen Gefangenen was zum Essen ins Lager zu schmuggeln. Wir haben zu Hause Brot aus der Kammer und Äpfel und Birnen aus dem Garten geholt und alles in einem Beutel versteckt. Das Lager für die russischen Gefangenen lag direkt hinter der Mittelschule. Niemand von unseren Kameraden, die noch Dienst machten, durfte uns sehen. Vorsichtig haben wir uns über die Bahngeleise geschlichen. Vor dem Eingang zur Gefangenenbaracke war ein kleiner umzäunter Auslauf. Ungefähr zwanzig Meter davor haben wir uns versteckt und gewartet, bis der Wachposten bei seinem Rundgang hinter der Baracke verschwunden war. Dann sind wir schnell zum Zaun gerannt und haben etwas Brot über den Zaun geworfen. Dann kam ein Russe raus, hat das Brot vorsichtig eingesteckt und in der Baracke in Sicherheit gebracht. Das wiederholte sich bei jedem Rundgang. Jedes Mal kam ein anderer Russe an den Zaun. Unsere Klamotten waren vom strömenden Regen durchgeweicht. Bald hatten wir kein Brot und keine Äpfel mehr in unserem Beutel. Aber nun waren wir auf den Geschmack gekommen. Zurück nach Hause und Nachschub geholt. Wir haben uns nicht mal trockene Sachen angezogen. Wieder an den Zaun geschlichen und gewartet. Mit einem Mal waren wir von Hitlerjungen eingekreist. Das waren doch unsere Kameraden. Mit denen hatten wir uns doch eben noch im Dienst rumgelangweilt. Jetzt wurden wir von ihnen wie Gefangene abgeführt. Erstmal wurden wir entehrt. Mir wurde meine Jungschaftsführerschnur abgerissen und das Fahrtenmesser abgenommen. Dann wurden wir auf dem Schulhof geschliffen. Der Boden war voller

Löcher. Die hatte Opa Clasen, unser Hausmeister, immer mit Schlacke aus dem Heizungskeller gefüllt. Da mussten wir immer wieder rüberrobben. Bald fingen die Knie und Ellbogen an zu bluten. Hinter mir immer diese schneidende Stimme: „Aufstehen! Hinlegen! Aufstehen! Hinlegen!" Immer öfter wurde mir schwarz vor Augen. Erst als ich nicht mehr konnte, bin ich auf diese Stimme zu getorkelt. Breitbeinig stand dieser Kerl vor mit, in gewichsten Stiefeln, die Hand lässig in der Schlinge und starrt mich an. Ich habe ihn angeschrien: „Hitler kann nicht die ganze Welt in Braunhosen zwingen!" Wo ich den Satz her hatte, weiß ich selber nicht. Jetzt ging die Schleiferei erst richtig los. Danach hätte ich es nicht einmal mehr alleine bis nach Hause geschafft. Macke und ich mussten uns gegenseitig stützen, sonst wären wir umgefallen. Mein Onkel war entsetzt, wie man uns zugerichtet hatte. Mit einem Mal war auch die Gestapo da und hat das Haus von oben bis unten auf den Kopf gestellt. Die haben alle Papiere und Bücher durchsucht. Die wollten wissen, wo ich so etwas her habe. Aber die konnten bei mir ja nichts finden.

Wilhelm Borstelmann: Mein Vater duldete kein Unrecht

1735 hatte der dänische König einen Erlass herausgegeben, dass die männlichen Bewohner der friesischen Inseln auf ewige Zeit keinen Militärdienst leisten müssten. Und so ist mein Ururgroßvater, der nicht zum Militär wollte, mit seinen vier Söhnen von Rodenäs nach Sylt gezogen und wurde hier Austernfischer. Sechzig Jahre später hat Bismarck dieses Dekret mit einem Federstrich kassiert. Preußen brauchte wieder Soldaten. So ist das nun mal mit Verträgen und Gesetzen. Damals wie heute.

Wihelm Borstelmann

Mein Großvater Hans-Christian Thomsen lernte Schiffszimmermann und hat fünfzig Jahre lang am Munkmarscher Hafen eine kleine Schiffswerft betrieben. Die Aufträge bekam er von der Fährschiffreederei, hat ausgebessert, instandgesetzt und repariert, bis der Fährschiffsverkehr mit dem Bau des Hindenburgdammes zum Erliegen kam. Wie viele Sylter Frauen hatte sich auch meine Großmutter während dieses halben Jahrhunderts um die häusliche Landwirtschaft gekümmert. Nebenbei gebar sie zwei Söhne und fünf Töchter. Beide Söhne sind auf See umgekommen. Sie waren auf dem Weg von Munkmarsch nach List und sind in einen schweren Sturm gekommen. Das Boot ist gekentert. Ihre Leichen sind nie gefunden worden. Fünf Jahre später wurde ich geboren. Nie durfte ich am Wasser spielen, nie schwimmen oder auf einem Boot fahren. Niemals hat meine Großmutter den Verlust ihrer Söhne und die Angst vor dem Meer verwinden können. Mein Großvater hat mich als kleinen Jungen oft an die Hand genommen und mir die Reste seiner Werft gezeigt. Ich erinnere einen alten Schuppen, den Geruch von Kalfater und ein paar alte Schiffsplanken, die nicht mehr gebraucht wurden.

Mein Vater Ludwig Borstelmann war gelernter Kaufmann. Während einer langjährigen Tätigkeit in Argentinien hatte er viele wertvolle Erfahrungen sammeln können. Als ich ein Jahr alt war, übernahm mein Vater die Leitung der Spar- und Darlehenskasse in Keitum. Nebenher führten meine Eltern den landwirtschaftlichen Betrieb der Großeltern weiter. 1935 begann der Bau des Nössedeiches. Nach seiner Fertigstellung 1938 wurden Entwässerungsgräben gezogen und neue Wege gebaut. Das Land wurde neu aufgeteilt. Dabei bedienten sich die Parteibonzen großzügig. Unser Ortsbauernführer Arthur Andersen, der vorher gerade 2 oder 3 Hektar besessen hatte, wurde zum stolzen Besitzer von 21 Hektar Land. Meine Eltern, die nicht in der Partei waren, verloren bei diesem Handel 2 ¼ Hektar. Mein Vater hat dagegen einen Prozess geführt und einen Teil des Landes zurückbekommen. Das hat man ihm nicht verziehen. Mein Vater duldete kein Unrecht und hat sich immer für die Kunden der Sparkasse eingesetzt, wenn sie sich von den Behörden und Ämtern ins Unrecht gesetzt fühlten. Darum hat er auch für die Freunde und Nachbarn, die um ihr Land betrogen worden waren, Schriftsätze verfasst und Eingaben gemacht. Ich habe oft neben ihm gestanden, wenn er noch spät abends an der Schreibmaschine saß und Briefe an die Behörden und Gerichte schrieb. Ich konnte nicht verstehen, warum er das macht. Ich wurde in der Schule und bei den Pimpfen mit nationalsozialistischen Parolen vollgestopft und konnte nicht begreifen, warum Vater gegen die Partei war.

Ludwig Borstelmann 1939

Da sagte er einmal zu mir: „Guck Dir doch mal die Leute an, den Ortsbauernführer und die anderen, wie sie sich bereichern. So sind sie alle.“ Das habe ich behalten. Es dauerte nicht lange, dann wurden unsere Hausangestellten von der Gestapo verhört. Man wollte wissen, ob mein Vater staatsfeindliche Äußerungen gemacht habe. Ich habe wohl die Anspannung im Haus bemerkt. Aber natürlich habe ich mit meinen elf Jahren nicht die Gefahr gesehen, in der sich mein Vater befand. Am 15. Oktober 1941, dem Tag seiner Verhaftung, fuhren wir zusammen mit dem Rad nach Westerland. Ich musste in die Schule und er zum Verhör bei der Gestapo. Von dort ist er nicht mehr nach Hause gekommen. Er wird verhaftet und im Keller unterm Rathaus eingesperrt. Die Sparkasse entlässt ihn fristlos, die monatliche Gehaltszahlung von 350.- RM wird eingestellt. Im Februar 42 wird er vor ein Sondergericht gestellt und wegen Verstoßes gegen das „Heimtückegesetz“[17] angeklagt. Als Zeugen sind ein auf unserem Hof beschäftigter landwirtschaftlicher Helfer und unsere Hausgehilfin geladen, die gegen meinen Vater aussagen sollen. Als weiterer Zeuge der Anklage tritt Max Peter Johannsen, Sohn des Heimatdichters Erich Johannsen, vor Gericht auf. Sieben Jahre vorher hatte er einmal mit einem schneidigen „Heil Hitler!“ die Sparkasse betreten und mein Vater hatte entgegnet: „Mein Gruß ist immer noch Guten Morgen und Guten Tag.“ Die Verteidigung beantragt, dass auch Entlastungszeugen gehört werden. Die Verhandlung wird vertagt. Mein Vater wird in das Konzentrationslager Weimar-Buchenwald überstellt. Man hatte ja schon lange über diese Lager geflüstert und gemunkelt. Aber das war ja so weit weg. Man hatte ja damit nichts zu tun. Und nun war das mit einem Mal ganz nah. Am 28. April 42 wird die Verhandlung fortgesetzt. Ich bin für 9 Uhr als Zeuge geladen. Da habe ich meinen Vater das letzte Mal gesehen. Das vergesse ich nie. Nach fünf Wochen in Buchenwald wog er nur noch neunzig Pfund. Er trug die Häftlingsnummer 460. So viele Häftlinge gibt es also, habe ich gedacht. „Wir sind Zehntausende“, flüsterte uns der Vater in einer Pause zu.

Die gegen ihn erhobenen Vorwürfe erweisen sich nun als haltlos. Meine

[17] Gesetz gegen heimtückische Angriffe auf Staat und Partei und zum Schutz der Parteiuniformen vom 20. Dezember 1934

Mutter schöpft neue Hoffnung. Aber der Gerichtsvorsitzende nimmt sie in einer Verhandlungspause zur Seite und gibt ihr zu verstehen, dass mein Vater als Gestapohäftling auch im Falle eines Freispruchs nicht haftentlassen werde. Und so geschieht es. Trotz Freispruchs muss mein Vater zurück in das KZ. Meine Mutter und ich, wir sind sofort in Flensburg zur Gestapo gegangen. Wir wurden weiter nach Kiel verwiesen. Wir sind nach Kiel gefahren ins Hauptquartier. Dort hat man uns gesagt, es handle sich nur jetzt noch um ein paar Formalitäten. In einer Woche sei mein Vater wieder zu Hause. Aber nichts passierte. Da erreichte uns, versteckt in einem Wäschepaket, ein Brief vom Vater, noch geschrieben im Gefängnis in Flensburg.

Flensburg, den 9. Mai 1942
Liebe Sophie und Kinder! Die beiden Pakete und Briefe habe ich erhalten, wofür herzlichsten Dank. Ich weiß, dass Ihr es gut meint, es geht aber doch nicht an, dass Ihr die Lebensmittel von Eurer Zuteilung abspart. Jedenfalls nicht in der Menge und ich bitte Euch vorläufig, keine Lebensmittel mehr zu senden. 60 Pfund Lebendgewicht so schnell wieder aufzufuttern, ist sowieso aussichtslos, der Körper muss sich mit der Zeit wieder erholen. Mir geht es sonst gesundheitlich besser, der Husten mit dem Auswurf hat sich gelegt, nur der Hals ist noch rau und wund. Die letzte Nacht hatte ich fürchterliche Zahnschmerzen. Heute Morgen waren die Schmerzen auf einmal vorbei und ich konnte den Zahn mit der Zunge herausdrücken. – Wie weit seid Ihr mit den Gartenarbeiten? Wenn der große Garten im Herbst spät umgegraben ist, und Dünger erhalten hat, genügt ja ein kurzes Aufkratzen mit der Harke. Hoffentlich geht es euch Allen gesundheitlich gut. Ich hoffe, dass ich nun bald zu Euch zurückkehre und bitte, nichts mehr zu senden. Herzliche Grüße an Euch Alle, auch an Verwandte und Bekannte. Euer Vater

Mein Vater trug die Häftlingsnummer 4669. Zu Hause war große Not. Meine Mutter musste das einzige Pferd, das wir zur Landwirtschaft hatten, verkaufen. Nun mussten wir die Arbeit auf dem Feld von anderen Bauern verrichten lassen. Aber das wurde viel zu teuer. Später haben wir ganz unerwartet Hilfe aus der Nachbarschaft bekommen. Ein paar Häuser weiter war eine Marinekompanie einquartiert. Der Kompaniechef war im Zivilberuf Pastor. Pastor Lübbert aus Rendsburg, der hat uns die Soldaten seiner Kompanie, die aus dem Elsass kamen, zum Helfen auf den Hof geschickt. Die Elsässer waren ja alle gegen Hitler eingestellt. Das waren so kleine Lichtblicke in dieser schweren Zeit.

Am 16. September kam mein Vater in das Vernichtungslager Groß Rosen bei Breslau. Wir bekamen von dort eine Postkarte, mit der Bitte um Geld. Die hatte er aber nicht selbst geschrieben. Zweimal schickt ihm meine Mutter ihre Ersparnisse. Zuletzt am 9.10.42. zwanzig Mark. Da war mein Vater schon tot. Eine Woche später kommt ein Mann von der Gestapo zu uns nach Hause und bringt meiner Mutter die Todesnachricht. Der Mann von der Gestapo steht noch mit der Todesnachricht in der Tür, da kommt Arthur Andersen dazu. Der Ortsbauernführer wollte das Deckgeld für unsere Kühe kassieren. Er hatte den einzigen Bullen im Dorf. Als Arthur Andersen hört, dass mein Vater tot ist, hat er sich schnell verdrückt. Er war wohl doch betroffen. Er hatte das ja mit ausgelöst.

Die Urne von meinem Vater wurde auf dem Keitumer Friedhof beigesetzt. Die Predigt hielt unser Pastor Hans Ingwers: „Wir können nicht hier sein, um mit besonders spitzen Ohren zu hören, was hier gesagt wird. Wer das will, möge die Stätte des Todes verlassen. Es ist hier keine Sensationslust am Platze. Wir können auch nicht hier sein, um von uns aus noch richten zu wollen. Wo der Tod gesprochen hat, gibt es nichts mehr zu richten (...) wir alle haben einen Balken im eigenen Auge. Wie können wir denn den Splitter in unseres Bruders Auge sehen?“ Am Ende seiner Predigt wandte er sich an meine Mutter: „Ich weiß und ich darf es hier auch sagen: Es ist in den Häusern unserer Gemeinde viel für euren Mann und Vater gebetet worden und auch für Euch. Die Härte Eures Schicksals ist mit empfunden worden. (...) Deine Bitterkeit über diesen Abschied ist groß. Es ist unendlich schwer, das alles zu tragen. Noch schwerer, darin Gottes Willen zu sehen. Es könnte viel eher von Gott forttreiben. Sein Ratschluss ist für Euch unerforschlich. Wer könnte das nicht verstehen?“

Zur Beerdigung war auch Paul Hasenclever, der Bruder des von den Nazis verfolgten Dichters Walter Hasenclever, mit seiner fünfjährigen Tochter gekommen. Das Kind sollte sehen, was die Nazis in dieser Zeit mit den Menschen anrichteten. Paul Hasenclever war Tonkünstler und lebte auf der Insel sehr zurückgezogen. Als ich erfuhr, dass er auch Musik unterrichtete, habe ich mich auf mein Rad gesetzt, bin nach Westerland gefahren und habe mich als Schüler bei ihm beworben. „Ihr müsst Musik lernen, dann seid ihr überall zu Hause", hatte mein Vater uns Kindern immer gelehrt Er hatte ein Mandolinenbanjo aus Argentinien mitgebracht und hatte häufig mit uns gesungen. Als ich acht Jahr alt war, hatte ich meine erste Mundharmonika bekommen, und 1939 hatte er mir ein Klavier geschenkt. Nun, nach seinem Tod, bekam ich endlich den ersehnten Klavierunterricht. Es war nicht nur Klavierunterricht, was ich von Paul Hasenclever bekommen habe. Er hat mein ganzes Denken geprägt. Er hat mich ein Stück auf meinem Weg begleitet zu dem Menschen, der ich heute bin: Ein überzeugter Pazifist.

Joachim Goy: Ich weiss nicht, wie ich das verkraftet habe

Immer wieder wurde gemunkelt, dass in den Dünen Deserteure erschossen würden. In der Nähe des Schützenhauses war ein tiefes Dünental. Schulkameraden, die dort in der Nähe wohnten, hatten immer wieder bei Morgengrauen Schüsse aus diesem Tal gehört. Wir Jungen waren verflucht neugierig. Eines Morgens sind wir um vier Uhr aufgestanden, sind in dieses Tal geschlichen und haben uns dort versteckt. Ein Soldat wurde an einen Pfahl gebunden und erschossen. Ich konnte sein Gesicht nicht sehen, wir waren zu weit weg. Ich weiß gar nicht mehr, wie ich das verkraftet habe. Vielleicht ist die Erinnerung daran auch später überschattet worden, von den Erzählungen der Flüchtlinge, die Flucht und Vertreibung überlebt hatten. Einmal habe ich auch erlebt, wie italienische Gefangene, die zum Festungsbau eingesetzt waren, zu Boden getreten und geschlagen wurden. In den Dünen, hinter dem Hotel Miramar, mussten die Badoglio-Italiener einen Bunker bauen. Da habe ich mich manchmal rumgetrieben. Das waren abgemergelte Gestalten, die trotz der schweren Arbeit kaum was zu essen kriegten. Unmittelbar an der Baustelle lag das Kinderheim Bethesda, da waren die Kommandantur drin und das Kasino. Und wenn die Küchenhilfe die Abfälle aus dem Fenster kippte, dann rannten die Italiener in Trauben dahin und versuchten davon was aufzusammeln. Dann kamen die Aufseher angerannt mit Stöcken und haben sie auseinander geprügelt.

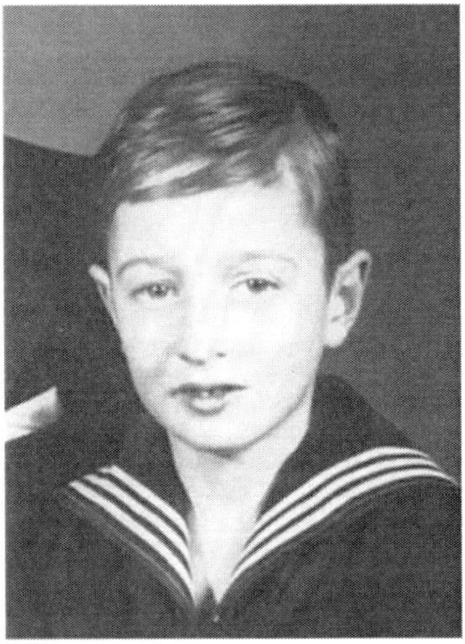

Joachim Goy um 1940

Es muss so 1943 gewesen sein, da ist vor der Seenotrettungsstation ein Walfisch angetrieben worden. Die Menschen hatten Hunger.

Die Leute haben einfach ihre Geschäfte geschlossen, haben einen Zettel dran gemacht „Heute geschlossen", und dann zog die ganze Belegschaft mit Äxten und Sägen und Eimern und Karren an den Strand. Der Wal hatte eine Haut so dick wie Autoreifen, und man kam nur mit ganz scharfen Messern an das Fett. Zuhause wurde das Walfischfett in kleine Würfel geschnitten ausgebraten. Aus allen Häusern strömte dieser widerliche Trangeruch. Bei uns wurde der Speck in der Werkstatt über dem Schmiedefeuer in einer eisernen Kasserolle erhitzt und ausgebraten. Weil es immer weniger Strom gab, hatte mein Vater dazu ein Handgebläse gebaut. Das musste nun immer einer drehen. In dem ausgelassenen Fett wurden Plinsen gebacken. Die Grieben haben wir zum Teil gegessen, zum Teil wurden sie weggeschmissen. Als von dem Wal nichts mehr übrig war, und nur noch das Gerippe am Strand lag, haben sich die Italiener nachts aus dem Lager geschlichen und haben mit bloßen Händen die Fetzen von den Rippen gekratzt und in sich reingestopft.

An der Realschule war das Kriegsgefangenenlager für die Russen. Die gefangenen Russen wurden in vielen Westerländer Betrieben zur Arbeit eingesetzt. Die brachte ein Wachtposten morgens in die Betriebe, und abends wurden sie wieder eingesperrt. Auch mein Vater hätte die Möglichkeit gehabt, Gefangene anzufordern. Aber er meinte, es sei menschenunwürdig, Das wolle er in seinem Betrieb nicht haben. In unseren Betrieb kamen auch manchmal Zwangsarbeiter, zum Be- und Entladen der Laster, wenn die bei uns repariert wurden. Die Organisation Todt hatte die unterschiedlichsten Lastwagentypen, für die es schon damals keine Ersatzteile gab. Alles musste improvisiert werden, und in der elterlichen Werkstatt wurden die geflickt und geschweißt. Und so kamen auch schon mal die Gefangenen in unserer Werkstadt zusammen. Mein Vater hatte bei uns im Hof einen kleinen Gemüsegarten angelegt und da bekamen diese Gefangenen schon mal eine Gurke oder ein paar Tomaten mit. Das waren die verschiedensten Menschen, die in den besetzten Gebieten aufgegriffen worden waren, und mein Vater hat sich nicht gescheut, diese Menschen mit ins Haus zu nehmen, auch wenn das verboten war. Ich erinnere mich besonders an einen Algerier. Das war der erste Schwarze, den ich zu sehen bekam. Der zitterte immer, weil das Klima für ihn völlig abwegig war. Er stand oft am Schmiedefeuer, um sich aufzuwärmen. Unsere Gesellen riefen ihm dann zu, er solle nicht zu dicht ran gehen. Er sei schon schwarz genug.

Im Verlauf des Kriegs kamen immer weniger zivile Autos zur Reparatur in unsere Werkstatt. Nach und nach waren die Kraftfahrzeuge unserer Kundschaft beschlagnahmt und eingezogen worden. Es durften nur noch Lkws fahren, die einen roten Winkel auf dem Kennzeichen hatten. Das waren Fahrzeuge, die für die Versorgung der Bevölkerung unerlässlich waren. Als es dann auch keine Kohlen und kein Benzin mehr gab, wurden diese Fahrzeuge in unserer Werkstatt mit Holzvergasern umgerüstet. Arbeit war noch genug da, aber plötzlich blieb ein Lehrling drei Tage unentschuldigt von der Arbeit fern. So etwas hatte es noch nie gegeben. Am dritten Tag kam er in die Werkstatt und sagte zu meinem Vater: „Meister, meinen Lehrvertrag können sie zerreißen. Ich bin jetzt bei der Waffen-SS." Mein Vater nahm ihn zur Seite und redete ihm ins Gewissen, ob diese Entscheidung nun so richtig wäre, mit 17 oder 18 Jahren in die Waffen-SS einzutreten. Der Krieg war doch schon verloren. Aber es war nun die Überzeugung dieses Jungen, dass er sein Vaterland zu verteidigen habe und alles dazu beitragen müsse, dass wir den Krieg gewinnen. Mein Vater konnte sich dieser Entscheidung nicht in den Weg stellen, und er hat den Jungen ziehen lassen. Der Krieg war gerade zu Ende, da stand der Junge wieder bei uns in der Werkstatt und wollte sich von mir eine Schleifscheibe borgen. „Wozu brauchst Du die?" Da hat er mir seine Tätowierung gezeigt. Unter dem Arm in der Achselhöhle war seine Blutgruppe eintätowiert. Das war bei der SS so üblich. Die wollte er wegschleifen. Zum Glück kam mein Vater dazu. Er hat den Jungen beiseite genommen und ausgehorcht, was er in der Waffen-SS gemacht habe, ob er an Erschießungen und Exekutionen teilgenommen habe. Der Junge hat geantwortet: „Nein, Meister, das habe ich nicht gemacht." Da hat mein Vater zu ihm gesagt: „Wenn du die Wahrheit gesagt hast, wird man dir schon nicht den Kopf abreißen. Dann brauchst du dich jetzt nicht mehr verstümmeln."

Horst Schröder: Transport- und Sargkommando Silvester 1944

Die Fahrt über den Hindenburgdamm auf die Insel Sylt war für sechs Monate die erste und letzte Fahrt für uns alle. In Westerland war großes Sammeln, kurzer Appell und dann düsten wir mit dem „Wüstenexpress" über die damals noch amtlichen Bahnstationen: Keitum, Tinnum, Dikjen-Deel nach Rantum zur Marineschule (Nachrichten). Das Essen war hundemäßig! Zweimal die Woche Weißkohl, Waschlappen genannt, kein Fleisch, kein Fett, reines Wasser, wie in Russengefangenschaft. Alle vierzehn Tage gab es Pellkartoffeln, sechs große und sieben kleine, in unser Uniformkäppi gezählt. Äußerst „hygienisch". Und alles andere in die Blechschale, die wir jeden Tag kurz vorher mit feinem Dünensand scheuern mussten, sie rostete auf der Stelle. Im Knast hätten die Insassen schon längst einen Aufstand gemacht, bei diesen unhygienischen Zuständen! Doch großes Schweigen war empfohlen, so kurz vor dem vermuteten Ende wollte keiner sein Leben riskieren.

Horst Schröder[18]

Mittlerweile kam Weihnachten heran, ein kleiner Lichtblick. Ich durfte trotzdem nicht an Zuhause denken. Meine Mutter hatte den bombengeschädigten Onkel Willi aus der Wotanstraße in Lichtenberg, und meine Cousine Ursula, seine Tochter, aufgenommen. Nun war wenigstens ein Mann da. Er kümmerte sich um die Luftschutzangelegenheiten und andere Probleme. In Berlin wurde der Hungergürtel enger geschnallt. Das ging aus den Briefen hervor, die ich erhielt. Auch bei uns in der Nachrich-

[18] Einberufen zur Kriegsmarine

tenschule ging der Hunger um. Es waren schließlich 1500 Mann zu versorgen. Kartoffeln wurden gestohlen. Es wurden spezielle Wachen aufgestellt, doch wir kannten uns alle untereinander. Vier- oder fünfmal war auch ich auf Kartoffelklau. Es handelte sich meist um kleine Mengen. Nachts wurde dann auf dem eisernen Ofen gebraten, fast ohne Fett. Wehe, man hätte uns erwischt! Die Angst war unser ständiger Begleiter.

Kaum verzeihlich wird beim Kommiss Kameradendiebstahl gewertet, und da hatte doch tatsächlich ein hungriger Matrose Brot geklaut, gleich zwei halbe. Aus den Garderobenschränken, eindeutig Kameradendiebstahl. Es war nur ein paar Stuben weiter. Er wurde erwischt, und der Unteroffizier vom Dienst meldete den Vorfall sofort. Er eröffnete dem Brotdieb in allen schillernden Farben, was ihn in diesem Fall erwartete, Festung Torgau und Strafkompanie inbegriffen, obwohl es vermutlich glimpflicher abgelaufen wäre. In der Nacht darauf hörten wir einen dumpfen Knall. Alle rannten hin. Ich ahnte schon, was los war. Der junge Matrose hatte sich einen sogenannten Wasserschuß gesetzt. Dabei wird der Rachenraum mit Wasser gefüllt, Lauf oral, dann Abschuss. Die Stube wurde gesperrt. Blutige Fetzen überall. Mein Kommentar hieß nur: „Mörder!“ Viele dachten genauso. Am nächsten Tag erlebten wir die Hölle, als ob wir die Schuld an der Misere trügen. Deswegen ging wohl auch am folgenden Tag die Drillaktion der lieben Ausbilder los. Auf jedem Podest stand ein Maat und brüllte: „Schneller!“ Das „Spiel“ begann. Mit Kochgeschirren hatte eine Gruppe Streusand in eine Tonne auf dem Boden zu schaffen, ein zweiter Trupp musste den Sand wieder ausschöpfen und hinunterbringen, begleitet von einem Riesenkrawall frenetischen Gebrülls der Schinder. Einen Stuhl endlos in der Waage halten oder mit vorgestreckten Armen einen Karabiner bis auf Abruf, unzählige Liegestütze bis zur halben Ohnmacht – das ist so einiges aus der Palette der Schikanen. Hartnäckig ging das Gerücht um, zwei Matrosen seien desertiert. Es war schon Ende November. Die Schule, der Hunger, die Wachen, alles ging im gewohnten Trott weiter.

Trotz allem erlebten wir auf Sylt auch schöne Stunden. Unsere Aufgabe als zugeteilte Wachtruppe bestand darin, dass täglich eine Doppelstreife ab 6 Uhr von Dikjen-Deel bis Hörnum und zurück zu laufen hatte. Man rechnete immer noch damit, dass alliierte Boote an der Nordseeküste landen könnten. Rote und weiße Leuchtspurmunition hatten wir bei uns, um eine plötzliche Invasion anzeigen zu können. So ein Quatsch, die ganze Sache war doch schon entschieden; und wenn nicht, dann würde sie keiner mehr aufhalten. Die Brandung war um diese Jahreszeit sehr stark, ein herrliches Schauspiel. Die Wellenkämme leuchteten im Dunkeln wie Phosphor. Strandgut durften wir unter Androhung von Strafe nicht einbehalten Aber zumeist wurden unangenehme Dinge an Land gespült. Tote Piloten, deutsche und alliierte. Sogar Treibminen kamen landwärts. Wenn wir sie an die Bunkerbesatzungen gemeldet hatten, freuten die sich riesig, dass sie mal wieder Minen abschießen konnten. Um diese Gäste machten wir selbstverständlich einen großen Bogen. Im Verlauf von fünf Monaten hatten wir nur eine Kiste (Weißblech) gefunden. Sie war voller Schokolade (Cadburys), die schnappten wir uns natürlich. Wir vergruben die Kiste in unserem Unterstand. Alles wurde redlich geteilt, mit unserer gesamten Wachtruppe.

Weihnachten nahte. Wir mussten jetzt immer singen üben. So ein verrückter Militärmusiker wollte unbedingt einen Riesenchor aufstellen. Die Innenhöfe der Kasernen waren groß, die Akustik hier gut geeignet, und Interesse der Matrosen lag ausreichend vor. Wir hatten ja sonst nichts und waren noch blutjung. Es wurde ein offenes Viereck von vierhundert Stimmen gebildet. Ich war auch dabei. Wir hatten Probestunden in der Turnhalle, mit fünfunddreißig Matrosen. Weihnachts- und Seemannslieder wurden einstudiert, allerdings nach Dienst- und Unterrichtsschluss. Man vergaß alles Schlechte, manchmal haben wir für Momente gar nicht mehr an den Krieg gedacht, das will schon etwas heißen. Heiligabend wurde ruhig verbracht. Wir hörten Heimatgrüße über Radio Norddeich. Die Sendetürme konnten wir von uns aus sogar sehen. Am zweiten Feiertag hatte ich ab 16 Uhr Strandwache. Jäh verflog die Festtagsstimmung wie Wüstensand im Sturm. Eine furchtbare Nachricht knüpfte sich an das vorausgegangene Gerücht. Zwei Deserteure seien aufgegriffen worden und stünden offiziell vor einem Kriegsgericht. Einer der Matrosen war schon das zweite Mal erwischt worden. Uns wurde verheimlicht, dass besagter Delinquent ein Matrose unserer Schule war. Wir wussten im Nachhinein, dass dieser „kriminelle Volksschädling“ in München ein Mädchen hatte und zweimal dort war. Beim ersten Mal wurde er schon geschnappt und hätte aufhören müssen.

Gnadengesuche wurden eingereicht. Sie gingen den direkten Dienstweg an Großadmiral Dönitz. Das erste Gnadengesuch wurde von Dönitz glatt abgelehnt, zwei Tage danach das zweite. Die Feilscherei, wer zum Exekutionskommando gehören sollte, machte mich regelrecht krank. Gott sei Dank hieß es dann, Ranghöhere und Dienstältere, also ab Obergefreiter müssten es sein. Zehn Mann wurden ausgewählt. Ich, nur Gefreiter, war erleichtert. Am Ende dieser makabren Situation wurde das Sarg- und Transportkommando bestimmt, zu dem ich nun gehörte. Die Exekution war zum 31. Dezember 1944 festgesetzt, zu 8 Uhr in den Stranddünen von Dikjen-Deel. Die letzten zwei Nächte konnten wir nicht schlafen. Wir waren alle von der Wache befreit. Ich wäre lieber am Strand gewesen, um mich abzureagieren. Schon das Wellenrauschen beruhigte. Abends war noch einmal Appell. Dann kam der Tag.

Wir vier Mann, die Transportkolonne, mussten mit der Ehrenkompanie mitmarschieren. Wir alle glaubten noch irgendwie an ein Wunder, aber das war genauso unmöglich, wie an einen Endsieg zu glauben. Um 7 Uhr begann der Abmarsch. Das Gelände war weiträumig umstellt, man hatte noch zusätzlich Soldaten aus den Ortsteilen Kampen und List geholt, aber keine Marinesoldaten. Blutrot stieg die Sonne am Horizont empor, mitten im Winter, am letzten Tag des Jahres. Es muss furchtbar sein, an einem so schönen, klaren anbrechenden Morgen zur Erschießung geführt zu werden. Zwanzig Minuten vor acht kam der Lastwagen aus Westerland mit dem Gefangenen. Zusammen mit dem Sarg! Der Sarg wurde entladen und der Gefangene zu einem Pfahl geführt. Seine Augen wurden verbunden und ihm eine Metallscheibe angeheftet. Der Urteilsspruch wurde verlesen, letzte Worte vom Feldgeistlichen. Ein Offizier mit Paradeschnalle hob den Ehrendegen, ließ ihn herabsausen, und das Exekutionskommando schoss. Die Ehrenkompanie machte eine Kehrtwendung, präsentierte kurz das Gewehr, und erhielt den Abmarschbefehl. Es war gut geschossen worden, der Pfahl glatt durchlöchert, und der junge Matrose lag am Boden. Nun begann unsere Aufgabe. Ich stand regelrecht unter Schock, es waren nur noch mechanische Handlungen, zu denen ich fähig war. Der Sarg wurde geholt, und der Erschossene wurde abgebunden und hineingelegt. Es schien, als ob nichts Unnormales vorgefallen sei. Ein Feldwebel der Wachmannschaft zog dem Toten noch die Schuhe aus. Ich fand das so gemein, dass ich ihn fragte, ob wir bei den Feldschern im Dreißigjährigen Krieg wären. Seiner Antwort, der brauche keine Schuhe mehr, ich sollte mit derartigen Äußerungen vorsichtig sein, entgegnete ich, ich selbst würde Meldung machen in Westerland. Er wurde aschfahl. Das war ich schon die ganze Zeit. Mir war alles schnuppe.

Verteilung der Norweger-Spende durch das ev.Hilfswerk in Hörnum (um 1950)

Kapitel VII

Endlich Frieden

Joachim Goy: Dreimal haben wir alles verloren

Am Tag der Kapitulation bin ich mit dem Fahrrad unterwegs gewesen, um zu sehen, was so passiert. Hinter dem Bahnhof stand auf einem Gleis ein großer Werkstattbus der Wehrmacht mit einem Anhänger voller Gerätschaften. Ich hab mir die Nase an den Scheiben plattgedrückt. Da drin war eine komplette Werkstatt mit einer Drehbank, einer Säulenbohrmaschine, einer Fräsmaschine, einer Rollbank, einer Schlagschere, einem Gerät zum Blechbiegen und noch viele Geräte, die ich nicht kannte. Mir gingen die Augen über. Von so etwas konnten wir damals nur träumen. Im Bus schliefen fünf oder sechs Soldaten auf Stroh. Die fragten mich, ob ich Kaffee hätte. Ich sagte ihnen, wenn sie mir die Maschinen zeigen würden, bekämen sie auch Kaffee. Ich bin zu meiner Mutter gerannt und habe ihr gesagt, dass ich dringend zwei Eimer Kaffee für die Soldaten brauche. Na, Gerste hatten wir ja, und daraus hat Mutter dann Kaffee gekocht. Ich erfuhr, dass der ganze Zug mit allem Gerät gesprengt werden sollte. Die Soldaten sagten mir, für sie sei der Krieg zu Ende. Sie warteten nur noch auf Marschpapiere, um nach Hause gehen zu können. Vorher wollten sie noch ein paar Sachen verkloppen. Sie fragten mich dann, wer auf der Insel Jäger wäre. Sie hätten noch Gewehre, Karabiner 98 mit Zielfernrohr, und sie fragten mich nach einem Uhrmacher. Sie hatten sogar eine Uhrmacherdrehbank. Ich habe ihnen diese Kontakte gemacht, und sie kamen dann mit Schmuck und Ringen zurück. Nun brauchten die Soldaten noch Fahrräder, um nach Hause zu kommen. Fünf konnte ich auftreiben. Die beiden Fahrräder meiner Eltern, zwei Fahrräder von meinen Brüdern und mein eigenes. Ein Kollege von meinem Vater beteiligte sich an dem Handel und gab noch zwei Fahrräder dazu. Im Gegenzug wurden noch am selben Tag die schweren Maschinen ausgebaut und in unserer Werkstatt untergestellt.

Dann kamen die englischen Besatzungssoldaten. Ein Teil unseres Betriebes wurde beschlagnahmt. Da warteten die Engländer dann ihre Fahrzeuge drin. So hatte ich immer Kontakt zu den Soldaten, lernte ein bisschen Englisch und kam auch an deren Verpflegung dran, Weißbrot und solche schönen Sachen. Das war die große Zeit des Organisierens. Der Westerländer Fliegerhorst war vollgestellt mit den schönsten und modernsten Flugzeugen, über die die Luftwaffe bei Kriegsende noch verfügte. Manche Piloten waren mit dem letzten Tropfen Sprit, den sie noch hatten, hier hoch gekommen, um ihre Flugzeuge vor den alliierten Bombenangriffen zu retten. Sogar ein Messerschmidt-Turbinenjäger war hier gelandet. Wir hatten noch nie ein Düsenflugzeug gesehen. Der Hof von meinem Schwager Robert Dethlefs lag dicht am Flugplatz, und er hatte auch noch ein Stück Land auf dem Flughafengelände, das er bearbeitete. Der konnte da also rein und raus. Ich war damals 14 Jahre alt. Robert nahm mich mit auf den Flugplatz. Wir wollten mal ausgucken, was wir von diesen Flugzeugen gebrauchen konnten. Und das war nicht wenig. Uns interessierten besonders die Uhren in den Pilotenkanzeln und die Einmannschlauchboote, mit denen sie ausgerüstet waren und die Beschichtung der Tanks. Die Tanks der Flugzeuge waren aus Aluminium. Auf dem Aluminium war eine Schicht Rohgummi. Das Rohgummi war noch einmal mit Chromleder ummantelt. Bei einem Beschuss mit Leuchtspurmunition sollte das Leder das Geschoss ablöschen, so dass der Tank nicht explodieren konnte. War ein Tank leckgeschossen, vermischte sich der austretende Treibstoff mit dem Rohgummi, weichte ihn auf und dichtete so das Leck wieder ab. Wir machten uns aus dem Chromleder Schuhe und Taschen. Das Rohgummi verarbeiteten wir wieder zu Gummilösung. Die Flugzeuge wurden von Polen bewacht, die in der englischen Armee dienten. Jedes Mal, wenn wir auf dem Flugplatz auftauchten, kriegten die Polen von Robert ein paar Eier oder auch mal einen Liter Milch, dann haben die nicht hingesehen, wenn wir uns an den Tanks zu schaffen machten. Einmal haben wir in unserem Eifer den Wachwechsel verpasst. Plötzlich stand der wachhabende Offizier hinter uns und hat uns festgenommen. Wir mussten quer über das Rollfeld laufen. Der Offizier ging mit der entsicherten Maschinenpistole im Anschlag hinter uns her. Ich hatte natürlich Bammel, dass der uns auf der Rollbahn umnietet. „Du musst

keine Angst haben", sagt Robert, „der nietet uns nicht um." Ich frage ihn: „Warum denn nicht?" „Das ist ein Pole", sagt Robert, „der ist viel zu faul. Der muss uns ja hinterher wegräumen." Wir wurden eingesperrt, bis ein Dolmetscher geholt war. Dann wurden wir verhört, Robert war ja nicht auf den Mund gefallen. Er hat gesagt: „Was heißt klauen? Die Flugzeuge gehören doch nicht den Engländern. Die gehören doch uns. Die hat Adolf doch von unseren Steuergeldern gebaut." Dann wurden wir im Keller der Kommandantur eingesperrt. Am nächsten Tag wurden wir dann wieder laufen gelassen. Sonst hätten die uns ja noch verpflegen müssen.
Überall in der Stadt entstanden Tauschzentralen. Da schleppten die Leute hin, was sie entbehren konnten und versuchten, das zu ergattern, was gerade dringend gebraucht wurde. Wenn ein Kochtopf ein Loch hatte, kamen die Leute in unsere Werkstatt, und mein Vater hat da eine Niete reingeschlagen oder eine Schraube reingedreht. Alles fand noch Verwendung in der ersten Nachkriegszeit. Unser Vater setzte sich hin und machte für uns aus alten Autoreifen Schuhe. Auch aus den Bunkern wurde alles Verwertbare für die Werkstatt rausgeholt. Aus den Rohren und alten Kartuschen hat mein Vater dann Brennhexen und Kanonenöfen gebaut. Die Flüchtlinge konnten die dann bei uns gegen Bezugsscheine abholen. Wir hatten nur einen Elektromotor in der Werkstatt, und von dem wurden alle anderen Maschinen, Bohrmaschinen und Drehbänke angetrieben. Nun gab es aber keine Treibriemen mehr. Die alten Lederriemen mussten immer wieder geflickt werden. Die wurden ja auch mürbe mit der Zeit. Wenn gar nichts mehr ging, wurden alte Feuerwehrschläuche genommen. Alles musste improvisiert werden. Einmal wurde ich losgeschickt, von einem Bauern einen Sack Zuckerrübenschnitzel zu holen. „Wenn der Bauer dich fragt, wozu dein Vater die haben will, sagst du nur, das weißt du nicht", hatte mir mein Vater eingeschärft. Ich kriegte das Fahrrad meiner Schwester, weil ich da den schweren Sack gut über die Gabel legen konnte. In unserer Werkstatt wurden dann die Zuckerrübenschnitzel in einem riesengroßen Topf über dem Feuer gekocht. Das wurde dann Sirup und brauner Zucker. Den Sirup nahmen wir als Brotaufstrich. Eine Herrlichkeit. Der Zucker musste noch gebleicht werden. Als ich das zweite

Mal von dem Bauern einen Sack Zuckerrüben holte, wollte der wissen, was wir damit machen. Ich sagte ihm: „Wir füttern unsere Kaninchen damit." Als ich zum dritten Mal zum Bauern kam, sagte der: „Ich habe das meinen Kaninchen vorgesetzt. Die fressen das nicht. Sag mir, was ihr damit macht, oder es gibt keine Zuckerrübenschnitzel mehr." Als ich unverrichteter Dinge nach Hause kam, sagt mein Vater: „Oha, dann müssen wir selber eine Schnitzelmaschine bauen." Und er baute eine Maschine mit einem riesengroßen Trichter, in den ein Zentner Rüben reinging. Uns wurden immer zwei Zentner Rüben geliefert. Davon wurde immer ein Zentner geraspelter Rüben als Bezahlung zurückgegeben. Nun hatte sich aber überall rumgesprochen, was man aus Zuckerrüben machen kann, und da hat mein Vater die Maschine umgebaut zum Kartoffelreiben, Meine Mutter musste alle Bettlaken und Tischtücher hergeben. Darauf wurden die geriebenen Kartoffeln ausgebreitet und getrocknet. So hatten wir Kartoffelmehl. Und in einer großen eisernen Kasserolle wurde über dem Schmiedefeuer Gerste geröstet. Die wurde dann gemahlen zu „Kaffee-Ersatz". Das gleiche wurde auch mit Roten Beeten gemacht. Das Pulver war dann vermischt mit Wasser zu so einer Art von Kakaogetränk. Mein Vater hat auch eine Maschine konstruiert, die aus Gerste Graupen machte. Mal waren die Graupen zu klein, mal waren noch die Grannen dran. Immer wieder musste mein Vater diese Maschine umbauen, bis endlich richtige Graupen rauskamen. Ich habe meinen Vater immer bewundert, wie er das alles machen konnte.

Dann kam die Währungsreform. Die reparierten Kochtöpfe wurden nicht mehr abgeholt und blieben in der Werkstatt stehen. Die brauchte keiner mehr. Es gab ja nun neue zu kaufen. Es gab wieder Fahrradschläuche und Speichen. Die alten Fahrräder konnten wieder bei uns in der Werkstatt repariert werden. Die Menschen wurden wieder mobil. Aber jeder musste mit seinen vierzig D-Mark Startgeld haushalten, um klarzukommen. Als meine Großmutter ihren 90. Geburtstag feiern konnte, kam auch der Pastor zum Gratulieren. Der war neu auf der Insel und kannte uns nicht, Als er meine Großmutter nun fragt, ob sie Flüchtling sei, antwortet sie:

„Ich bin zwar kein Flüchtling, Herr Pastor, aber trotzdem habe ich in meinem Leben dreimal alles verloren." Das konnte der Pastor nicht verstehen. Da hat sie ihm erklärt: „Erst gab es die Abwertung der Goldmark zur Rentenmark. Da war mein Erspartes weg. Dann kam die Abwertung der Rentenmark zur Reichsmark. Wieder alles verloren. Und nun haben wir noch einmal die Abwertung von der Reichsmark zu D-Mark. Was ist uns geblieben? Nichts!"

Helmut Dethlefs: Der Sommer 45 war lang und heiss

Der Sommer 45 war lang und heiß, die Schule blieb geschlossen, und wir Jungen nahmen es als Ferien. Im August, wir spielten gerade unten am Wattenmeer, kam mein Bruder Robert nach Hause. Völlig ausgehungert und abgerissen. Er war aus der sowjetischen Kriegsgefangenschaft ausgebrochen und ist in monatelangen Märschen von der tschechischen Grenze nach Sylt gewandert. Robert war immer mein Vorbild gewesen. Er war ein Draufgänger, der vor nichts Angst hatte und sich auch nichts gefallen ließ. Der hatte immer eine freche Klappe und hat jedem gleich Bescheid gesagt. Ich habe den als Kind immer bestaunt. Dann saßen wir in der Küche, meine Eltern, meine Schwestern, der Robert und ich. Es war eigentlich wie Weihnachten. Die erste Frage von Robert war:„Wo ist Dethlef?" Es gab keine Nachricht von Dethlef. Die Freude nach Hause zu kommen und dann gleich zu erfahren, dass der Bruder verschollen war. Das war natürlich furchtbar für Robert. Die beiden waren unzertrennlich. Wir haben nie erfahren, wie Dethlef umgekommen ist.

Flüchtlingskinder auf dem Hof Bauer Dethlefs

Dann kamen die Flüchtlinge. Die gleichaltrigen Jungs waren ganz anders drauf als wir. Die hatten so viel erlebt und haben uns auch viel erzählt. Schreckliches, was für uns unbegreiflich war, wie die Oma oder der Opa auf den Wagen gestorben waren und solche Sachen. Wir in Braderup hatten doch nichts erlebt. Da waren auch Ältere dabei, die schon Erfahrungen mit Mädchen hatten. Das waren Helden für uns.

Ich mochte auch diesen ostpreußischen Dialekt. Den fand ich ganz toll damals. Wir waren so ein Pulk von zehn Jungen und haben jeden Tag zusammen gespielt. Überall gab es noch Munitionslager, und wir wussten natürlich, wo die waren. Ein Munitionslager war am Watt. Da hatten die Engländer die Munition schon rausgeholt und gesprengt. Das hatten sie nicht besonders gründlich gemacht und so haben wir immer noch was gefunden. Und damit haben wir dann weiter Krieg gespielt. Wir haben uns aus alten Brettern und Benzinfässern Stellungen und Unterstände gebaut und dann haben wir uns mit Leuchtspurmunition beschossen. Jeden Tag brannte die Heide, und niemand hat das bemerkt. Die Erwachsenen, auch meine Eltern, wussten gar nicht was wir da machen. Die haben sich nicht um uns gekümmert, so waren die mit dem Umbruch selbst beschäftigt. Die Leuchtspurmunition bestand aus einer langen roten Hülse mit einem Zughebel dran. Vorne kam die Leuchtspurmunition raus. Wir haben uns Besenstiele gesucht, diese roten Dinger da mit einem Band raufgebunden und schon hatten wir Gewehre. Damit konnten wir zielen und schießen. Beim ersten Versuch wäre beinahe ein Unglück passiert. Zog man den Abzugsbügel, lösten sich nämlich gleich zwei Schüsse. Das wussten wir natürlich nicht, und der zweite Schuss hätte beinahe einen von uns Umstehenden getroffen. Das ging haarscharf vorbei. Wir hatten auch jede Menge Nebelgranaten gefunden. Mit zwei oder drei von diesen Dingern konnte man leicht das ganze Gelände einnebeln. Das waren so Blechtöpfe und wenn man die auf den Boden schlug, kam Nebel raus. Das Zeug war auch etwas ätzend und wenn man einen Spritzer abkriegte, hatte man gleich Verätzungen auf der Haut. Das war ein toller Sommer. Alles war zusammengebrochen, aber für uns Kinder war es eine sagenhafte Zeit.

Annemarie Fahnert: Ich fühlte mich erlöst

Der Krieg ging zu Ende, und ich war ungeheuer erleichtert, dass diese Sache mit dem Nationalsozialismus nun ein Ende haben sollte. Ich fühlte mich erlöst. Obwohl ich BDM-Führerin war, stellte sich keine Trauer ein.

Annemarie Dethlefs

Bis dahin hatte ich Angst vor der Zukunft gehabt. Ich hatte gefühlt, dass es so nicht weitergehen konnte. Ich hatte diese wachsende Unfreiheit gespürt, diese Angst, die man vor jedem haben musste, der einen denunzieren konnte. In Braderup war es am Anfang nur der Postbote, der in alle Häuser kam und die Menschen bespitzelte. Dann wurden es immer mehr Menschen, vor denen man Angst haben musste. Und je näher das Ende kam, desto mehr hatte man auch was von Konzentrationslagern gehört. Vielleicht hatte man für so was auch ein offeneres Ohr bekommen. Vielleicht wollte man das vorher nicht hören. Ich weiß es nicht. Ich weiß auch nicht mehr, wie ich über den Hindenburgdamm gekommen bin. Vom Westerländer Bahnhof bin ich zu Fuß weitergelaufen. Ich war erschrocken über die vielen Menschen. Viele Flüchtlinge waren ja schon vor der Kapitulation gekommen. Nun waren die Kasernen und Wehrmachtsbaracken mit Flüchtlingen vollgestopft, und überall herrschte große Not. Wieder zu Hause fühlte ich mich geborgen. Aber ich hatte auch oft Angst. Noch nie waren so viele Menschen auf unserem Hof gewesen. Alle Schlafgelegenheiten waren belegt. Es waren ja nicht nur gute Menschen geflüchtet, es waren auch Kriminelle darunter. Alles, was nicht niet- und nagelfest war, wurde gestohlen. Beim Essen waren wir sechzehn Menschen zu Tisch, und wenn einer dazu kam, kriegte der auch noch einen Platz. Meine Mutter hatte für jeden ein Ohr, und mein Vater regelte alles mit einer unendlichen Geduld. Dann wurde alles überschattet von der Trauer, als meine Eltern die Nachricht erhielten, dass mein Bruder Dethlef vermisst wurde.

Karl Mungard: Mitten in der Nacht stand ich vor der Haustür

Am 25. Juli 45 kam ich auf einem Lastwagen in Niebüll an. Es war gegen Abend und wir mussten erfahren, dass an diesem Tag kein Zug mehr nach Sylt ginge. Auf diesen einen Tag soll es nun auch nicht mehr ankommen, dachte ich.

Fast hätte es mich noch am Tag der Kapitulation erwischt. Unsere Marineartellerieabteilung war auf der Halbinsel Hela stationiert. Wir hatten den Befehl erhalten, uns an Bord eines Minensuchbootes zu begeben, in Pillau zu landen und russische Artilleriestellungen zu zerstören. Alles war schon in Auflösung. Am Kai mussten wir durch eine wütende Menge von Soldaten. Die wollten nach Hause und begannen zu randalieren. Mit einem mulmigen Gefühl liefen wir aus. Endlich um Mitternacht wurde die Kapitulation bekannt gegeben. Der Kapitän änderte den Kurs nach Westen. Nach acht Tagen Fahrt kamen wir in Kiel an. Der Hafen war weitgehend zerstört. Die Nacht über blieben wir auf der Kieler Förde. Von überall, aus Norwegen und Dänemark und aus dem Baltikum waren Schiffe hierhergekommen. Nachts gab es ein großes Feuerwerk. Da wurde auf allen Schiffen die Munition und auch die Signalmunition verballert. Das hatten die englischen Besatzer verboten, aber niemand kümmerte sich darum. Am nächsten Morgen liefen wir aus nach Neustadt. Am Neustädter Hafen standen viele Russen und Polen. Die meinten, dass sie uns schlagen und mit Steinen bewerfen konnten. Aber wir bekamen von unseren englischen Bewachern die Erlaubnis, uns zu wehren. Als wir erstmal ein paar Russen und Polen unter unseren Füßen hatten, war das schnell vorbei. Nach acht Tagen wurden wir Marinesoldaten nach Fehmarn verlegt und in Zelten auf der Autobahntrasse untergebracht. Es gab weder Essen noch Trinken. Nach fünf Wochen wurde ich endlich nach Hause entlassen.

Auf Sylt war schon Sperrstunde. Niemand durfte noch auf der Straße angetroffen werden. Ich habe mich mit großer Vorsicht nach Hause geschlichen. Mitten in der Nacht stand ich dann vor der Haustür. Meine ganzen verlausten Sachen kamen sofort mit Mottenkugeln auf den Oberboden. Meine Eltern hatten noch immer ein kleines Stück Land. Die besten Äkker wurden nun gepflügt. In dieser Zeit musste für jedes Essen viel gearbeitet werden Wir hatten auch Schafe. Die wurden im Anwachs gehütet. Abends mussten wir die Schafe nach Hause holen, sonst wären sie gestohlen und aufgegessen worden. Es ist sogar vorgekommen, dass sie uns mitten am Tag ein Schaf gestohlen haben, das kurz vor dem Lammen war. Alles was essbar oder brennbar war, wurde mitgenommen.

Schon nach 14 Tagen konnte ich wieder bei meiner alten Firma in Wenningstedt anfangen. Wir begannen damit, die Militäranlagen abzubauen. Eines guten Morgens nahm unser Chef Herbert Holst uns junge Leute im Lastwagen mit nach Eckernförde, um da zu räubern. Einen ganzen Tag lang haben wir da in den Trümmern zusammengesucht, was wir noch brauchen konnten. Ich fand in der zerstörten Torpedoversuchsanstalt ein paar Kühlschlangen aus Kupfer. Daraus haben wir uns dann einen Destillierapparat gebaut. Damit konnten wir aus Zuckerrüben und später auch aus Korn Schnaps brennen. Zuerst haben wir den Schnaps bei uns im Hühnerstall gebrannt. Befeuert wurde die Anlage mit Altöl. Wenn die Automatik mal versagte. kam eine meterhohe Flamme aus dem Schornstein. Das war verräterisch. Darum haben wir dann den Schnaps in einer Lagerbaracke auf dem Bahnhofsgelände gebrannt. Eines Tages wurden wir entdeckt. Wir sind aber nicht bestraft worden. Die Polizisten, die unsere Brennanlage kassierten, hatten immer mal was von unserem Schnaps abgekriegt.

Im Frühjahr 46 kamen wir mit der Firma nach Ladelund. Wir haben dort die Wohnbaracken und die Anlagen für den Torfabbau errichtet. Im Lager gab es auch eine Küche. Oft gab es da seltsamen Kram zu essen. Wir haben lieber nach Feierabend noch beim Bauern für ein anständiges

Essen gearbeitet. Zweimal in der Woche gingen wir nach Medelby zum Tanz. Das war jedes Mal was Besonderes. Es dauerte auch nicht lange, dann hatten wir da ein Mädchen mit zu schlafen. Im Herbst bekamen wir dann jeder ein Fuder Torf Extrazulage. Das waren so 15 Zentner. Die wurden mit der Bahn nach Sylt geschafft. Das half uns wieder über den harten Winter 1946/47.

Willi Witte: Wir machten das Beste daraus

Nach 13 Monaten Gefangenschaft und 4 Monaten Militärzeit war es ein überwältigendes Gefühl unsere Straße mit der bekannten Umgebung wieder zu sehen. Meinen 18. Geburtstag konnte ich zu Hause feiern, obwohl ja alles knapp war. Ich war ca. 14 Tage zu Hause, da bin ich wieder zur Sylter Inselbahn und habe meine unterbrochene Lehre als Maschinenschlosser weitergemacht. Zuhause musste ich abends immer pünktlich um 22.00 Uhr sein. Aber „Lehrjahre sind nun mal keine Herrenjahre" sagt man.

Unsere Freizeit bestand meistens darin, tanzen zu gehen. Alle Lokale hatten eine Tanzkapelle. Die Kleidung der Männer bestand meist aus ehemaligen Uniformen. Marinehosen waren schon etwas Besonderes. Sogar ehemalige Jacken der Panzerfahrer tauchten auf. Viele Mädchen trugen Blusen und Röcke aus kariertem Militärbettzeug. Die Not war eben sehr groß. Aber wir machten das Beste daraus. Schnaps haben wir auch schon mal selbstgebrannt. Dieses war natürlich strengstens verboten. Zigaretten waren besonders knapp. Daher natürlich beste Währung. Der Schwarzmarkt blühte. In der Zeit lernte ich auch meine heutige Frau Gisela kennen. Sie war damals 16 Jahre alt. In den Lokalen war der Eintritt erst ab 18 Jahren erlaubt. Wenn die Kontrolle kam, hatte ich meistens eine Schulkollegin, die über 18 Jahre und schon kontrolliert war. Die ging dann nach draußen und reichte meiner damaligen Freundin ihren Ausweis durch das Toilettenfenster rein. Das ging immer sehr gut. Schlimmer war es, wenn die Engländer eine Razzia machten. Die nahmen dann immer kurzerhand alle Mädchen mit auf Lkws, mit denen sie zur Nordseeklinik gefahren wurden. Dort wurden sie auf Geschlechtskrankheiten untersucht. Darüber waren wir natürlich immer stinksauer. Einmal haben wir, als eine Razzia im Alten Kursaal war, dem Engländer die Luft aus den Reifen gelassen. Die haben uns noch mehrere Kilometer am Strand verfolgt, aber nicht bekommen. Sonst vertrug man sich einigermaßen mit den Engländern.

Hannchen Paulsen: Wir waren so tanzhungrig

Als der Krieg zu Ende war, war ich 20 Jahre alt. Wir waren so tanzhungrig, dass wir keine Gelegenheit ausließen, das Tanzbein zu schwingen. Gelegenheiten gab es in Hülle und Fülle. Auf dem Flughafen arbeiteten ehemalige deutsche Soldaten, die die Engländer noch nicht entlassen hatten. Wir nannten sie das „Schlapphutgeschwader". Sie waren in Baracken untergebracht und in irgendeiner der Baracken fand sich immer eine Musikband zusammen. Für unsere Ohren machten sie die tollste Tanzmusik. Alkohol gab es nicht, nur Heißgetränk mit Süßstoff, ein widerliches Getränk. aber es war wenigstens heiß. Wir hatten keine Tanzschuhe, die Schlapphütler trugen Stiefel, und so schwoften wir mit unseren geflickten Schuhen auf den Bretterfußböden. Wir hatten so viel nachzuholen. Es wurden Maskenbälle veranstaltet und aus wenigen Fetzen entstanden die tollsten Kostüme. Um zehn Uhr war Sperrstunde. Die Engländer kamen mit Panzerspähwagen und leuchteten in die Dörfer. Manchmal standen sie mit abgedunkelten Lichtern hinter einer Ecke. Leuchteten die Scheinwerfer auf, ging das Rennen los, über die Wälle und durch die Gärten. Wer geschnappt wurde, musste eine Nacht bei der Militärpolizei verbringen. Die Übrigen machten sich entlang der dunklen Schienen auf den Weg nach Hause.

Am 20. Juni trat die Währungsreform in Kraft. Wir hatten uns gerade verlobt und holten uns nun pro Kopf die 40 DM beim Amt ab. Wer noch ein Konto auf der Bank hatte, dem gehörten davon nur noch 10%. Plötzlich gab es wieder alles in den Geschäften, aber niemand hatte Geld. Trotzdem stand unser Hochzeitstermin für den 16.9.1948 fest, wir „hingen im Kasten". Wir holten ein paar alte Bettgestelle vom Boden und brachten sie zu unserem Nachbarn Emil Hoffmann. Der war Tischler und machte alles, wenn auch etwas grob. Er hatte für uns auch noch einen Nachtschrank, ein zweiter kam zur Hochzeit dazu. Bettgestelle, Nachtschränke und ein alter Kleiderschrank wurden cremefarben angestrichen, und es wurde ein wunderschönes Schlafzimmer. Aus einer alten Kommode mit vielen Schubladen, also mit viel Holz, wurden ein Stubenschrank und eine Anrichte. Vorne hatte die Anrichte zwei Glasfenster und war unser Prachtstück. Bald brauchten wir auch noch ein Kinderzimmer. Aus unserer alten Bettwäsche wurden Bezüge für das Kinderbett genäht und die dabei abfallenden Stoffreste wurden als Windeln benutzt.

Zu meinem Elternhaus gehörten 9 ha Land. Wir hatten damit begonnen, die Felder wieder zu bestellen. Irgendetwas musste man ja nach dem Krieg anfangen. Außer unserer eigenen Kraft und der alten „Liese", dem Pferd, hatten wir nichts. Immerhin war das Haus schuldenfrei. Meine Mutter hatte die Hypothek, die aus den Erbansprüchen meines Onkels entstanden war, mit Butter und Eiern abgezahlt, die sie nach Kriegsende auf dem Schwarzen Markt verkauft hatte. Ich sehe noch heute ihr listiges Gesicht, fast verschmitzt, wie sie die letzten 200 Reichsmark zur Sparkasse gebracht hatte. Niemand hatte gefragt, woher das Geld kam. Nun war Mutter mit viel Begeisterung dabei, wenn auch unser Heiratsentschluss ihr ein bisschen zu schnell gegangen war. Sie wirtschaftete sparsam. Alles Geld ging wieder in die Landwirtschaft. Äußerte ich mal einen Extrawunsch, sagte sie: „Jetzt haben wir erstmal sieben magere Jahre. Danach kommen die sieben fetten Jahre." Bald hatten wir ein paar Kühe, Jungtiere, Schafe, Schweine, Hühner, Enten und Gänse. Wir standen morgens sehr früh auf, die Milch musste rechtzeitig an der Straße sein. Gewaschen haben wir uns mit einer Waschschale, die mit einer Wasserkaraffe auf einem Waschtisch im Schlafzimmer stand. Mit Wäsche und Handtüchern wurde sparsam umgegangen. Wenn wir vom Melken aus dem Stall reinkamen, musste erstmal im Kohleherd Feuer gemacht werden. Wenn es gleich klappte, kochte nach einer Weile auch der Kessel und wir konnten uns den Morgenkaffee aufbrühen, natürlich keinen Bohnenkaffee, sondern Kaffee-Ersatz. Bohnenkaffee leisteten wir uns nur zum Sonntag immer ein 1/8 Pfund. Davon zauberte meine Mutter eine große Kanne voll für die ganze Familie, und er schmeckte gut. Abgewaschen wurde in einer Schüssel mit heißem Wasser vom Herd. Wer einen Küchentisch besaß, bei

dem man wie eine Schublade zwei Waschschüsseln rausziehen konnte, galt als fortschrittlich. Am Waschtag wurde die vorgewaschene Wäsche in einem großen Topf auf dem Herd gekocht, dann in einer Wanne mit einem Ruffelbrett gewaschen und mehrere Male gespült. Die Seife war schlecht und die ganze Wäsche blieb grau und unansehnlich. Draußen wurde aufgehängt, aber wir hatten auch immer Leinen über dem Herd und in der Stube zum Nachtrocknen. Das Backen im Kohleherd war nicht ganz einfach, weil man die Hitze nicht regulieren konnte. So rührte man Brot- und Kuchenteich an und brachte es zum Bäcker zum Backen. Im Winter hatten wir immer nur die Stube und die Küche, die geheizt waren. Der Rest des Hauses war eisig kalt. Wir heizten Steine auf, um die Betten anzuwärmen.
Meine Mutter starb 1957. Leider war es ihr nicht vergönnt, die „sieben fetten Jahre" noch zu erleben, und wir hatten sie auch noch längst nicht zu fassen.

Günther Habke: Wiedergutmachung

Ich wog nur noch 87 Pfund, als ich 1948 aus der russischen Gefangenschaft kam. Das letzte Stück hat mich meine Schwester begleitet. Ich war zu schwach, alleine zu reisen. Die ersten Kriegsheimkehrer waren noch mit Musik und Ansprache empfangen worden waren. Das war lange vorbei. Niemand war da, als unser Zug auf dem Westerländer Bahnhof hielt. Die wenigen Mitreisenden sahen nicht zu uns rüber, als mich meine Schwester auf den Bahnsteig auslud. Vielleicht konnten sie meinen jämmerlichen Zustand nicht ertragen. Ich konnte nicht mehr alleine laufen. Mein Vater hatte ein Fahrrad mitgebracht. Vater und Schwester hievten mich vorne auf die Stange und schoben mich vorsichtig nach Hause.

Günther Habke (undatiert)

Monatelang lag ich in unserem Wohnzimmer auf einer Matratze und wurde aufgepäppelt. Mein Vater konnte nicht verstehen, was die Russen, die den Hitler besiegt hatten, mit uns, den einfachen deutschen Soldaten, in der Gefangenschaft angestellt hatten. Der Alte war nach dem Krieg in die „Vereinigung der Verfolgten des Naziregimes“[19] eingetreten. Nun sagte er: „Wenn der Iwan meinen Jungen so behandelt hat, wie er jetzt aussieht, will ich mit diesem Verein nichts mehr zu tun haben!“, und hat sein Mitgliedsbuch zerrissen.

Mein Vater hatte sich einen großen Neufundländer angeschafft und mit diesem Riesenhund zog er wieder jeden Tag von Hotel zu Hotel und sammelte Küchenabfälle für unsere Schweine. Er hatte einen Fahrradanhän-

[19] Vereinigung der Verfolgten des Naziregimes – Bund der Antifaschistinnen und Antifaschisten e. V. gegr. 1947 mit Sitz in Berlin

ger als Hundekarren umgebaut. Wenn mein Vater nun los wollte, rief er zum Hund: „Willst du mit, Futter holen?“ Dann stand das Riesentier auf, lief raus und stellte sich an den Wagen. Das Zuggeschirr wurde angelegt, vier Milchkannen für die Abfälle wurden aufgeladen, und so zog mein Vater dann durch Wenningstedt und Westerland. Ich hätte ihm so gerne geholfen. Er war alt geworden, und ich bemerkte, wie sehr ihm ein Radio fehlte. So lange ich mich erinnern kann, hatte er immer ein Radio besessen. Zu meiner Kinderzeit war das ein Detektor mit zwei grünen Spulen gewesen. Da kam nur Quietschen und Rauschen raus, und er musste immer lange dran fummeln und drehen und suchen, bis da mal ein Sender kam. Immer neue Apparate wurden gebastelt und Antennenschnüre gezogen, bis er sich endlich ein richtiges Radio geleistet hatte. „Papa, wo ist denn dein Radio?“ Natürlich wusste er, dass sein Radio bei der Verhaftung beschlagnahmt worden war. „Wir haben zur Zeit keines. Das siehst du doch.“ „Weißt Du nicht mehr, wo das abgeblieben ist?“, habe ich ihn ein bisschen geärgert. „Ich muss wohl mal zu Dr. Grote hin“, grummelt der Alte. Es dauerte nicht lange, und er ist zu Dr. Grote hin und sagt zu ihm: „Wie sieht dat ut Doktor, Du hast damals min Radio mitnomen.“ „Kannst Du das beweisen?“, fragt Dr. Grote. „Jau, dat kann ik“, sagt mein Vater und lässt den Doktor stehen. Dann ist er zu Erich Conrad gegangen, dem Polizisten, der damals bei seiner Verhaftung dabei war. Der war kein Nazi gewesen. Der hatte auch nur getan, was er damals tun musste. „Gib mir mal eine Bescheinigung, dass ihr damals mein Radio mitgenommen habt.“ „Ja Hinnerk, die kannst Du kriegen“, sagt Erich Conrad. Die beiden kannten sich wohl. Mit der Bescheinigung geht mein Alter wieder zu Dr. Grote hin und legt den Wisch auf den Tisch. „Na“, sagt Dr. Grote, „denn gehen Sie mal zu Radio-Kriete und holen sich ein neues Radio.“ Mein Vater hat sich dann bei Kriete ein schönes Radio ausgesucht. „Dafür, dass ich im KZ gebrummt habe, kann der Grote auch ein besseres Radio bezahlen, als so einen ollen Volksempfänger“, sagt der Alte. „Das geht in Ordnung, Hinnerk“, sagt Kriete zu meinem Vater, „lass den mal ordentlich was berappen.“

Uwe Drath: Ich war gerade 18

1943 und 1944 waren tolle Fischjahre. Im Krieg durfte ja nicht gefischt werden und nun war die Nordsee vor Sylt voll von Fischen. Die Dorsche haben die Sandschollen und Seezungen gejagt bis sie japsend an Land sprangen. Man musste sie nur noch aufsammeln. Auf den Buhnen stand Angler neben Angler und haben die Fische eimerweise rausgeholt. Wer keine Angel hatte, hat die Fische einfach mit einer Forke aufgespießt, und die Soldaten haben ihre Handgranaten in die Leien[20] geschmissen. Wenn die detoniert sind, ist den Fischen die Schwimmblase geplatzt und sie sind kieloben auf dem Wasser getrieben und man musste sie nur abfischen. Meine Mutter hat die Dorsche gebraten und eingelegt. Jeden Tag gab es Fisch, bis wir nicht mehr konnten. Gehungert haben wir erst nach dem Krieg.

Mein erstes Zusammentreffen mit der englischen Militärpolizei hat mir einen Monat Gefängnis eingebracht. Ich kam gerade aus dem Kino. Für die englischen Besatzungssoldaten gab es Filmvorführungen, da haben wir uns reingeschlichen, und die waren das einzige Vergnügen, das wir Heranwachsenden nach Kriegsende hatten. Wir sind zu dritt da rein. Als wir wieder aus dem Kino kommen, werden wir von einer englischen Polizeipatrouille angehalten. Es war strenge Vorschrift, jederzeit einen Ausweis oder eine Kennkarte bei sich zu tragen. Ausgerechnet jetzt hatte ich keinen Ausweis bei mir, also sperrten sie mich in eine Arrestzelle im Rathaus ein. Mein Pech war, dass ich gerade achtzehn Jahre alt geworden war, und nun vor das englische Militärgericht in Niebüll kam. Ich wurde zu einem Monat Gefängnis verurteilt. Nach der Verhandlung wurde ich zum Spritzenhaus gebracht und für die Nacht da drin eingesperrt. Da saßen schon die ganzen örtlichen Nazigrößen drin und warteten auf ihre Verhandlung. Am nächsten Tag wurde ich von zwei englischen Soldaten abgeholt und in einem offenen Jeep nach Flensburg ins Gefängnis am Südergraben gebracht. Da habe ich dann den einen Monat mit einem

[20] von der Flut zurückgelassene Strandseen

Kanten Brot, einer Scheibe Steckrübe und einer Plürre von Kaffee voll abgesessen.

1947 hatte ich noch einmal ein folgenträchtiges Zusammentreffen mit einem englischem Offizier. Und wieder fing es vor dem Kino an. Ich will gerade in die Vorstellung gehen, da ruft mir ein Schulfreund zu: „Am Strand versäuft einer!" Ich war schon damals ein guter Schwimmer. Also rase ich runter zum Strand. Vor der Musikmuschel ist ein Menschenauflauf, aber keiner getraut sich in die Brandung. Draußen klammert sich einer an eine Buhne. Die Wellen gingen schon über ihn rüber. Ich schwimme zu dem Mann raus. Der ist nicht mehr ansprechbar und klammert sich in Todesangst mit aller Kraft an die Buhne. Ich kriege ihn da nicht los. Ich musste ihn erstmal da lassen und zurückschwimmen. Zum Glück lag am Strand ein Schlauchboot. Damit bin ich wieder raus, habe den Mann da reingezerrt und an den Strand gebracht. Da habe ich erst mitbekommen, dass das ein englischer Offizier war. Am nächsten Tag bekam ich einen Anruf von der englischen Kommandantur, ich möchte mich doch bitte beim englischen Kommandanten melden. Das war schon eine Ehre. Der Kommandant hat sich sehr herzlich bei mir bedankt und mir zweihundert Zigaretten geschenkt. Das war ein kleines Vermögen damals. So eine Rettung spricht sich ja überall rum. Auch die Zeitung hat darüber geschrieben. So hat mir das vielleicht auch ein bisschen geholfen, dass ich mit 23 Jahren Rettungsschwimmer in Westerland werden konnte. Ich war dann von 1950 bis 1964 Rettungsschwimmer und dann Betriebsleiter im Wellenbad.

Conrad Hansen: Das Schicksal hatte sie beleidigt

Während des Kriegs hatte es im Dorf nur eine bucklige asphaltierte Straße gegeben. Im Winter, wenn es glatt war, konnte sich keiner drauf halten, weil man seitlich runterrutschte. Im Sommer war der Asphalt so weich, dass wir ihn zwischen den Feldsteinen rauskratzten, Kugeln für unsere Zwillen drehten und mit den Asphaltkugeln durch die Gegend schossen. Jetzt nach Kriegsende hatten wir echte Handgranaten. Die lagen überall rum, die deutschen mit dem Stiel und die englischen Eierhandgranaten. Da war oben ein Bügel dran, den musste man abziehen, schnell bis drei zählen, und die Handgranate dann über die Kliffkante schmeißen. Das machten die größeren Jungens. Wir Kleinen waren da drin noch nicht so fit, haben nur den Bügel abgezogen und die Granate schnell weggeschmissen. Die ganz großen Könner unter uns Jungens hantierten sogar mit Panzerfäusten. Wer so ein Ding abschoss war ganz hoch angesehen. Die Soldaten, die noch auf der Insel waren, nutzten die Handgranaten zum Fischen. Sie schmissen die scharf gemachten Handgranaten ins Wasser, die Detonation zerriss den Fischen die Schwimmblase, die Fische trieben auf den Wellen und wurden aus dem Wasser gefischt. Das war verboten, aber da hat sich keiner drum gekümmert. Es gab ja auch so viel Fisch damals, vielleicht weil die ganze Fischerei während des Krieges zum Erliegen gekommen war. Die größeren Jungens standen draußen auf den Buhnen und haben Dorsch geangelt. Wir Kleinen haben uns Gazegardinen von unserer Mutter geholt und die durch das Wasser gezogen. Schon hatten wir ein paar Dosen voll Krabben oder Sprotten, die wir nach Hause brachten. Jeder wusste sich irgendwie zu helfen. Es gab kein Brennholz, aber die ganze Heide war vollgespickt mit hölzernen Pfählen. Die steckten schräg im Boden, waren oben angespitzt und sollten im Krieg verhindern, dass feindliche Truppen mit Lastenseglern landen konnten. Nun waren sie das beste Feuerholz für die Männer, die aus dem Krieg nach Hause kamen. So gruben sie die Pfähle aus, dann wurden die zersägt und in den Ofen gesteckt. Als nächstes war die Heide dran. Die ganze Heide zwischen Kampen und Braderup wurde Sode für Sode abgeschält. Vater hatte meinen Bruder und mich zum Helfen mitgenommen. Wir hatten die Aufgabe, die Soden in der Sonne zum Trocknen aufzustellen, bevor wir sie mit der Schubkarre ins Dorf transportieren konnten. Zwischen den arbeitenden Trupps sprengten die Engländer die Munitionsbestände, die sie auf der Insel vorgefunden hatten. Schossen sie eine gelbe Leuchtkugel, bedeutete das „Achtung, das Gebiet verlassen!", eine rote Leuchtkugel bedeutete „Gefahr", dann hatten wir noch zehn Sekunden zu verschwinden. Wenn die gelbe Kugel kam, haben wir noch weiter gestochen und erst bei der roten Kugel hat uns der Vater am Kragen gepackt und in ein Heideloch gedrückt. Dann zischten und sausten uns die Splitter um die Ohren, manche waren so groß wie eine Untertasse. Kam dann eine grüne Leuchtkugel, konnten wir wieder aus unserem Loch raus und weiter ritzen. So waren wir die ersten, die wieder an der Arbeit waren.

Im Süden von Kampen und entlang der Dünen erstreckte sich ein riesengroßes Barackenlager. Erbaut von der Wehrmacht und vom Reichsarbeitsdienst waren es jetzt Unterkünfte für die Flüchtlinge. Und auch an der Wattseite reihte sich Flüchtlingsbaracke an Flüchtlingsbaracke. Ich weiß noch, wie der erste Flüchtlingszug hier in Kampen ankam. Niki Franzen, unser Bürgermeister, hatte die Kampener auf die Ankunft vorbereitet. Er hatte gesagt, wenn die kommen, haben die nichts. Meine Mutter, die war ja so gutmütig, wie die meisten Frauen hier, hat ihre ganze Gästebettwäsche und Kochtöpfe abgegeben. Die Kampener und der Bürgermeister sind zur Be-

Barackenlager in Braderup

grüßung zum Inselbahnhof gegangen. Wir Kinder sind mit, weil da was los war. Und da hab ich Niki Franzen gesehen, der stand auf dem Bahnsteig und weinte. Er hatte so gewaltige buschige Augenbrauen und einen Bart und da liefen ihm die Tränen runter. Ich hatte ja noch nie einen Mann weinen sehen. Wir Kinder hatten ja von dieser riesigen Tragödie, die sich abgespielt hatte, nichts begriffen. Die Flüchtlingskinder haben kaum etwas erzählt, von dem, was sie an Schrecklichem erlebt hatten. Und wenn wir mal was mitkriegten, dann hat das unser Vorstellungsvermögen bei Weitem überstiegen. Ich kann das heute kaum beschreiben, wie diese Flüchtlingskinder damals auf mich gewirkt haben. Mir fällt nur dieser Ausdruck ein, der das nicht trifft, aber ich sag es jetzt doch mal: Sie wirkten beleidigt, vielleicht gedemütigt, von dem, was ihnen widerfahren war. Das Schicksal hatte sie beleidigt, und wir kleinen Kinder haben schnell erkannt, dass wir ohne Verdienst das bessere Los im Leben erwischt hatten.

Klaus Steindorff: Geschoben wurde alles

Bei Kriegsende besuchte ich die Quarta der Friedrich-Paulsen-Schule in Niebüll. Der Zugverkehr zur Insel war weitgehend eingestellt. Ich nahm mein Fahrrad und versuchte nach Hause zu fahren. Auf dem Damm wurde ich von englischen Posten angehalten. Da hatte ich zum ersten Mal die Gelegenheit meine englischen Schulkentnisse auszuprobieren. Nachdem die Engländer ihr deutsches Feldtelefon angekurbelt und mit dem Bürgermeister von Kampen, Nikolaus Franzen gesprochen hatten, durfte ich weiterfahren. Mein zweites Zusammentreffen mit den Engländern war am Schilderhaus in Braderup, das immer mit einem Doppelposten besetzt war. Die Soldaten stammten aus der Armee von Montgomery und waren noch mit Tropenuniformen aus ihrem Afrika- und Italienaufenthalt ausgerüstet. An die beiden habe ich mein Braunhemd für sechzig Players verscheuert. Die waren nun froh etwas wärmere Kleidung zu bekommen und mein Hitlerjugendhemd unterschied sich nicht so von ihren Armeehemden. Nun hatte ich Kapital. Jede Players brachte auf dem Schwarzen Markt zehn Mark. Ein Brotlaib kostete sechzig Mark, das waren sechs Zigaretten. Der Hunger war auf der Insel so groß, dass wir noch im Frühjahr 1946, wenn wir Kartoffeln pflanzten, jede Kartoffel halbierten, bevor wir sie in die Erde steckten. So konnten wir unsere Anbaufläche verdoppeln, aus einem Meter wurden zwei und aus zwei Metern vier. Die Insel gab ja sonst nichts her. Vielleicht mal einen Hammel abstechen, aber das war viel Aufwand und auch nicht so einfach.

Zur Erntezeit fuhren wir Jungen aufs Festland und halfen auf dem Feld. Wir brachten Kartoffeln und Möhren als Deputat mit. Auch das war wieder Kapital. Unsere Hamsterfahrten gingen bis Hamburg und bis nach Dithmarschen, um ein paar Köpfe Kohl zu kriegen. Aber womit sollten wir den Kohl denn warm machen? Zu heizen gab es nichts. Jeden Tag rumpelten englischen Armeelaster durchs Dorf. Die brachten Kohlen zu den englischen Offizieren und ihren Familien nach List. Nun hatte die Strecke vom Westerländer Bahnhof zu den von den Engländern beschlagnahmten Häusern in List eine Schwachstelle. Die war in Kampen. Da war die Straße eine kurze Strecke nicht gepflastert, und die Fahrer mussten mit dem Gas runtergehen. Da konnten wir aufspringen. Wenn die Lasterkolonne angeholpert kam, lagen wir hinterm Wall in Deckung und dann wurde vom letzten Wagen abgeladen. Das musste blitzschnell gehen, denn sobald die Fahrer wieder Beton unter den Rädern spürten, gaben sie Gas und wir mussten sehen, dass wir runterkamen. Vielleicht haben die Fahrer auch mal was gemerkt und nichts unternommen. Das traue ich den Engländern heute zu, aber ich weiß es nicht.

Im Sommer 1946 kamen schon wieder die ersten Urlauber. Meine Mutter stand am Herd und kochte von den Lebensmittelkarten der Gäste. Geschoben wurde alles, und die Zimmer wurden mit harter Währung bezahlt: Brot, Butter, Kaffee und Zigaretten. Das brachte auch wieder eine gewisse Entlastung.

Kapitel VIII

Kriegsflüchtlinge

Jochen Pleines: Uns erwartete kein Begrüssungskomitee

Uns erwartete kein Begrüßungskomittee. Von unserer Sorte gab es zu viele, und die Insulaner hatten andere Sorgen. Wir waren aus Stettin, das nun Szczecin hieß, ausgewiesen worden. Nach 18 Tage Quarantänelager in Neukirchen hatten wir in Emmelsbüll einen Zug mit Viehwagen bestiegen und fuhren nun, der Sonne nach zu urteilen, nach Westen. Meine Großeltern Spoth, meine Mutter, mein Bruder Jürgen und ich. Während die Älteren beklommen auf das Wattenmeer schauten, erfüllte mich das in der Sonne glänzende Wasser mit Jubel. Wir kamen alle aus Pomorje, dem Land am Meer, und mir war, als wenn ich Kolberg entgegenführe, der zweiten Heimat meines Vaters. Dort hatte ich die schönsten Ferien verbracht. Es ist der 21.7.1946 und ich bin 15 Jahre alt.

J. Pleines mit Mutter 1948

Unser Zug hält auf Gleis 1 am Westerländer Bahnhof. Lagerleiter Hauke hat sich eingefunden. Wir stehen am Ende des Zuges und können seine Worte nicht verstehen. Ein Megaphon gibt es nicht.

Mit der Kleinbahn geht es weiter nach Süden in das Rantum-Lager. Wir bekommen mit der vierköpfigen Familie Stricker ein Zimmer in der Kaserne der ehemaligen Marine-Nachrichten-Schule zugewiesen. 3000 Vertriebene sind hier zusammengepfercht, und mit ihnen müssen wir nun auf Gedeih und Verderb zusammenbleiben. Noch am Tag unserer Ankunft ging ich mit Opa Spoth an den Weststrand und fand einen handballengroßen Bernstein. Ein gutes Omen. War ich arm? Ich war reich. Das Meer hatte mich wieder. Was wollte ich noch? Wer hungert, kennt das erste Gebot des Königs Kohldampf: „Ich bin der Herr dein Gott, du sollst nicht andere Götter haben neben mir!" Den ganzen Tag dachte man ans Essen. Die Frauen hockten zusammen und entwarfen Rezepte, deren erster Satz lautete: „Man nehme, wenn man hat.“ Der Hunger war viel schlimmer als das Heimweh, und kein Gedanke wurde wegen des Vaterlands verschwendet. Der Hunger bestimmte weitgehend unsere Gefühlswelt. Vor dem Essenfassen zehrten wir von der Illusion, ein Stückchen Fleisch oder irgendetwas Definierbares ins Kochgeschirr zu bekommen. Dann stieg die Stimmungskurve. In der Warteschlange stellten sich dann Ermüdungserscheinungen ein, die dem Stimmungsbild dunklere Töne verliehen. Die Gerüche verhießen nichts Besonderes und festigten den Eindruck, dass einem wieder der „alte Fraß“ vorgesetzt würde. Dann im Angesicht der dampfenden Kessel und nach einem Blick in die Behältnisse der bereits Abgefertigten flachte die Stimmungskurve noch weiter ab. Während des Essens hob sich naturgemäß die Stimmung. Gewärmtes, gewürztes, mit mehligen Kartoffeln versetztes Wasser beruhigt ein wenig die Magennerven. Hinterher machte sich eine gewisse Erschöpfung breit, weil die schurrenden Magenwände dem Gehirn zu viel Blut entzogen. Wir versuchten, uns markenlose Nahrungsmittel zu verschaffen. Einmal in der Woche verkaufte der Rantumer Schlachter fleischlose Wurstbrühe. Zum Fischen fehlten uns Angelhaken, zum Schollenstechen spitze Forken, das war auch noch verboten, und Kaninchenfallen besaß wohl niemand unter den Lagerbewohnern. Handgranaten fehlten uns, und wenn wir sie gefunden hätten, hätten wir wohl kaum gewagt, sie zu zünden und ins Meer zu werfen, um Fische hochzutreiben. Uns blieben nur die Miesmuscheln. Zum Glück hatten wir einen dickbäuchigen emaillierten Kochtopf aus Stettin rüber gerettet. Dafür wurden wir von den anderen Lagerbewohnern beneidet, die in alten Konservendosen oder Marmeladeneimern kochen mussten. Als Feuerungsmaterial dienten Holzsplitter, Gras und Dachpappe. Gegessen wurde mit alten Aluminiumlöffeln, die beim Herausfahren aus dem Mund einen widerlichen Geschmack hinterließen.

Die freie Zeit wurde in den ersten Wochen, soweit es die Kräfte zuließen, zu kleinen Streifzügen genutzt, oder kräftesparend bis zum nächsten Essenfassen überbrückt, um nicht zu sagen, totgeschlagen. Im Juli/August 1946 waren wir so schwach, dass wir das Baden freiwillig strichen. Wir tauchten lediglich unter. Wir, die pommerschen Wasserratten, denen die Eltern das Schwimmen als Kinder beigebracht hatten. Zwischen Schlafen, Essen holen, Essen und Verrichten der Notdurft trieben wir ein wenig Körperpflege. Da wir keine Seife hatten, kam nicht viel dabei heraus. Die Handtücher stanken gen Himmel, so dass das schon allein genug Grund war, sie vor allzu häufigem Gebrauch zu schonen. So reduzierte sich die Körperpflege auf das Reinigen der „Klauen", Schneiden der Nägel sowie das Kämmen der Haupthaare, die lang und länger wurden. Wie stand es nun um die Behandlung des Themas Nr. 1 normaler Zeiten, dem schönen Geschlecht? Fehlanzeige. Zum einen, glaube ich, waren wir mit fünfzehn Jahren damals noch „nicht so weit". Zum anderen blieben die Reize Pubertierender unter den wenig attraktiven Trainingsanzügen verborgen. Wir waren in der Regel keine Draufgänger. Wir sprachen miteinander, hingen dabei alle in den Gräten und warteten – auf das nächste Essenholen.

Es dürfte im August 46 gewesen sein, als ich vom Westerländer Arbeitsamt aufgefordert wurde, mich zur Bunkerenttrümmerung einzufinden. Da ich fürchtete, trotz Schwerstarbeiterzulage noch mehr vom Fleisch zu fallen, machte ich mich auf die Suche nach einer Landstelle. Dann würde das Arbeitsamt stillhalten, hoffte ich. So wurde ich landwirtschaftlicher Gehilfe beim Ehepaar Johns im Herrenkoog. Es zeigte sich bald, dass Herrenkooger Bauern ein größeres Herz hatten, als es von anderen Bauern erzählt wurde, die sich angeblich wahre Paläste einrichteten, in dem sie die Not der Städter bis zum „Gehtnichtmehr" ausnutzten. Ich habe selbst gesehen, wie die Bauern im Herrenkoog nicht nur für Teppiche und Ringe etwas hergaben, sondern selbst Bettler unterstützten. Nun tauchte meine Mutter alle vier Wochen im Herrenkoog auf, um ihre drei Raucherkarten in Nahrhaftes umzutauschen. So wurden Omas und Mutters 20er und Opas 40er Zigarettenkarte auf der Basis 2 Zigaretten = 1 Ei verkloppt. Die Bauern kannten unser Schicksal und genierten sich, Mutter leer abziehen zu lassen.

Im Winter 1946/47 hatte Väterchen Frost besonders kräftig zugelangt. Vor den Johnschen Stallungen hatten sich ein paar erschöpfte Rehe niedergelassen. An diese Fleischquelle war leicht ranzukommen. Ich näherte mich vorsichtig von der Leeseite, griff die völlig entkräfteten Tiere und trug sie in den Stall, wo der Bauer das damals einzige Vernünftige tat. Andere Überlegungen hätten keinen „praktischen Nährwert" gehabt. Frau Johns kochte die Rehkeulen für mich ab und verwertete den Rest für ihre Familie. Dann machte ich mich mit meinen Schätzen und noch ein paar Kartoffeln und Brotresten auf die Reise. Ein kräftezehrender und zeitraubender Fußmarsch nach Lindholm lag vor mir. Immer wieder musste ich haushohe Schneeverwehungen übersteigen oder umgehen. Am Ziel erfahre ich, dass kein Zug nach Sylt mehr durchkommt. Also zurück und am nächsten Tag den Weg noch einmal. Gegen Mittag bin ich endlich am Bahnhof Westerland. Die Inselbahn hat den Verkehr eingestellt. Ich folge den Inselbahngleisen bis zum Gaswerk, pendele zwischen Bahnstraße und Trift, stapfe gen Westerländer Mülldeponie, wo vermummte Gestalten von mehreren Etagen Schnee schaufeln. Es sind Dienstverpflichtete, die die Schienen freilegen sollen. Ein sinnloses Unterfangen. Gegen die beißende Kälte bin ich gewappnet. Wollene Fausthandschuhe, eine Pudelmütze und einen viel zu engen Mantel, der keine Luft durchlässt und die Kledasche an den Leib presst. Darunter trage ich einen Schafwollpullover. Ein Weihnachtsgeschenk von Frau Johns. Die Wolle hatte ich von den Stacheldrahtzäunen gezupft. Durch die winterklare Luft marschiere ich bis zu den Kasernen von Rantum. Nie werde ich die nach Urin stinkenden Flure vergessen, die Gasmaskenbehälter, auf denen Kinder sitzen um ihr „Geschäft" zu verrichten oder ihre Blase zu entleeren. Die mit Eisblumen behafteten Fenster, die mit dem Gestank und der Kälte wetteifernden trüben Birnen, die an die Decke gelbliche Flecken werfen und die Bettenknüllgebirge, unter denen die Vertriebenen Zuflucht vor dem Erfrieren suchten.

Wie sich denken lässt, war die Überraschung perfekt. Im Nullkommanichts waren die Rehkeulen und die übrigen Köstlichkeiten verputzt. Niemand hatte damit gerechnet, dass Reichsbahn und Sohnematz den Schnee bezwingen würden. Freude und Stolz über meine sportliche Leistung – andere sportliche Leistungen hatte ich während meines Lebens nie geboten – erfüllten mich und wohl auch meine Mutter, die es Zeit ihres Lebens nie aufgab, an mich zu glauben.

Lucia Zieroth: Wir waren die Ostpest

Ich lebe jetzt seit über fünfzig Jahren in List auf Sylt. In den ersten Jahren unseres Hierseins waren wir Flüchtlinge keine willkommenen Gäste. Man lehnte uns gemeinhin ab und hielt zuweilen nicht mit beleidigenden und verletzenden Bemerkungen zurück. Wir waren die Ostpest. Aber inzwischen ist das Trennende längst vergessen, die gegenseitigen Vorurteile sind abgebaut. Wir haben uns gegenseitig kennengelernt, ja sogar echte Freundschaften miteinander geschlossen. So ist die Insel Sylt meine zweite Heimat geworden. Wenn ich still und behaglich in meiner kleinen hübschen Wohnung am Lister Hafen sitze und gedankenvoll die Blicke über die Insellandschaft gleiten lasse, oder auch, was ich so gerne tue, an warmen Sommertagen zwischen Kampen und Braderup auf einsamen Wegen ungestört durch die Heide und die Wiesen gehe und den jubilierenden Lerchen lausche, dann fühle ich mich wie zu Hause. Ich bin wieder das kleine Mädchen, das auf unseren Feldwegen durch Wiesen und Felder streift, und ich sehe die vielen gelben Wiesenblumen, die Margeriten, die Kornblumen und den Mohn. Zum Bild meiner Heimat in Pommern gehören auch der Kuklitzberg und der Kuklitzsee, der einst meinen Vorfahren gehörte. Den Eingang zu meinem elterlichen Fachwerkhaus umrahmten zwei große Linden, an die sich Fliederbüsche und ein Ahornbaum anschlossen. Den Giebel flankierte eine hohe Eiche. Das Prachtstück aber war die große Linde zwischen Wohnhaus und Stall. Im Sommer erfüllte sie alles ringsum mit ihrem Duft. Dann wurde ihre kugelige Krone von Tausenden von Bienen umflogen, deren Summen man bis unten hören konnte. Von unserem Grundstück und von dieser Linde träume ich noch oft.

Als ich am 8. April 1946 mit meiner siebzigjährigen Mutter und mit meiner Tante Marie nach Sylt kam, lagen fünfzehn Monate Flucht und Vertreibung durch die Russen hinter uns. Der Zug, der uns auf die Insel brachte, hatte keine Fenster mehr. In Morsum wurden wir ausgeladen und in ein Quarantänelager gesteckt. In unserer Baracke lagen wir mit etwa hundert Menschen in einem Raum. Wir schliefen auf dem nackten Fußboden, auf den man ein paar Strohhalme verstreut hatte. Überall war ein Geschrei und Gejammer. Meine gläubige Mutter hatte ihre Bibel während der ganzen Flucht bei sich getragen. Nun konnte sie sich ihre Bibel als Kissen unter den Kopf legen. Ich bekam einen furchtbaren Husten und kam für drei Tage in das Krankenrevier. Da gab es auch nichts zu essen, aber es gab Decken und ich fühlte mich wie im Himmel. Wir lagen vier Wochen im Quarantänelager und hatten fürchterlichen Hunger. Wer was zu tauschen hatte, ging heimlich aus dem Lager und tauschte. Ich hatte aber nichts. Da war eine Dame, die hat mich überredet, sie doch einmal zu begleiten. Als wir in die Nähe eines Bauernhauses kamen, ging plötzlich die Tür auf und der Bauer schrie: „Ihr verfluchtes Pack. Wenn ihr nicht sofort verschwindet laß ich die Hunde los!“ Wir haben sofort kehrt gemacht und die Beine in die Hand genommen. Da habe ich zu der Dame gesagt: „Ich bin bedient für alle Zeiten. Lieber will ich verhungern.“

Dann sind wir hier in die ehemaligen Kasernen nach Mövenberg in List gekommen. Da ging die Hungerei weiter. Wir haben die ersten eineinhalb Jahre mit neun Frauen in einem Zimmer gewohnt. Das Zusammenleben auf so engem Raum war schwierig. Wir besaßen nicht genug Löffel, nicht genug Gabeln, Schüsseln oder Messer. Abgesehen davon, dass wir kein Geld hatten, gab es ja in der ersten Zeit auch nichts zu kaufen. Der erste Winter in Mövenberg war der Schlimmste. Es gab keine Kohlen und die Lebensmittel waren knapp rationiert. Wir haben den Schnee von der Heide gekratzt, um an das Heidekraut als Brennmaterial zu kommen. Das feuchte Heidekraut und das feuchte Holz vom Strand qualmten in unseren selbstgebauten Ofen derartig, dass wir uns nicht mehr gegenseitig erkennen konnten. Am 4. Februar 47 starb ganz plötzlich und unerwartet Tante Marie. Wir konnten das gar nicht fassen, weil sie an diesem Tag von einer erstaunlichen Aktivität und einem sprühenden Humor war. Vielleicht lag es daran, dass ein Esspaket von Verwandten angekündigt war. Im Gegensatz zu meiner Mutter hat sie sich mit dem Leben auf der Insel nicht anfreunden können. Immer meinte sie: „Hier möchte ich nicht begraben werden.“

Als eine Fabrik für Papierblumen nach Mövenberg kam, hatte ich Arbeit. Wir waren 200 Frauen. In einem Zimmer waren die älteren Arbeiterinnen, im anderen die ganz jungen. Die Männer mussten die Blumen ausstanzen. Zuerst haben wir nur Nelken aus Papier gemacht. Dann wurde ich Spezialistin für Rosen. Die waren für das Hamburger Opernhaus. Ich verdiente 23 Mark die Woche. Davon musste ich Mutter miternähren. Als Seidenblumen aufkamen, ging das ganze Unternehmen Pleite. Dann kam hier eine Radiofabrik rein. Da mussten wir Schrauben aufdrehen. Eine eintönige Arbeit. Dann kam eine große Flaute. Sechzig Frauen wurden arbeitslos. Ich gehörte zu den ersten, die entlassen wurden, zu denen, die nichts taugen, wie man uns sagte. Mir lag das nicht. Meine Schrauben kriegten immer krumme Beine. Dann stand ich da, aber ich kriegte Stempelgeld. Im Sommer gab es ja Heidebeeren, die haben wir gesammelt und an Händler verkauft. Ich bin früh morgens los und war bis spät abends in der Heide. Meine Mutter ist auch oft nach List gelaufen und hat die Beeren an Private verkauft. Die Lister haben die Beeren dann eingekocht. Wir hatten doch nichts zum Einkochen. Wir sind doch nur mit einem Topf und einer Tasse hier hergekommen. Viele Frauen haben auch die Wolle von den Zäunen gesammelt und davon Pullover gestrickt. Stricken war nicht meine Art. Ich habe lieber geschrieben. Wenn ich so auf der Heide saß, habe ich Märchen geschrieben und Gedichte. Heimwehgedichte:

Verflossen sind nun Jahre
dass ich der Heimat Frühling nicht mehr sah
trotz Heide – der Traum bleibt unvergessen
der mir in der Erinnerung nah.
Wie könnte ich denn je vergessen
was ich so tief im Herzen trag
wenn schmutzig grau der Schnee am Wege
und in den Ackerfurchen lag
wenn zaghaft noch die erste Lerche
sich in die Himmelsbläue schwang
sie brachte ihrem Schöpfer singend
auf diese Weise ihren Dank.

Die braunen Ackerfurchen dampften
ein herber Duft stieg in die Höh
mir ist, als wenn ich noch am Graben
die alten grauen Weiden seh
mit Haaren und mit Weidenbüschen
trieb der noch herbe Wind sein Spiel
und längs der Schneise hin floss rauschend der Waldbach
ohne Rast und Ziel.
Mit frohem Dank erfüllten Herzen
da ich die Wintermilde sah
voll froher Hoffnung ich dem Schöpfer
um Wachstum und Gedeihen bat.
Auch hier kehrt nun der Frühling wieder
die Sonne scheint so hell und klar
doch Herz und Aug sucht hier vergeblich
nach dem, was in der Heimat war.

Das fiel einem beim Beerenpflücken alles so ein. Ich habe schon als Kind geschrieben. Geschichten, die ich den Männern bei der Feldarbeit abgelauscht hatte. Ich war schon immer eine Spinnerin. Meine Mutter hat immer gesagt: „Kein Topf ist so schief, dass kein Deckel drauf passt.“ Ich hab immer gesagt: „Bei mir passt kein Deckel drauf.“ Wollen Sie noch ein Gedicht über die Insel hören?

Dornenröschen, ein Dünenkind
es liebt die Freiheit, Sonne und Wind,
es blickt in die Täler und in die Höhn,
man kann es dort so zahlreich sehn
Dornenröschen so reizvoll und zart
schon von vielen bewundert ward
viele wollten es schon brechen
doch Dornenröschen wehrt sich mit Stechen.
Nicht geschaffen für den engen Raum
in der Freiheit träumt es seinen Sommertraum.

Hans Graff: Ich habe in meinem Leben immer viel Glück gehabt

Ich bin am 24. Februar 45 nach Sylt gekommen. Es war Nacht. Ich war zwölf Jahre alt. Bei mir waren meine 54jährige Mutter und meine 83jährige Großmutter. Wir gehörten zu dem ersten Flüchtlingstransport, der nach Sylt kam. Ich habe in meinem Leben immer viel Glück gehabt. Wir waren rechtzeitig vor den Russen geflüchtet und über die See aus Ostpreußen heraus gekommen. In Saßnitz wurden wir in einen Zug gesetzt. Wir wussten nicht, wohin die Reise ging. In der Nacht sah ich, dass der Zug über das Wasser fuhr. Als der Zug an den Bahnsteig rollte, sah ich das Schild WESTERLAND. Nun wusste ich, wo wir waren. Im Samland, aus dem ich stamme, gab es ja auch viele Bäder. Und der Badeort Kranz wurde „Das Westerland des Ostens" genannt. Deswegen war mir auch Westerland ein Begriff, ohne es zu kennen. Viele Sylter standen schon am Bahnsteig bereit, um uns mit dem Fluchtgepäck zu helfen. Dann bekamen wir im Hotel „Astoria" eine Erbsensuppe. Die war von Pieten Andresen gekocht worden. Anschließend wurden wir Flüchtlinge auf die verschiedenen Haushalte verteilt. Nun hatten wir das Glück, dass wir von einem Arzthaushalt in der Steinmannstraße aufgenommen wurden. Die Grotes waren eine patriotisch gesinnte Familie, die der Auffassung war, man müsse den Volksgenossen aus dem Osten tüchtig helfen. Sie hätten das Anrecht auf eine anständige Unterkunft und auf ein anständiges menschliches Miteinander. Wir hatten mit der Familie Grote eine Tischgemeinschaft. Das be-

Sommer 1948 Mittelschule Westerland[21]

[21] Hans Graff mittlere Reihe rechts.

deutete, dass alle Nahrungsmittel mit allen geteilt wurden. So brauchten wir in der kommenden schlimmen Zeit nie an Hunger leiden. Meine Mutter half im Haushalt. Auch meine Großmutter versuchte, so gut sie noch konnte, sich nützlich zu machen. Dr. Grote war Chefarzt vom Städtischen Krankenhaus, war Führer des SA-Sturms und ein überzeugter Nationalsozialist. Gleich am ersten Tag unserer Ankunft führte er mich an seinen großen Bücherschrank und sagte mir, ich solle mich bedienen. Ich könnte alles lesen, was ich wollte. Schon nach wenigen Tagen holte mich ein HJ-Führer ab, und ich musste noch die nächsten Monate bis Kriegsende regelmäßig zum Dienst im Jungvolk antreten, wie man das damals nannte. In meiner freien Zeit habe ich für Dr. Grote die Rechnungen ausgetragen. Manchmal musste ich lange suchen, bis ich die Straßen gefunden hatte. Fragen mochte ich nicht. Aber so habe ich Westerland gut kennengelernt. Wir hatten in dieser Zeit auch öfters nachts Fliegeralarm und haben dann in einem großen Tiefbunker oben in der Strandstraße gesessen. An das Kriegsende kann ich mich nicht erinnern. Nach der Flucht aus Ostpreußen hatten wir ja das Gefühl, auf Sylt schon fast im Frieden zu leben. Vielleicht liegt es auch daran, dass im Hause Grote nicht von der Kapitulation gesprochen wurde. An einem schönen Tag, im Spätsommer 1945 wurde Dr. Grote verhaftet und abgeführt. Er kam in das ehemalige Konzentrationslager Neuengamme. Was ihm vorgeworfen wurde, wusste ich mit meinen zwölf Jahren nicht. Das ganze Haus wurde von englischen Soldaten durchsucht. Ein Soldat fand meine Spielzeugpistole. Die hatte ich mir aus einem Stück Holz und einem Gardinenrohr gebastelt. Der Soldat versuchte immer dieses Ding abzufeuern. Ich hatte große Angst, dass ich auch festgenommen und abgeführt werde.

Nach und nach kamen immer mehr Flüchtlinge ins Haus. Im Herbst wurde das Heizmaterial knapp. Einmal hatten wir Gelegenheit, Stubben zu kaufen, die aus irgendeinem Waldstück herausgesprengt waren. Die haben wir in Dr. Grotes Garage gelagert. Die stand leer, weil auch sein Auto beschlagnahmt worden war. Meine Aufgabe war es, die Stubben zu zerkleinern. Das kostete viel Kraft. Diese Kraft hatte ich bald nicht mehr, weil es zu wenig zum Essen gab. Frau Grote hatte ja auch nur noch, was es auf Marken gab. Aber sie hatte noch gute Kontakte zum Städtischen Krankenhaus. Und so wurde ich nun jeden Tag mit einem Eimer zur Krankenhausküche geschickt. Ich sollte Futter für den Hund holen. Das hat uns vor dem schlimmsten Hunger bewahrt. Geholfen hat uns Kindern dann auch die Schulspeisung vom dänischen Roten Kreuz. Da wurde auf dem Schulhof aus einer Gulaschkanone Essen verteilt. Wir brachten dann irgendeinen Topf oder ein Kochgeschirr von zu Hause mit, und daraus musste das dann gegessen werden. Es war streng verboten, etwas mit nach Hause zu nehmen. Mein Freund Ingo hat mal gewagt, was einzustecken. Aber er ist auf dem Weg nach Hause von einer dänischen Rot-Kreuz-Schwester kontrolliert worden. Zur Strafe ist er für ein paar Tage von der Schulspeisung ausgeschlossen worden.

In der Schule hatten wir große Klassen. In unserer Klasse waren wir 45 Schüler. Es gab zu wenige Lehrer, die nicht nationalsozialistisch belastet waren. Die anderen waren ja erstmal gefeuert worden. Zu denen, die nicht belastet waren, gehörte Hans Werner Jessel, der Vater von Hubertus Jessel und Dr. Kurt März, Charly März, wie wir ihn liebevoll nannten, ein Humanist alter Schule, und Fräulein Schott. Wir hatten auch einen ganz Teil Lehrer, die das ohne Ausbildung aushilfsweise machten, wie den späteren Kurdirektor Hans Petersen.

Ich gehörte zu einer Gruppe von vier Jungen. Wir nannten uns „Die Viererbande“. Wir kamen alle vier nicht von Sylt sondern waren erst durch den Krieg hierher verschlagen worden. Wir hatten alle das Gefühl, dass wir uns hier besonders anstrengen müssen. Wir sind viel auf der Insel rum gestrolcht. Aber wir waren auch sehr emsig hinter der Schule her. Wir waren noch nicht satt. Wir hatten noch viel vor uns. Wir hatten das Gefühl, jetzt ist unsere Generation gefragt. 1950, als ich aus der Schule kam, gab es hier kaum Lehrstellen. Und da sagte schon mal einer: „Die Flüchtlinge kriegen die ganzen Lehrstellen und wir gehen leer aus.“ Das kam schon mal in manchen Gesprächen vor. Ich habe dann eine Lehrstelle bei der Stadt Westerland bekommen. Und da hab ich mir gesagt, jetzt hast du wieder Glück gehabt. Jetzt bleibst du erstmal hier. Und ich bin bis heute hier geblieben. Die Freundschaft zwischen der Familie Grote und meiner Familie hat lange weiterbestanden. Frau Dr. Lotte Grote, die später die Praxis ihres Vaters weiterführte, hat unseren drei Kindern auf die Welt geholfen und auch meine Mutter bis zu ihrem Tod betreut. Sylt ist meine Heimat geworden. Ich sage immer, Ostpreußen war meine Kinderheimat. Die war auch sehr schön. Wir sind durch die Felder getobt und haben auch allerhand angestellt. Aber die Zeit, die mich geprägt hat, war die Zeit auf Sylt. Und deshalb sage ich heute, dass ich ein Sylter bin.

Kapitel IX

Es geht wieder aufwärts

Ose Köster: Die ersten Gäste. Kumpel aus dem Ruhrgebiet

Im Frühjahr 1946 kamen wieder die ersten Gäste nach Wenningstedt. Der Bürgermeister hatte mit einer Stadt im Ruhrpott eine Vereinbarung getroffen, dass Wenningstedt den Bergleuten gegen ein bestimmtes Entgelt Zimmer zur Verfügung stellte und dafür im Gegenzug mit Kohle beliefert wurde. Die Kumpels kamen in Scharen. In fast allen Häusern waren ja noch Flüchtlinge einquartiert. Allein in unserem Haus mit zwanzig Zimmern waren noch zwölf Zimmer mit Flüchtlingen und mit ausgebombten Menschen besetzt. Diese Zimmer waren für Sommergäste eingerichtet. Die Flüchtlinge mussten sich eine Brennhexe oder einen Kanonenofen aufstellen und den Rauch mit einem Ofenrohr zum Fenster rausleiten. Alles spielte sich in einem Zimmer ab. Darin wurde dann gekocht, gewaschen und die Kinder gewickelt. In die restlichen Zimmer kamen nun die Bergleute mit ihren Familien. Die Bettwäsche mussten sie mitbringen. Die gab es in den Gästehäusern längst nicht mehr. Die war für die Flüchtlinge gespendet und eingezogen worden, die in den Kasernen in Rantum und Hörnum hausen mussten.

Die Züge aus dem Ruhrgebiet waren total überfüllt. Oft fanden die Reisenden in der Inselbahn nicht einmal einen Stehplatz. Dann hingen sie in Trauben auf den Trittbrettern. Das Gepäck schoben sie einfach aufs Dach, weil innen kein Platz war. Wenn es regnete waren die Pappkoffer und Pappkartons durchgeweicht, wenn sie die bei uns anschleppten. Dann hatten sie kein Stück trockene Bettwäsche und standen hilflos da. Ich hatte ja auch nur ein paar Briketts oder Heidesoden für den Herd. Also wurden die Gäste erstmal an den Strand geschickt zum Treibholz suchen. Dann wurde in der Küche eine Wäscheleine gezogen und der Herd angezündet. Der qualmte fürchterlich, weil das Treibholz nass war. Und so mussten die Gäste dann manchmal bis Mitternacht warten, bis ihre Wäsche trocken war und sie zu Bett konnten.
Die neuen Gäste zahlten vier Reichsmark pro Nacht plus einer Mark für das Frühstücksgeschirr. Dazu gab es eine Kanne Muckefuck. Das Frühstück mussten sie sich selber mit ihren Lebensmittelkarten besorgen. Die

Bergleute bekamen ja eine Schwerstarbeiterzulage. Was sie nicht mit ihren Marken bekamen, brachten sie in ihren vollgestopften Koffern, Kartons und Kisten mit. .Abends durften die Gäste ihr Essen auf meinem Herd zubereiten. Voraussetzung war, dass sie Heizmaterial hatten. Also mussten die Gäste jeden Tag bei Wind und Wetter an den Strand, Holz sammeln. Manchmal baten mich auch die Gäste, aus ihren mitgebrachten Lebensmitteln ein Abendessen zuzubereiten. Das habe ich immer gerne gemacht, weil dann ein kleines bisschen Besonderes für meine Großmutter, für mein Dienstmädchen und mich abfiel, etwas, das wir nicht für unsere Lebensmittelkarten bekamen. So schlugen wir uns mit den Gästen und Flüchtlingen im Haus durch. 1947 lockerte sich das hier ein wenig auf. Die Männer und Väter kamen langsam aus der Kriegsgefangenschaft zurück, und da sie auf der Insel keine Arbeit fanden, gingen viele aufs Festland. Und wenn sie dort eine Arbeit gefunden hatten, holten sie ihre Familien nach. So wurden bei uns nach und nach die Zimmer frei.

Karl Mungard: Schneevogt

Am 25 Januar 47 lernte ich bei einem Maskenball des Ringreitervereins im Nordfriesischen Gasthof meine spätere Frau Mariechen Hindrichs kennen. Sie war bei Christian Hoffmann in Morsum in Stellung. Der hatte sie auch zum Ball mitgenommen. Dreimal die Woche sind wir zum Tanzen gegangen, mittwochs, samstags und sonntags. Tanz war im „Westerkrug" und im „ Landschaftlichen Haus". In beiden Gasthäusern spielten Kapellen, und es war immer rummelvoll. Zu trinken gab es Saft und Heißgetränk. Mein Großvater hatte mir angeboten, zu ihm zu ziehen und ihm bei der Arbeit auf dem Hof zu helfen. Er bot mir an, den Betrieb später ganz zu übernehmen. Seine drei jüngsten Söhne waren in Russland geblieben. Der Zweitälteste, Willy, wollte nicht für seine Schwestern arbeiten. Und mein Vater, der älteste Sohn, war durch eine Krankheit nicht dazu in der Lage. Am 1. März fing ich bei ihm an. Meine Braut ging erstmal nach Angeln in Dienst, um noch etwas Landwirtschaft zu lernen.

Die erste Arbeit, die anstand, war Schneeschaufeln. Im Kirchenweg lag der Schnee vier Meter hoch. Da haben wir fast eine Woche dran geschaufelt. Ich wurde gleich als Schneevogt eingesetzt. Ich hatte dafür zu sorgen, dass die Wege rundum schneefrei waren. Jedes Haus musste einen Mann stellen. Dafür hatte ich zu sorgen. Einmal mussten wir mit alle Mann die Straße nach Westerland freimachen. Ein paar Lastautos mit Mais sollten von dort zur Keitumer Mühle fahren. Mit dem Maismehl wurde Brot gebacken. Das war bösen harten Kram. Aufgegessen wurde es trotzdem. Die Menschen waren in dieser Zeit sehr hungrig. Im ersten Winter war neben Schneeschaufeln und dem Stallpassen noch genug Zeit, Skat zu spielen. Jeden Vormittag kam der alte Bäcker Eduard Henningsen zu Opa rüber, um mit ihm über die Dorfbesten zu schnacken. Frühmorgens half er noch in der Bäckerei und am späten Vormittag, wenn das meiste geschafft war, ging er auf Nachbarschaft. Wenn der Schnack aufgeschlissen war, ging es rein in die Stube zum Skatspielen. Zu Hilfe kam auch oft der alte Hans Gerold. Er kam aus Insterburg, war von dort geflüchtet und hatte hier mit seiner Familie eine Unterkunft gefunden. Diese drei alten Männer haben mir das Skatspielen beigebracht. Sonntags war ich dann manchmal in Westerland, um mit meinem Vater Skat zu spielen. Er lag zu der Zeit schon stramm im Bett. Im Sommer 1948 habe ich das erste Mal mit der Söl`ring Foriining Theater gespielt. Vorsitzender war zu der Zeit Kapitän Jan Jansen. Gespielt wurde im Nordfriesischen Gasthof. Wenn es Herbst wurde, waren wir in den Sielzügen zum Aalestechen. Zunächst haben wir von einem Boot aus gestochen. Wir hatten uns immer eins geliehen, denn selbst hatten wir keines. Wenn es anfing zu frieren, haben wir Löcher in das Eis gemacht und da durchgestochen. Irgendetwas haben wir immer gefangen. Mal mehr, mal weniger. Später habe ich auch einige Reusen gehabt. Reich wurde man damit aber nicht. Jedes Frühjahr war ich mit meinen Grundleinen zum Schollenangeln. Auch wenn es zum Makrelenangeln ging, nahm ich jede Gelegenheit war, um mit zu kommen. In der ersten Zeit waren wir viel mit Alwin Schlüter und Lothar Johannsen in seinem alten Schlepper „Kleine Freiheit" los. Das war ein alter Trog, aber er war seetüchtig. Wir haben viel Spaß dabei gehabt. Wenn Alwin mit war, gab es immer eine Runde Skat und oft auch viel Punsch.

Am 1. Oktober 1950 habe ich den Betrieb von meinem Großvater in Pacht übernommen. Damit habe ich wohl ziemlich was verkehrt gemacht. Wir machten unsere Arbeit so gut wir konnten. Aber es war den anderen nicht gut genug. Immer meinten sie, dass sie uns auf die Füße treten müssten. Immer wollten sie, dass ich noch schneller arbeite. Am besten kamen wir mit meinem Onkel Willy Mungard aus, der eben nicht für seine Schwestern arbeiten wollte.

Im Frühjahr hatten wir viel Mühe mit dem Pflügen in der Feldmark. Das war erst 1936 eingedeicht worden und wurde nun Stück für Stück gepflügt. Dazu hatten wir zwei Schleswiger Pferde. Das waren starke Pferde, aber mit der fettigen Kleie hatten die auch ihre Mühe. Die Ernte fiel meistens sehr dünn aus. 1953 kriegten wir unseren ersten Trecker. Einen

Deutz mit 15 PS. Dann kaufte ich eine neue Dreschmaschine mit eingebauter Presse. Damit habe ich für andere Leute gedroschen, damit wieder etwas Geld ins Haus kam. Nebenbei haben wir in den letzten Jahren auch mal ab und zu ein Kind gekriegt. Als erste kam unsere Ose am 20.6.51 zur Welt. Der nächste war Peter am 8.5.53. dann kam Klaus am 24. 10. 54. In diesem Jahr fing ich mit dem Bau von einem neuen Stall an. Fast alles in Eigenarbeit. Das Holz habe ich am Strand gesammelt oder für wenig Geld aufgekauft. Durch die Arbeit am Bau konnte ich auch die Landwirtschaft nicht so richtig passen, wie es sein sollte. Das Geld war knapp, und die Bank wollte mir keinen Kredit mehr geben. Ich redete mit meinem Großvater, um eine neue Regelung zu finden, mit der ich wieder zu Geld kam. Aber er kündigte mir meinen Pachtvertrag. Wir mussten ausziehen. Die Arbeit von Jahren war umsonst. Wir sind dann bei den Schwiegereltern Adolf und Marie Hinrichsen in Süderende untergekrochen. Das Vieh haben wir bei anderen Leuten untergestellt. Das war eine dolle Rennerei jeden Tag.

Wenn ich Zeit hatte, half ich Peter Rönnebeck beim Muschelfischen. Die wurden im Norderhaff und ganz rauf bis zum Ellenbogen gefischt. An Land wurden sie in Tonnen gefüllt, hoch gehievt und in einen Trichter gekippt. Von da gingen sie in eine Reinigungstrommel. Sie wurden mit Wasser gespült und kamen dann auf ein Transportband. Dann wurden sie gewogen und in Säcke mit 55 Kilo Inhalt gefüllt. Dann wurden sie auf einen Lastwagen verladen. Gefahren wurden die Säcke von Uwe Lornsen. Der hatte eine Kohlenhandlung und fing nun mit einem Fuhrbetrieb an. Am Keitumer Bahnhof wurden sie dann verladen und nach Paris oder in andere Städte verkauft.

Von Adolf und Marie Hindrichs kriegte ich 1958 eine Koppel auf Nuurbanemtresker[22].Hier fingen wir im Februar 1958 an zu bauen. Uwe Lornsen baggerte den Keller aus. Da war der Boden noch gefroren. Wir hatten viel Kummer mit dem Grundwasser. An einem Sonntag im April, als wir

[22] vermutlich Wiese oder Acker nördl. vom Keitumer Bahnhof;

die Fundamente einschalen waren, schneiten wir ein. Am nächsten Tag lag ich mit einer Lungenentzündung im Krankenhaus. Als ich nach acht Tagen nach Hause kam, lag der Keller noch voll Schnee. Als es endlich Frühling wurde, konnten wir anfangen zu mauern. Als ich den Keller fast schon aufgemauert hatte, machte mir Walter Möller aus Westerland das Angebot, mein Haus hochzumauern. Er baute gerade die Keitumer Schule und konnte es nebenher machen. Thomas Nielsen machte mit mir die Zimmereiarbeiten, und Pfingsten hatten wir schon Richtfest. Das Dach hat Benjecorl Taker[23] aufgelegt. Ein Teil Reet hatte ich selbst. Die Elektrikerarbeiten machte Peter Hinrichs, der Onkel von meiner Frau. Die Installation machte Schwager Adolf. Maler- und Glaserarbeiten machte mein Schwager Kalli Kranz. Im August sind wir dann eingezogen. Am Anfang haben wir noch oben auf dem Boden geschlafen. Der Bau ging unten weiter. So haben wir eine Menge Geld gespart. Aber wir hatten ja auch keines.

Nebenbei hab ich noch bei Uwe Lornsen mitgeholfen, Müll zu fahren. Er hatte die Müllabfuhr in Keitum, Morsum und Rantum übernommen. Mit ihm kaufte ich eine Wohnbaracke in Dikjen Deel. Die Baracken waren 1935 für die Arbeiter vom Nössedeich gebaut worden, zuletzt hatten darin Flüchtlinge gewohnt. Nun sollten sie abgerissen werden. Wir haben mehrere Wochen gebraucht, um alles nach Hause zu fahren. Ich habe dann daraus eine Scheune mit Stall an meinem Haus angebaut. Das sah nicht schön aus, aber wir hatten die Tiere nun am Haus. Aber es ging mit der Landwirtschaft nicht so gut, wie wir gedacht hatten. Ich kriegte immer mehr Schulden. Das Kreisbauamt wollte mir keinen Bauabnahmeschein für den Stall geben, und so bekam ich bei der Bank keinen Kredit mehr. Eines guten Tages kam Boy Prott von der Sparkasse und machte mir den Vorschlag, meine Schulden und das Hausland zu verkaufen. Nach langer Rederei gab ich mein Jawort. Da wollte und konnte mir ja sonst keiner helfen. Ich musste das Land beinahe verschenken. Aber ich konnte es mir ja nicht aussuchen. Die Tiere wurden bis auf zwei Kühe verkauft. Für die

[23] Taker – friesisch Reetdachdecker

baute ich dann einen kleinen Stall. 4 mal 10 Meter. Im Westerende war eine Garage, in der Mitte war Platz für zwei Kühe und ein paar Schweine, im Osten war der Hühnerstall. Im Sommer haben wir dann alle Mann auf dem Boden geschlafen. Das Wohnhaus wurde an Badegäste vermietet. Inzwischen hatte ich bei Uwe Lornsen eine feste Arbeit angenommen. Die Müllkutscherei war schwer, aber ich verdiente gutes Geld. So hatten wir ein leichteres Auskommen, aber was die Hauptsache war, wir hatten keine Schulden mehr bei der Bank. Ende der 60er Jahre haben wir die letzten Tiere abgeschafft, das brachte alles nichts mehr

Max Ehlert: Agfa Clack

1949/50 hatte ich mir von meinem Malerlohn so eine viereckige Agfa Clack gekauft. Das waren die ersten Fotoapparate, die es nach dem Krieg wieder gab. Ich war Mitglied bei der freiwilligen Feuerwehr von Westerland. Das einzig höhere Gebäude, an dem wir unsere Übungen machen konnten, war der Schornstein vom Warmwasser-Badehaus. Immer wollte ich da mal rauf und Westerland von oben fotografieren. Ich war ein guter Kletterer, und als Maler gewohnt, oft auf hohen Gerüsten zu krabbeln. An einem schönen Tag sind wir zu zweit da hoch. Ungefähr auf der Hälfte macht mein Kumpel schlapp, kann keine Sprosse weiter, weder vor noch zurück. Also bin ich wieder runter, habe Seile geholt und bin wieder zu ihm hoch geklettert. Der war fix und fertig. Ich hab zu ihm gesagt, guck nicht runter und guck auch nicht hoch. Guck nur auf die Steine vor dir, bis du wieder festen Boden unter den Füßen hast. Dann hab ich ihn Stück für Stück abgeseilt. Dann bin ich noch einmal alleine bis zur Spitze hoch. Oben habe ich mich mit einer Hand festgehalten, mit der anderen habe ich versucht zu fotografieren. Durch den Sucher konnte ich nichts erkennen, habe einfach nur draufgedrückt.

Warmbadehaus

Gerhard Jepsen: Vom Krieg haben wir weiter nichts gespürt

Wir hatten einen Hof mit Milchkühen und Pferden für die Feldarbeit in Kampen. Ich hatte von klein auf an immer gerne mit Pferden zu tun. Und wenn die von der Feldarbeit kamen, habe ich mich draufgeschwungen und die Tiere auf die Weide gebracht. Es gab ja vor dem Krieg noch viele Pferde in Kampen. Kalli Brodersen betrieb Landwirtschaft mit Pferden, und Willi Kamp hatte neben der Landwirtschaft noch einen Reitstall. Im Sommer hatte er noch zwei Pferde für die Feldarbeit, die anderen Pferde gingen unter dem Sattel. Im Herbst waren wieder alle bei der Feldarbeit. Manchmal hatte er vier Stück vor dem Pflug, das waren ja leichte Pferde, keine Kaltblüter. Martin Knudsen hatte neben seiner Kohlenhandlung auch noch Landwirtschaft nebenbei und zwei Pferde. Und der Bäcker Nils Jepsen hat sein Brot auch noch mit Pferden ausgefahren. Rudi Spieß und ich, wir haben am Dorfeingang gesessen, und gewartet, wer zuerst von der Feldarbeit kam, dann haben wir das Geschirr abgemacht, haben uns draufgesetzt und sind ans Watt geritten. Da kamen die Pferde bis zum nächsten Morgen auf die Weide. Dann schnell zurück und gewartet, wer als nächstes kam. Die Bauern waren ja froh, wenn wir das machten. Nun sind wir öfters mal runtergeflogen, und die Pferde sind alleine auf die Weide gelaufen. Die kannten den Weg und wussten, wo sie hin sollten. Wir mussten zu Fuß hinterher, die Pferde hatten ja noch die Trense drauf, und die mussten wir ja wieder mitbringen. Nun ließen sich die Pferde nicht greifen, die wollten doch fressen. Jedes Mal ein Riesentheater, bis wir die Trensen hatten. Also sind wir nur

Gerhard Jepsen

außer Sichtweite geritten und haben gleich hinter der nächsten Ecke die Trense abgenommen und hinter den Wall geschmissen. Ging doch auch ohne Zügel, die Pferde liefen von alleine. Das durfte keiner sehen, aber das machten wir eben.

Vom Krieg haben wir weiter nichts gespürt. Bei klarem Himmel konnte man die feindlichen Flieger sehen, wenn sie von Westen einflogen. Dann gab es Fliegeralarm. Aber die flogen über die Insel weg aufs Festland und luden da ihre Bomben ab. Neben unserem Haus war der Luftschutzbunker. Die Einzige, die immer da drin saß, war Sophie Brodersen, die saß immer auf gepackten Koffern. Sonst ging da, glaube ich, keiner rein. Wenn es dunkel war, kamen die Flugzeuge zurück. Dann gab es wieder Fliegeralarm, und alles musste verdunkelt sein. Eines Abends, kurz bevor die Flieger zurückkamen, fing das Haus Bösch in der Whiskeystraße Feuer. Die Frau war zum Nachbarn Jörgensen ans Telefon gerufen worden und hatte vergessen das Bügeleisen abzustellen. Nun brannte die ganze Bude lichterloh, und ganz Kampen war vom Feuerschein erleuchtet. Und dann gingen die Sirenen los und die Bomber flogen über uns weg. Jeder dachte, jetzt kommen die Bomben. Aber wir hatten Glück. Keine Bombe fiel. Vielleicht hatten sie keine Bomben mehr nach.

Bei uns zu Hause in der Küche saßen die vom Zoll und spielten Skat. Mein Vater war nicht zur Wehrmacht einberufen worden und musste für den Zoll am Strand Streife laufen. Aber bei schlechtem Wetter saß er mit seinen Kollegen auch manchmal bei uns. Das Zollamt war im Haus Süderende eingerichtet. Da waren ja auch ein paar ganz Hundertprozentige dabei, von denen durften sie sich nicht erwischen lassen. Einmal hatten sie Glück. Da hatte es ordentlich geregnet, und da hat der Wachhabende, der den Tag Dienst hatte, nur zu ihnen gesagt: „Wenn ihr das nächste Mal zurückkommt, macht wenigstens vorher eure Uniformen nass."

Kurz vor Kriegsende musste ich noch in die Deutschen Jugend. DJ. Dumme Jungs sagte man dazu, wir durften nicht mal einen Schlips tragen.

Wir mussten irgendwelche Vorträge über uns ergehen lassen, und bei den meisten Übungen haben wir in der Heide gelegen und Heidebeeren gefressen. Mein Vater musste noch zum Volkssturm, aber der ist glücklicherweise hier nicht zum Einsatz gekommen. Kurz bevor die Engländer über den Damm kamen, wollte der deutsche Inselkommandant ja noch den Hindenburgdamm sprengen. Aber den haben sie dann zum Glück noch rechtzeitig festgesetzt. Wir mussten eine weiße Fahne zur Haustür raushängen und einen Zettel ans Fenster kleben, mit den Namen von allen Leuten, die im Haus wohnten.

Zuerst kamen die Flüchtlinge. In meiner Erinnerung kamen sie immer nachts mit der Inselbahn. Alle, die noch ein Fuhrwerk hatten, mussten zum Kampener Bahnhof und die Flüchtlinge mit ihrem Gepäck in die leeren Wehrmachtsbaracken bringen. In der Wirtschaftsbaracke stand noch eine alte Wehrmachtsküche, da wurde irgendwas für die ausgehungerten Flüchtlinge gekocht. Im Herbst halfen alle, die noch irgendwie kriechen konnten beim Kartoffelnammeln. Dafür kriegten sie dann Einkellerungskartoffeln. Wenn Feierabend war, sind sie dann auf dem letzten Kartoffelwagen bei uns auf den Hof gefahren, und wenn dann schon gemolken war, kriegte jeder noch ein Glas Milch.
Der erste Nachkriegswinter war ganz hart. Wir hatten es übernommen, jeden Tag die Milch aus Kampen, Braderup und Wenningstedt zur Molkerei nach Tinnum zu fahren. Jeden Tag waren wir sieben Stunden unterwegs. Oft sind wir wegen der Kälte lieber neben dem Wagen gelaufen, als oben auf dem Bock zu frieren, und wenn die Straße vereist war, wurden dem Pferd morgens noch Eisnägel in die Hufe geschlagen. Kamen wir nicht pünktlich in Tinnum an, mussten wir Kampener noch stundenlang in der Kälte warten, bis die Bauern aus Keitum, Morsum und Archsum ihre Milch abgeliefert hatten. Dann ging es den ganzen Weg zurück. Die leeren Kannen mussten ja wieder bei allen Lieferanten abgeliefert werden. Pro Tour kriegten wir 4,50 Mark. Das war Bargeld und das gab es Mitte des Monats.

Im Frühjahr, wenn wir hier in Kampen schon frisches Gras hatten, kamen die Schafe aus den Lister Dünen bis ans Dorf. Fleisch war immer knapp. Arthur Johannsen war der große Schaffänger. Wenn er zu uns kam und rief: „Fuchsjagd beendet!", dann wussten meine Eltern, dass er wieder ein Schaf gefangen hatte. Das wurde dann im Kuhstall geschlachtet. Einer hat draußen Schmiere gestanden. Am nächsten Tag gab es dann Fleisch im Topf, aber niemand durfte was merken. Auch nicht die beiden Flüchtlinge aus Pommern, die wir als Gehilfen eingestellt hatten. Ich weiß noch, wie der ältere Gehilfe den Jüngeren mal fragte: „Sag mal, glaubst Du wirklich, dass das Fleisch vom Fuchs war, was wir gerade gegessen haben?" In der Wirtschaftsbaracke wurde später auch mal ein „Flüchtlingsball" veranstaltet. Die Kampener mussten da auch hinkommen, weil sie ein bisschen was für die Flüchtlinge springen lassen sollten. Aber der Kellner war so lahm, dass sie gar nichts zu trinken kriegten. Da hat Robert Dethlefs sein Glas genommen und gesagt: „Wetten, dass der Kerl kommt, wenn ich das jetzt auf den Boden schmeiße?" Dann hat er es fallen gelassen, und der Kellner kam prompt angeschossen.

Wenn wir nicht zu Hause helfen mussten, haben wir Soldat gespielt. Die Heide zur Uwe-Düne rüber war ja von Schützengräben durchzogen. Da haben wir gespielt. Nach dem Krieg haben wir da auch noch reichlich Munition gefunden und Uniformstücke hatten wir dann auch. Da stand auch noch ein Bunker in der Heide, da sind die Größeren immer reingekrochen und haben geraucht. Wir haben die da mal drin eingeschlossen, einfach die Tür von außen verriegelt, und oben auf das Abzugsrohr haben wir eine Sode gestellt. Die wurden dann da drin geräuchert, bis einer die Sode wieder weggenommen hat. Als die rauskamen, haben wir dann ein fürchterliches Arschvoll von denen gekriegt. Natürlich haben wir uns auch mal mit den Kindern aus dem Lager gekabbelt und kleine Kriege geführt. Die Kinder aus Klappholttal waren im Nachteil, weil sie keine Schuhe hatten. Als wir das entdeckt haben, haben wir sie auf die abgemähten Reetwiesen gelockt. Da konnten sie nicht weglaufen.

Wir hatten zwar Schuhe, aber wir liefen auch in geflickten Plünnen rum. Neue Sachen, eine Hose oder eine Jacke, kriegten wir zu Petritag. Meine Tante war Schneiderin und ging im Winter von Haus zu Haus. Eine Woche oder zwei vor Petritag kam sie zu uns. Immer mussten wir uns auf den Stuhl stellen zur Anprobe, damit sie sich nicht bücken musste. Am Petritag, wenn es nun losgehen sollte, wurde Tante Tinne nicht fertig. Immer musste noch was geändert werden. Eine Katastrophe für uns Kinder. Im Roten Kliff, dem heutigen Dorfkrug, war nachmittags Tanz für die Kinder und abends für die Erwachsenen. Da spielte eine Kapelle mit einer Geige, einem Akkordeon und Schlagzeug. Unsere Lehrer waren auch da und passten auf, dass die Jungen nicht rausliefen, wenn zum Tanz aufgespielt wurde. Wenn Petritag auf einem Werktag lag, saßen die Väter nach Feierabend in der Gaststube und spielten Skat. Aber vorher kamen sie in den Saal und verteilten Pidersdaigroschen. Wenn wir so 50 Pfennig kriegten, war das ganz toll. Das ging so, bis wir sechzehn Jahre alt wurden. Dann mussten wir warten, bis uns die Eltern abends zum Erwachsenenpetritag mitnahmen.

Wenn im Sommer die Gäste kamen, haben wir am Westerländer Bahnhof die Züge abgepasst und haben den Kurgästen, die weiter nach Kampen oder Wenningstedt wollten, die Koffer zum Inselbahnhof getragen. In der Inselbahn haben wir uns dann am Schaffner vorbei geschmuggelt, wir konnten uns ja während der Fahrt von einem Waggon zum anderen hangeln, und wenn die Gäste in Kampen ausstiegen, waren wir wieder zum Koffertragen zur Stelle. Aber da stand dann Jens Johannsen, der Bahnspediteur mit seinem Fuhrwerk. Wenn der uns sah, war er mit seiner Peitsche hinter uns her und hat uns vom Bahnhof gejagt. Wir haben gewartet, bis er sein Fuhrwerk mit Koffern voll hatte und abfuhr. Dann sind wir zurückgekommen. Die Gäste hatten ihren Spaß dabei, und wir haben noch mal ein paar Groschen verdient.

Silvester war es üblich, dass die Jungen losgezogen sind und die Gartenpforten ausgehängt und verschleppt haben. Am nächsten Tag mussten die Besitzer sie irgendwo in der Heide oder hinter dem nächsten Wall suchen. Auch die Ackerwagen und Hänger wurden vom Hof geholt und irgendwo hingefahren. Sogar Boote haben wir verschleppt. Wer ein Angelboot und ein Ruderboot besaß, hatte das im Winter ja auch am Haus stehen. Und wenn die Straße schön glatt gefroren war, konnten wir die gut wegziehen. Dieter Gottschlich ist Silvester bei Kalli Brodersen aufs Dach gestiegen und hat nasse Säcke auf den Schornstein gelegt. Dann ist er rein gegangen und hat Kalli gefragt, warum es in der Küche so qualmt. Minna Stolley haben wir auch mal geräuchert. Wir nannten sie die JU 88, weil sie so voluminös und immer hinter den Soldaten her war. Als sie Hochzeit hatte, sind wir hin zum Poltern. Nun war es in Kampen immer üblich, dass die Poltergäste ins Haus geholt wurden. Aber wir wurden nicht reingebeten. Ihr Bräutigam, ein gewisser Missig, kannte das wohl nicht. Rudi Spieß fand eine Holzplatte und kam auf die Idee, wir legen denen die Platte auf den Schornstein und räuchern sie. Na, am nächsten Tag sah das Brautpaar auch die Platte auf dem Schornstein und wusste, warum der Rauch nicht abgezogen war. Der Rudi musste also noch mal aufs Dach und die Platte runterholen. Da war die durchgekohlt. Hätte ja auch das ganze Haus abbrennen können. Einen Silvester haben wir das Auto von Günter Rieck in der Jauchekuhle von Willi Kamp versenkt. Die war nicht tief, aber innen ist die Kiste ordentlich nass geworden. Am nächsten Tag wurde die wieder rausgezogen, und damit hatte sich das. Solche Streiche hat dann Kalli Köster beendet, als der hier Sheriff wurde. Nun hatten wir einen Dorfpolizisten, der kein Auto und keinen Führerschein hatte. Aber der konnte mit seinem langen Mantel und mit seinen Reitstiefeln schneller rennen als wir. Das wussten wir nur noch nicht.

Thorwald Ahlborn: Meine Jugendzeit war eng mit Klappholttal verbunden

Für mich stand schon als kleiner Junge fest, dass ich einmal in die Fußstapfen meines Vaters treten und Arzt werden würde. Mein Vater, Knud Ahlborn, war 50 Jahre alt, als ich geboren wurde. Er hatte schon in den zwanziger Jahren in Kampen eine Arztpraxis eröffnet und von hier aus auch den Nordteil der Insel betreut, zu Pferd, weil es ja noch keine Straße nach List gab. Sein treuer Olaf war ein alter Zirkusgaul, und mein Vater erzählte gerne, wie er zu den Klängen einer Musikkapelle am Munkmarscher Fährhaus getänzelt hatte.

Thorwald Ahlborn 1969/70

Vaters Herz gehörte der freideutschen Jugendbewegung. Als 17jähriger Unterprimaner hatte er den „Hamburger Wanderverein" gegründet, als junger Student die „Deutsche Akademische Freischar" und hatte 1913 auf dem Hohen-Meißner-Treffen die Feuerrede gehalten: „Die Freideutsche Jugend will ihr Leben nach eigener Bestimmung, vor eigener Verantwortung in innerer Wahrhaftigkeit gestalten. Für diese innere Freiheit tritt sie unter allen Umständen geschlossen ein. Alle Veranstaltungen der Freideutschen Jugend sind alkohol- und nikotinfrei." Natürlich wurde auch bei uns zu Hause weder geraucht noch Alkohol getrunken. Vater war Guttempler. Bei uns trafen sich die „Freideutschen", Freunde und Weggenossen meines Vaters, die sich der Jugendbewegung verbunden fühlten. Sie tagten bei uns im Wohnzimmer, alle Stühle aus dem Haus wurden herbeigeschafft, und es wurde lange diskutiert. Wir Kinder lachten darüber. Wir verstanden noch nicht, was diese Menschen bewegte.

Es gibt zahllose Geschichten und Anekdoten aus dem Leben meines Vaters. Einige hat er gerne selbst immer wieder erzählt. Zu diesen gehörte die Geschichte, wie er Klappholttal in den Lister Dünen für die Freideutsche Jugend entdeckt hat. 1919, der 1. Weltkrieg war gerade vorbei, kam Vater als Feriengast auf die Insel. Er hatte in Hoyer das Fährschiff bestiegen, aber in Folge eines Oststurmes konnte das Schiff nicht im Munkmarscher Hafen anlegen und musste nach List ausweichen. Von dort wurden die Fahrgäste mit der Inselbahn nach Westerland transportiert. In Klappholttal musste die Lok Wasser aufnehmen. Ich kann mich noch an den riesigen Schwenkarm mit seinem großen Hahn erinnern. Klappholttal, ein ehemaliges Militärlager der Reichsmarine, stand leer und sollte abgerissen werden. Während die Lokomotive auftankte, inspizierte mein Vater die Baracken. Viele Unterkünfte waren eingefallen, nur das Offiziershaus und der Regimentspferdestall schienen noch unversehrt, und es fuhr Vater durch den Kopf, aus den verbleibenden Baracken hier mitten in den Dünen, direkt am herrlichen Weststrand, einen Treffpunkt für die Jugendbewegung zu machen. Bei einem zweiten Besichtigungstermin stellt sich heraus, dass auch noch fünf weitere Gebäude im Westen gut erhalten waren. Nach einem Telefongespräch mit meinem Großvater in Berlin, der gerade eine staatliche Entschädigung für seine im Krieg zerstörte Forschungsanlage bekommen hatte, konnte mein Vater die Gebäude für 30 000 Mark erwerben. So entstand 1919 das „Freideutsche Jugendlager Klappholttal“, das mein Vater bis zu seinem 85. Lebensjahr geleitet hat.

Knud Ahlborn mit Söhnen u. Kriegswaisen 1948[24]

[24] Von l. nach r.:: 2 Waisenkinder, Haushaltshilfe, Bruder Boye, Vater Knud, Bruder Volker und Thorwald Ahlborn

Eine andere Geschichte erzählt, wie es zum Bau meines Elternhauses in Kampen kam. Auch sie beginnt in der Inselbahn. Da hatte mein Vater einen Herrn getroffen, der ihm erzählte, er habe in einem Preisausschreiben ein Holzhaus gewonnen und wisse nun nicht, wo er es aufstellen könne. Mein Vater bot ihm an, das Holzhaus auf seinem Kampener Grundstück aufzustellen. Später hat Vater es erworben, mit Ziegelsteinen ummauert und Stück für Stück erweitert. Ich erinnere mich noch, dass in manchen Räumen, die schwere Balkenkonstruktion zu erkennen war. Dazu fällt mir noch eine Anekdote ein. Als Vater einmal einen seiner vielen Vorträge in Klappholttal hielt, bekam er die Nachricht, dass unser Nachbarhaus brennt. Vater sagte nur, er habe jetzt keine Zeit zu kommen und setzte seinen Vortrag fort. So wichtig war ihm wohl der Gedanke, den er gerade vortrug.

Mein Vater hatte sehr viele Interessen. Als junger Arzt hatte er per Zufall mal ein Mittel gefunden, das gegen Verbrennungen wirksam ist. Er hatte sich bei irgendeiner Laborarbeit verbrannt, und hatte zur Kühlung seine Hände in irgendeine Lösung gesteckt und bemerkt, dass die Schmerzen nach einer kurzen Steigerung abnahmen. Auf diese Weise hat er sein Mittel „Brandfort“ entdeckt und weiterentwickelt. Das lief so nebenher. Er war auch homöopathisch tätig. Auf der Kampener Heide blühte noch reichlich Arnika. Von den Blumen hat er die Köpfe abgetrennt und in Alkohol eingelegt. Das wurde eine Tinktur, die man dann verdünnt zur Behandlung von Blutergüssen benutzen konnte.

Auch für den Sylter Naturschutz hat sich mein Vater eingesetzt. Er hat schon 1924 den „Verein Naturschutz Sylt“ gegründet. Das war, wenn ich richtig informiert bin, der zweite Naturschutzverein, der in Deutschland gegründet wurde. Sylt steckte ja damals noch voller Bunker und Militäranlagen aus dem 1. Weltkrieg. Aber er hatte schon damals erkannt, wie schützenswert die Insel war, und das zeugte von seinem großen Weitblick. Er war einer der ersten, die hier in Kampen Bäume pflanzten Es gab ja hier in Kampen nur wenige Grundstücke mit Bäumen. Er pflanzte Sitkafichten, weil er gehört hatte, dass die vom Wind nicht gebeugt wurden, wie er so schön sagte. Auf der Windseite sahen sie zwar hässlich und braun aus, die Zweige gingen in die Leeseite, aber sie wuchsen gerade. Als die Kampener Vogelkoje nach dem Ende des 2. Weltkriegs zu verwahrlosen drohte und von den hungernden und frierenden Flüchtlingen aus dem „Lager Skagerrak" auf der anderen Seite der Lister Straße geplündert wurde, hat mein Vater eine alte Wehrmachtsbaracke gekauft und einen Kojenwärter eingestellt. Die 20 000 DM für die Baracke hatte er natürlich nicht. Dafür hat er Grundstücke in der besten Lage, an der Kampener Wattseite, verkauft. Ich weiß noch, dass vor unserem Haus ein Schild stand: „Grundstücke zu verkaufen. Quadratmeter 1 DM". Das wurde später verbessert auf 1,20 DM und 1,50 DM. Mit diesem Geld hat er die Vogelkoje gerettet.

Wir hatten auf unserem Grundstück einen Vogelbeerbaum, und da hat meine Mutter ein wunderbares Gelee von gemacht. Von ihr weiß ich nicht sehr viel, außer dass sie uns sehr geliebt hat. Sie starb 1949. Sie war eine wunderbare Frau, sehr gläubig. Sie hatte Brustkrebs und hat den Tod ganz bewusst auf sich zukommen sehen. Sie hat die Details ihrer Beerdigung noch selbst bestimmt und geordnet. Nach ihrem Tod hatten wir eine Reihe von Hausdamen, die die Familie betreuten. Mein Vater, der graphologisch sehr versiert war, hat diese Damen auch nach graphologischen Gesichtspunkten ausgesucht. Er sagte später gerne: „Ich habe Euch an der langen Leine geführt." Ein schönes Bild, finde ich. Sehr frei. Vater war auch im Gemeinderat, und obwohl er tausend andere Interessen hatte, war er nicht fern. Wenn wir ihn brauchten, war er für uns da. Wir fühlten uns geliebt, und er hat immer für uns gesorgt. Vater hatte bald nach dem Krieg wieder ein Auto. Das war ein DKW mit Stoffbespannung. Wir Kinder sagten verächtlich „Leukoplastbomber", und tatsächlich wurde das Auto auch von ihm mit Leukoplast repariert. An die Hinterseite des Wagens hatte er eine kleine Plattform mit einem Geländer bauen lassen, da konnten immer zwei von uns Kindern drauf mitfahren und die Beine

runterbaumeln lassen. Später hatte er immer Volkswagen, seine „Dünenmäuse“, wie er sie nannte.
Unser Garten hatte eine große Anziehungskraft für alle Kinder, weil da schon Bäume waren, auf die man klettern konnte. Es gab für uns außerdem eine Wippe und eine Schaukel. Wenn wir ums Haus tobten und den Praxisbetrieb störten, kam Vater manchmal raus, und ermahnte uns leise zu sein oder woanders zu spielen. Ein „In -die -Wüste -Schicken“ war es, wenn er sagte: „Spielt doch auf der Heide.“ Die Heide war ja zu nichts nütze in unseren Augen, das war Wüste, da konnten wir nicht mal Fußball spielen. Deshalb waren wir auch froh, als die Heide abgeplackt wurde. Die wurde doch abgestochen und als Feuerung benutzt. Und auf diesen nackten, harten Sandflächen, die dann übrig blieben, darauf konnten wir wunderbar bolzen. Wir spielten Räuber und Gendarm, trieben Trudelreifen mit Stöcken vor uns her und haben Altpapier und Altmetall gesammelt. In den Kampener Dünen gab es den „See der sieben Inseln“ und es gab die „Wunderkuhle“ mit einem alten Bunker, in dem es die wunderbarsten Sachen merkwürdiger Art zu finden und auszugraben gab. Einmal habe ich einen alten Eimer ohne Boden nach Hause gebracht. Da ließ dann Vater wieder einen Boden reinmachen. Er hat selbst gerne am Haus geklütert und handwerkliche Sachen gemacht, wenn er Zeit hatte. Einmal hat er ein Stück von einer Flugzeugtragfläche nach Hause gebracht. Da kamen vier Pfähle drunter, und so hatten wir ein Gartenhaus mit Aluminiumdach. In der Silvesternacht haben wir so allerhand Unsinn getrieben, das war jahrzehntelang so üblich bei der Kampener Jugend. Da wurden Gartenpforten ausgehängt, und einmal wurde sogar das Ruderboot von meinem älteren Bruder Boye auf das Dach von Kaufmann Brodersen verholt. Die Mutter von Conny Hansen hat noch lange erzählt, wie ich als kleiner Buttje mal am Silvesterabend bei ihr vor der Tür stand und gefragt habe: „Ist Conny da? Wir wollen Streiche machen.“

Bei meiner Einschulung in der Norddörfer Schule waren wir in meinem Jahrgang hundert Kinder. Wir wurden in zwei Klassen mit je fünfzig Kindern aufgeteilt. Viele Klassenkameraden waren Flüchtlingskinder.

Ich kann mich noch gut an das große Flüchtlingslager erinnern, das sich vom Ortsrand bis zum Leuchtturm hinzog. Überall roch es nach Fisch und Elend. Mein Vater war nach seiner Entlassung aus der Kriegsgefangenschaft auf einem alten Fahrrad vom Typ „Wanderer", das uns auch noch lange dienen sollte, vom Bodensee nach Sylt geradelt. Nun wurde auf sein Betreiben und mit Hilfe des englischen Kommandanten das zerstörte Klappholttal zu einem Heim für Kriegswaisen umgestaltet und mit Hunderten von Kriegswaisen belegt, die in Viehwagen und miserablem Gesundheitszustand eintrafen und in Klappholttal entlaust, ärztlich versorgt und aufgepäppelt wurden. Jeden Sonntag gab es für die Kinder eine Morgenfeier. Da wurde gesungen und Vater hielt eine große Rede, in der er irgendeinen Gedanken aufgriff, der ihm wichtig war. Vater hat gerne Reden gehalten, auch in der Familie. Und immer hat er darin betont, wie wichtig ihm die Familie war und der Zusammenhalt. Auch Weihnachten vor Heiligabend ist die ganze Familie erstmal nach Klappholttal gefahren, zur Weihnachtsfeier mit den Waisenkindern, bevor wir zu Hause die Bescherung gemacht haben. Wir Jungens haben davon sehr profitiert, denn so hatten wir zweimal Weihnachten. Als ich konfirmiert wurde, bekam ich den Stoff für meinen Konfirmationsanzug aus der Klappholttaler Schneiderei. Ein fester guter Stoff, und ich habe den Anzug heute noch.
Der Übergang vom Waisenheim zum Ferienheim kam allmählich. Es wurden immer weniger Waisenkinder und es kamen immer mehr Erholungskinder, aber Klappholttal blieb eng mit meinem Leben verbunden. Als auch immer mehr Feriengäste auf die Insel kamen, wurde unser Haus im Sommer vermietet und dann zog die ganze Familie nach Klappholttal, und wir sind dann von dort aus mit der Inselbahn zur Schule gefahren. Manchen Sommer stand mein Bett in einem schmalen Flur, gerade breit genug den Mitbewohnern noch Platz zum Durchgehen zu lassen. Ich habe die Zeit in Klappholttal immer als eine große Bereicherung empfunden. Klappholttal wurde eine Heimvolkshochschule. Nicht in dem Sinne, dass die Teilnehmer Kurse besuchten für die sie ein Zertifikat bekamen, sondern in dem Sinn, dass sie dort einen Aktivurlaub machen, in dem sie ihren Gesichtskreis erweitern können. Schon immer wurde das Musische

stark gepflegt. Immer gab es Instrumentalmusik, es ist viel gesungen worden und immer gab es Volks- und Gesellschaftstanz. Es gab immer wichtige Vorträge und Kurse, und ich bin schon als Kind dort vielen Menschen und bedeutenden Personen begegnet, die ich sonst nie getroffen hätte. Sie gehörten zur Familie und waren für mich Freunde und Onkel mit denen ich aufgewachsen bin.

Jörg Gfrörer: Jung Deutschland

Das erste Kinderheim hieß „Jung Deutschland". Ich erinnere mich nicht an das Meer und den Strand. Nicht an die Heide, nicht an die Dünen, an nichts, was ich dort gesehen haben muss. Nur an die Inselbahn, an die kleine dampfende Lokomotive mit den zwei angehängten Wagons, die an dem Haus vorbei fuhr. Ich stand am Fenster und konnte ihr nachsehen bis sie vor dem Wenningstedter Kleinbahnhof hielt. Ein einstöckiges, seltsam weiß gestrichenes Gebäude mit einer schwarzeisernen Überdachung auf der Bahnsteigseite. In meiner Erinnerung waren die Perrons immer mit lachenden und lärmenden Fahrgästen gefüllt. Gern hätte ich eine von diesen Ansichtskarten mit der Inselbahn, die von der Heimleitung nur an die Ferienkinder, nicht an uns, die kleine Schar Dauerbewohner, ausgegeben wurden, an meine Großmutter in Braunschweig und an meine Mutter geschrieben, die irgendwo, ich glaube, es war in Hamburg, eine Ausbildung zur Masseurin angefangen hatte. Ich wollte weg. Ich wusste nur nicht wohin.

Ich war sieben Jahre alt. Meine Großmutter hatte mich zum Bahnhof gebracht. Ich trug ein Schild mit einem roten Kreuz um den Hals, das, so nehme ich heute an, mich als alleinreisendes Kind auswies und mein Fahrziel Westerland angab. Mit vielen Ermahnungen, mich von niemandem ansprechen zu lassen, nur den Weisungen des Bahnpersonals Folge zu leisten, hatte mich meine Großmutter in den Zug gesetzt. Nach jedem Halt kam der Schaffner vorbei und kontrollierte die Karten der Zugestiegenen, niemand beachtete mich. In Hamburger-Altona wurde ich einer Rot-Kreuz-Schwester übergeben und in die Bahnhofsmission gebracht. Vielleicht gab es einen Becher Tee, einen Muckefuck, eine Stulle, ich habe es vergessen. Dann wurde ich mit ein paar Buntstiften in einem Raum eingeschlossen. Die Fenster waren so hoch angebracht, dass ich nicht hinaussehen konnte. Nach einer gefühlten Ewigkeit wurde der Raum wieder aufgeschlossen und die Rot-Kreuz-Schwester brachte mich zu einem Anschlusszug. Der Zug war voll. Ein paar Fahrgäste mussten auf Anordnung des Schaffners zusammenrücken, damit ich noch einen Platz bekam. Eine

Gruppe englischer Besatzungssoldaten füllte den Gang mit ihrer fremden Sprache und ihrem Gelächter. Irgendwann muss der Steppke mit dem Schild um den Hals ihre Aufmerksamkeit geweckt haben. Sie klopften mir auf die Schulter. Sie waren auf dem Weg zu ihrer Einheit auf dem Westerländer Fliegerhorst. Wir hatten das gleiche Reiseziel,

Eine quälende Stunde Mittagsruhe täglich im „Jung Deutschland". Draußen scheint die Sonne. Wir müssen im Bett liegen. Die Fenster sind abgedunkelt. Nur an den Rändern der dunkelgrünen Jalousien dringt noch ein Lichtstrahl in unseren Schlafraum. Das ohrenbetäubende Aufbrüllen der Motoren, das lang anhaltende Jaulen der Düsen vor dem Start dringt vom nahe gelegenen Fliegerhorst zu uns rüber. Aber unerträglicher als Donnern und Brüllen, das immerhin eine Abwechslung bringt, ist die dann folgende Stille. Flüstern verboten Wir sollen schlafen. Was mach ich hier? Wer holt mich hier raus? Kein Geräusch ist im Haus zu hören. Die Betreuer haben ihre Mittagspause für einen Strandgang genutzt. Die Zeit dehnt sich. Am Nachmittag ist der Himmel von Kondensstreifen durchzogen. Die englischen Kampfflugzeuge schleppen lange weiße Luftsäcke mit einem roten Punkt als Zielscheiben hinter sich her. Der Anblick der englischen Düsenjäger am Himmel soll mir bald so vertraut werden, dass ich ihnen keine Beachtung mehr schenke. Erst Jahre später, die Zeit im Kinderheim lag lange hinter mir, sah ich den Flugzeugen mit ihren Luftsäcken wieder hinterher,

Brit. Meteor mit Zielscheibe über dem Ellenbogen

wenn sie über die Norddörfer flogen. Hatte ein angreifendes Flugzeug das Schlepptau getroffen, sank der Luftsack mit langsam trudelnden Bewegungen zur Erde. Dann sprangen wir Jungs auf unsere Fahrräder, immer in der Hoffnung, ihn vor Eintreffen der englischen Militärpolizei in der Heide oder den Dünen verstecken zu können. Das grobe Plastikgeflecht war unverwüstbar. In den Flüchtlingsbaracken hing es vor den Fenstern, Säcke wurden daraus genäht, den Handwerkern und Bauern diente es als Wind-und Wetterschutz. Bei uns Zuhause und in vielen anderen kleinen Beherbergungsbetrieben lag es noch zehn Jahre später als Matratzenschoner in den Gästebetten.

Vielleicht war es, dass wir das gleiche Fahrtziel hatten, vielleicht waren sie froh, einmal mit einem deutschen Jungen in Kontakt zu kommen, vielleicht brauchte ihre überschäumende gute Laune nur ein Ventil. Ich durfte bei den englischen Fliegersoldaten im Abteil sitzen, bekam Kekse und Cola, drehte auf, schüttelte mich vor Lachen über Witze, die ich nicht verstand. Ein Soldat zog die Fensterscheibe herunter und stimmte das Lied an: „It`s a long way to Tipperary", und die anderen stimmten ein: „It´s a long way to go". Ihre Stiefel stampften im Marschschritt auf den Boden. Die Mitreisenden starrten feindselig zu uns rüber. Ich kletterte einem Soldaten auf den Schoß und steckte den Kopf in den Fahrtwind. Eine Colaflasche kippte um, der Soldat setzte mich ruckhaft auf den Boden. Seine Hose hatte hässliche dunkelbraune Flecken. Den Rest der Fahrt musste ich wieder auf meinem Platz zwischen den stummen deutschen Fahrgästen verbringen, die mich keines Blickes würdigten.

Im „Jung Deutschland" gab es unter der Holztreppe, die zu den Schlafräumen im oberen Stockwerk führte, einen Verschlag. Den Schlangenschrank. Ungehorsame Kinder, so war uns angedroht worden, kämen eine Nacht in den Schlangenschrank. Ich glaube, kein Kind hatte jemals den Schlangenschrank betreten. Aber nach jedem, auch nur dem belanglosesten Regelverstoß malten die älteren Kinder uns aus, welche Höllenqualen uns in dem von Schlangen und Ratten bewohnten Verlies erwarteten. Ich wollte diesen Erzählungen nicht glauben, aber die Angst vor dem Schlangenschrank ließ mich nicht los. Ich war Bettnässer. Jeden Morgen versuchte ich das Aufstehen so lange hinaus zu zögern, bis sich eine Möglichkeit fand, das durchnässte Laken irgendwo zu verstecken. Ich stellte mich schlafend, hustete, schützte Fieber und Schüttelfrost vor, bis der Weckdienst meine Decke wegzog und die „Sauerei" der Heimleitung meldete. Zur Angst vor dem Schlangenschrank kam der Hass auf den Weckdienst. Hinter dem Haus gab es einen Küchengarten. Kinder, die sich freiwillig für einen der vielen Dienste, Tisch-, Abräum-, Aufräum-, Fege- oder Weckdienst gemeldet hatten, durften sich in diesem Gärtchen ein Flachsbeet anlegen. War der Flachs getrocknet, wurde er auf einen kleinen Webrahmen gespannt. Wenn wir uns mit Papier, Schere und den immer gleichen Buntstiften und vollgeschmierten Malvorlagen beschäftigen mussten, durften diese Kinder die gewalkten Flachsstengel zu Bildern und Mustern verweben. Die besten Arbeiten sollten prämiert und aufgehängt werden. Eines Tages waren die Beete zertrampelt und der Flachs von den Webrahmen geschnitten. Man machte sich nicht die Mühe, lange nach einem Schuldigen zu suchen. Der Verdacht fiel sofort auf mich, und nach einem kurzen Verhör wurde ich mit viel Gejohle und Geschubse in den Schlangenschrank gesperrt.

Das nächste Heim war das „Wigwam", ein reetgedeckter Klinkerbau aus den 30er Jahren am Ortsausgang von Kampen. Ein Feldsteinwall umschloss das große Grundstück. Von den oberen Fenstern konnten wir im Osten das Watt und im Süden den Kampener Leuchtturm sehen. Sah man über die Heide zum Watt, lag auf der gegenüberliegenden Straßenseite eine schmutzig braune Baracke. Wäsche hing auf der Leine, die Farbe blätterte von den Fenstern. Eine schwerförmige Frau mit schlohweißen Haarens saß tagein tagaus unbeweglich vor dem Eingang. Waren wir unbeobachtet, öffneten wir ein Fenster oder trommelten hart gegen die Scheiben, johlten, hüpften, wedelten mit den Armen, schnitten Grimassen bis wir ihre Aufmerksam erregt hatten. Dann stieß sie einen uns unverständlichen auf- und abschwellenden Klageton aus, bis ein Mitbewohner in der Tür erschien und die erregte Schwachsinnige ins Barackeninnere zog. Wir nannten sie Marie, und es hieß, der Russe habe ihr eine Mistforke in den Kopf gestoßen.

Auf der dem Dorf zugewandten Seite des „Wigwam“ gab es ein Stück von Sträuchern und allerlei Unkraut bewachsener Wiese. Darüber verlief ein Plattenweg, der zu der angrenzenden „Wirtschaftsbaracke“ mit der Tischlerei, dem Behandlungszimmer des Wenningstedter Zahnarztes und dem Schlachthaus führte. Unter dieser Tür ergoss sich an Schlachttagen ein dampfendes Rinnsal aus Blut, Seifenwasser, Hautfetzen und Schweineborsten über den Plattenweg. Den ganzen Sommer über war dort ein Schimmel angepflockt. Das Fell war ungepflegt. Vielleicht war das Tier auch schon sehr alt. Nie wurde es zur Arbeit abgeholt, nie sah ich jemand, der es mit Futter oder Wasser versorgte. In meiner anfänglichen Verlassenheit fühlte ich mich zu dem Tier hingezogen, ließ schon mal ein Scheibe Brot oder eine Apfelspalte unter dem Tisch verschwinden, um es dem Schimmel heimlich über den Wall zu werfen.

Das „Wigwam“ wurde von zwei älteren Damen geleitet, der gütigen Tante Elma und der wegen ihrer Unberechenbarkeit gefürchteten Tante Margot. Tante Elma zog sich in den Wintermonaten ganz in ihren Wohnbereich im Erdgeschoss zurück. Wir bekamen sie dann nur zu Gesicht, wenn wir einen Brief nach Hause schicken wollten. Sie verbesserte unsere Fehler und ergänzte unsere Briefe mit kleinen Hinweisen, wie „Alle Kinder wurden satt“ oder „Jörg fehlte der Mittagschlaf“, die unsere Klagen unglaubwürdig machten. Tante Margot bewohnte ein Zimmer im Obergeschoss. Musste ich mit ihr das Einmaleins üben, verschloss sie die Tür. Wusste ich wieder einmal nicht wieviel sieben × sieben sind, mein Kopf setzte in Erwartung des Schmerzes jedes Mal aus, stach sie mir mit einer Nadel in den Arm. Briefe, in denen wir uns über Tante Margot beschweren wollten, wurden nicht abgeschickt. Die immer stumme Tante Bertha war für das Essen zuständig. Nur in der Adventszeit, ich glaube es war am Nikolaustag, durften wir einmal ihre kleine Küche betreten. Mit dünner wispernder Stimme wies sie uns an, aus einer Masse von gemahlenen Mandeln, Zucker und ein paar Tropfen Rosenwasser Marzipanfiguren zu kneten. Waren die getrocknet und zum Glänzen gebracht, durften wir unsere Figürchen als Geschenk für die Eltern in die Weihnachtsferien mitnehmen. Mein Bruder und ich waren immer die letzten, die abfuhren. Im Dunklen wurden wir geweckt, im Dunklen warteten wir hinter einem Fenster auf die Scheinwerfer einer schwarzen Mercedeslimousine, die durch das Gartentor bog und vor dem Haus hielt. Der Chauffeur verstaute unsere Rucksäcke im Kofferraum, wir ließen uns in die unendlich weiche Rückbank fallen und Herr Schmidt, der Kampener Taxiunternehmer, rollte mit uns zum Westerländer Bahnhof. Am Abend in Braunschweig, so wussten wir, würde unsere kleine Großmutter, hochaufgerichtet, die weißen Haare von einem Netz aus Naturhaar zusammen- gehalten, auf dem Bahnsteig stehen. Sie würde uns an die Hand nehmen, wir würden mit der Straßenbahn fahren, auf den Weihnachtsmarkt gehen und auf unsere Mutter warten.

Vielleicht war der Gedanke wegzulaufen schon immer da, vielleicht ist er aber auch erst an diesem Tag entstanden. Strandtag. Wir gingen in Zweierreihen durchs Dorf, dann über die Kampener Heide zur Sturmhaube, einem reetgedeckten Holzbau mit einem kleinen Buchladen und u-förmig angelegten Umkleidekabinen. In einem der mit Hängeschlössern versehenen Holzspinde waren unsere Strandutensilien: Eimer, Schaufeln, Fähnchen und Korkwesten für die Nichtschwimmer eingeschlossen. Es gab für uns Jungs nur ein Klo, vor dem wir in einer langen Reihe antreten mussten. Am Strand sollten wir unsere Hose ausziehen. Ich konnte nicht, ich hatte in die Hose gepisst. Es gab keine Ersatzhose und ich wurde von der vielleicht etwas überforderten jungen Erzieherin nach Hause geschickt. Heulend vor Wut und Scham, den Kopf gesenkt, lief ich los und verließ bald den gewohnten Strandweg, um niemand begegnen zu müssen. Je weiter ich mich von allen Strandgängern entfernte, umso ruhiger wurde ich. Sah mich um, suchte nach einer Lösung und nahm meine Umgebung vielleicht das erste Mal als einen begehbaren Raum war. Ich wollte das Dorf umgehen und wählte einen Trampelpfad entlang des

Dünenfußes um von Süden das „Wigwam“ unbemerkt zu erreichen. In einer warmen, windgeschützten Dünenkuhle streckte ich mich aus. Wollte meine Hosen in der Sonne trocknen lassen. Ich schloss die Augen und roch den trocknen warmen Sand. Ich war ganz weit weg und niemand vermisste mich. Mit einem Mal war es ganz einfach. Ich rannte los, so schnell, dass mich niemand sehen konnte, flog über die Heide und die Schienen der Inselbahn, umkreiste die Wirtschaftsbaracke, sprang über dampfende Pfützen mit Blut und Schweinsborsten. Der Schimmel stand angepflockt auf seiner Wiese und hob den Kopf. Ich sprang auf seinen Rücken, sah zwischen den Pferdeohren das „Wigwam“ vorbeifliegen, zog eine Schleife um die Spitze des Kampener Leuchtturms und galoppierte auf einem Kondensstreifen davon.

Irgendwann gab ich meinen Plan, auf dem Rücken des Schimmels abzuhauen, preis. Das Licht in den Schlafräumen war schon eine Weile aus, das Flüstern und Erzählen ging noch von Bett zu Bett. Ein Neuankömmling hatte Heimweh. Da begann ich gegen sein Schluchzen anzureden. Bald hörten mir alle zu. Ich schlug vor, dass wir uns abwechselnd auf den Schimmel setzen könnten, bekam aber nicht den erhofften Beifall, schlimmer noch, mein Plan wurde nicht ernst genommen. Aber die Idee, einfach weit weg zu laufen, die Eltern an der Tür zu überraschen oder wie Huckleberry Finn am Mississippi ferne Abenteuer zu bestehen, blieb ein paar Tage in unseren Köpfen. Kaum war das Licht ausgemacht, wurden neue Fluchtpläne geschmiedet, mal mit einem Segelboot, mal mit einem Fahrrad oder auf Schusters Rappen. Wir gingen alle in die erste oder zweite Klasse. Nach der Schule sollte es losgehen, und wir begannen jeden Tag, die Schulbrote für die Flucht aufzusparen. Alle machten mit. Keiner wollte ein Feigling genannt werden.

Die Norddörfer Schule lag damals wie heute auf halber Strecke zwischen Kampen und Wenningstedt. Die Klassen 1-3 wurden in zwei hinter dem Hauptgebäude liegenden ehemaligen Wehrmachtsbaracken unterrichtet. In der letzten Stunde hatten wir Musikunterricht bei Lehrer Bulgrien, einem hageren ausgezehrter Mann, der kaum sprechen konnte, und unter ständigem Auswurf litt. Wie uns berichtet wurde, hatte er einen Lungensteckschuss aus dem Krieg mitgebracht. Zum Abschluss der Stunde wurde gesungen. Wie oft, wenn es das Wetter zuließ, stand Bulgrien am offenen Fenster, begleitete uns auf seiner Fiedel und spuckte seinen Auswurf in die Büsche. Ich betete, dass das Lied nie zu Ende ginge. Solange wir sangen, solange Bulgriens alter Vogelkopf zur Musik vor- und zurückschnellte, solange seine Spucke im hohen Bogen in den Busch flog, war das Abenteuer Flucht noch eingesperrt in die Dunkelheit unseres Schlafraums.

Unser Plan sah vor, uns im Schutz der Dünen um den Fliegerhorst herum zum Hindenburgdamm zu schleichen. Es muss ein schöner Sommertag mit sehr guten Sichtverhältnissen gewesen sein. Wir trödelten den Kampener Schülern hinterher, ließen den Abstand immer größer werden, dann, kurz vor dem Leuchtturm bogen wir vom Schulweg ab, liefen zur Chaussee und versteckten uns im Straßengraben. Auf der einzigen Verbindungsstraße zwischen List, Kampen, Wenningstedt und Westerland herrschte in der Mittagszeit kaum Verkehr. Wir warteten bis die Kampener Schüler hinter den Büschen am Leuchtturm verschwunden waren, dann rannten wir geduckt über die Chaussee, mussten noch ein Feld und ein Stück Heide überqueren, bis wir den Schutz der Dünen erreicht hatten. Vielleicht hatten wir noch ein paar Haken geschlagen, um Verfolger abzuschütteln, jedenfalls hatten wir alle die Orientierung verloren, als wir uns erschöpft in einem Tal in den Sand schmissen. Noch war Zeit umzukehren. Niemand hätte uns im „Wigwam" vermisst. Keiner sagte etwas. Ein Spähtrupp wurde ausgeschickt. Dann standen wir am Kliff und sahen aufs Meer. Noch nie hatte ich das Meer von so hoch oben gesehen. Die Menschen, die am Flutsaum spazierten, erschienen mir klein wie Spielzeuge. Ich kannte zwar das Kliff hinter der Sturmhaube, hatte öfters vom Strand zu den Kindern hoch gesehen, die im Aufwind ihre Drachen steigen ließen, aber die waren nah gewesen, ich konnte das Geknatter der Papierdrachen hören, wenn sie vom Wind erfasst wurden. Hier drang kein Laut, kein Kindergeschrei vom Strand zu uns herauf. Wo waren wir? Wir wagten nicht näher an die Kliffkante zu gehen, aus Angst von unten entdeckt zu werden. Oben auf einer Düne ragten die Reste eines gesprengten Bunkers in den Himmel. Die Eingänge waren mit Sand zugeschüttet worden. Verrostete Stahlstreben ragten aus dem Sand, Reste eines erloschenen Feuers, Müll lagen verstreut im Sand. Der meterdicke Beton hatte der Sprengung standgehalten.

Bunker am Kampener Kliff

Von hier oben sahen die Strandbesucher winzig aus. Nach Süden konnten wir über die Dächer der Wenningstedter Häuser hinweg bis zum alten Kurzentrum von Westerland sehen. Im Süd-Osten sahen wir die Keitumer Kirche und vielleicht dahinter noch das Nösse Kliff und den Hindenburg Damm im Dunst des Wattenmeers verschwinden. Alles lag zu unseren Füßen und war doch unendlich weit weg. Ein Junge begann zu weinen. Schweigend kletterten wir von unserem Bunkerausguck runter. Als ich an der Reihe war, hatten die Ersten hatten schon den Heimweg angetreten. So schlichen wir in das Heim zurück.

In der ersten Hälfte der Fünfzigerjahre war Kampen wieder zu einem beliebten Ferienziel geworden. Das neu eröffnete Kampener Kurhaus aus dem Jahr 1891 und die gleich davor liegenden Hotels „Meeresblick“ und „Rungholt“, erbaut 1933, gehörten wieder zu den ersten Adressen in Kampen. Meine Mutter hatte in der ebenfalls in der Kurhausstraße liegenden Pension „Friesenburg“ eine Unterkunft gefunden. Einmal, an einem schönen Sommertag, als sie sicher sein konnte, dass alle Gäste die Pension in Richtung Strand verlassen hatten, nahm sie uns in ihr neues Zuhause mit. Vorbei an einer Schar wütender Gänse, die sich in ihrer Mittagsruhe gestört fühlte, schlichen wir uns durch einen Nebeneingang in die „Friesenburg", liefen durch den Speisesaal, entlang an vielen weiß gedeckten Tischen mit goldenen Tischlampen, schon gedeckt für das Abendessen mit glänzenden Tellern und silbernen Bestecken, stiegen eine kleine Treppe hoch in den ersten Stock, irrten durch dunkle unter der Dachschräge verlaufende Gänge mit vielen Türen und goldenen Zimmernummern und kletterten auf den Dachboden über eine Ausziehleiter, die unsere Mutter, kaum waren wir alle oben, wieder einzog. In einem aus wenigen Brettern errichteten Verschlag, der zur Aufbewahrung von Reisekoffern diente, hatte die Pensionswirtin für meine Mutter ein Feldbett, einen Garderobenständer und eine Waschschüssel aufstellen lassen. Von hier zog unsere Mutter jeden Morgen in die umliegenden Hotels, um ihre Dienste als Masseurin und Heilgymnastin anzubieten, immer gepanzert mit einem hoch geschlossenen, weiß gestärkten Kittel, der bei seiner zähen und mageren Trägerin die weiblichen Rundungen nicht einmal mehr erahnen ließ. Hatte sie im ersten Sommer auch nur wenige Patienten, reichte das Geld schon im nächsten Jahr für kleine schmucklose Kärtchen, die meine Mutter in allen Kampener Hotels und Ferienpensionen hinterließ.

Auch das „Wigwam" füllte sich im Sommer mit Ferienkindern. Viele Eltern zogen es vor, ihren Kampenurlaub ungestört zu genießen. In der Veranda wurden zusätzliche Liegen für die Gastkinder aufgestellt und uns langjährigen Dauerbewohnern das Privileg eingeräumt, zusammen mit den Ferienkindern zu übernachten. Kam Ludolf, der Enkel von Tante Elma zu Besuch, wurde im Garten ein Zelt aufgeschlagen. Wir durften uns als Indianer verkleiden und bekamen einen bunten Pappreifen mit aufgeklebten Muscheln und Glasperlen auf den Kopf. Die Mädchen durften nur eine Feder als Kopfschmuck tragen, wir Jungen durften je nach Rang in der Sippe, uns mehrere Federn an das Stirnband heften. Ludolf war unser Häuptling Winnetou. Unter seiner Anleitung übten wir das Anschleichen, Aufspüren und Vertreiben vermeintlicher Eindringlinge auf dem Grundstück. Nach dem Spiel wurde im Zelt eine Wolldecke, das Bärenfell, ausgebreitet, Bonbons, Lutscher und Gummibärchen ausgestreut und Ludolf übernahm das Verteilen der Beute.

Ich genoss die Abende und Nächte in der Veranda. Vor den großen Fenstern gab es keine Gardinen. Mal peitschte der Wind den Regen gegen die Scheiben und tanzten die Bäume und Sträucher einen nächtlichen Tanz, mal konnten wir unter einem nie vorher erlebten Sternenhimmel auf unseren Feldbetten liegen und uns Spinnen erzählen. Das waren spontan erfundene Erzählungen von einem Zuhause mit mächtigen Vätern und tapferen Brüdern oder fernen Abenteuer in Urwäldern und Wüsten. Die Mädchen entschieden welche Spinne gut oder blöd war. Erweckte eine Spinne oder ihr Erzähler ihr besonderes Interesse, wurde diese bis zum Einschlafen weitergesponnen. Manchmal spekulierten wir auch im Schutz der Dunkelheit darüber, welcher Junge in welches Mädchen verliebt sei und versuchten aus den Mädchen herauszulocken, ob einer von uns bei ihnen eine Chance hätte. Ich beteiligte mich an solchen Spekulationen lieber nicht. Ich hatte schon einmal bei einem nächtlichen Frage- und Antwortspiel von einem Mädchen eine Absage bekommen, weil ich in ein Sitzenbleiber sei und jeder wisse, dass ich es nur einer sehr lautstarken Auseinandersetzung meiner Mutter mit der Klassenlehrerin zu verdanken hätte, dass ich nicht in dem für seine Irrenanstalt berüchtigten Schleswig auf einer „Klippschule", wie wir die damaligen Sonderschulen nannten, gelandet sei. Nach solchen nächtlichen Gesprächen fühlte ich mich sehr einsam und beschloss, mich in Dorle zu verlieben. Dorle war nur in den Sommerferien im „Wigwam". Sie war etwas größer als ich und hatte eine kleine kreisrunde Narbe von einem glühenden Zigarettenanzünder auf ihrer Wange. Jeden Nachmittag wurde sie von ihren Eltern in einem großen amerikanischen Auto zum Eisessen abgeholt. Einmal durfte ich mitfahren und neben Dorle auf der Rückbank sitzen. Niemand sollte etwas von meinerLiebe zu Dorle erfahren und so blieb es diesen Sommer bei gelegentlichen heimlichen Blicken und eher zufälligen Berührungen. Ich konnte warten. Ich wusste ja, ich würde

Dorle auch noch in den nächsten und in den übernächsten Ferien an ihrer kreisrunden Narbe wiedererkennen. Aber es sollte keine gemeinsamen Ferien mehr geben. Im Herbst konnten mein Bruder und ich endlich das Heim verlassen. Meine Mutter hatte von der Gemeinde ein Grundstück zum Vorzugspreis bekommen, hatte die Zusage für einen Baukredit erhalten und hatte eine vorübergehende Bleibe für uns gefunden. In den nächsten Sommerferien strich ich um das„Wigwam“ herum. Es gelang mir, eine Nachricht für Dorle ins Haus zu schmuggeln. Wir trafen uns geschützt von Heckenrosen hinter dem Wall, der das Heimgrundstück einfasste. Dorle strahlte mich an und erzählte pausenlos, was sie in diesen Ferien noch Tolles vorhabe. Ich war so verlegen, dass ich kein Wort herausbrachte und von einem Bein auf das andere trat. Zum Abschied bekam ich von Dorle meinen ersten Kuss.

Der erste Winter in einem eigenen Zuhause. Zwei kleine Zimmer mit einer Kochnische für meine Großmutter, meine Mutter, meinen Bruder und mich. Wir waren eine von mehreren Mietparteien, die für einen Winter in dem Haus am Wattweg Unterschlupf gefunden hatten. Vor dem Haus verlief an hölzernen Masten aufgehängt eine Stromleitung. Das Heulen des Sturms und der helle Gesang des Windes in den Leitungen waren ständig um uns und begleiteten mich bis in die Träume. Ein Gefühl großer Geborgenheit überkommt mich noch heute bei starkem Sturm. Vielleicht war es die Geborgenheit der kleinen Wohnung. Vielleicht war es auch das Licht der Straßenlaternen, das mir entlang der heulenden und singenden Drähte den Weg wies. Vielleicht war es auch die Botschaft einer überschaubaren menschlichen Gemeinschaft anzugehören, die durch diese Drähte mit einander verbunden waren. Das Heulen und Singen in den Drähten hörten die Frauen, die schützend ihre Kopftücher festhielten, wenn sie vom Wind getrieben über die Straße liefen, der Briefträger, der tief gebückt sein Fahrrad schob, die Zimmerleute, die vom Gerüst gestiegen waren und sich im Bauwagen wärmten, der Busfahrer, der hinter der geschlossenen Tür saß und sich weigerte Passagiere in seinem schwankenden Gefährt zu befördern, der Kaufmann, der sorgenvoll durch seine vibrierende Schaufensterscheibe nach draußen starrte. Trat ich morgens bei Dunkelheit in das Heulen vor der Tür, prüfte meine Großmutter noch einmal, ob der Südwester mit den schützenden Ohrenklappen auch wirklich unter dem Kinn festgezurrt war. Und ließ ich das Heulen mit dem letzten Mast und der letzten Laterne hinter mir, wusste ich, welcher Wind mich auf dem weiten Feld bis zum Leuchtturm erfassen würde.

War ein schwerer Sturm am Abflauen gingen wir mit unserer Mutter an schulfreien Tagen frühmorgens ans Meer. Der Strand war dann übersät mit Treibholz, hier und da von der Wucht der Wellen zu hohen Haufen zusammengeschoben. Weiß abgeschälte Baumstämme und Äste, zersplitterte Bohlen, Bretter, Kisten mit fremdländischen Aufschriften, Tauwerk, zerrissenen Netze, Flaschen, vom Treiben in Sand blind geschliffen, auch Plastik, oft schwere Planen, die sich nicht unter dem Sand hervorziehen ließen, tote Möwen und Enten, oft schon vom Fuchs an der Brust aufgerissen und Seehundskadaver. Vermutlich schon beim ersten Licht hatten die Männer aus den Flüchtlingsbaracken begonnen, die besten Bretter und Heizmaterial in die Dünen zu schleppen und im Sand zu vergraben. Besonders begehrt waren die schweren hölzernen eisenbewehrten Deckplanken, die bei Sturm und schweren Seen über Bord gegangen waren.

Wir waren auf der Suche nach Fischerkugeln. Diese Kugeln aus dickem dunkelgrünem und manchmal auch aus leuchtend tiefblauem und braunem Glas, die von Fischern zum Auftrieb der Netze verwendet wurden, waren eine begehrte Trophäe, hingen, wenn sie noch in ein Netz eingeflochten waren an den Fenstern und wurden auf den Friesenwällen als Schmuck ausgestellt. Ein Dauerthema in der Schule war die verrostete Munition, die immer wieder an den Strand getrieben wurde. Jeder Fund sollte sofort gemeldet werden. Aber wo und wie den Fundort beschreiben? Ich hatte einmal einen Fund unserem Dorfpolizisten gemeldet, der sich nicht besonders dafür zu interessieren schien. Die kleinen verrosteten Geschosshülsen lagen noch lange am Strand herum, bis sie von der Flut wieder ins Meer zurück gespült wurden. Fand ich später am Strand noch ein Stück Munition, egal welcher Größe, buddelte ich ein Loch, schob das Geschoss vorsichtig hinein und bedeckte es sorgfältig mit Sand. Das Haus „Ahrenshoop", in dem wir untergekommen waren, lag in Sichtweite des „Wigwams" am Wattweg. Dazwischen lag die große Scharff-

Wiese, die der alten Frau Scharff[25] gehörte. Sie wohnte in dem neben uns liegenden Haus, dem vielleicht ältesten und schönsten Friesenhaus Kampens. Ihre Erscheinung flößte mir Respekt ein. Ihr weißes Haar, das sie offen trug, war sorgfältig frisiert, dazu trug sie stets eine weiße Weste aus Schafswolle und lange, bis zur Erde reichende Röcke. Sie grüßte, wenn wir an ihrem Haus vorbei gingen, mit einem unmerklichen Kopfnicken um dann gleich weg zu sehen und wenn ich ihr begegnete, sah sie durch mich hindurch, als hätten wir nicht das Recht hier zu wohnen. Einmal entdeckte ich zwei fremde Männer auf ihrer Wiese. Da rannte die alte weißhaarige Frau aus dem Haus, schüttelte wütend ihre Fäuste über dem Kopf und schrie: „Diese Wiese wird niemals verkauft!“ Die Schafe, die auf der Scharff-Wiese weideten, gehörten aber nicht ihr, sondern dem alten Bohn aus dem Flüchtlingslager. Der zog mit seinem zweirädrigen Karren täglich bei uns vorbei, irgendwie unheimlich mit dem schäbigen Mantel, den schmutzigen Arbeitshosen, die Schirmmütze tief ins Gesicht gezogen und immer eine Stummelpfeife zwischen den Zähnen. Einmal rief ihn meine Mutter ans Haus und ich durfte das neugeborene Lämmchen, das er auf er auf dem Arm trug, streicheln.

Am anderen Ende des Wattwegs, dort wo er sich in mehreren Trampelpfaden zum Watt hin verlor, stand der „Ziegenstall“, ein kleines, fast rechteckiges reetgedecktes Haus ohne Schornstein. Die Fensterläden waren immer geschlossen. Bis in den späten Hebst kam die Besitzerin Valeska Gert fast täglich einmal an unserem Haus vorbei. Eine sehr kleine, sehr aufrecht gehende alte Dame, in meinen Kinderaugen eine Greisin.. Immer trug sie einen aus schwarz glänzendem Leder gefertigten Hosenanzug mit einem roten Halstuch. Unter den sehr kurz geschnittenen schwarzen Haaren ist mir das kleine weiße Gesicht mit dem schmalen roten Mund und den großen schwarzen Augen in Erinnerung geblieben. Sie sah nie zu uns rüber, wenn sie mit einem schwarzen Beutel zum Einkaufen ging und zum ersten Mal hörte ich das Wort Jüdin. Meine Mutter erzählte einmal lachend, sie habe beobachtet, wie Valeska beim Kaufmann ihr Geld aus einem schmierigen kleinen Beutel auf den Tresen gezählt habe. Nun wusste ich also auch, dass Juden mit schmie-

[25] Ilona Helene Scharff, Witwe des Bildhauers, Medailleurs u. Grafikers Edwin Scharff † 1955

rigem Geld bezahlen. Sonst wurde nicht böse über sie geredet. Ich glaube, sie wurde eher geflissentlich übersehen, und wir Kinder wurden angehalten, sie ordentlich zu grüßen. Ein paar Jahre später, ich war vielleicht 15 oder 16 Jahre alt, brachte ich mit zwei Schulfreunden den Mut auf, in den „Ziegenstall"[26] zu gehen. Valeska, wie sie nur von allen Dorfbewohnern genannt wurde, empfing uns an der Tür. Wir durften auf einem kleinen Holzschemel neben dem Eingang Platz nehmen, bekamen einen heißen Apfelsaft serviert und durften ihren jungen androgynen Tänzern und Tänzerinnen staunend bei ihren Darbietungen zusehen. Zum ersten Mal hörte ich Texte von Brecht, Rimbaud und Villon und sog die Musik von Kurt Weill in mich auf.

Lange Zeit, vielleicht waren es die ersten Wochen oder auch Monate in unserem neuen Zuhause, hatte ich nicht das Bedürfnis das Grundstück außerhalb der Schulzeit zu verlassen. Ich sah meiner Großmutter gerne bei der Hausarbeit zu, spielte Halma, Mühle und Mensch-ärgere-dich-nicht gegen mich selbst und verschlang alle alten Hefte mit Indianer- und Trappergeschichten, die ich in die Hände bekam. Abends im Bett, wenn meine Mutter oder Großmutter das Licht ausgemacht hatte, genoss ich es, hinter der geschlossenen Tür ihrem Töpfeklappern, ihrem Flüstern und dem gelegentlichen Umblättern der Zeitungsseiten zu lauschen.

Nach und nach dehnte ich meine kleinen Exkursionen auf die benachbarten Grundstücke aus, beobachtete, verborgen hinter Büschen, die Fenster und ließ versteckte Botschaften an die Bewohner unter Steinen zurück. Gerne hätte ich das Dorf noch weiter erkundet, aber wohin sollte ich gehen? Ich hatte noch keine Freunde, die ich aufsuchen konnte. So bot ich an, wenn es etwas einzuholen gab, die Einkäufe zu übernehmen. Meine Mutter gab mir das genau abgezählte Geld und eine Einkaufsliste mit, die ich nach einem nur ihr bekannten System abzuarbeiten hatte. Es gab im Dorf noch zwei Bauern, um die ich wegen der Hunde und der stinkenden

---

[26] Valeska Gert, geb. 1892 in Berlin, † 1978 in Kampen. Ausdruckstänzerin, Schauspielerin, Kabarettistin und Pantomimin. Emigriert 1938 nach New York und betreibt dort ein Exilkabarett. Eröffnet 1952 in Kampen die Künstlerkneipe „Ziegenstall".

Misthaufen einen Bogen machte, zwei Krämer mit Lebensmitteln und Haushaltsbedarf, bei denen ich abwechselnd anschreiben lassen konnte, einen Milchladen, in dem die Milch noch für ein paar Pfennige in die mitgebrachten Kannen abgefüllt wurde, und zwei Bäcker, einen für Brot und Kuchen und einen für Brötchen. Der Schlachter, der Drogist und der Schuster waren Patienten meiner Mutter und mussten nicht sofort bezahlt werden. Manchmal hatte ich auch Sachen bei der Schneiderin abzuholen, die im Vorflur ihrer kleinen Wohnung Säume rausließ, wenn wir gewachsen waren, Mäntel und Jacken für den Winter fütterte und die weißen Kittel für meine Mutter nähte. Zum Telefonieren gingen wir auf die Post. Auf dem Weg sahen wir unser Haus wachsen. In der Post, die in einem Anbau des Inselbahnhofs untergebracht war, gab es eine Telefonzelle. Meine Mutter meldete am Schalter das Gespräch an, und wenn nach einer Weile in der Zelle der Telefonapparat klingelte, bekam meine Mutter vom Schalterbeamten ein Zeichen und durfte die Zelle betreten. Der Fußboden wackelte, löste wohl einen Kontakt aus, das Licht ging flakkernd an, und sie konnte telefonieren. Manchmal durfte ich mit rein und zuhören, wie sie mit Handwerkern Termine absprach, Leistungen mal erbettelte, dann wieder anmahnte und Zahlungen in Aussicht stellte.

Das Richtfest wurde in unserer Zwei-Zimmer-Wohnung gefeiert. Meine Großmutter, der Seniorchef der Braderuper Baufirma und der Direktor der Westerländer Sparkasse, Hans Volquardsen, der mit einem Kredit von 30 000 DM den Bau erst möglich gemacht hatte und zum Stolz meiner Mutter nach der kurzen Zeremonie am Bau zur Feier mitgekommen war, bekamen einen Stuhl. Die Maurer, Zimmerleute und wir Kinder hockten auf dem Boden oder saßen auf den Betten und Kisten. Es gab Kartoffelsalat aus der Waschschüssel, Würstchen, einen Kasten Bier und eine Flasche Kümmel. Vielleicht zum ersten Mal sah ich meine Mutter in einem Kleid. Ich fand sie wunderschön und bewunderte, wie sie mit den Maurern und Zimmerleuten grob scherzen und dem Sparkassendirektor im vertraulichen Gespräch Respekt abfordern konnte. Richtig lustig wurde es, als der alte Bohn seine blutige Pranke mit ein paar Fetzen Fleisch durch das Fenster reckte und den Zimmerleuten die Hoden der gerade kastrierten Lämmer als gebratene Delikatessen anpries.

Rechtzeitig zum Saisonbeginn konnten wir in unser neues Heim in der Bahnhofstraße, heute Zur-Uwe-Düne, einziehen. Der Umzug mit unseren wenigen Habseligkeiten fand auf der Pritsche eines Goliaths statt, das war ein dreirädriger Kleintransporter, der einmal wöchentlich auch als Müllwagen benutzt wurde. Herr Böhm, der Kampener Transporteur, fuhr von Haus zu Haus und kippte den Inhalt der schweren eisernen Mülleimer auf die offene Ladefläche. Fuhr er mit dem vollbeladenen Wagen bei starkem Westwind unsere Straße hinunter, zog er eine Aschewolke hinter sich her und Altpapier und Müll flog in hohem Bogen in die Gärten und mussten von den Bewohnern mühselig aus den Büschen und Heckenrosen abgesammelt werden. Aber jetzt durfte ich zwischen Kisten und Kartons auf der Ladefläche sitzen. Der Goliath war eine prächtige Dschunke, und ich war Sindbad der Seefahrer, der sein voll beladenes Schiff nach Hause lenkte.
Unser Haus maß sechs mal acht Meter, war nicht unterkellert und auf einem Stück Sand gebaut. Im Obergeschoß gab es unter der Dachschräge vier kleine Zimmer mit Waschbecken, Bett und Klapptisch. Noch bevor die schmale Holztreppe, die nach oben führte, ein Geländer bekommen hatte, waren alle Zimmer mit Kurgästen belegt. Im Erdgeschoß gab es einen Praxisraum und ein Wohnzimmer, das nun als Frühstückszimmer und bei schlechtem Wetter als Aufenthaltsraum für die Gäste diente. Abends bauten sich meine Mutter und Großmutter hier ihre Betten auf. Mein Bruder und ich schliefen in der Praxis, einer auf der Massagebank und einer auf einer Seegrasmatratze auf dem Fußboden. Meine Mutter hatte schon im Winter ihr Einzugsgebiet über die ganzen Norddörfer bis Keitum und List ausgedehnt und massierte nun zehn, zwölf und an manchen Tagen noch mehr Patienten täglich. Wir sahen sie nur noch hin und wieder zwischen zwei Massagen eine hastige Zigarette rauchen, bevor sie wieder in der Praxis verschwand. Ein Bild, das mich nicht verlassen hat: Meine Mutter steht in ihrem weißen Kittel in der zum Garten offenen Tür und raucht. Der rote, schmale Mund in einem blassen, übermüdeten, hinter Puder und Schminke verborgenen Gesicht. Die von der Arbeit geschwollenen Hände, der wache Blick, immer auf dem Sprung, einen Patienten aus der Praxis hinaus zu begleiten oder den nächsten an der

Haustür zu empfangen. Vielleicht habe ich das Bild erst in späteren Jahren wirklich wahrgenommen. Noch war es der erste Sommer in unserem Haus. Bevor der erste Patient kam und die ersten Gäste sich an den gedeckten Frühstückstisch setzen konnten, hatten wir Kinder das Haus verlassen und kamen erst zurück, wenn die Cafés und Bars in der sogenannten Whiskystraße die Gäste aufgesogen hatten. Unsere Jugendzeit, ganz ohne Zwänge und Bevormundung auf dieser wunderbaren Insel, auf der es noch viel zu entdecken gab, hatte gerade erst begonnen. Sicher nie ganz frei von den Bedrängnissen der ersten Jahre, aber in der sicheren Erwartung, dass uns nach dem Abitur die ganze Welt offen stehe und die Welt jenseits des Hindenburgdamms uns mit offenen Armen aufnehmen werde.

Nachtrag:
Dorle habe ich noch einmal wiedergesehen. Es muss ein, vielleicht zwei Sommer nach unserem letzten Treffen gewesen sein. Ich hatte inzwischen ein Fahrrad und entdeckte sie mit ein paar größeren Jungs auf dem Minigolfplatz vor dem Kampener Kurhaus, in dem sie in diesem Jahr ihre Ferien mit den Eltern verbrachte. Die kleine kreisrunde Narbe auf ihrer Wange wirkte auf mich anziehender denn je zuvor. Dorle drückte mir ihren Schläger in die Hand und forderte mich auf mitzuspielen. Es kam mir ungebührlich vor, ausgerechnet vor dem Kurhaus Golf zu spielen, in das meine Mutter täglich schuften ging, aber wagte nicht, nein zu sagen. Ich hatte noch nie einen Schläger in der Hand gehabt, verschlug unglücklich ein paar Bälle, mochte mich nicht von den Größeren belehren lassen und war froh, mich in einem unbeobachteten Moment wieder auf mein Fahrrad schwingen zu können.

Die Erzähler und Berichterstatter

Dr. Ahlborn, Thorwald	geb. 1938		Kampen Arzt
Borstelmann, Wilhelm	geb. 1927		Keitum Landwirt, Organist u. Chorleiter C.P. Hansen Preisträger
Buchholz, Elisabeth	geb. 1825	†k.A.	Schülerin
Dethlefs, Helmut	geb. 1935		Braderup Landwirt
Drath, Uwe	geb. 1927		Westerland Rettungsschwimmer
Ehlert, Max	geb. 1927	†2007	Westerland Malermeister
Fahnert, Annemarie geborene Dethlefs	geb. 1923		Kampen
Gfrörer, Jörg	geb. 1944		Dokumentarfilmer
Goy, Joachim	geb. 1932	†2009	Westerland Kfz-Meister
Graff, Hans	geb. 1932		Westerland Stadtkämmerer von 1970-1995
Gülich, Werner	geb. 1928	†2006	Westerland
Habke, Günther	geb. 1925	†2005	Westerland
Hansen, Conrad	geb. 1938		Kampen C.P. Hansen Preisträger
Haselbach, Hannelore	geb. 1923	†k.A.	Westerland
Hellner, Horst	geb. 1924	†2014	Westerland Malermeister
Hoyme, Heinz	geb. 1928	†2013	Morsum Notar

Jepsen, Gerhard	geb. 1934	†2013	Kampen Landwirt u. Reitstallbesitzer
Köster, Ose	geb. 1919	†2002	Wenningstedt Journalistin
Matzen, Karl August	geb. 1918	†2013	Morsum Landwirt
Matzen, Peter Otto	geb. 1915	†2010	Morsum Landwirt
Nickelsen, John Reinert	geb. 1865	†1950	Braderup Kunstglaser u. Glasmaler
Mungard, Karl	geb. 1928	†2013	Keitum Landwirt Vorstandsmitglied von der Söring Föriining
Paulsen, Hannchen geborene Weirup	geb. 1925	†2015	Keitum Badesekretärin
Peters, Boy	geb. 1886	†1971	
Petersen, Christian	geb. 1832	†1860	Keitum
Petersen Max	geb. 1890	†1963	Westerland
Pflüger, Alwin	geb. 1908	†2006	Westerland Handelskaufmann C. P. Hansen Preisträger
Pingel, Elke geborene Bleicken	geb. 1915	†2016	Kampen
Pleines, Joachim	geb. 1932	†2008	Westerland Realschullehrer
Schröder, Horst	geb. 1926	†2002	Dreher
Steindorff, Klaus	geb. 1932	†2006	Kampen Konteradmiral
Thiele, Carla geborene Schröder	geb. 1913	†2009	Morsum Hebamme

Thiesen, Carl	geb. 1894	†1975	Westerland Kapitän C.P. Hansen Preisträger
Thiessen, Boy	geb. 1921	†2009	Morsum Landwirt
Dr. Voigt, Harald	geb. 1928	†2005	Westerland Oberstudienrat C.P. Hansen Preisträger
Winger, Annemarie geborene Hegwer	geb. 1920	†2002	Keitum Museums- u. Sprachpflegerin C.P. Hansen Preisträgerin
Witt, Fritz	geb. 1918	†2008	Westerland
Witte, Willi	geb. 1928	†2002	Westerland Monteur
Wolter, Hildegard geborene Christensen	geb. 1929	†2005	Westerland
Zieroth, Lucia	geb. 1909	†k.A.	List

Bildnachweis

1. Titelphoto Sylter Archiv Nr. 1007-1886
2. S. 2 Privatbesitz
3. S. 29 Privatbesitz
4. S. 35 Nachlass Peter O. Matzen
5. S. 36 Sylter Archiv
6. S. 38 Sylter Archiv (undatiert)
7. S. 40 Nachlass Alwin Pflüger
8. S. 41 Nachlass Alwin Pflüger
9. S. 42 Sylter Archiv
10. S. 60 Nachlass A. Winger
11. S. 67 Nachlass Boy Thiessen
12. S. 72 Nachlass Elke Pingel
13. S. 75 Volker Köster
14. S. 76 Sylter Archiv
15. S. 80 Nachlass Fritz Witt
16. S. 81 Nachlass Fritz Witt
17. S. 85 Privatbesitz
18. S. 87 Hans Hoyme
19. S. 90 Hans Hoyme
20. S. 96 Nachlass Ose Köster
21. S. 98 Nachlass H. Wolter
22. S. 101 Nachlass H. Wolter
23. S. 102 Nachlass H. Wolter
24. S. 106 Uwe Drath
25. S. 113 Nachlass W.Gülich
26. S. 116 Privatbesitz
27. S. 129 Chronik der Fa. Hellner
28. S. 132 Privatbesitz
29. S. 138 Nachlass G. Habke

30. S. 144 Kama Voigt
31. S. 153 Nachlass W. Gülich
32. S. 158 Conrad Hansen
33. S. 165 Dörte Dethlefs
34. S. 166 Dörte Dethlefs
35. S. 175 Helmut Dethlefs
36. S. 178 Helmut Dethlefs
37. S. 183 Privatbesitz
38. S. 186 Uwe Drath
39. S. 192 Nachlass H. Wolter
40. S. 196 W. Borstelmann
41. S. 197 W. Borstelmann
42. S. 202 Dörte Dethlefs
43. S. 205 Spreehund Verlag Berlin
44. S. 210 Lotte Krüger
45. S. 217 Sylter Archiv
46. S. 219 A. Fahnert
47. S. 233 Sylter Archiv
48. S. 238 Nachlass J. Pleines
49. S. 247 Hans Graff
50. S. 259 Privatbesitz
51. S. 260 Erika Jepsen
52. S. 266 Dr. Th. Ahlborn
53. S. 267 Dr. Th. Ahlborn
54. S. 274 RAF-Sylt Association
55. S. 281 Sylter Archiv
56. Buchrücken Privatbesitz

Quellennachweis

Die Texte von

- Elisabeth Buchholz: Schulaufsatz
- Christian M. Petersen: Brief an den Onkel
- Boy A. Petersen: Mein Lebensplan
- Aus der Familienchronik von M. Nickelsen
- Käpt. Carl Thiesen: Die Sturmflut 1911

befinden sich im Sylter Archiv.

Der Text von Horst Schröder: Transport- u. Sargkommando 1944 ist entnommen:
Horst Schröder: Hotta – Vom Seesack und anderem Huckepack eines ausgedienten Dreherhasen, Band Nr. 4
Aus der Autobiographiereihe: „Lebensbilanzen, das Gedächtnis der Stadt Berlin“, ISBN 3-932837-00-2, © Copyright by Spreehund-Verlag Franziska Körner

Die Texte von Willi Witte: „Die Strafgefangenen wurden wie Tiere behandelt“ u. „Wir machten das Beste daraus“ sind entnommen aus:
„Meine Erinnerungen und Erlebnisse vor, im und nach dem zweiten Weltkrieg von Willi Witte, Westerland 1996“ (Sylter Archiv), Nordfriisk Instituut, Pries 1986, Steensen 2008, Voigt 1992 und Lemo-Zeitzeugen, Lebendiges Museum Online, Stiftung Haus der Geschichte der Bundesrepublik Deutschland.

Alle übernommenen Texte werden hier in gekürzter Form und nach den heute gültigen Regeln der Rechtschreibung und Orthographie wiedergegeben.